이름 없는
여자들,

책갈피를
걸어 나오다

디자이너 nuːn

눈(nuːn)은 북 디자인을 하는 디자인 스튜디오입니다. ✉ ppiggon75@gmail.com

에디터 하순영

머메이드의 도서를 기획, 편집합니다. 머메이드는 독자의 마음에 울림이 남는 콘텐츠를 만듭니다.
ⓞ mermaid.jpub

이름 없는 여자들, 책갈피를 걸어 나오다

1쇄 발행 2022년 12월 9일
지은이 최기숙
펴낸이 장성두
펴낸곳 머메이드
※ 머메이드는 주식회사 제이펍의 단행본 브랜드입니다.

출판신고 2021년 8월 12일 제2021-000123호
주소 경기도 파주시 회동길 159 3층 / **전화** 070-8201-9010 / **팩스** 02-6280-0405
홈페이지 mermaidbooks.kr / **독자문의** mermaid.jpub@gmail.com

소통기획부 김정준, 송찬수, 이상복, 박재인, 배인혜, 송영화, 권유라
소통지원부 민지환, 이승환, 김정미, 서세원 / **디자인부** 이민숙, 최병찬
용지 타라유통 / **인쇄** 한길프린테크 / **제본** 일진제책사

ISBN 979-11-977723-1-3 03810
값 22,000원

※ 이 책은 연세대학교 학술연구비의 지원으로 이루어졌습니다.

서사는 사회를 통제하기 위한 수단일까,
아니면 사회적 통제로부터 벗어나기 위한 수단일까?

– 마거릿 애트우드*

역사 속 여성은 투명 인간이 아니다

    얼마 전에 영화 '한산: 용의 출현'을 보았다. 이순신 프로젝트 3부작 중의 2편인데, 전작인 '명량'보다 시간적 배경이 앞선데다, 주연이 바뀌었다는 소식에 호기심이 생겼다. 배우의 연기는 표현의 예술이니 문장과 수사학을 다루는 연구자로서 관심이 갔다. 이순신에 대한 새로운 해석과 상상력도 궁금했다. 영화는 이순신이 정보력과 기술력, 실력과 인격을 바탕으로 의義를 지키며 승리하는 과정을 박진감 있게 재현했다. 노고를 티 내지 않고 절제하며 고뇌하는 명장의 태도는 어려운 시대를 살아가는 관객에게 위안이 될 만했다. 영화는 충분히 만족스러웠지만, 어딘가 비어 있는 느낌이었다. 집으로 오면서 이유를 생각했다. 전쟁 영화는 남성 영화일까? 전쟁은 오직 남성의 일이며, 승리 또한 그들만의 것일까? 물론 여성 인물이 등장한다. 첩보 활동을 한 기생이다. 중요한 역할이지만 전쟁 서사나 첩보물에 등장하는 여성 인물이 미인계를 쓰거나 자신의 섹슈얼리티를 이용해 활약하는 상상력은 창의적이지 않다. 여성의 기여를 재현할 때, 역량이나 역할에 대해 더 깊이 고민해야 한다. 전쟁의 승패는 남성 또는 이순신 개인의 승패가 아니다. 이순신은 역사적 실체이자 상징이고 그 이름하에 응집되고 수행된 에너지의 진정한 실체는 따로 있다. 영화가 보여주듯이 명량 대첩의 승리는 다양한 직급의 군사, 이들과 연결된 백성, 종교인, 육지와 바다를 넘나드는 거시적 전략 설계와 이를 이행한 다수의 인력, 이들이 전쟁터에서 잘 싸울 수 있게 해 준 가족과 사회, 심지어 파도와 날씨의 힘까지 수렴된 총체적 결실이다. 전쟁의 과정과 결과에는 당연히 민간의 여성, 아동, 노인의 역할도 포함된다. 승리나 성과는 결코 개인의 역량이 아니며, 이를 잘 인지하는 이가 진정한 리더다. 답이 아니라 질문을 만드는 게 예술의 힘이니, 관객이 이런 생각과 질문을 하게 한 것 또한 영화의 성과다.

조선시대에는 남녀노소, 사농공상, 귀천이 공존했고 이들이 백성을 이루었다. 이들은 역사를 스쳐 간 모든 시간의 몫을 감당했고, 전쟁에서는 이와 연루된 온갖 고통과 아픔, 상처를 몸으로 겪었다. 그러므로 전쟁이 특수 상황이라는 이유로 해당 역사에서 여성을 배제하고 남성의 비중만 높게 고려하는 것은 타당하지 않다. 영화를 보고 나서 이순신의 『난중일기』를 정독해 보니, 어머니, 아내, 군사의 소실, 기생, 아이, 여종에 대한 기록이 있었다. 16세기 양반 오희문(吳希文, 1539~1613)이 임진왜란을 겪으며 쓴 일기인 『쇄미록(瑣尾錄)』을 보면 전란 중에 고통받는 여성에 대한 기록이 있다. 여자 없는 사회란 불가능하다. 특히 어머니에 대한 문장이 눈에 띄었는데, 군인 아들의 충정과 의로움을 지지하고 뒷받침한 흔적도 보였다. 이순신은 어머니와 자주 편지를 주고받았다. 16세기 여성이 문자를 알고 편지를 썼다는 사실도 흥미로웠지만, 이들이 서신을 통해 주고받은 내용이 무엇일지 궁금했다. 막연하게 일컬어지는 자애와 효라는 관념 말고 두 사람이 실제로 나누고 키워간 감정이나 생각, 정서, 목표와 이를 향한 의지와 영향의 실체는 무엇일까? 이순신을 명장으로 만든 힘에 의와 충정 같은 사상이나 이념 이외에 어떤 요소와 경험이 작용했을까?

여성의 관점으로 전쟁을 다룬다면 어떤 서사가 되었을지 궁금해졌다. 당대에 이런 이야기는 많았을 것이다. 단지 문자로 기록되어 전해지지 않아 회자되지 않을 뿐이다. 2015년에 노벨문학상을 수상한 벨라루스의 작가, 스베틀라나 알렉시예비치는 2차 세계대전 이후 50년이 지난 뒤에 전쟁을 직접 겪은

200여 명의 여성을 인터뷰해서『전쟁은 여자의 얼굴을 하지 않았다』를 썼다. 전쟁은 여자의 얼굴을 하지 않았지만, 여성들은 몸으로 전쟁을 겪었고, 이 점은 남자와 다르지 않다. 있었지만 말하여지지 않은 것, 존재했지만 사라진 것처럼 보이는 사람. 이 문제가 과연 전쟁이라는 극한 상황에만 한정될까? 기록된 것의 비중대로 역사와 삶을 이해하면, 존재했지만 기록되지 않은 사람들, 스스로 무언가를 기록할 기회와 권한이 없는 이들은 그저 투명 인간이 되고 만다. 그런데 정작 역사를 투명하게 만드는 힘은 과거의 제도나 이념의 한계에서 오는 게 아니라, 지금 실재하는 생각과 관점에서 발휘되는 건 아닐까?

조선시대 양반 여성을 중심으로 역사 속 여성을 해석하다

조선시대 연구는 대체로 문헌자료에 근거해서 이루어진다. 기록된 자료를 대상으로 삼는 실증성이 중요하기에 기록되지 않은 것들은 없는 것처럼 여겨질 때가 많다. 널리 알려진 역사기록물인『조선왕조실록』은 제목부터 왕조의 기록이기에, 왕실과 양반, 그것도 남성 중심의 기록이 대부분이다. 역사 속 여성을 비롯해, 신분이 낮은 계층, 아동이나 노인은 배제되거나 협소화된다. 문자 이면에서 맥락화되거나 전경화되어 있는 삶의 현실을 이해하려면 문면 너머의 작은 흔적도 깊이 있게 분석하고, 행간과 문맥을 풍부하게 해석해야 한다. 다행스럽게도 조선시대에는 사람이 죽으면 망자의 생애를 글로 남기는 문화가 있었다. 전장류(傳狀類: 인물의 일대기를 간략히 적은 전이나 행장 등), 비지류(碑誌類: 고인의 생애 정보를 간략히 적어 묘비에 새기거나 무덤에 넣는 글), 애제문(哀祭文: 고인의 죽음을 슬퍼하며 애도한 제문이나 애사 등) 등, 이른바 생애사 글쓰기다. 조선시대의 문집 기록은 대부분 양반 남성이 한문으로 썼다. 생애사 글쓰기에 서술된 인간상이 전형화된 이유다. 여기에는 자연스럽게 젠더에 대한 이해에 남성 관점이 반영된다. 글쓰기란 시대와 문화의 산물이니, 기록된 문장의 맥락과 이면에 주목해서, 당대의 실상을 미시적으로 해석하는 작업이 필요하다. 이런 접근은 문헌에 근거하기에 실증적인데, 기록의 배경과 이면을 살피는 작업이기에 해석학적이다. 연구방법론의 용어를 빌리자면 미시사적 연구와 문학해석학적 방법론의 융합 연구이며, 역사학, 문학, 사회학, 문화학, 젠더 스터디를 교차한 복합학제간 방법론이다.

이 책에서는 이런 관점으로 조선시대 양반 여성에 관한 문헌을 살펴보면서, 지금 우리가 알고 있는 조선시대 여성상이 실재했던 삶의 일부에 불과하며, 실제 여성의 삶은 더욱 풍부했고, 사회적 실천과 역사에 대한 기여가 훨씬 확장적이었음을 밝히려고 했다. 이는 전쟁 영화에 직접 등장하지 않지만 그 시대를 같이 만들어간 여성의 흔적을 찾는 과정과 흡사하다. 이 작업을 위해 양반 여성에 대한 문헌 분석에서 출발했다. 기록을 통해 구체적으로 파악할 수 있는 대상이 양반으로 제한되기 때문이다. 양반 여성에 대한 기록을 보면, 이들이 관계 맺은 종, 기생, 첩, 무당, 점쟁이, 이웃집 여인, 양민, 상인, 궁녀, 왕실 여성 등 다른 신분의 여성에 대해서도 파편적으로나마 접근할 수 있다. 양반 여성은 조선시대 여성과 그 삶에 접근하는 자료사적 경첩의 위치를 갖는다.

실증 자료로 해석 복원한 조선시대 양반 여성

이 책에서는 조선시대의 양반 여성에 대한 고정관념을 실증적 자료에 근거해 해체하고, 해석학적으로 복원한다. 이를 구체적으로 살피기 위해 여섯 개의 키워드를 중심으로 각 장을 구성했다. 호칭, 아내, 노동, 문자, 생명 정치, 평판이다.

1,2장 _ 호칭에 담긴 당대 여성의 실제 지위와 아내 역할 재조명

현재 한국에서 여성을 부르는 호칭에 대해 사유하면서 조선시대의 사례를 검토했고, 이른바 상식으로 알려진 '현모양처'가 당시에 널리 쓰인 용어가 아니며, 사회적 존재로서의 여성을 지칭하는 다양한 명칭이 있었음을 밝혔다. 당대에 쓰인 명칭의 일부가 마치 전체인 것처럼 알려진 것은 조선시대에 실재했던 사회적 인정 구조를 오늘날 망각한 결과다. 현재 알려진 전통적 여성상은 당시 여성의 부분에 불과하며, 실제 다양한 여성의 역할과 실천이 있었다. 이를 이해하려면 당대 여성의 삶에 대한 확장적 이해가 필요하다. 이와 더불어 '내조'라는 용어가 아내의 역할을 남편의 보조자만으로 한정 짓는 모순을 함축한다는 점도 성찰할 필요가 있다.

3장 _ 양반일지라도 실제로 상당했던 여성의 노동 강도 고찰

양반 여성을 '노동의 관점'에서 사유해서 드라마나 영화 등 미디어에 재현된 양반 여성의 이미지가 결코 실제 양반 여성의 대표 이미지가 될 수 없으며, 과장되게 만들어진 상상력의 소산임을 밝혔다. 드라마에 등장하는 양반 여성은 아름답게 머리 장식을 하고 노동의 흔적 없이 기품 있게 앉아 있다. 궁궐에서는 왕후, 중전, 공주, 궁녀, 이런저런 일로 드나드는 양반가 규수, 악공, 여종에 이르기까지 모두 권력욕에 사로잡혀 수단과 방법을 가리지 않고 패권 다툼에 뛰어드는 모습이다. 이는 모두 미디어가 만든 허구다. 좋은 집에 살면서 사치하고 위세를 부리며, 세상 물정을 모른 채 남편에게 순종하면서 모든 일을 종에게 시키는 양반 여성은 실제로는 지극히 소수다. 문헌 기록을 통해서는 이런 여성을 찾아볼 수 없었다. 실제로 있더라도 그것을 자랑스럽게 기록하는 시대적 분위기가 전혀 아니었다. 오히려 양반 여성의 생애 시간은 다양한 노동으로 점철되어 있었다. 집안 곳곳이 여성의 일터였고, 일과 휴식의 경계가 모호했다. 여성은 언제든 노동의 주체로 변환될 수 있고, 정당하게 노동의 대상으로 호출될 수 있었다. 이 모두를 가족을 위해 부덕(婦德: 아내와 며느리의 도리)의 이름으로 했다. 조선시대는 청빈을 존중했기에, 집이 가난해서 여성이 경제활동을 하더라도 가족을 먹이고 입히는 정도에 그쳤고, 정작 여성 자신은 굶주리고 제대로 입지 못한 경우도 많다. 노동의 수혜를 노동 주체는 받지 못하는 딜레마적 구조다. 가족의 생계를 책임져야 하는 여성의 의무에 더해, 그 일을 불평 없이 묵묵히 해내야 한다는 사회적 요구가 있었다. 여성은 노동의 가치를 인정받기보다 겸손한 태도를 요구받고, 진정성 여부까지 평가받았다.

4장 _ 주로 듣고 외며 습득한 여성의 실제 문해력과 식견에 대해

조선시대 여성을 둘러싼 또 하나의 오해나 편견은 문자 생활에 대한 것이다. 조선시대에 여성에게는 문자를 가르치지 않았다는 표현이 공식화되어 있지만, 실제로 많은 양반가 여성이 문자를 배웠다. 언문과 한문을 다 배운 경우도 많다. 당연히 독서

도 했다. 지식과 학문, 문학과 정치에 대해 토론했고 이를 글로 남겼다. 사회가 이를 반기지 않고 금기시했기에, 지성과 문해력을 숨기거나 스스로 억압했다. 그러나 이미 몸에 익은 것을 감추기는 어렵다. 여자가 죽은 뒤 남긴 상자에서 시와 산문, 편지가 나왔다. 가족들은 비로소 여성이 글을 쓴다는 걸 알았다. 아무도 원치 않는 여성의 문해력은 단지 잉여력이었을까? 여자는 그 능력을 자신과 가족, 가문을 위해 발휘했다.

교양과 식견은 문자만을 매개로 하는 것일까? 앎이란 반드시 문자만을 매개로 하지 않고, 감각과 통찰을 통해서도 가능하다. 그중 조선시대 여성의 식견에 기여한 것은 듣기와 외기 능력이다. 정식으로 전문가에게 무언가를 배우지 않아도 혼자서 관찰하고 경험으로 익혀 기량을 발휘했다. 가족 중에 누군가 책을 읽으면 그 소리를 듣고 외워서 공부했다. 암기력이 뛰어나고 총기 있는 여성도 많았고, 자기보다 아내가 뛰어나다고 칭찬한 남편도 있다. 다만 이를 드러내어 권장하지 않았고, 역량을 강화하거나 발휘할 적극적인 기회를 주지 않았을 뿐이다. 여성도 문자 생활을 했다. 그렇다면 문자를 익힌 여성들은 그것을 어디에 사용했을까? 오직 구술 청취로 암기해서 공부한 여성들은 그 능력을 어떻게 발휘했을까? 이 책은 이에 대해서도 상세히 살폈다.

조선시대 여성에게 정절은 윤리이자 명예의 관건인 동시에 생명 가치와 같게 여긴 정치적 요소다. 정절이라는 이름으로 여성의 신체에 윤리와 정치가 직접 영향을 미쳤다. 정절 훼손의 위기에 처한 여성이 자결한 사례도 많았고, 남편이 죽으면 따라 죽어서 열녀로 정려된 사례도 많다. 여성 섹슈얼리티의 주체가 여성 자신이 아니라 남편이라고 여겨서다. 문헌을 보면 여성 자살의 원인이 패턴화되어 있음을 알 수 있다. 이는 자살이 개인의 문제가 아니라 사회·정치적인 영역임을 보여준다. 이 책은 이에 대해 문헌 자료를 대상으로 시대별, 사안별로 통계 내어 분석했다. 현재 접할 수 있는 자료로 인구학적 통계를 낼 수는 없지만, 자료에 근거한 정황 파악을 해보려고 했다.

조선시대 문헌에는 여성의 존재와 행실이 문지방 밖으로 나가서는 안 된다는 『예기』의 문장을 인용해서 실제로 당대 여성이 그렇게 살았다고 생각하게 하는 기록이 있다. 그러나 이 세상의 어떤 존재도 집 안에서만 머물며 그림자처럼 살 수는 없다. 사람은 누구나 개인으로서의 실존성과 사회성을 갖는다. 이 책에서는 실제 삶에서 여성이 어떻게 사회적 관계를 맺고 알려져 평판을 형성했는지를 살폈다. 그런데도 문헌에 여성의 행실이 규문 밖에 나가지 않았다는 서술을 반복해서, 실재하는 여성의 행동과 역량을 축소하고 은폐하거나 무력화시킨 문화적 딜레마가 작동하는 방식을 해명했다.

이 책의 기본 원칙은 대화다. 고전 자료를 통해 당대 역사가 그럴 수밖에 없었던 이유를 이념적으로 설명하고 재현하는 것을 지향하지 않는다. 그렇다고 현대의 관점에서 과거와 역사를 섣불리 재단하거나 평가하는 것도 추구하지 않는다. 대화는 조율과 타협의 지점을 찾고 그 가능성과 의의를 타진하는 일이다. 동시에 현재를 통해 과거를 재구성하고, 과거에 대한 이해를 통해 현재를 다시 성찰하는 과정을 수반한다. 고정된 사고와 시선 대신 움직이는 시점을 가져야 한다. 움직이는 시점이란 불안이 아니라 역동이다. 우리의 시선은 늘 흔들린다. 흔들림 속에서 중심과 균형을 찾는 것이 대화와 소통의 본질이다. 이해는 대화 과정 중 성찰을 통해 완성된다.

이 글에서 다룬 여성 생애사 자료의 수는 제한적이다. 한국문집총간으로 영인影印된 한문 자료와 이를 데이터베이스화하고 번역문을 공개한 한국고전종합DB 사이트, 17세기에서 20세기 초에 이르는 문집 자료 중에서 여성 관련 문헌을 선별해 번역한 『여성생활사 자료집』(총 21권), 양반이 쓴 일기 등 누구든 참고할 수 있게 번역된 고전 문헌이 많은 도움이 되었다. 이 글에서 직접 참고한 자료만으로 조선시대 양반 여성 전체를 논하기는 어렵겠지만, 양반가 여성의 실상을 총체적으로 접근할 필요를 절감했기에, 한계를 끌어안고 책을 썼다.

이 책은 조선시대 자료를 대상으로 했지만, 대상 독자는 현대인이다. 현대 사회는 어느 때보다도 젠더와 인권 감수성에 대한 관심과 이해도가 높다. 몇 년 전에 인기 있었던 멜로드라마도 지금 보면 불편한 점이 있다. 그 사이에 젠더 감수성이 달라진 것이다. 지식과 감각을 업데이트하지 않으면 종종 위험해진다. 예전에 무의식적으로 흔히 하던 말이 이제는 갑질, 성희롱, 무시, 혐오가 되는 일이 많아졌는데, 사실 예전에도 성찰하는 사람들은 이런 말과 행동, 태도를 보이지 않았다. 『주역』의 혁괘革卦에 나오는 '군자표변君子豹變'의 이치와 통한다. 군자는 마치 표범이 가을이 되면 털갈이를 해서 아름다운 색으로 변하듯이 자기반성과 개혁으로 존재의 변화를 이끌어야 한다는 뜻이다. 혁은 변變이고, 시대의 요청이다.[1] 군자는 현대어로 성찰하는 사람이다. 급변하는 사회 속에서 자존감을 지키고 타인과 평화롭게 공존하려면 평생 교육이 필요한데, 젠더 이해와 감수성의 차원도 예외가 아니다.

이 책은 이런 문제의식으로 조선시대 문화를 더 폭넓게 이해하고 깊이 파악해서 이를 현대 한국과 세계의 문화 자산으로 재위치시키려고 했다. 출판을 제안해 주신 머메이드 출판사 하순영 편집자님과는 필자의 전작인 *Classic Korean Tales with Commentaries*에 이은 두 번째 작업이다. 저자 입장을 존중하면서도 독자 시선에서 여러 차례 조언해 주시고 좋은 편집에 대해 고민하고 실현해 주셔서 진심으로 감사드린다. 6장에 실은 그림에 대한 해석은 서울대학교 고고미술사학과 장진성 교수님의 자문을 받았다. 이 자리를 빌려 감사를 전한다.

조선시대 여성은 투명 인간이 아니다. 이름이 있었지만 역사화되지 않았고, 아버지의 성, 남편의 관직에 의존해 족적을 남겼다. 이름 없는 여자들 한 명, 한 명 모두에게도 이름이 있었다. 그것을 적지 않은 게 역사다. 그대로 전수하면서 그 이름을 찾지 않고 궁금해하지 않는 것은 문화적 맹점이기에 이는 현대의 문맹이다. 충분히 문자화되지 않았지만, 여성의 역량과 힘이 모든 성별의 사람들에게 문화 유전자로 전승되었기에 지금 우리의 삶이 역동한다. 이 책이 이런 진실을 충분히 이해하고 받아들이는 성찰적 디딤돌이 되었으면 한다. 전통 사회에 대한 확장적 이해, 여성의 역량과 역할에 대한 심화된 이해가 현대 사회와 문학, 문화, 예술, 감각에 유용한 암시와 창의적 영감을 줄 수 있다고 생각한다. 책을 쓴 이유는 이것 하나다.

1장

호칭

여성을 부르는 사회적 약속

나는 누구도 아니다.
여러분은 누구인가?

- 에밀리 디킨슨†

사회는 여성을 어떻게 부르고 있나?

오늘날 여성을 부르는 사회적 명칭은 무엇인가? 직장에서 직책이나 직급 명칭을 쓰는 때를 제외하면, 언니, 학생, 아가씨, 아줌마, 이모님, 사모님, 고객님, 할머니, 어르신, 선생님, 저기요 등 다양하다. 대체로 장소나 직종에 따라 명칭이 정해지는 편이다. 예컨대 이모님이라는 호칭은 식당에서 일하는 여성 노동자를 부르거나 직접 음식을 내오는 가게 주인에게 쓴다 (가게 주인의 남편이나 남성 업주에게는 이모라고 하지 않고, 그냥 사장님이라고 한다). 관공서에서는 선생님, 은행이나 부동산에서는 사모님, 마트나 백화점에서는 손님 또는 고객님이라고 부른다. 일상에서 가장 많이 쓰는 호칭은 언니, 아줌마, 할머니 등인데 외모로 나이를 추측해 부른다. 여성의 생애주기로 볼 때 평생토록 가장 많이 듣는 호칭은 아줌마다. 그 단어를 싫어하는 여자도 많지만 남이 보기에 언니 단계를 지난 모든 여성이 할머니처럼 보이기 전까지 아줌마로 불린다.

가족이라면 오히려 간단하다. 이름을 부르거나 엄마, 언니, 누나, 이모, 고모, 할머니 등 관계 명칭을 부르면 된다. 문제는 사회적 호칭이다. 남자도 마찬가지다. 오빠, 학생, 총각, 아저씨, 삼촌, 할아버지, 어르신, 선생님, 저기요 등 별로 마땅치 않다. 타인으로서 여성과 남성을 부르는 호칭이 여의치 않다. 언어는 사회를 배경으로 사용된다는 점을 고려하면 가족이나 직장으로 얽히지 않은 타자에 대한 한국인의 태도가 섬세하게 진화하지 않았다고 볼 수 있다. 가족 관계 명칭으로 바꾸어 부르는 경우는 친근감이 투영되지만, 그렇지 않을 때 거리를 지키면서도 존중하는 호칭이 마땅치 않다.

호칭에는 많은 정보가 함축된다. 나이, 결혼 유무, 경제적 수준이나 직위, 직업 특성에 대한 타자의 판단이 개입된다. 때로 그 판단이 사실과 다르기에 듣는 사람이 불편할 수도 있다. 여자의 경우 아내 자격으로 온 게 아닌데, 사모님으로 불리거나 단지 존칭으로 사모님이라 불려도 당혹스럽다. 성별 요소가 호칭의 제일 요소가 되어야 할지는 의문이다. 시대가 변해서 젠더 감수성도 달라졌다. 감성의 변화에 대해 언어가 빠르게 대응하지 못한 것일 수도 있다. 비단 이는 언어 문제만이 아닐 것이다. 문화, 제도, 정책, 법도 감성의 변화 속도를 따라잡지 못하는 경우가 많다. 개인을 부르는 호칭에는 그에 대한 사회적 시선과 친소성, 존중감, 관계성 등 여러 요소가 포함된다. 조선시대에는 어땠을까?

조선시대에도 여성을 부르는 다양한 호칭이 있었다. 누나, 언니, 이모, 고모, 동서, 시누이 등 지금도 쓰이는 호칭이 여전히 쓰였다. 그럼, 가족 관계 명칭을 제외하면 어떻게 불렀을까?

정경부인에서 여걸까지, 여성의 사회적 호칭

조선시대에도 여성을 부르는 사회적 명명법이 있다. 특정 단어에 '여女'라는 접두사를 붙였다. 당시에는 인성, 품성, 인격, 자질, 역량을 성별로 구분하는 언어문화가 있었다. 요즘도 여교수, 여사장, 여배우, 여경 등 직업과 관련된 보통명사에 '여'자를 붙여 직업을 말하는 관습이 남아있지만, 점차 없어지는 추세다. 조선시대 문집 기록에 담긴 여성의 호칭, 여성의 품성과 인격을 서술한 수사적 표현을 살펴보자.

여성의 생애사 기록은 여성의 사망 후에 남성 가족이 쓴 것이라 가족 관계어나 성(아버지의 성을 주로 쓰지만, 누구의 부인라는 뜻의

'부婦'와 결합해 남편 성을 쓰는 경우도 종종 있다), 대명사 유인孺人 같은 여성 품계와 작호를 적는다. 품계란 벼슬의 직품과 관계를 말하는 것으로, 조선시대에는 문무백관을 동서 양반으로 나누고 그 등급을 정1품에서 종9품까지 18등급으로 구분했던 것을 말한다. 작호는 관작의 칭호를 말한다. 당시 양반 여성에게 내려진 품계와 작호는 다음과 같다.[1]

정경부인貞敬夫人 문무관의 적처(정식으로 예를 갖추어 맞은 아내)에게 남편의 품계에 따라 주던 최고의 봉작. 정·종1품 작호

정부인貞夫人 문무관의 적처에게 내린 정·종2품 작호

숙부인淑夫人 문무관의 처에게 내린 정3품 당상 작호

숙인淑人 문무관의 처에게 내린 정·종3품 작호

공인恭人 문무관의 적처에게 내린 정·종 5품 작호

유인孺人 문무관의 처에게 내린 정·종9품 작호. 생전에 벼슬하지 않은 선비 아내의 신주에도 썼다.

공주公主 정실 왕비가 낳은 왕의 딸

옹주翁主 왕의 첩이나 서녀에게 준 작호

여성 호칭은 혼인 전 여성의 출신 지역과 혼인 후 남편의 직위에 따라 얻은 작호를 성 앞에 써서 정체성을 지시했다. 정경

부인 칠원 윤씨, 유인 청송 심씨 등이 그 예다. 앞으로 이 책에서는 여성을 호명할 때 이와 같이 적는다. 조선시대 여성의 이름은 문헌에 적히지 않아 알 수 없기 때문이다(검토한 자료 중 양반 여성의 이름을 밝힌 사례는 단 2편). 양반 남성이 여성을 부를 때 품계와 작호를 썼다. 여성은 관직에 나가지 않았는데 남편의 직위에 따라 공적 호칭이 달라졌다. 그런데 여성의 성품과 자질, 행동에 가치를 부여하기 위해, 품계나 작호가 아닌 다른 호칭으로 부른 경우가 있다. 여사女士, 여사女史, 여중군자女中君子, 여군자女君子, 여걸女傑, 성녀聖女, 규중지기閨中知己, 군자君子 등이다. 가장 많이 사용된 단어는 여사女士다.[2] '여자 중에서 선비와 군자의 행실이 있으면 여사로 부른다고 들었다. 지금 부인은 충효가 있고 열절이 있으며 식견이 높고 지식이 원대하며, 아름다운 덕과 맑은 예절을 갖추었으니, 이런 분을 여사로 칭해도 부끄러울 게 없다.'[3]는 표현을 보자. 여사란 충효열절을 지키고 예의범절이 바르며 덕을 갖춘 여성이다. 여자 군자와 비슷한 뜻이다. 이 호칭을 쓸 때는 근거가 되는 성품과 행동을 함께 나열했다. 실제 문장에서 수집한 사례를 보면 충효, 열절, 높고 원대한 식견, 총명, 독서를 편안히 여김, 단정, 공경, 말수가 적음, 뜻이 바름, 단정함, 정직함, 온화함, 착함, 순수함, 아름다움, 아름다운 덕, 맑은 예의범절, 은거하는 지사의 절조,

우아하고 고결함, 속된 기운이 없음, 대의를 알고 있음 등이다.

어사란 남자 같다는 뜻이 아니라 선비 같다는 뜻으로 인격과 자질에 여성을 결합한 단어다.[4] 그러나 남자 선비에게 여사와 같은 덕목이 요구되었던 건 아니다. 충효, 열절, 높고 원대한 식견, 총명, 윤리 등은 남자 선비에게도 해당하지만, 아름답다, 말수가 적다, 착함, 순수함은 대체로 사용하지 않았다. 이우제(李遇濟)는 홍양호(洪良浩. 1724~1802)에게 어머니 유인 청송 심씨(1719~1799. 심상[沈鏛]의 딸)의 묘지명을 청탁하면서 어머니가 친척들로부터 여중군자라 칭찬받았다고 썼다. 심 씨는 단정하고 엄숙했으며 자애로웠고 행동이 여성의 규범에 부합했다. 평소에 방을 깨끗하게 청소했고 의상과 물건을 반듯하게 정돈했다. 손수 여공(女工: 부녀자들이 하던 길쌈질)을 해서 한가히 즐긴 적이 없었다. 비루한 세간의 말을 하지 않고, 무당과 점쟁이를 집에 들이지 않아, 친척들이 여중군자라고 했다.[5] 어사, 여군자, 여중군자는 유사어로 볼 수 있다.[6] 남성에게 군자란 선비士가 도달해야 할 이상이지만, 여성이 도달해야 할 이상이 여군자인 것은 아니다. 현부賢婦, 영처令妻, 양모良母라는 표현으로도 충분하다. 단 여사나 여군자란 호칭에는 지성과 인격에 대한 판단이 강조되었다. 남겨진 문헌 기록 중심으로 단어 활용 빈도나 서술 맥락을 고려하면, 여사가 여군자에 비해 많이 쓰였다.[7]

규중지기閨中知己란 가정의 지우(知友: 나를 이해하고 알아주는 벗)라는 뜻이다. 이만부(李萬敷. 1664~1632)[8]는 30년을 해로한 두 번째 아내, 공인 풍산 류씨(1646~1717)를 규중지기로 칭했다. 류 씨는 의롭지 못하거나 뜬구름 같은 영화에 거리를 두었기에 마음이 맞는 벗으로 여겼다. 이 단어는 자신과 지향이 같고 존경심이 있을 때 썼다.[9] 형제간도 이 표현을 썼다.[10] 지적이고 정서적인 소통이 가능한 경우, 상호 존중한다는 의미에서 가족끼리도 썼다.

이에 비해 여걸女傑, 또는 성녀聖女라는 표현은 다소 의미 차이가 있다. 김창흡(金昌翕. 1653~1722)은 큰형수 정경부인 박씨(김창집[金昌集. 1648~1722]의 아내)의 묘지명에서, 형수가 가정사에 진두지휘를 잘해서 문제를 빠르고 시원하게 해결했다고 했다. 시어른의 의중을 파악해 신중하게 행동해서, 시어머니로부터 백 사람의 몫을 해내는 여걸이라고 칭찬받았다.[11] 김창흡의 어머니가 며느리에게 쓴 여걸이라는 칭호는 탁월한 문제해결력, 여러 몫을 해내는 노동 생산성 등과 연결된다. 인격적 완성을 강조하기보다는 업무 역량과 성격적 기질에 관련된다. 조귀명(趙龜命. 1693~1737)은 큰 고모인 공인 이씨가 법도에 맞게 처신하고 중용에 부합해서 아버지(조태수[趙泰壽. 1658~1715])에게 성녀聖女라고 칭찬받은 일을 썼다. 그는 고모님이 고을을 다스렸다면 천하 장부를 복종시켰을 거라고 했다.[12] 여자 성인女聖이라는 표현은 드물게 쓰였는데, 여사 또는 여군자처럼 인격적 자질과 관련된다. 장부를 복종시킬 정도의 기세가 있고 카리스마 있는 여성에게 썼다.[13] 인격적으로 훌륭한 여성을 군자라고 쓴 사례도 있다. 김창집은 셋째 형수, 유인 경주 이씨(김창흡의 아내)에 대해 모두 군자로 여겼다고 썼다. 세상이 타락하고 풍속이 쇠해서 의를 실천하는 이가 드문데, 형수님은 들은 대로 잘 따르고 가르치지 않아도 바르게 처신했다.[14] 김창집이 쓴 단어는 여군자가 아니라 군자다. 군자와 여사를 같이 쓰기도 했다. 송상기(宋相琦. 1657~1723)는 어머니(김광찬[金光燦. 1597~1668]의 딸, 김수항[金壽恒. 1629~1689]의 누이, 송규렴[宋奎濂. 1630~1709]의 아내) 안동 김씨가 가난을 편히 여기고 도를 지켜서 옛날 현인군자의 분위기가 있었다고 했다. 사람들이 모두 존경하고 복종해서 여사라고 칭했다.[15] 여성에게 군자라는 범칭을 사용해서, 젠더 차이를 넘어서는 인식을 보였다.

영달에 초탈해 세속적인 것을 추구하지 않는 여성은 '임하의 기풍이 있다'는 표현을 썼다. 임하풍林下風은 처사의 기풍이라는 뜻으로, 진나라 사안(謝安)의 조카인 여류 문인 사도온(謝道韞)으로부터 유래했다. 사도온의 정신이 소탈하고 밝아서 임하풍이 있다고 했다. 세속을 초월해 고상하고 기품 있는 분위기를 뜻한다.[16] 이의현(李宜顯. 1669~1745)은 두 번째 부인인 정경부인 은진 송씨(1682~1716)가 임하풍이 있다고 했다.[17] 벼슬하지 않고 은거해 초탈하게 사는 선비를 산림처사라고 했는데, 그런 남편을 지지하거나 탈속적 삶을 추구한 여성도 임하풍이 있다고 했다. 여성 중에도 세속과 거리를 두는 삶을 실천하고 지향하는 이들이 있었다. (여기서 선녀가 아니라 신선을 떠올릴 수 있다. 신선이라면 초탈적 풍모가 강조되는데, 선녀라고 하면 미인을 연상하는 것은 초탈성에 대한 젠더적 편견이 작동해서다.)

여사, 여(女)군자, 군자, 여걸, 임하풍 등의 호칭과 단어는 여성의 정체성을 아내, 어머니, 며느리 등 가족 관계 역할로 한정하지 않는다. 삶을 대하는 여성의 태도와 지향에 정체성을 부여한 사회적, 역사적 호칭이다. 여성의 인격, 지향하는 바, 가치관을 인정하고 정체성으로 부여하는 '인정 구조'가 실재했다.

성품과 자질에 성차性差가 있을까?

현대 사회에서 취업이나 취학을 위해 개인의 성취도나 야망, 대인 관계, 업무 적합성 등을 보다 중시하지만 조선시대에는 생애 전반에 걸쳐 윤리성, 인내심, 겸손, 사회 적응도, 진정성 등을 존중했고, 이는 평생 관리해야 하는 중요한 항목이었다. 즉, 조선시대에는 인격과 자질을 중시했다. 그런데 인격과 자질에도 젠더 차이가 있었을까? 여성의 인격과 역량, 성품과 자질 표현에 대한 젠더 경계의 실상을 알아보자.

조선시대 생애성찰적 문헌에는 여성의 성품, 인격, 태도, 자질, 심미안, 역량 등을 표현하는 어휘가 다양하다. 이 중에서 단연 우위를 보이는 것은 '순함'과 '부드러움'이다. 김창흡은 둘째 며느리 박 씨의 제문에서 여성이 갖추어야 할 네 가지 덕이 있는데 모두 순함으로 수렴된다고 했다. 순함이란 부드럽고 아름답고 얌전한 것이다. 입으로 떠들썩한 말을 하지 않고, 거만한 기색을 보이지 않아야 한다.[18] 박필주(朴弼周, 1680~1784)는 정부인 유씨(안구[安絿]의 아내)의 묘지명에서, 여성의 행실 중에서 유순함이 최고라고 했다. 유순함을 갖추어야 여성의 도리와 몸가짐이 떳떳하다는 것이다. 그렇지 않으면 재주와 지혜, 식견을 인정받아도 아름다운 부덕이 있다고 말할 수 없다.[19] 이는 순하고 부드러운 여성을 칭찬하는 전형적인 수사다. 순함順을 대개 순종으로 번역해서 현대인에게는 순종이라는 단어가 익숙한데, 원문을 보면 순종順從이 아니라 순하다順고 적은 경우가 많다. 순함이 조선시대 여성의 기본 미덕으로 간주된 것은 사실이지만, 절대적이고 유일한 덕목은 아니다. 문헌에 있는 여성의 자질과 품성에 대한 수사가 얼마나 다양한지를 이해하는 것만으로도 현대인의 조선시대 여성에 대한 고정관념을 수

정할 수 있다.

조선 사회는 여성에게 화려함이나 사치스러움, 강한 자기 주장 등을 권하지 않았다. 반대로 화려함을 좋아하지 않음不喜紛華, 자애로움慈, 은혜로움惠[20] 등을 갖추도록 요구했다. 그런데 이런 덕목은 여성 전용이 아니다. 예컨대 정약용(丁若鏞. 1762~1836)은 이기양(李基讓. 1744~1892)의 묘지명에서 그가 현령이 되었을 때 자애慈와 은혜惠로 행정에 임해서 명성을 얻었다고 했다.[21] 자애와 은혜라는 표현을 남성 관리에게도 썼다.

조선 후기 문헌에서 남녀의 자품(資品: 자질과 품성) 수사 중 젠더적 시각에서 재성찰이 가능한 부분을 간취해 보았다.[22]

첫째, 뛰어난 기억력은 남녀 모두 칭찬했다. 기억력은 암기력과 직결된 일종의 정보 관리 능력이다. 조선시대에 지력知力을 측정하는 유력한 척도다. 이희조(李喜朝. 1655~1724)는 장모 정경부인 윤씨에 대해 '기억력이 남보다 뛰어나 역사책에 기록된 역대 고금의 변화와 어진 사람들, 군자의 자취를 모두 꿰뚫어 알아 평생토록 잊지 않았다. 가문의 계보와 족파, 멀고 가까운 자손들도 정확히 아셨다.'고 썼다.[23] 남자는 기억력 외에 학식이 뛰어나고 박식한 것, 어려서부터 지적 성취가 뛰어난 것도 적극적으로 기록했다. 반면 여성은 책 읽기와 글쓰기를 권유하지 않았기 때문에 지식과 정보를 들어서 기억했다가 자손에게 전하고 필요할 때 활용한 것을 칭찬했다. 이희조가 장모의 기억력은 칭송하면서도 '책 보기는 좋아했지만 시나 글을 쓰는 건 즐기지 않았는데, 내키지 않은 게 있어서다'[24]라고 쓴 것은 이런 이유다. 필자에 따라 여성의 책 읽기와 글쓰기를 드러내기도 했으나, 이는 예외적이다. 여성으로서 쓰기와 읽기는 자제해야 했고 능력이 있어도 감추어야 했지만, 듣기, 외기, 기억하기는 마음껏 드러내도 되는 거의 유일한 지적 영역이었다.

둘째, 여성은 말수가 적고 감정을 드러내지 않는 것을 미덕으로 여겼다. 이에 비해 남성은 언변이 뛰어난 것을 장점으로 여겼다. 조선 중·후기의 문인 송징은(宋徵殷. 1562~1720)은 큰 누나가 화려한 것을 좋아하지 않았고 단정하고 공손한 태도에 말수가 적어서 법도에 맞지 않는 게 없었다고 했다.[25] 채제공(蔡濟恭. 1720~1799)은 외사촌 여동생 이 씨(? ~ 1782. 이지억[李之億. 1699~1770]의 딸, 윤항진[尹恒鎭]의 아내)[26]가 어려서부터 성품과 도량이 조화롭고 조용해서 말을 할 수 없는 것 같다고 했다.[27] 말수가 적은 여성을 칭찬한 것이다. 남성의 경우는 이와 달랐다. 정약용은 이기양의 묘지명에서 그의 언변이 긴 강물 흐르듯 했다고 했다. 뜻에 부합하는 바를 만나면 고금의 사례를 들어 마치 장인이 나무를 깎을 때 자귀(목재를 깎는 도구)를 들면 바람 소리가 나는 것처럼 정교했다고 칭찬했다.[28] 여성은 말수가 적고 마치 말을 못 하는 것 같아야 칭찬하고, 남성은 청산유수같이 말을 잘하면 칭찬했다. 언변에 대한 이해에 젠더 차이가 있었다. (물론 과묵한 남성을 진중한 성품으로 논한 경우도 있다.)

셋째, 조선시대에 남녀 모두 효와 우애 같은 가족애를 중시하고, 모범적 태도를 존중했다. 예컨대 조태채(趙泰采, 1660~1722)는 아내인 청송 심씨(1660~1699)가 어려서부터 단정하고 엄숙하고 정숙했다고 썼다. 마음을 세우고 행동을 법도 있게 하는 것이 모두 도리에 맞았고, 총명하고 민첩한 점이 남보다 뛰어났다고 했다.[29] 여성을 칭송할 때 바르고 엄숙하며 법도 있게 처신했다고 적는 것이 공통된다.

남성은 조금 다르다. 남성이 예의에 얽매이지 않으면 호방하다고 칭찬하는 문화적 허용이 있었다. 정약용은 이기양이 어려서부터 멋대로 행동하고 예의에 얽매이지 않았다[30]고 썼는데, 비난하기 위해서가 아니라 자유롭고 호방한 처신을 인정하기 위해서다. '젊어서는 구속되는 바 없이 행동했지만 성장해서는 기질을 바꿔 도에 부합하게 되고 도타워졌다'[31]고 써서, 매인 데 없는 성격을 젊은 한때의 치기로 허용했다. 나이 들면 고쳐야 하는 극복의 대상으로 본 것이다. 남성의 자유로운 처신을 허용하는 문화적 분위기는 분명히 있었다. 남성 화가 최북(崔北)에 대해, '칠칠은 성품이 저항적이고 오만했으며, 남을 따르지 않았다'[32]거나, 화가 김명국(金明國)에 대해 '성품이 매이지 않고, 해학을 잘했다'[33]고 썼다. 물론 이들은 일반 양반이 아닌 화가였기에 자유분방함을 인정했다고 볼 수 있다. 그러나 여성 화가 신사임당(申師任堂)에 대해서는 이런 면이 강조된 바 없다. 하층 여성이나 기생에 대해서도 규율을 어기거나 오만하고 자유분방했을 때 이를 긍정적으로도, 가치중립적으로도 보지 않았다. 품성과 인격에 대해 젠더에 따라 달라지는 시각차로 볼 수 있다.[34]

넷째, 덕이 있거나 쌓는 것, 자애로움慈, 돈독한 행실篤行, 고요함靜, 화순한 태도, 단정함端, 단정하고 엄숙함端莊, 순수함粹, 베풀기를 좋아하고 어려운 사람을 구제함 등은 남녀 모두에게 권고되고 존중받았다.[35] 말하자면 여성에게만 요구한 덕목이 아니다. 이에 해당하는 여성 사례는 앞에서 많이 살폈으므로, 남성 사례를 살펴보자. 정약용은 막내 작은아버지 정재진(丁載進. 1740~1812)의 묘지명에서 공은 외모가 단정하고 엄숙했는데, 평안하고 고요하며 자애롭고 선한 기색이 밖으로 부드럽게 표현되었다고 썼다.[36] 단정端, 엄숙莊, 평안恬, 고요靜 등을 남성을 칭찬하는 요소로 본 것이다. 김조순(金祖淳. 1765~1832)은 임진란 때의 의병장 양산숙(梁山璹. 1561~1593)에 대해 나면서부터 단정하고 순수했다[37]고 썼다. 남성에 대해서도 섬세함, 독실함, 깊이, 순수, 밝음, 돈독함, 아름다움 등의 내적 자질을 존중했다. 그러나 손님에 대한 태도는 남녀의 차이가 두드러졌다. 여성은 손님을 잘 대접하는 것에 초점이 맞추어졌는데,[38] 남성은 손님맞이를 좋아하기만 해도 좋은 인품으로 여겨졌다.[39] 물론 이때 여성이 대접한 손님은 자기 친구가 아니라 남편 친구다.

다섯째, 청렴은 안빈낙도하며 수양하는 남성의 자질로 알려졌지만, 같은 성향의 여성도 있었다. 청렴은 맑음淸, 검소하고 깨끗함廉潔 등으로 표현되었다. 청렴한 관리를 서술한 사례는 널리 알려졌는데, 여성의 청렴에 대해서는 상대적으로 알려진 바가 적다. 그 때문에 청렴은 남성적 자질로 여겨지지만, 이는 사실과 다르다. 이재형(李載亨, 1665~1742)은 자신을 낳아준 양천 허씨(1635~1720. 이응서[李應瑞]의 아내)가 평소에 청렴하고 깨끗해서 재물에 대해 초연하고 얽매인 데가 없었다고 회고했다. 허 씨는 평소에 이익에 대한 욕심이 한번 싹트면 밖으로 드러나고, 얼굴과 눈빛도 변해서 숨기려 해도 안 된다고 말했다.[40] 청렴이 내면화되면 신체화된다고 여겼다. 이세백(李世白, 1635~1703)이 재상일 때 부부 모두 청렴하다고 소문이 났다. 가까운 친척과 하인 외에는 출입을 허락하지 않았다. 연줄로 벼슬을 청하러 문안 오면 엄하게 꾸짖어 내쳤다. 과일이나 작은 선물도 받지 않았다. 아내 정 씨가 청렴하다고 소문난 것은 이런 행동이 알려져서다. 청렴은 남성만의 윤리가 아니라 여성도 지키고 인정받던 삶의 태도다.

여섯째, 속기(俗氣)가 없는 여성을 존경하는 문화가 있었다. 숙인 이씨(1707~1776. 이병철[李秉哲]의 딸. 황인겸[黃仁謙]의 아내)는 성품이 관대하고 인자하며 엄숙했다. 세속의 구차한 행실과 뽐내고 아첨하는 습속을 더러운 것 대하듯 했다.[41] 세속적이지 않고 속물적이지 않아 존경받았다.

일곱째, 성품 수사 중에서 '현賢'은 '어질다'로 번역되는데, 남성과 여성의 경우, 쓰임에 차이가 있다. 맥락을 유추해 번역하면 '현'은 훌륭하다는 뜻이다. 유인 조씨(1750~1772. 조명백[曺命百]의 딸, 조경채[趙絅采]의 아내)가 죽은 뒤에 시아버지 조윤원이 며느리를 칭찬했다. "우리 며느리는 거동과 태도가 신선이다. 부도婦道의 실천은 노력한다고 잘할 수 있는 게 아니다. 내가 늦게 돌아와도 우리 며느리는 항상 섬돌을 내려와 맞이했다. 내가 병들면 우리 며느리가 문밖까지 나와 마중해 주었다. 여자의 일을 모두 정교하고 민첩하게 했고, 상례나 제례, 곡식 심기와 밭 가꾸기, 공업과 상업, 씨족과 관작의 대략에 이르기까지 모두 섭렵했다. 우리 며느리가 어질고 기예가 있다고 할 수 있지 않나."[42] 조 씨의 묘지문을 쓴 정범조(丁範祖. 1723~1802)는 이에 대해 조 씨가 과연 어질다고 인정했다. 부덕에 대해서는 시부모와 남편에게 믿음을 얻기 어려운 법인데, 시아버지가 이렇게 말하니 조 씨가 어진 게 사실이라는 것이다.

여성의 훌륭한 언행을 열거한 뒤 '아! 어질다!'라고 적은 사례가 많다. 즉 지식이나 지성을 강조하기보다는 부덕婦德을 잘 실천하고 훌륭한 인격을 갖추었을 때 썼다. 어진 며느리는 현부賢婦, 어진 어머니는 현모賢母라고 했다. 반면 남성이 '현'과 결합할 때는 어진 신하賢臣, 이름나게 어진 사람名賢, 어진 선비賢士, 어진 사람賢人, 현명한 재상賢相, 재능 있고 어질다才賢 등으로 썼다. 남편과 사위에 '현'을 결합한 현부賢夫, 현서賢壻라는 표현도 있지만, 이는 현부, 현모에 비하면 용례가 현저히 적다. '어질다賢'는 대상에 대한 사회적 역할과 기대에 대한 인정 구조를 반영한 인격성의 표현이다.

세속 부인과 다르다는 말은 칭찬인가, 비하인가?

고전 문헌에는 훌륭한 여성을 칭찬하기 위해 '세속 여자(俗婦 또는 世俗婦女)와 달랐다'는 표현을 자주 썼다. 특정 여성의 탁월성을 칭송하기 위해 여자 일반을 폄하한 것이다. 여기서 세속 여자란 양반가의 다른 여자를 말한다. 남성 필자 사이에 세속 부녀자란 대체로 부정적인 어휘망을 형성했다. 예컨대, 숙인 창녕 성씨(1680~1732. 이세운[李世雲]의 두 번째 아내)는 후손에게 세속 여자들은 가난을 불평하는 게 다반사이고, 용렬한 선비는 그 말을 마음에 담아둔다고 했다.[43] 세속 여자는 인내심이 부족하고 불평이 많다고 서술된다. 이덕수(李德壽. 1673~1744)는 공인 김씨(김주신[金柱臣. 1661~1721]의 딸, 윤면교[尹勉教. 1691~1766]의 아내)가 『소학』과 『삼강행실』을 좋아해서 베껴 적고 암송했다고 썼다. 세속 부녀자들이 즐기는 전기류를 보지 않았다.[44] 이를 통해 역설적으로 당시에 여자들이 소설책을 즐겨 읽었음을 알 수 있다. 이덕수는 이런 문화를 좋지 않게 보았다. 김 씨의 남편인 윤면교도 아내가 부귀한 집에서 자랐고 친언니가 왕비였지만 겸손하고 신중해서 부모 봉양을 잘했다고 썼다. 세속 부녀자들이 미칠 수 있는 바가 아니라는 것이다.[45] 아내를 칭찬하기 위해 여성 일반을 폄하했다.

유언호(俞彦鎬. 1730~1796)는 아내 여흥 민씨의 유사를 쓰면서 세속 부녀자는 부귀를 부러워하고 화려하고 사치스러운 것을 숭상해서 분수를 살피지 않는 게 문제라고 했다. 아내는 이들과 달리, 가난 속에서도 분수를 지키며 검소하게 지냈다고 했다. 사람들이 비웃고 조롱해도 신경 쓰지 않았다.[46] 아내를 칭찬하기 위해 세속 여자들의 문제점을 열거했다. 남성 필자들은 어머니, 아내, 여동생, 누나, 할머니, 고모, 장모 등을 칭찬하려고 여성 일반을 세속 여자로 칭하면서 여성상을 부정적으로 고정했다. 세속 여자의 특징은 투기한다,[47] 투기하면서 마음이 사납다,[48] 가난을 원망한다,[49] 사치스럽다,[50] 약삭빠르고 사치스럽다,[51] 구차하게 꾸민다,[52] 화려하게 꾸민다,[53] 얽매이고 연연해한다,[54] 자잘하고 좁고 비루하다,[55] 용렬하고 자잘하다,[56] 자잘하고 꽉 막히고 누추하다,[57] 탐욕적이고 인색하다,[58] 말투가 청아하지 못하고 뜻이 깊지 않으며 거시적 안목이 없다,[59] 교묘하게 속삭인다,[60] 편협하고 사사롭다,[61] 화려하게 꾸미고 재산 증식을 잘한다[62] 등이다. 세속 여자들이 다정하고 고운 자태를 지녔다고 전제하고, 이와 다른 여성을 칭찬하는 수사법도 썼다.[63] 칭찬받을 만한 여성은 세속 여자와 달리, 말이 부드럽고 뜻은 곧으며 일 처리는 현명하다고 썼다.[64] 별다른 설명 없이 세속 여자들이 미치지 못한 바가 있었다고 쓰거나,[65] 마음가짐과 행실이 요즘 여자와 다르다고 서술하는 것[66]만으로도 칭찬하는 표현이 되었다. 오늘날의 감성으로 이런 수사는 여성 혐오에 가깝다.

양반 남성은 자신의 여성 가족이 최고라고 치하하기 위해 세속 여자들을 하향평준화했다. 세속 여자와 다르다는 표현은 탁월성을 칭찬하는 표현인데, 여자 일반을 폄하하고, 남자로 태어나지 못해 안타깝다는 탄식을 이어갔다.[67] 이런 발상에는 뛰어난 존재는 곧 남성이고, 뛰어난 사람이 여자로 태어난 것은 흔치 않은데, 남자가 아니라 사회 진출의 기회가 없어 영달할 수 없으니 안타깝다는 판단이다. 여성을 칭찬하는 표현이지만 여성 일반을 낮추어보고 남성을 탁월성의 기준으로 삼는 언어 관습이기에, 결국 젠더 차별이다.

남자보다 나은 여자는 더욱 남자답다?

조선시대 문헌에는 훌륭한 여성을 칭찬하기 위해 여성의 성품과 자질, 역량을 남성과 비교하는 경우가 많다. '남자 같다', '남자보다 뛰어나다', '남자로 태어났더라면' 등 성을 기준으로 여성의 품성과 자질, 역량을 판단했다. 남성을 차용한 여성의 성품과 자질에 대한 수사를 살펴보자.

첫째, 뛰어난 여성을 남자 같다고 표현하며 남성성을 차용하는 방법이다. 임희성(任希聖. 1712~1783)은 어머니 남양 홍씨(1685~1772. 임광[任統. 1579~1644]의 아내)의 묘지에서 어머니가 성품이 넓고 바르며 식견과 사려에 통달했다고 썼다. 홍 씨는 어려서부터 세속 여자의 어리석고 미련하고 외람되고 자잘한 행실이 없었다. 기상과 도량이 사내대장부丈夫男子 같았다.[68] '장부남자'는 '세속부녀'의 대립어다. 기상이 높고 도량이 넓으면 남자 같은 것이고, 어리석고 미련하고 외람되고 자잘한 것을 좋아하면 세속 여자다. 성품 이해에 어느 한쪽 성이 우월하다는 젠더 위계가 반영되었다.

유인 김씨(1705~1759)는 어려서부터 성품이 탁 트이고 빼어나 남자의 기상이 있었다. 그런데 자애롭고 인자해서 어려움을 당하거나 갈 데 없는 사람에 대해 들으면 눈물을 흘렸다.[69] 이 글을 쓴 이는 김낙행(金樂行. 1708~1766)으로 유인 김씨의 아버지와 사촌지간이다. 김낙행은 자질구레한 일에 구애받지 않고 빼어난 성품이면 남성적이라고 보았고, 자애롭고 인자하며 타인의 어려움에 공감하면 여성적이라고 했다. 남자 같은 여자란 일종의 찬사였지만, 그 과정에서 세속 부녀자 일반을 폄훼하는 시선이 드러났다. 그런데 유인 김씨는 남자 같으면서 동시에 여성적이다. 기상은 준걸하되 인자해서 타인에 대한 공감 능력을 갖추었기 때문이다. 글에서 준걸한 기상은 남성적인 것, 인자함, 공감 능력은 여성적인 것으로 간주되었는데, 두 요소를 두루 갖춘 여성을 높이 평가하는 판단과 인식이 있었다.

둘째, 여자이지만 남성성을 체현했다고 서술하는 것이다. 김창협은 조카 조 씨의 제문에서, 여자인데 남자처럼 씩씩한 기상이 있었다고 썼다.[70] 당시의 젠더 감각으로 씩씩함은 남성적인 것이다. 아주 신씨(1710~1797. 이석관[李碩寬]의 아내)는 규문에서 덕을 길렀지만, 굳건하게 남자의 뜻이 있었다. 유방과 항우, 위나라와 촉나라에 대한 책을 읽을 때마다 정의감에 복받쳐 한숨을 쉬었다. 진나라 도연명의 「귀거래사」를 즐겨 암송했고, 임금을 사랑하고 나라를 그리워하는 마음이 있었다. 좋은 음식을 보면 임금님께 바치고 싶어 했다. 필자는 신 씨의 손자인 이상정(李象靖. 1711~1781)이다. 그가 음직에 나아가게 되자 할머니는 임금의 안부와 목소리, 안색을 자주 물었다.[71] 신 씨는 정의감과 충성심이 있었고 조정에 대한 관심이 컸다. 이상정은 이를 남성적인 요소, 또는 남자의 세계로 이해했다.

김진규(金鎭圭. 1658~1716)는 할머니 윤 씨(김만기와 김만중[金萬重. 1637~1692]의 어머니)가 가난했지만 재산에 욕심이 없고 얽매이지 않았으며, 여자의 인색한 기운이 없었다고 했다. 인색함을 여성의 기질이라고 보았다. 윤 씨는 스스로 천성이 오활하다고 했고, 여자이지만 재산 불리는 일을 좋아하지 않는다고 했다.[72] 오활하다는 것은 물정 모른다, 주의력이 부족하다는 뜻이다. 성격이 꼼꼼하지 않다는 의미다. 여자인데도 재산 불리는 일을 좋아하지 않았다는 말은 대부분의 여자들이 재테크를 잘했다는 뜻이다. 이에 대해 생활력이 있다든가 경제관념이 있다고 할 수도 있는데, 부정적 처신으로 평했다. 청렴과 도덕성을 중시하는 조선시대에 재산을 불리는 치산治産에 힘쓰는 것은 사대부의 올바른 도리가 아니라고 여겼다. 사실은 여성의 경제력 덕분에 남성들이 편안하게 학업과 관직생활, 교우관계에 전념할 수 있었다. 윤 씨가 전생에 남자였을 거라는 생각의 근거는 문학을 사랑했다는 점이다. 집안의 재산 관리는 여성이 하고 문학은 남성이 한다는 발상이다.

남자 같다는 것은 씩씩한 기상傑然, 정의적 감각(역사의식, 비분강개), 충성심, 애국심, 문학에 대한 사랑 등의 취향과 자질을 포함한다. 남성적 자질을 탁월성으로 전제한 경우도 많다. 김창흡이 조카딸에게 쓴 '남자의 기상'이라는 표현에는 부연 설명이 없다. '걸연傑然'이라는 수식어는 탁월성, 사내답다는 뜻이다. 남녀를 성품과 자질에 차등이 있는 위계적 대상으로 여겼다.

셋째, 여자인데 남자보다 낫다고 해서 '남성을 초과한' 여성이라고 극찬한 경우다. 유인 박씨(권원[權援]의 아내)의 묘지명에는 박 씨가 남자보다 낫다는 표현이 두 번 나온다. 하나는 남편이 선영에 비석을 세우려는 뜻을 이루지 못하고 죽었는데, 박 씨가 성사시켰기 때문이다. 필자 황경원(黃景源. 1709~1787)은 이런 일은 남자도 하기 어려운데, 일개 과부인 박 씨가 했으니 어질다고 했다.[73] 박 씨는 묘석을 세우기 위해 수천의 재산을 썼고, 인부를 진두지휘했다. 박 씨 개인을 칭찬하기 위해 남성의 능력 전체를 우월하게 여기는 시선을 동원했다. 다른 하나는 박 씨의 사람됨을 서술한 부분이다. 박 씨는 지혜와 식견이 뛰어나고 슬기로웠으며 뜻이 크고 사려가 깊었다. 총명하고 기억력이 좋았다. 사람의 선악, 사건의 득실과 성패에 대한 판단이 정확해서 남자도 쉽게 이를 수 없는 경지였다고 했다. 칭찬하는 표현이지만, 여성 일반을 폄훼하고 있다.[74]

여성은 지적 능력, 의로운 태도, 도량이 탁월할 때 남자보다 낫다고 평가받았다. 탁월한 여성의 비교 대상은 다른 여성이 아니라 남성이다. 공인 송씨(1699~1767. 이사중[李思重. 1698~1733]의 아내)는 16세에 시집가서 시조부모와 시아버지, 그의 계실을 모셨다. 시할머니는 손부가 몸이 작지만 도량이 크고, 장부도 모르는 것을 알았다고 했다. 시할아버지는 손부가 여자 영웅女中之英이라고 칭찬했다.[75] 뛰어난 여성을 칭찬하는 기준점은 남성이었고, 남성을 초과했다는 표현을 여성에 대한 극찬으로 썼다.

'남자라도 미치지 못했을 것'이라는 표현은 여성의 능력에 대한 최고의 찬사다. 그 내용은 덕, 도량, 도덕적 판단력, 의사 결정력, 지혜, 식견 등인데, 역으로 이런 요소를 여성이 갖출 수 없다고 여겼기에, 칭찬이지만 결국 여성 폄훼다.

넷째, 여성이 탁월한 자질과 역량을 갖추었는데, 남자로 태어나지 못했으니 안타깝다면서 남성을 가상해 본 경우다. 김창흡의 큰형수인 정경부인 박씨는 5세에 고아가 되어 외가댁에서 자랐는데, 외할아버지인 이행진(李行進. 1597~1775)이 남자로 태어났더라면 재상이나 장수가 되었을 관상이라고 말한 적이 있다.[76] 정경부인 이씨(1694~1728. 김약노[金若魯. 1694~1753]의 아내)는 아버지(이해조[李海朝]. 1660~1711)로부터 성품이 깨끗하고 기운이 맑아, 남자로 태어났다면 문학에 종사해서 집안의 명성을 이었을 것이라는 평을 받았다. 이해조는 딸이 남자로 태어나지 않은 것을 한스러워했다.[77] 이천보(李天輔. 1698~1761)는 큰어머님의 성품이 후덕하고 식견에 통달했으며 길쌈하는 여가에 경전을 익혀, 사람의 선악, 국가의 치란, 상하고금의 이치를 꿰뚫었으니 장부가 되었다면 나라를 구했을 거라고 했다.[78]

여성이 남자였다면 하고 가상하게 된 근거는 남다른 관상, 뛰어난 문식력,[79] 문학적 재능, 총기, 탁월한 기억력 같은 지적 능력,[80] 깨끗하고 맑은 성품과 인격성[81] 등이다.[82] 별다른 근거를 적지 않고, 남자가 아니라서 한스럽다고 써도, 여성의 탁월성을 입증하는 관습적 표현이 되었다.[83] 여성 스스로 '내가 남자였다면'하고 가상한 경우도 있다. 정경부인 이씨(홍수헌[洪受瀗. 1640~1711]의 아내, 이재의 큰고모)는 책을 좋아해서 남자로 태어났다면 만권서萬卷書를 읽었을 거라고 했다.[84] 여성이라 다양하게 독서할 기회가 없었기 때문이다.

이런 서술은 양반 여성이 읽기와 쓰기에서 자유롭지 않았고, 문해력이 있어도 떳떳이 밝히기 어려웠던 시대상을 반영한다. 지식 습득이 문화 권력을 획득하는 유력한 방편이던 시대에 여성의 문자 생활을 억압했다는 것은 여성의 사회적 지위에 대한 원천적 통제를 뜻한다. 일부 여성은 문자 생활을 통해 도달할 수 있는 지성의 세계를 동경했다. 상층 여성은 암묵적으로 문자 생활이 허용되었지만, 이는 철저히 가정의 내부로 한정되었다. 소지(所志: 청원이 있을 때에 관아에 내던 서면)를 써서 관과 소통하더라도, 이는 개인과 가정의 명예나 이권에 한정되었기에, 사회적 진출이나 능력 발현에 대한 여성의 동경은 '남자 되기'라는 우회적 형태로 표현되었다. 여자이면서도 여자라는 것을 충분하게 여겨지지 않았던 한恨의 정념을 떠오르게 한다. 한은 자신이 대면한 고통스러운 상황이 저항할 수도, 극복할 수도 없다고 여길 때 느끼는 슬픔, 회한, 좌절, 아픔, 안타까움이 복합된 정서다.

필자들은 이 여성이 남자였다면 장수나 재상이 되고 학문과 문학에 공을 세워 가문이 번창했을 거라고 썼다. 여성에게 탁월한 역량이 있었지만 남자로 태어나지 않아 능력 발휘도 못하고 인정도 받지 못했다고 했다. 필자들은 젠더 차별에 대한 문제를 분명히 인식했다. 그럼에도 불구하고 이를 수정하고 변혁하지 못했다. 충분히 돌파할 수 있는 문제였는데, 불가항력이라고 여기며 한스러워했다. 한계 지점을 시대 문제나 사회 문제로 사유할 수 있는 가능성 자체를 차단했다. 사회가 바뀌려면 안타까움은 변혁을 이끄는 정동적 장치가 되어야 하고, 이성과 법, 제도 차원에서 토론하면서 대안을 찾으려는 실천이 뒤따라야 한다. 이것이 정동적 이행이다. 당시에는 이에 대한 사회적 상상력이 생성되지 않았고, 현실의 문제를 윤리로 덮어씌워, 억압을 견딘 여성을 칭송하는 담론을 확산했다. 윤리를 일방적으로 따르기보다 성찰해야 하는 이유다.

　조선시대 여성에 대한 사회적 호칭은 여성의 능력을 인정하면서도 남성에 미치지 못하는 존재라는 인식을 반복 재생산했다. 이는 여성을 바라보는 시선과 그것을 평가하는 주체가 '양반', '남성'이라는 이중의 필터를 거쳤기 때문이다. 남성의 언어로 여성을 표현하고 해석하는 데는 한계가 있다. 무엇보다 남성 필자들은 여성이 누구이고 무엇을 하며 어떻게 살아가는지, 여성의 의지나 욕망, 지향은 무엇인지 대한 총체적인 관심과 섬세한 배려가 없었다. 남성이 삶에서 비교하고 참조한 대상은 역사와 현재의 남성이지 과거와 현재의 여성이 아니다. 남성의 시선 너머로 인간과 세상을 볼 수 있다는 것을 알지 못한 것이다. 여성의 삶을 여성 주체의 관점으로 다시 살펴야 하는 이유다. 여성의 삶은 역사를 구성하는 투명한 종이처럼 접혀 있기에, 제대로 그 삶을 살펴보려면, 접힌 종이를 조심스럽게 펼쳐내고 그 안에 투명하게 쓰인 글씨를 읽을 수 있게 조치를 취해야 한다. 남성의 행위와 업적은 문자화되었지만 여성의 행위와 업적은 종이 위에 지분을 갖지 못했다. 그러나 없던 것은 아니기에 여성의 존재와 힘은 문자화된 종이 위에 투명하게 덧발라져 시간의 흐름 속에서도 지워지지 않고 남아있다. 문자화된 세계만이 역사의 전부가 아니다. 시대가 흘렀으니 원래의 색과 형을 복구하고 기록된 글자 사이사이 납작하게 늘어 붙은 여성 존재가 되살아날 수 있도록 적극적으로 복원해야 한다. 그것이 바로 문자 이면의 감성, 비문자 정동과 행위에 대한 해석학적 작업이다. 여성을 부르는 호칭을 통해 오히려 여성이 폄하되고 그 능력이나 가치가 지워졌다면, 그것은 부르면서 동시에 지우는, 오작동된 호명 장치다.

지금, 사회는 여성을 어떻게 부르는가? 여성은 여전히 호명되면서 지워지고 깎여서 왜곡되는 것이 아닌지 과거와 현재를 성찰해서 새로운 명명법을 찾아야 한다.

2장

아내

현모양처는 없다

숙녀는 '자신을 만족시키기 위해 또는 존경받기 위해
무엇을 해야 하는가?' 같은 질문을 해서는 안 된다.
올바른 여성이라면
다른 사람의 행복을 위해 헌신해야 한다.

- 세라 앨리스[‡]

아내의 역할은 내조?

조선시대에 아내의 역할을 대표한다고 알려진 단어는 내조內助다. 다른 말로 현조賢助[1], 보좌輔佐[2], 계명鷄鳴[3]이라고도 한다. 아내를 내조로 바꿔쓰기도 했다.[4] 그런데 이것이 과연 조선시대 아내의 역할을 대표할 수 있을까? 내조란 말은 '도울 조助' 자를 써서 아내를 남편의 보조자로 한정 짓는다. 과연 아내는 그저 남편을 돕는 존재일까? 이것은 문화사적 사실일까?

결론을 먼저 말하면, 내조는 결코 조선시대 아내 역할의 대표어가 아니다. 오히려 부덕婦德이라는 단어를 훨씬 많이 썼다 (한국고전종합DB 사이트의 한국문집총간에서 '부덕'을 검색하면 2,386건, '내조' 는 631건이다). 내조라는 단어에는 다양한 역할과 자질, 역량, 수행성 등이 모두 담겨 있다. 남편을 돕는다는 의미로만 이해하면 실재했던 여성의 삶과 역량을 축소시키고, 여성의 역할과 수행을 정당하게 인정하는 구조를 만들지 못한다. 조선시대의 이상적인 아내는 남편의 명에 무조건 순종하는 보조자가 아니다. 상식적으로 생각해 보자. 인격 수양을 하는 모범적인 사대부가 스스로를 완벽하다 여기며 자기 의견에 아내가 무조건 복종하도록 요구하겠는가? 부부 사이에는 이해와 배려, 공감이 있기에, 지혜롭고 통찰력이 뛰어난 아내를 존경하고 의지한 남편도 많았다.

문헌을 통해 보면, 여성에게 내조자로서의 위치를 부여한 것, 즉 안에서 돕는다는 보조자의 지위를 부여하고, 여성의 사회적 기능을 아내로 한정해서 여성을 가족 신화에 붙잡아둔 것은 전근대의 실상이라기보다는 근대 신화의 욕망이다. 전통 사회에 존재했던 여성의 다양한 역할을 내조라는 어휘로 협소화한 것이다. 여성에 대한 억압과 여성의 역량약화depowerment를 정당화하는 근거로 전통을 차용하되, 부분을 전체로 삼는 전유의 방식을 동원했다. 조선시대에 여성을 남성보다 하위에 두고 억압하면서 그 역량을 약화시킨 점은 부정할 수 없다. 그러나 능력이 뛰어나고 존경할 만한 여성이 있을 때, 그 여성이 아내이거나 딸, 누이, 어머니, 할머니 등 가족일 때, 이들의 언행을 외면하면서 그 역량을 착취하지만은 않았다. 오히려 이들을 인정하고 의지하며 그 말에 귀 기울였고, 자신의 행동을 수정하는데 반영했다. 이 여성들은 남성을 돕기 위해 말하고 행동한 것이 아니다. 그들은 자기 삶을 살았다. 결과적으로 남성에게 도움이 되었지만, 이 또한 남성의 해석일 뿐이다. 이렇게 보면 내조는 전통 여성의 사회적 역할을 대표하는 단어가 될 수 없으며, 아내로서 추구한 방향의 핵심도 아니다.

내조라는 단어가 여성 자질과 역량을 표현하는 대표어가 될 경우, 이는 이중 위험과 모순을 갖게 된다. 첫째, 여성의 자질과 역량을 혼인가정이라는 사회 단위로만 평가하게 된다. '그밖의' 여성에 대한 사회적 이해와 상상력을 차단한다. 둘째, 도움이라는 단어가 함축하는 바에 따라, 여성적 힘과 자질을 오직 남성의 역량강화empowerment를 위한 보조자로 한정하게 된다. 실재했던 여성의 역할과 실천의 의미를 축소하는 것이다.

청렴은 부부 공통의 생활윤리

결혼한 여성의 의무를 대표하는 표현으로 '봉제사접빈객奉祭祀接賓客'이라는 표현이 있다. 제사를 받들고 손님을 접대한다는 뜻이다. 여성은 살림뿐만 아니라 가족과 가문의 사회적 관계까지 관리했다. 남편이 관직에 오른 경우, 아내도 일정 부분 공적 주체로 행동했다. 관리의 아내를 통해 청탁하고 뇌물을 바치려는 이들도 있었다. 아내가 청렴하지 않으면 명예로운 관직 생활이 불가능했다. 청렴은 사대부 남성만의 윤리가 아니라, 부부 공통의 생활윤리다.

17세기에 이후원(李厚源, 1598~1660)은 중년부터 외직을 맡아 여러 지역에 부임했다. 아내인 광산 김씨(1600~1650)는 사람들이 인사차 방문하는 것을 거절하고 집안을 단속했다. 아들 이선은 이를 어머니의 내조라고 평했다.[5] 18세기, 전주 이씨는 조상우(趙相愚, 1640~1728)의 아내다. 시댁이 명문가라 손님 중에 유명인이 많았다. 이 씨는 술과 음식을 잘 대접해서 남편의 교유를 도왔다. 밭에서 거두는 수입이 많지 않아, 이 씨가 길쌈하고 절약해서 살림을 꾸렸다. 남편은 생계에 신경 쓰지 않았다. 이 씨는 남편에게 누가 될까 봐 뇌물과 청탁을 거절했고 외직을 맡았을 때도 그렇게 했다. 관아의 안팎이 반듯하다는 평을 들었다.[6] 숙인 권씨(김필진[金必振, 1635~1691]의 아내, 이덕수의 5촌 고모)는 16세에 가난한 집에 시집가서 살림을 꾸렸다. 남편이 외직을 끝내고 돌아왔을 때가 딸의 혼례식이었다. 권 씨가 돈을 빌려 사위의 말안장을 샀다. 남편은 자신이 관직에 있을 때 왜 사정을 말하지 않았냐고 했다. 권 씨는 공무에 바쁜데 집안일로 신경 쓰게 하고 싶지 않았다고 했다. 이에 대해 숙인 권씨의 아

름다운 내조라고 평했다.[7]

청렴은 사대부의 정신 승리가 아니라 부부가 협력한 결과다. 당대에도 이를 인정한 사례가 많다. 김치후(金致垕. 1692~1742)는 명예롭게 벼슬살이한 것은 아내(전주 이씨. 1691~1733)가 청렴으로 도와준 덕이라고 했다.[8] 우의정 조상우의 아내 전주 이씨는 종들을 잘 관리하고 친척들과 화목하게 지냈다. 고을 사람들은 우상공도 훌륭하지만 부인의 덕이 보탬이 되었다고 했다.[9] 관리의 사회적 평판에는 아내의 처신도 포함되었다.

돕는 아내 이상을 뜻하는 현부

조선시대 모범적인 여성상을 '현모양처'로 칭하는 것은 부적절하다. 조선시대 문헌에 현모양처를 한 단어로 붙여서 사용한 용례를 찾아보기 어렵다(고전번역원DB에 검색하면 0건이다). 현모賢母와 양처良妻에 대한 용례는 있지만, 정작 현모양처는 조선시대에 널리 쓰인 단어가 아니다. 양처의 용례를 보면 대부분 양인의 아내라는 뜻의 신분 지시어다. 좋은 아내라는 단어는 양처가 아니라 현부賢婦(드물게 현내좌[賢內佐], 또는 영처[令妻])라고 했다. 그렇다면 어떤 여성이 이렇게 불렸을까?

최창대(崔昌大. 1669~1720)는 장모인 상주 황씨(오두인[吳斗寅.

1624~1689의 세 번째 아내)의 묘갈명에서 황 씨를 양부현모良婦賢母라고 썼다. 내용을 보면 모범적인 여성의 전형이다. 역으로 보면 바로 그런 모범적 내용을 엮어 생애사를 서술했을 가능성도 있다. 정체성은 사회적 시선과 상상력의 소산이기 때문이다.

> 부인을 살펴보면 민첩하고 한결같고 은혜롭고 바르셨으니 진실로 좋은 아내였고 훌륭한 어머니였다.[10] (최창대, 「정경부인 상주 황씨 묘갈명 갑신」, 『곤륜집』)

황 씨는 오두인의 계실로, 21세에 시집왔다. 날마다 새벽에 일어나 여종에게 업무를 배분하고, 부지런히 일해서 남편이 걱정하지 않게 했다. 궁핍한 사람을 돕고 친척들을 돌봐서 항상 식객이 많았다. 가난한 사람들이 배울 수 있게 해주고 성장을 도와 결혼시켰다. 시부모 봉양이 지극했고, 전실 자녀를 친자식처럼 보살폈다. 여기까지는 살림살이와 봉양, 생계 등 각종 노동에 관한 양반가 여성의 일반적 몫이다. 양부현모로서의 면모를 갖추려면 그 이상의 역할을 해야 한다. 이는 여성이 가치관을 잘 갖추었는지, 남편과 가족에 기여했는지와 관련된다.

기사년에 충정공이 항의하는 상소를 올리게 되었을 때 자제들이 모두 두려워했는데 부인이 의연하게 말씀하셨다. "대장부가 이미 군주를 섬기기로 몸을 맡겼다면 나라에 변고가 있을 때 죽음으로 직분을 다할 뿐이다. 어찌 위험이나 화를 걱정하겠는가!" 대고大故를 당하자 애통함으로 살려는 뜻이 없는 듯 물도 마시지 않았다. 얼마 뒤에 탄식하시며 "내가 죽기는 쉽지만, 누가 자식들을 보살피겠나?" 하시고는 억지로 죽을 드셨다. 그러나 상복을 몸에서 벗지 않고 남과 말하지 않았다. 치아를 드러내지 않으셨다. 초상을 마치자 베옷을 입고 거친 음식을 드셨다. 죽을 때까지 검소하게 사셨다. 충정공은 이미 양성에 묻히셨는데 원배(元配. 첫 번째 아내인 여흥 민씨)와 다른 곳이었다. 부인이 해창위(아들 오태주)에게 항상 말씀하셨다. "내가 죽거든 따로 묻어라. 합장해서 예의를 어기는 일이 없도록 해라."[11] (최창대, 「정경부인 상주 황씨 묘갈명 갑신」, 『곤륜집』)

황 씨는 남편이 상소를 올려 항의한 정치적 처신에 대해 소견을 밝히고 대응할 만큼 주관이 뚜렷했다. 남편 오두인은 1689년 기사환국으로 서인이 실각하자 지의금부사知義禁府事에 세 번 임명되고도 나가지 않아서 삭직되었다. 5월에 인현왕후 민씨가 폐위되자 이세화, 박태보와 함께 반대하는 상소를 올려 국문을 받았다. 의주로 유배 가다가 파주에서 사망했다. 그해에 복관되어 충정忠貞의 시호를 받았다.[12] 위 내용은 이를 기록한 것이다. 황 씨는 비록 죽더라도 관리의 직분을 다해야 한다고 해서 남편의 정치적 입장을 지지했다. 결국 남편이 화를 당하자 자결하지 않고 목숨을 유지해 자식을 돌보았다. 평생 삼가는 삶을 살았다. 자신의 장례에 대해서도 합장하지 말라고 유언해, 전실인 원배를 존중했고, 자식들이 이를 따랐다.

현모, 즉 훌륭한 어머니는 자식을 젖 먹여 기르고, 입히고 재우는 신체적 양육 못지않게 자식의 가치관, 윤리, 이념, 학업, 감성, 지성, 교양에 이르기까지 많은 것을 가르쳤다. 좋은 스승을 만나게 주선도 했다. 어머니가 자식에게 가르친 지식은 기초 어휘를 가르치는 초보적 수준을 넘어선 경우도 많다. 정부인 이씨(맹지대[孟至大. 1730~]의 할머니, 맹숙주[孟淑周]의 어머니, 맹만택[孟萬澤. 1660~1710]의 아내)는 어려서부터 책을 좋아해 형제들이 책 읽는 소리를 듣고 몰래 외웠다. 이런 식으로『소학』과『내훈』을 암송했다. 7녀 1남을 낳아 딸들을 엄한 스승처럼 가르쳤다. 딸들의 잠자리에 책을 들려주어 공부하다 잠들게 했다.[13] 이 씨는 아들딸 차별 없이 가르쳤다. 숙인 창녕 성씨(이세운[李世運]의 두 번째 아내)의 묘지문을 보면 성 씨가 아들들에게 인격적 완성과 일상의 태도, 학문 토론 등 다방면으로 교육했음을 알 수 있다.[14] 집안에 '정언正言'이라고 써서 군자의 태도를 강조했고, 국상이 나면 당에서 내려가 곡하며 신하의 처신을 했다. 스스로 백성과 신하, 군자로서의 정체성을 정립했고, 이런 태도를 자식 교육의 바탕으로 삼았다. 19~20세기 초에 러시아로 이주했던 김씨는 전통적인 유교의 가르침에 따라 아들을 가르쳤고, 12세가 되자 조선에 보내 유인석(柳麟錫, 1842~1915)에게 배우도록 했다.[15] 어머니가 자식을 위해 한 교육 내용은 다양하다. 여성의 문식력과 지성, 교양 없이는 불가능하다.

현모양처는 조선시대 여성이 수행한 역할의 일부에 불과하다. 기혼 여성을 대상으로 한 것이기에, 미혼 여성의 가정 내 역할은 묻히게 된다. 여성의 삶이란 결혼 이후부터 시작되는 것 같은 인상도 갖게 한다. 결혼해서 가정에 충실한 여성들은 미혼 시절에도 자기 삶에 충실했다. 10대 중·후반에 결혼한 사례가 많은데, 21세기에도 이 정도 나이의 여성은 이미 판단력을 갖추고 어느 정도 확립된 가치관도 가진다. 조선시대의 미혼 여성이 어리석고 무지했으며 사회적 기여가 없었다는 판단은 명백한 오류다. 단지 미혼 여성에 대한 기록이 많지 않아 여성의 미혼 시절에 대해 알려진 게 적을 뿐이다. 또한 여성은 결혼해서도 가정에 충실하다는 이유로 내 남편과 자식, 혈연 가족에게만 충실했던 것이 아니다. 이웃의 어려움을 헤아려 돌보았고, 가깝고 먼 친척과 좋은 관계를 유지했으며, 집안에 부리는 종들을 은혜로 대하고 역할 분담을 잘해서 집안일과 경제를 효율적으로 관리했다. 이렇게 보면 현모양처라는 표현은 여성이 실제로 수행한 일의 지극히 일부에 불과하다. 어머니와 아내를 넘어서는 다양한 여성의 역할이 있었고, 결혼 이전에도 그랬다. 현모양처라는 용어는 여성의 가치를 아내와 어머니의 역할로 한정해 그 밖의 다양한 영역과 몫이 마치 없는 것처럼 여기도록 하는 게 문제다.

아내는 지기이자 솔메이트

조선시대 아내에 대한 최대의 찬사는 지기知己, 즉 자기를 알아주는 사람이라는 표현이다. 지기란 백아가 종자기의 음악을 깊이 이해했다는 고사에서 유래했다. 소리를 알아듣는다는 뜻에서 지음知音이라고도 한다. 깊이 있는 우정을 말하는데, 한마디로 솔메이트soul mate다. 조선시대 사대부가 남긴 글 중에서 아내를 지기로 표현한 경우가 있다. 아내와 인격적 관계를 맺었고 속 깊은 의사소통을 해서 마음과 영혼이 통하는 지기로 여겼다. 형제나 시아버지와 며느리, 장모와 사위, 시누이와 올케 사이에도 마음이 통하고 대화가 잘 되면 지기로 부른 경우가 있다. 어유봉(魚有鳳. 1672~1744)은 누나가 사망하자 지기를 잃었다고 했고,[16] 조관빈(趙觀彬. 1691~1757)은 외며느리 경주 이씨

(1707~1742. 조영석[趙榮祏]의 아내)가 뜻이 맞는 지기였다고 했다.[17] 황윤석(黃胤錫. 1729~1791])의 장모인 유인 장씨는 사위와의 의리가 옛날에 지기나 다음 없는 사제지간 같다고 했다.[18] 민우수(閔遇洙. 1694~1756)의 큰고모는 민우수의 어머니와 시누이와 올케 사이였는데, 서로 형제 같고 지기 같았다.[19] 원명익(元命益. 1674~1749)의 아내, 남양 홍씨(1674~1722)는 아버지의 계실, 즉 계모와 친모녀처럼 마음이 맞았다. 계모는 홍 씨를 지기로 여겼다.[20] 사이가 돈독해 서로 존중했다.

지기 같은 부부 사이란 어떤 것일까? 우선 부부가 가치관을 공유해야 한다. 숙인 반남 박씨는 소현세자의 외손녀이자 이병성(李秉成. 1675~1735)의 아내다. 이병성은 아내와 가치관과 기질이 비슷하고 뜻이 통했다. 그는 온화함이 부족하고 과시적인 여자를 싫어했다. 고요하고 소박한 것을 좋아해서 벼슬도 하지 않았다. 박 씨는 겸손한 성품에 웃음이 적었고 말이 많지 않았다. 부귀를 추구하지도 가난을 부끄러워하지도 않았다. 이병성이 관직에 나가 어려움을 겪기도 했는데, 박 씨는 세상이 험하니 포선과 환소군처럼 은거하자고 했다. 환소군은 중국 후한 시대에 부잣집 딸이었는데, 가난하고 총명한 포선과 혼인했고, 재산을 받지 않았다. 이병성은 왕가 후손인 아내가 사치하지 않는 모습이 환소군 같다고 했다. 이병성이 은거를 망설이는 사이에 박 씨는 세상을 떠났다. 이병성은 마음 맞는 친구를 만나기 어렵고, 부부는 더 어려운 법인데, 아내가 그렇다고 했다.[21] 오진주(吳晉周)도 아내 김운(金雲. 1679~1700. 김창협의 셋째 딸)을 지기처럼 믿었다. 자기 뜻을 이해하고 지지해 주었기 때문이다. 김운은 친정에서 학문을 배워 식견이 탁월했으며 사람 보는 감식안이 있었다.[22] 부부 사이에는 지적인 대화가 가능했다.

우정을 나눈 부부는 서로 잘못을 지적해 주고 올바른 길로 이끌어주었다. 그만큼 신뢰가 두터웠다. 지기 같은 부부는 인격적 만남을 중시했다. 이관명(李觀命. 1661~1733)은 아내 덕수 장씨가 한미한 가문에 시집와서 시부모 봉양과 간병, 제사, 아이 양육 등을 모두 하면서도 고단한 내색을 하지 않았다고 했다. 그는 아내에게 존경심을 표했다.[23] 이관명은 27세에 사마시에 급제했는데, 대과에 급제한 것은 38세다.[24] 뒤늦은 합격에 많은 축하를 받았지만, 아내는 청빈의 도를 버리지 말라고 바로 잡아주었다. 남편은 이를 고맙게 여겼다. 아내가 세상을 떠나자 이관명은 벼슬할 마음이 없어졌다.

지기 같은 부부는 서로 일체감을 느끼며 다정하게 살았다. 채팽윤(蔡彭胤. 1669~1731)과 첫 번째 아내 의인 한씨가 대표적이다.[25] 이들에게는 자식이 없었다. 채팽윤은 둘째 형의 차남인

응동을 후사로 맞았다. 한 씨가 정성껏 키웠기에 응동은 입양된 줄을 몰랐다. 어느 겨울밤, 남편은 독서하고 아내는 바느질하다가 자리에 누웠다. 그 사이로 응동이 파고들었다. 아내는 아이를 어루만지며 이렇게 백 년을 살았으면 했다. 채팽윤은 그 기억을 아내의 묘지명에 썼다. 한 씨는 응동이 결혼하면 해산도 맡겠다고 할 정도로 애정이 깊었다. 장래의 며느리에 주려고 상자에 소품을 보관했는데 병이 깊어졌다. 한 씨가 요양하러 처소를 옮기려 할 때, 채팽윤은 '부부는 하나夫婦一也'라며 따라가겠다고 했다. 이 표현을 아내가 쓴 적도 있다. 한 씨는 남편이 공부에 전념하지 않고 바둑으로 소일하자, 공부에 힘쓰라고 충고했다. '당신이 세상에 길이 남으면 나도 그렇게 된다'[26]는 말은 부부가 일심동체이자 운명공동체라는 뜻이다.

충고하는 친구를 쟁우爭友라고 하는데, 이사욱(李思勖)이 아내 유인 송씨(송병익[宋炳翼]의 딸)에 대해 이 표현을 썼다.[27] 임상덕(林象德, 1683~1719)은 아내 영인 조씨를 장우莊友, 즉 엄숙한 벗이라고 했다. 자신의 잘못에 대해 완곡히 지적하고 충고해서다. 유언호(兪彦鎬)는 부인 칠원 윤씨를 규문의 외우畏友, 즉 두려운 벗이라고 했다. 아내가 자신을 대할 때 옥을 쥐듯, 찰랑거리는 물잔을 다루듯 조심했다. 이들은 서로 경계해 주면서 함께 성장했다.[28]

이해조와 아내 윤 씨(?~1691)도 지기 같은 관계를 지향했다. 이해조가 지기처럼 지내는 부부의 고사를 암송하면 윤 씨가 듣고서 사모했다. 이들의 롤 모델은 중국 후한 시대의 맹광과 양홍 부부, 환소군과 포선 부부다. 부귀영화를 추구하지 않고 서로 존중하며 성실히 일했다. 이해조와 윤 씨는 이들이 명예를 독차지할 수 없게 하자고 약속했다.[29] 그런데 이 부부가 정말 지기였을까? 제문을 보면, 윤 씨는 남편이 하는 거의 모든 행동을 지지하고 뒷바라지했다. 남편이 손님을 초청하면 술상을 차렸고, 치마와 머리카락을 팔아서라도 남편의 취미 활동비를 마련했다. 매화와 대나무 기르기가 취미인 것은 남편인데, 심고 가꾼 것은 아내다. 남편이 산수 유람을 원하면 차질 없이 준비했다. 남편이 가난 때문에 위축되지 않도록 열심히 일했다. 입신출세에 관심 없는 남편을 부추기지도 않았다. 이해조의 아내는 시집와서 16년 동안 일하다가 생애를 마쳤다. 과연 아내 입장에서도 남편이 지기일까?

이해조는 지기로서의 부부관계를 꿈꾸었지만, 제문에는 남편이 아내의 뜻에 맞추려고 한 행동이나 헌신의 사례를 찾아볼 수 없다. 남편의 마음과 지향을 헤아리고 지지해 준 아내를 지기라고 하는 것은 일방적인 해석일 수 있다. 남은 기록이 많지 않아 진위를 가리기 어렵다.

남편의 스승이자 멘토, 리더였던 아내

조선시대는 남성이 여성의 행실과 태도, 언어에 대해 쓴 규범서가 많다. 박윤원(朴胤源. 1734~1799)의 「가훈」에 아내 김 씨를 훈계하기 위해 쓴 글이 포함된다.[30]

"여자의 행실은 조용하고 엄숙하고 유순하고 곧아야 합니다. 말과 행동, 태도와 예의가 한결같이 법도에 맞아야 해요. 태만한 모습을 하지 말고 번잡하고 화려한 일을 꾀하지 마세요. 옷감 짜기에 힘쓰고 제사 받들기에 삼가세요. 공경, 효도, 화목을 근본으로 삼아야 합니다. 이에 세 문장으로 경계와 규범을 담았습니다. 당신이 우리 집에 시집와서 5년 동안 곤정에 힘썼지만, 나 역시 십수 년간 독서한 선비이니, 내 말을 가벼이 여기지 마시고 마음에 새겨 주세요. 그리하면 내가 가정의 다스림에 기대하는 모습에서 거의 벗어나지 않을 겁니다. 공경, 또 공경하세요."[31]

이덕무가 쓴 양반가 교양서 『사소절』에는 여성의 도리라는 뜻의 「부의婦儀」 장이 있다. 여성의 행동과 마음가짐, 태도의 지침을 사례별로 서술한 글이다. 한원진(韓元震. 1682~1752)이 집안 여성들을 위해 쓴 「한씨부훈」(『남당집』)도 규훈서다. 남성 필자가 가르치고, 여성 독자가 배우는 입장이다.

그런데, 조선후기 생애 성찰적 글쓰기 중에는 여성이 남성에게, 구체적으로는 아내가 남편에게 훈계하고 조언한 사례가 있다. 남편이 정치적 고민에 빠졌을 때, 아내가 상의해 주고 혜안을 제시했다. 아내가 남편에게 가치관, 사회적 관계, 학문적 경향, 정치적 처신을 충고했다. 부부가 평등하게 소통했고, 때로는 아내가 남편보다 지성, 감성, 통찰의 우위에 있어서, 남편의 멘토처럼 처신했다. 아내가 남편의 앞길을 인도하고 전망을 제시한 리더십의 정황도 보인다. 김삼의당(金三宜堂. 1769~1823. 시인)이 남편 하욱(河煜. 1769~1830)에게 쓴 편지를 보자.

"학문하려면 조용해야 합니다. 조용하면 마음이 차분해지고, 공부에 전념하게 되지요. 시골 서당이나 마을의 글방은 그런 곳이 아닙니다. 야외나 성의 남쪽은 공부에 전념하기에 적절치 않아요. 옛사람들이 터를 골라 공부한 이유지요. 백낙천은 향두를 찾았고, 이태백은 광려를 찾아갔습니다. (…) 당신은 책상자를 지고 올라가셔서 백거이와 이백의 뜻을 본받으세요. 당신 같은 재주로 이렇게 하시면 머지않아 반드시 크게 성공할 겁니다. 힘써 주세요."[32]

"당신은 이제 스무 살이니 신체 건장한 때입니다. 힘내서 뜻을 가다

듣어야 합니다. 따뜻하게 입고 배불리 먹고 편히 지내면서 졸장부처럼 지내셔서 되겠습니까?"[33]

김삼의당은 남편에게 학문을 하는 최적의 환경과 조건, 태도에 대해 조언했다. 예의 바르고 간곡한 문장이지만, 훈계와 책망의 기운이 느껴진다.

강정일당(姜靜一堂. 1772~1832. 정조, 순조 대의 시인, 서예가, 성리학자)[34]이 남편에게 보낸 편지에도 남편의 잘못을 지적한 문장이 있다.

"당신이 누군가 꾸짖는 소리를 들었습니다. 목소리가 매우 사납더군요. 이는 도리에 맞지 않습니다. 설령 이렇게 사람을 바로잡았다고 해도 스스로 바르지 않으면 되겠습니까? 더 깊이 살펴주세요."[35]

편지의 어투는 다소 훈계적이다. 이런 태도는 조선시대의 양반가 아내가 남편에 순종적일 거라는 생각과 대치된다.

"『주역』에서는 먹고 마시는 것을 절제하라고 했습니다. 술은 음식 중의 음식이지요. 이제 음주를 절제하시고 덕을 지키세요."[36]

"아니 무슨 일로 그 사람을 꾸짖으셨습니까? (…) 『시경』에서는 부드럽고 공손한 것이 덕의 바탕이라고 했습니다. 당신이 누군가를 꾸짖으실 때는 다소 온화한 기색이 부족하시더군요. 감히 한 말씀 올립니다."[37]

강정일당은 자신의 말에 힘을 싣기 위해『주역』과『시경』을 인용했다. 여성의 지적 수준이 결코 남성보다 낮지 않았다. 현대어에 남편에 대한 아내의 훈계를 잔소리, 또는 바가지라고도 하는데 이런 표현은 '남성에게 훈계하는 여성'의 사회적 위치와 역할을 인정하지 않으려는 일종의 비하 발언이다. 여성이 남성을 가르치는 주체가 될 수 없다는 전제가 깔려 있다.

"당신이 제발 덕에 힘쓰셔서, 위로는 하늘에 부끄럽지 않고 아래로는 땅에 부끄럽지 않으셨으면 합니다. 남들이 알든 알아주지 않든 심려치 마세요."[38]

"경계하고 두려워하는 것은 어떤 일이 발생하지 않았을 때의 공부입니다. 이미 일어난 일이면 신중해야 합니다. 사람들이 몰라도 혼자만 알 때가 제일 중요합니다."[39]

강정일당은 남편에게 삶의 태도나 처신의 윤리에 대해 조언했다. 아내로서의 자존감, 자신감, 자부심이 드러나 있다.

17세기[40] 사대부인 정진(鄭鉁)은 처남에게 아내(숙인 이씨. 이식 [李植. 1584~1647]의 딸)는 배필이라기보다 스승이라고 했다.[41] 이단하(李端夏. 1625~1689)는 매형(정진)이 큰 인물이 된 것은 누이의 조언이 있어서이고, 관리로서 명성을 얻은 것도 내조 덕분이라고 했다.[42]

18세기 문헌 중에도 남편이 아내에게 들은 충고와 훈계를 적은 것이 있다.

(아내는) 나에게 항상 이렇게 말했다. "선비가 배우지 않는 것은 거울을 닦지 않는 것과 같습니다. 재주와 성품이 아무리 아름답다고 한들 어찌 발휘할 수 있겠어요?" (아내는) 내가 책 읽는 것을 보면 기뻐했고 농담하거나 잡다한 놀이를 하면 탄식했다. "당신이 수련하고 조심하는 선비가 되시기 바랐는데, 이리 하시다니요?"[43] (정범조.「유인 조씨 묘지명」,『해좌집』)

내가 사람들과 바둑을 두면서 한가롭게 지낸 적이 있었는데, 아내가 간곡히 경계했다. "당신은 문장을 아직 다 공부하지 못했습니다. 왜 바둑과 장기에 시간을 허비하시고 공부를 안 하세요?"[44] (채팽윤,「의인 한씨 묘지명」,『희암집』)

조경채(趙絅采)의 아내 조 씨(曹氏. 1750~1772)는 23세로 요절했다. 앞의 글은 조 씨가 사망한 지 5년 뒤에 정범조(丁範祖. 1723~1801)가 쓴 묘지명이다. 조경채의 아내는 평소 남편에게 배움과 수양을 권면했고, 남편이 해이하게 지내면 경계했다. 채팽윤은 첫 번째 아내 청주 한씨(1665~1706. 한후상[韓後相]의 딸)의 묘지명에서 아내가 문장 공부를 권했고, 바둑, 장기 등 잡기를 경계했다고 썼다. 자신의 약점이 드러나더라도 아내가 충고한 것을 적은 것은 그만큼 신뢰와 존경이 깊어서다.

신익황(申益愰. 1672~1722)은 35세에 죽은 아내 박 씨의 행실기를 썼다.[45] 아내가 27세로 사망한 지 6년 뒤다. 아내는 신익황보다 2살 연하다. 신익황은 장인인 박세주(朴世冑)가 자신의 학문적 지향 때문에 사위로 삼았다고 했다. 그런데 시집온 아내는 남편이 다른 사람과 별다르지 않다고 했다. '당신(남편)이 과거 공부를 하지 않으니, 남들은 뜻이 있을 거라 하겠지만, 내가 보기에는 근면하지도, 예법에 맞지도, 말과 행동이 법도에 맞지도 않고, 독서와 강학에 전념하지도 않는다'고 했다. 가족은 가장을 의지하는 법인데, 우러러볼 점이 없다는 것이다. 이런 말은 자칫 선을 넘은 무례한 말로 들릴 수 있다. 그러나 신익황은 고마운 충고로 받아들였다. 박 씨는 공부에 전념하려면 거처를 옮겨야 한다는 시아버지의 견해를 전했다. 남편은 이를 따랐다. 그런데 길 떠나기도 전에 장인이 천연두로 객사했다. 이듬해 아내는 출산 중에 사망했다. 신익황은 경황이 없어 시신을 가매장했다가 7년 뒤에 안장하면서 글을 썼다. 이 글에 정숙한 아내貞婦, 존경스러운 처畏妻라고 썼다. 아내에게는 고마움, 자신에게는 성찰, 자녀에게는 교육, 후세와 독자에게는 귀감이 되기를 바랐던 글쓰기의 동기를 헤아릴 수 있다.

조선시대의 남편은 자기 뜻에 온전히 맞춰주는 아내를 원한 것이 아니다. 조태채(趙泰采, 1660~1722)와 청송 심씨 부부가 그렇다. 청송 심씨는 17세에 결혼해서 시부모께 효도하고 동서나 친척들과 화목하게 지냈다. 종들도 은혜롭고 위엄 있게 다스렸다. 남편을 공경했지만, 성격이 강했다. 잘못하면 바로 지적하고 바른말을 했다. 아내의 충고를 따르면 크게 이로웠다. 심 씨는 가난한 집에 시집와 고생했지만, 남편에게는 음식을 풍족하게 대접했다. 자신은 싸라기 죽을 먹었다. 심 씨는 이런 사정을 남편의 야망을 점화하는 실마리로 삼았다. 밤에 남편이 독서하면 등불을 켜주며 말했다. "어서 과거 급제하셔서 제가 이런 시원찮은 음식을 먹는 데서 벗어나게 해주세요." 남편에게 차려준 좋은 음식과 싸라기 죽의 중간을 찾아 부부가 나눠 먹을 생각은 아무도 하지 않았다. 분발심 때문인지 조태채는 벼슬길에 나아갔다. 아내는 기다려주지 않고 먼저 세상을 떠났다.[46]

여성은 결혼 전에도 지혜와 식견을 인정받았다. 판단력이 뛰어나고 통찰력 있는 여성이 남자 형제에게 영향을 미친 사례가 있다. 박윤원의 둘째 고모인 숙인 박씨(김정겸[金貞謙]의 아내)다. 박윤원의 아버지는 의사결정이 어려울 때마다 둘째 누나와 상의해 명쾌한 답을 얻었다고 했다. 누나가 남자였으면 집안이 크게 됐을 거라며 안타까워했다.[47]

가족에게 스승 같았던 여성도 있다. 김주신은 어머니가 아버지를 섬기며 공손하게 따랐지만, 때때로 잘못이 있으면 법도에 맞게 권고하셨다고 했다.[48] 아들, 조카, 남편은 엄한 스승 같았다고 기억했다. 여성들은 남성 가족에게 삶의 태도와 법칙, 일상의 신념과 처신을 가르쳤다. 홍양호는 제수 공인 전주 이씨(1728~1798. 이광회[李匡會]의 딸, 홍정한[洪挺漢]의 아내)를 위한 묘지문에서 친척들이 이 씨를 엄한 스승처럼 경외했다고 썼다. 이 씨는 현인들의 언행을 잘 알았고, 집안에 큰일이 있을 때마다 의논 상대가 되어주었다.[49]

경주 이씨(1645~1712. 최석정[崔錫鼎, 1646~1715]의 아내)는 타고난 식견이 높고 대의에 밝아, 말과 처신이 이치에 맞다.[50] 세상의 흥망성쇠나 일의 성패에 통달하고 도덕과 길흉을 잘 알았다. 종종 이 씨가 말한 대로 징험되었다. 남편은 정치적 거취를 정할 때나 중요한 의사결정을 할 때 아내와 상의했다. 조정에

군소배들이 정치를 혼란스럽게 했고, 옛 신하들은 죄인이 되어 명부에 올라 있었다. 최석정은 시국에 대해 상소를 올리려 했는데, 연로한 부모님이 마음에 걸렸다. 자기 때문에 부모님이 유배 갈 수도 있어서다. 이 씨는 바른말을 하다가 죄짓는 것은 영광이며, 권력은 오래가지 않는다고 했다. 최석정은 결단을 내려 상소했고 관직에서 쫓겨났다. 얼마 후에 판세가 역전되어 높은 자리에 등용되었다. 나중에 영의정이 되었다. 남동생 이인엽과 시동생 최석항도 중요한 일을 이 씨와 상의했다. 최석항은 형수님이 남자로 태어나 조정에 나아갔으면 나라가 평안했을 거라며 한탄했고, 이 씨를 친어머니처럼 따랐다.

스승 같은 아내가 되려면 교양, 판단력, 지성, 식견, 도덕성과 함께 감화력이 있어야 한다. 충고란 듣는 사람이 수용해야 성립하기 때문이다. 그렇다면 스승 같은 아내는 언제부터 이런 처신을 익혔을까? 자기 의견을 분명히 말하고 상대를 설득하려면 상당한 능력과 훈련이 필요하다. 여성의 미혼 시절 기록이 많이 남아 있지 않은데, 몇 가지 사례가 있다.

김자념(金子念)이 아버지께 올린 편지, 「상가군서 갑오上家君書甲午」를 보자. 김자념은 몇 가지 사안에 대해 아버지께 의견을 전하고 허락을 구하며 당부했다. 친척 오라비 김채운을 대신해 책을 빌려달라 청했고,[51] 누군가 말을 빌려달라 청한 것을 아버

지가 거절했는데, 이를 번복해서 빌려준 뒤에 허락을 구했다.[52]
김자념은 순순히 아버지에게 복종하지 않았다. 오히려 아버지를 설득해서 자기 판단과 의지를 관철시켰고, 친척 오라비의 뜻도 이뤄 주었다. 인정에 호소하면서 논리적 주장도 폈다.

여성이 집안에서 의사결정의 중심 역할을 했고, 가장의 신념과 행동에도 영향을 미쳤다는 것은 임윤지당(任允摯堂. 1721~1793. 성리학자)이 쓴 「송능상 부인전宋氏能相婦傳」에서도 확인된다. 송능상(宋能相. 1710~1758)의 부인 한 씨는 율곡에 대해 남편과 종형제가 나누는 대화를 듣고서 토론에 참여했다.[53] 한 씨는 사대부들이 도덕을 존중한다고 하면서 뒤로는 부귀영화를 욕망하는 이중 심리를 꿰뚫었다. 이에 대해 임윤지당은 '남편이 아내의 식견에 감복해 드디어 공부에 전념해서 성숙한 선비가 되었다'[54]고 썼다. 임윤지당은 한 씨가 남편의 인생을 이끌고 바로잡아준 정신적 지주처럼 조명했다.

신부용(신호[申淏]의 딸. 윤휘[尹煇]의 아내. 당대 문장가인 오빠 신광수[申光洙], 신광연[申光淵], 신광하[申光河] 등에게 글을 배움)이 셋째 오빠 신광하에게 쓴 글, 「계언誡言」에는 충고와 경계가 담겨 있다.

"여동생 부용당이 무릎 꿇고 경계하여 말씀드립니다. 오늘부터는 어린 뜻을 버리시고 성숙한 덕을 따르십시오. 학문에 나아가도록 노력하시고, 입신양명하셔서 부모님을 드러내셔야 합니다."

"다시 절하고 말씀드립니다. 제가 대략 들은 바가 있습니다. 사람마다 태어나서 부모님을 잘 봉양하고 임금을 충성으로 섬기며, 집에 들어가면 효도하고 나오면 공손히 처신하며, 친구 사이에 신뢰를 지키고도 여력이 있다면, 아침저녁으로 시를 외고 독서하는 것이 옛날에 사람을 가르친 도리입니다. 오라버니, 힘써 주세요."[55]

'무릇 꿇고 경계하여 말씀드린다感跪誡曰', '절하고 나아가 말씀드린다再拜進曰'고 써서 예의를 표했지만, 엄연한 훈계다. 이런 정황은 여동생이 오빠에게 일방적으로 훈육 받았으리라는, 전통 사회에 대한 상식을 벗어나 있다. 바꾸어 말하면 전통 사회에 대한 현대인의 상식이 오류다. 신부용은 오빠에게 부모님에 대한 도리, 향후 삶의 계획과 태도, 나아갈 바에 이르기까지 조언했다. 미혼 시절부터 여성이 목소리를 내어 의견을 전하고 현실화하는 실천력이 있었기에, 결혼해서도 그 역할을 이어갔다.

이광사(李匡師, 1705~1777)는 두 번째 아내 문화 유씨(1713~1755, 이긍익(李肯翊, 1736~1806]의 어머니)에 대해 나의 스승이자 벗이라고 했다. 아내로 인해 허송세월하지 않을 수 있었기에 공경하고 믿었다. 아내는 그가 조심하게 만드는 두려운 존재라고 했다.[56] 황간(黃榦)의 아내인 숙부인 김씨(김상후의 딸)는 시아버지로부터 선비들의 스승이라고 칭찬받았다.[57] 시아버지는 일이 생길 때마다 며느리에게 자문을 구했다.

이런 역할과 행위를 내조라는 어휘로 표현하는 것이 과연 정확할까? 이를 부부 사이가 아니라 부자지간, 사승 관계로 환치하면 이는 교육이나 선도, 훈육, 깨우침에 해당한다. 오직 여성의 수행성에 대해서만 관례적으로 '안內'이라는 어휘를 한정사처럼 결합시켜 그 행위와 실천을 보조적인 것, 부수적인 것으로 사유할 필요가 없다. 여성이 행한 실제 내용으로 판단하는 것이 아니라 관계나 젠더의 위계 때문에 사회적, 역사적 이해가 달라진다면 이제라도 바로잡을 필요가 있다.[58]

조선시대 여성은 남편의 보조자로서 명령에 무조건 복종하고 순종한 게 아니다. 스스로 성찰할 수 있는 사람일수록 타인에게 일방적인 순종이나 복종을 강요하지 않은 것은 예나 지금이나 마찬가지다. 조선시대 양반 여성은 남편에게 삶의 방향을 제시하기도 하고 인간관계도 조언했다. 때로는 문제 해결 방안을 제시했고, 상담도 해주었다. 여성이 실제로 멘토, 스승, 리더의 역할을 했는데, 이를 단순히 돕는다는 뜻의 내조로 부르는 것은 옳지 않다. 그럼에도 불구하고 여전히 내조를 기혼 여성의 주요 역할로 고정하는 것이 문제다. 여성의 역할에 대한 언어적, 사회적 인정 구조가 아직 불충분하다는 걸 보여준다.

여성의 역할을 '돕는 사람'이라는 부차적 위치로 한정하면 사회의 리더로 인정하거나 존경의 대상으로 사유하는 사회적 인식과 훈련이 결여된다. 연령과 젠더에 위아래가 있는 위계를 적용할 때, 여성을 존경의 대상으로 여기는 사례는 더 희박해진다. 엄밀히 말해 이는 여성을 역사화하는 방식상의 문제일 뿐, 역사 자체의 문제는 아니다. 전통 자원을 현대에 소개하는 설명과 사유 논리가 결핍되었을 뿐이다.

나를 품어준 아내는 헌신한 건가, 착취당한 건가?

아내에 대해 벗 같다거나 스승 같다고 썼지만, 실제 여성의 행위 내용이 헌신과 희생에 가까운 경우가 많다. 남편을 위해 자신의 모든 것을 아낌없이 내어주고, 단점을 품어주며, 한계조차 지지해 주고, 옳은 길로 인도하고 성장시킨 사례다. 이는 이른바 모성에 해당하는 속성인데, 이 또한 여성의 희생과 헌신을 당연하게 여기고 마치 그것이 여성이 타고난 본성이라고 말하는 것처럼 신화화된 해석이기에 바람직한 표현이 아니다. 아내는 남편에게 의식주와 같은 물질적 편의를 제공했고 이른바 봉양에 해당하는 신체 노동을 했다. 남편에게 헌신한 사례도 많다. 이때 발휘된 헌신의 영역은 영혼과 정신, 지성과 감성에 관련된다. 예컨대, 이만부(李萬敷. 1664~1732)의 두 번째 아내인 풍산 유씨는 20여 년의 결혼 생활을 하는 동안, 형편이 어려워서 치마저고리조차 없었는데, 남편에게는 계절에 맞게 옷을 해주었다. 유 씨는 굶주림과 추위로 고생해서 병이 났지만 불만을 표하지 않았다. 끝까지 남편 뜻을 따르면서 어머니나 보호자처럼 처신했다.[59] 유 씨는 남편에게 자애, 헌신, 이해, 포용, 믿음, 공감, 지지를 보냈다. 이런 역할을 한 아내가 많다(시어머니가 자신을 간호한 며느리에게 "내가 며느리에게 의지하는 것이 아기가 자애로운 엄마에게 의지하는 것 같다"라고 표현한 사례가 있다.[60] 며느리의 섬김 노동에 모성적 요소가 있다고 이해했다.).

조덕린(趙德鄰. 1658~1717)의 첫 번째 아내인 공인 권씨는 남편이 과거 공부하며 벼슬을 구하려 할 때 헌신적으로 뒷바라지했다. 정작 권 씨는 남편의 출세를 보지 못하고 전염병에 걸려 죽었다.[61] 조덕린은 자신이 젊어서 성격이 거칠고 사나워서 뜻대로 안 되면 화를 잘 냈는데 아내가 다 받아주고 조용히 타일러서, 나중에 사과하기에 급급했다고 썼다. 아내가 포용적이었다. 임상덕은 아내인 영인 풍양 조씨가 온순하고 자신을 법도에 맞게 대했다고 썼다. 그는 스스로 학문이 조야하고 기질이 들뜨고 얕다고 했는데, 아내의 절도 있는 태도를 보면서 언행을 단속했고 자주 감화받았다고 했다. 이 씨는 남편이 잘못하면 온건하게 말해서 바른길로 이끌어주었다. 남편은 아내를 공경하고 존중했다. 임상덕이 자연을 좋아하는 것을 알게 되자 높은 관직에 오르기 어렵다고 판단해서 산을 사라고 했다. 조씨는 화장품 상자까지 팔아서 비용을 마련했다. 임상덕은 아내를 맹광(양홍의 아내)에 비유했다. 조 씨는 남편에게 스승, 벗, 어머니 같은 역할을 했다.[62]

이런 아내를 칭찬한 것은 실제로 그렇지 않았던 아내가 실제로 있었기 때문이다. 유만주(俞萬柱. 1755~1788)의 일기인 『흠영(欽英)』을 보면, 과거에 급제해서 벼슬길에 나아가기를 포기한 남편을 무시하고 하대하는 여성의 태도를 비판한 내용이 있다.[63] 참고 견디며 묵묵히 살림을 감당한 여성이 널리 알려진 것은 대상 자료가 여성의 사후에 가족이 쓴 글이어서 칭송 위주가 되었기 때문이다. 비판적 여성에 대한 글은 이름을 밝히지 않고 여자 일반이라는 집체성으로 서술되었다.

아내는 단순히 남편의 보조자가 아니다. 여성의 역량과 자질에 대한 사회적 인정 또한 아내라는 역할에 한정되지 않았다.[64] 따라서 이에 대해 내조라는 어휘로 한정 짓기보다 감계해 준 사람, 감화시킨 사람, 훈계한 사람, 엄한 스승, 존경하는 벗, 조언자, 상담가, 지기, 나를 품어준 사람, 헌신해 준 고마운 사람 등으로 재규정할 필요가 있다. 우리는 인생의 길을 열어주고 이끌어준 스승과 벗, 어머니에 대해 나를 도왔다고 말하지 않는다.

협력하는 공인 아내

부부란 일상을 함께 하는 인생의 동반자다. 유인 김씨(한배도의 아내, 김주신의 여동생)의 묘지문에는 김 씨가 아침에 기분이 좋지 않은 듯 앉아 있던 장면이 서술된다. 나중에 남편은 그날 아침 무슨 생각을 했냐고 물었다. 김 씨는 거울이 깨지는 꿈을 꾸었는데, 불길한 조짐일지 모르겠다고 했다. 남편은 다른 이에게 꿈을 팔자고 했다. 아내가 웃었다. 이미 징조를 봤는데 어떻게 없애버리냐는 것이다. 불길한 일을 다른 이에게 미루는 것이야말로 불길하다고 했다. 남편은 옷깃을 여미면서, 당신이야말로 탁문군 같다고 했다. 이런 마음이면 불길함도 물리칠 수 있다고 했다.[65] 한배도와 유인 김씨는 꿈 이야기를 나누며 일상을 나누고 서로의 사소한 감정까지 챙길 정도로 사이가 좋았다. 평소에 김 씨는 남편을 잘 따랐지만, 잘못이 있으면 깨닫게 해서 행동을 고치게 했다. 남편도 아내를 공경했다. 부부 사이의 상호 존중과 친밀감, 유대감을 확인할 수 있다.

조선시대에 남성이 아내에게 기대했던 역할은 내조로 축소해서 명명할 수 없다. 아내의 역할에 대해 남편의 보조가 아니라 여성 역량이라는 차원에서 살펴볼 필요가 있다.

(김 씨는) 부귀영화를 가볍게 여기고 명예와 절조를 귀하게 여기며 남편을 격려하는 말을 많이 했다.[66] (이재, 「사촌 동생의 아내인 유인 안동 김씨 묘지」, 『도암집』)

내가(박윤원) 성격이 급하고 사나워 화내는 일이 많았다. 식구들이 잘 못하면 화내고 꾸짖으며 그냥 두지 않았다. 아내가 말했다. "이미 잘 못했는데 어쩌겠어요. 엎어진 물을 다시 담을 수 없는 것과 같습니다." 한번은 나에게 학문을 권하면서 말했다. "사람이 바탕이 아름다운데 배우지 않는 건 옥을 다듬지 않는 것과 같습니다." 세상사가 험난한 것을 보자 나는 과거에 응하고 싶지 않았다. 아내는 "내가 남자라면 과거 보러 가지 않을 겁니다."라고 말했다. 나는 만년에서야 비로소 학문에 뜻을 두어 과거 공부를 그만두었다. 아내가 기뻐했다. "저는 당신이 명예롭기를 원합니다. 이익과 봉록을 바라지 않아요."[67] (박윤원, 「아내의 행장」, 『근재집』)

이유(李維)의 아내 안동 김씨와 박윤원(朴胤源)의 아내 안동 김씨의 처신은 결혼 생활, 가족과 가문의 명예에 대한 철학에 바탕을 두고 있다. 지지와 격려라는 감성 동력의 진원은 섬세한 내면이나 감정이 아니라, 인간과 인생, 윤리에 대한 성찰이다. 박윤원은 아내의 행장에서 자신이 감정 통제에 취약해, 종종 감정 폭발로 후회할 일이 있었는데, 아내가 위로해 주었다고 했다.[68] 안동 김씨는 남편에게 학문을 권하고 과거 응시를 만류했다. 김 씨의 말과 행위는 철학적 소신에 바탕을 두었다. 박윤원은 이를 인정해 수용해서 삶의 방향을 잡았다.

영인 파평 윤씨는 남편 심준(沈埈. 1674~?)이 잘못하면 완곡하게 충고했다. 묘지명을 쓴 임상덕은 심준이 친척과 친구들에게 명성을 얻을 수 있었던 것은 부인의 도움 덕분이라고 했다.[69] 여기서 남성이 명예로운 삶을 살도록 처신과 태도를 관찰하며 조언한 것을 내조로 표현했다. 한원진이 쓴 여성 규범에 대한 글인 「한씨부훈」의 3장 제목은 '가장 섬기기事家長章第三'다. 여기서는 아내가 남편으로 하여금 효도하게 하고 형제와 화목하게 지내도록 하며, 바른길로 이끌고 인도하는 것까지를 여성의 의무, 즉 내조로 보았다. 남편이 잘못하면 사람들은 내조가 바르지 않았다고 여겨 비난하고 아내의 죄가 크다고 했다.[70] 남성의 사회적 평판도 아내의 책임이라고 했다. 여성의 삶을 남성에게 종속시키는 담론 구조다.

아버지께서는 항상 물러나서 쉬려는 뜻을 두시고, 어머니께 말씀하셨다. "나는 영화를 이어갈 뜻이 없소. 당신도 가난 때문에 마음을 바꾸지 않을 수 있을 것이오." 어머니는 기뻐하며 말씀하셨다. "만년의 벼슬이 영광되지 않을까 두려웠습니다. 당신이 뜻을 세우셨으니, 향리에서 은거하며 해로했으면 합니다." 후에 아버지께서 고양의 삼휴리에 사셨는데, 어머니는 궁핍함을 염려하지 않으셨고 거친 밥도 편안해하셨다.[71] (이광사, 「아내 정부인 파평 윤씨 묘지」, 『원교집』)

정부인 파평 윤씨(1666~1724. 윤지상[尹趾祥]의 딸, 이진검[李眞儉. 1671~1727]의 아내, 이광사의 어머니)는 만년에 벼슬에서 물러나 은거하려는 남편을 격려했다. 아내의 지지는 정서적 안정감을 주었고 삶의 동력이 되었다. 숙인 창녕 조씨(1627~1687. 조한영[趙漢英]의 딸, 김창협의 큰어머니)도 남편 김수증(金壽增. 1624~1701)이 명리를 싫어해 산림에 은거하려 할 때, 이를 지지했다. 김창협은 이를 내조로 평했다.[72] 지지하고 따른 것을 도움으로 표현한 것은 남성 중심의 명명이다. 내용을 보면 남편이 은퇴에 대해 아내와 상의했고, 지지와 동의를 얻어 의사결정을 했다. 상의하고 협력한 것이지 도움을 준 게 아니다. 장 씨 부인(1598~1680. 이현일[李玄逸. 1627~1704]의 어머니)은 남편 이시명(李時明. 1590~1674)이 세상을 피해 은거했을 때, 후손들에게 학문과 예를 가르치라고 조언했다. 이시명은 후학을 양성했다. 아내가 남편의 인생에 중요한 역할을 했는데, 이를 내조로 평했다.[73] 김진규는 밖에서 일하고 돌아와 아내가 웃는 모습을 보면 기분이 좋아졌다. 걱정도 사라졌다. 그는 이것이 내조라고 했다.[74] 단지 아내의 성품이 밝아서일 수도 있고, 노력한 것일 수도 있다. 이조차 내조라는 용어로 표현한 것은 남성적 관점의 여성 해석이다.

결과적으로 내조란 남성적 시선에서 자신에게 유익한 아내의 행위를 해석한 단어다. 아내는 남편이 외적으로 성취하는 것은 물론, 내적 삶의 방향에 대해서까지 섬세하게 소통하며 지속적으로 영향을 미쳤다. 지지와 격려라는 여성의 감성적 역할은 인생관과 철학이라는 이성과 성찰적 영역에 뿌리내리고 있다. 이것을 인정하려면 여성의 사회적 역할과 역량을 근본적 차원에서 재평가해야 한다. 남성 관리가 명예로운 생활을 유지할 수 있었던 것은 관리의 아내가 공적 주체로서 청렴과 의를 실천했기에 가능했다. 남성의 명예는 아내의 협력과 주체적 실천을 통한 공통의 결실이다. 여성의 명명은 여성에게, 타자적 명명을 주체에게 들려주는, 언어와 문화에 대한 사색과 실천은 사회적 존재로서 개인의 의무다.

3장

노동

일한 것을 노동으로 여기지 않는 딜레마

"저는 집 안으로 떠밀려 들어간 여자들의 분노,
남자가 여자를 억압하는 방식,
남자가 종교를, 이슬람교를 이용해서 여자의 목소리를
억압하고 빼앗는 방식을 재현하고 싶었습니다"

- 오르한 파묵§

신분과 상관없이 언제나 일하고 있는 여성

조선시대 양반 여성을 대표하는 정체성은 무엇일까? 오늘날 가장 널리 알려진 것은 현모양처다. 훌륭한 어머니, 좋은 아내라는 뜻의 현모양처는 여성의 정체성을 어머니, 아내라는 가족 관계 명칭으로 한정했다. 여기에 전통이 함축하는 긍정성이 부여되어, 바람직하고 전승할 만한 여성상으로 통용되었다. 그러나 앞 장에서 살펴보았듯이 이 용어는 조선시대에 쓰이지 않았을뿐더러, 어머니와 아내로서 행한 상당수의 활동이 노동이라는 것을 명시하지 못한다. 조선시대 양반 여성은 명백히 '일하는 사람'이다. 이 정의는 조선시대 여성상에 대한 부정이 아니라 확장적 복원, 또는 해체적 재구성에 해당한다. 이는 두 가지 면에서 낯설게 다가올 수 있다. 우선, 조선시대에 노동은 노비, 즉 천민의 영역이지 양반의 분야가 아니라는 생각이다. 다음으로 조선시대에 여성은 현대적 의미에서의 일, 즉 직업이나 재화의 창출과 관련된 노동과는 무관하다는 발상이다. 양반 여성은 주로 집안에서 지냈고, 일이란 밖에서 직업을 가진 남자의 몫인데, 양반은 노비를 부렸으니 양반 여성을 일하는 사람으로 이해하는 것이 낯설게 여겨질 수 있다. 일면 이는 타당하지만, 실재했던 현실에 대한 심층적 이해를 통해 일정 부분 수정할 필요가 있다. 오늘날 노동이란 돈을 주고 고용하는 일이라는 뜻으로 제한된다. 하지만 경제생활의 상당 부분이 가사 노동이라는 무급 활동에 의존해 있음이 부각되면서, 이에 대한 이해도 달라지는 추세다.[1] 이런 발상은 조선시대를 이해하는 데도 타당하고 유효하기에 모종의 발상 전환이 필요하다.

우선 현모양처라는 용어를 보자. 어진 어머니, 좋은 아내란 어떤 사람일까. 자녀를 잘 키우고 남편과 조화롭게 협력하여 집안을 잘 이끄는 사람이라는 데는 이의가 없다. 그러나 현모양처라는 단어는 여성에게 주어진 역할과 마땅히 해야 하는 직분에 초점을 맞추었기에 그들의 능력이나 기여를 간과하게 된다. 사실, 자녀를 키우고 남편을 대하는 행위를 세세히 살펴보면, 무엇 하나 노동 아닌 것이 없다. 결혼한 양반 여성의 일상을 차지하는 상당 부분은 봉양, 양육, 간병, 상장례 같은 돌봄 노동이다. 여성에게 집은 느긋한 쉼터가 아니라 시간을 다퉈 일해야 하는 공간[2]이라는 21세기 한국 여성의 발언은 조선시대에도 유효하다. 게다가 현모양처라는 단어는 조선시대에 많이 사용된 단어가 아니라, 근대 이후에 전통적인 여성을 대표하는 단어로 만들어진 용어다.[3] 여성을 지시하는 용어로 여女, 부婦, 부녀婦女 등의 단어를 사용했지만, 가정 내에서의 역할을 지시할 때는 처, 며느리, 어머니라는 호칭을 썼다. 결혼한 여성은 최소한 이 세 역할을 했고 그들의 수행은 효, 부덕, 자애 등 윤리와 품성 언어로 표현되었다. 이로 인해 여성이 가정에서 행한 실제 노동이 간과되거나 은폐된다. 예컨대, 시부모를 위한 효도, 남편에 대한 부덕을 실천하는 대표적 행위에는 음식 조리, 의복 만들기, 청소, 빨래, 정리 정돈, 침구 관리, 간병 등 의식주와 관련된 노동이 포함된다. 이런 일을 잘하면 효부이고 영처라고 했다. 여성은 이웃과 친척도 돌보았기에 집 안팎에서 일했다. 여성의 노동은 효도, 내조, 자애라는 용어를 넘어서며 연민, 공감, 이해, 배려, 책임, 실천 등으로 이어졌다.

조선시대 양반가의 가사 노동을 모두 종이 했을 거라는 생각도 사실과 다르다. 조선시대는 신분제 사회이고 양반가에는 종이 있었으며, 집 안팎에서 신체 쓰는 일을 종이 다했다고 여기기 쉽다. 그러나 조선시대 양반 여성의 생애사 글쓰기를 보면,

빈부와 상관없이 양반 여성은 일생 동안 언제나 일하고 있다. 물론 집안의 경제력이나 가풍에 따라 일의 종류나 시간, 분량, 업무 강도에 차이가 있다. 그럼에도 불구하고 많은 양반가 여성이 평생토록 일했고, 일하는 여성을 높이 평하는 문화가 있었다. 한편으로는 양반 여성이 집에서 행한 일의 대부분이 가사家事이기에 생계를 위해 재화를 창출하는 '노동'과 다르다고 생각할 수 있다. 노동이란 근대적 개념인 labor의 번역어이므로, 조선시대에 적용하는 것이 어색할 수도 있다. 그러나 실제로 양반가 여성은 일했고 이는 노동이었다.

조선시대 양반가 여성이 집에서 수행한 일의 대부분은 오늘날 명백히 가사 노동으로 일컬어지는 것들이다. 직접 돈을 벌어 생계를 맡은 양반 여성도 많았다. 예컨대, 전주 이씨(1639~1694. 송광연[宋光淵. 1638~1695]의 아내, 송징은[宋徵殷. 1652~1720]의 숙모)는 시집간 집이 청렴하고 가난해서 부지런히 일했다. 옷과 음식은 지나치게 사치스럽지도 검소하지도 않게 했다. 살림이 어려워지자 비녀와 귀걸이를 팔아 밭을 일구고 농사일도 했다.[4] 정경부인 이씨(황일호[黃一皓. 1588~1641]의 처, 이이명의 외할머니)는 남편이 청나라에 포로로 잡혀가 사망하자 직접 가족을 보살폈다. 묘지문에는 "큰 재앙을 당한 이후로 궁벽한 시골에 살았는데 집안이 더욱 낙후해져 부인이 손수 마를 집고 부지런히 일했다"[5]고 적힌다. 이 또한 여성이 경제를 책임진 사례다. 한편 여성이 열심히 일해서 돈 벌었지만, 가족은 먹이고 자신은 굶는 경우가 있다. 숙인 파평 윤씨(1747~1800. 윤상후[尹象厚]의 딸. 남인구[南麟耈. 1748~1824]의 아내)는 집이 가난해서 새벽부터 밤까지 일해 남편을 공양했는데, 자신은 한겨울에도 따뜻한 옷이 없었고 자주 굶었다.[6] 오늘날의 관점에서 보면 노동 소외다. 열심히 일한 사람이 그 대가를 자신을 위해 쓰지 않았다. 이를 숭고한 어머니, 희생하는 어머니, 거룩한 어머니로 미화하는 것은 희생과 헌신을 정당화하고 숭배할 수 있기에 위험하다.

가족을 위해 고생을 숨기고 희생하는 여성을 현모, 영처로 기리며 칭찬하는 문화는 21세기까지도 이어진다. 현대에 대중적으로 널리 알려져 공감을 얻은 사례 중 하나는 가수 지오디의 노래 '어머님께'의 가사, "어머님은 짜장면이 싫다고 하셨어"다. 가사 속 어머니는 돈이 없어서, 자식들에게만 짜장면을 사주고 자신은 싫어한다며 먹지 않았다. 이런 어머니상은 한국 사회에서 예전부터 전승되어 눈물을 자아내는 신파의 상징이 되었는데, 현재에도 이런 정서가 생성되는 것이 놀랍다. 왜 아이들은 짜장면이 싫다는 어머니에게 "그럼 어머닌 뭘 좋아하세요?"라고 묻거나 같이 먹자고 권하지 않나. 눈물을 질문으로 바꿔야 할 때다. 희생하는 여성을 모범적 여성상으로 여기는 문화는 헌신과 인내를 여성성의 본질로 여기는 데 영향을 미치기에, 엄밀히 재성찰할 필요가 있다. 당대 관점에서 보면 이 여성들은 효성이 지극하고 모성이 두터우며 내조를 잘한 것이다. 그러나 노동의 관점에서 보면, 이는 명백한 노동 소외다. 남편과 시부모, 자식을 위해 자발적으로 양보하고 희생했다고 해도, 역사와 사회로 부터 강요된 측면이 있다. 가족을 돌보는 것은 여성 전담이 아니며, 어떤 공동체든 상호 돌봄이 필요하다는 것을 인정해야 한다.

집안일을 여성의 의무로 보면, 여성은 당연히 해야 할 책임을 다한 것이 된다. 이로 인해 노동의 관점으로 사유할 수 있는 많은 문제들이 소거된다. 거기서 문제가 발생한다. 의무이기 때문에 타인에게 양도할 수도, 협력을 구할 수도 없다. 인내로 점철된 힘겨운 노동, 심지어 과로사로 추정되는 사례마저도 부덕을 실천한 거룩한 생애로 평가된다. 노동의 고통을 덜기 위한 대책을 구하지 않고, 여성의 희생을 칭찬하며 숭배하는 문화가 생긴다. 일 잘하는 여성에 대해서도 능력을 나타내는 수식어 대신 부지런하고 인내심 강하다는 태도 수식어가 동원된다. 여성의 노력과 성취를 인격성으로 끌어안으면, 능력을 인정하는 담론 구조는 생성되지 않는다. 노동을 개인의 수양 문제로 보면 업무 적절성이나 시간 배분, 업무 분담, 연대나 협력

〈길쌈〉, 《단원풍속도첩》, 김홍도, 국립중앙박물관 베틀 앞에 여자가 의자에 앉아 일하고 그 옆에 한 여인이 쭈그리고 앉아서 실을 다듬고 있다. 오랜 시간 이런 자세로 일하면 관절, 척추가 상한다. 좌식생활을 했던 조선시대 문화를 고려하더라도, 그림 속의 노동 환경은 결코 최적의 조건이 아니다. 여성의 일상을 노동의 관점에서 사유하고 배려했다면 노동기구에 인체공학 기술을 적용했을 거다.

같은 노동 윤리에 대해 생각해 볼 여지조차 사라진다. 유능한 여자가 착한 여자로 명명되는 모순이 발생한다.

한편, 조선시대는 부의 과시를 경계하는 청빈을 중시했기에, 여성의 경제 능력이 부의 축적으로 이어지는 것을 경계했다. 여성의 경제력은 생계유지 정도로 허용되었기에, 이윤을 추구하는 상업 행위와 구분되었다. 청렴은 양반 남성만이 아니라 양반 여성도 추구한 윤리다. 남성이 관리로서 청렴결백하다는 평을 받았다면, 관리의 아내 또한 청렴을 실천한 것이다. 남편이 아내에게 청빈을 명해서 순종한 게 아니다. 여성 자신이 그 가치관을 존중해 주체적으로 행했다. 대부분의 양반 여성은 결혼 전에 친정에서 청렴을 배우고 내면화했다. 아내가 남편에게 청렴하게 살자고 제안하기도 했다. 조선시대 부부관계가 명령과 복종의 젠더 함수 관계를 맺었다고 보는 것은 오류다.

조선시대 여성의 직분으로서 일을 표현하는 단어는 여공女工이다. 여성을 일하는 사람으로 정의할 때, 여공은 마땅히 해야 하는 직분이니 일이 아니라는 견해가 있을 수 있다. 그렇다면 일과 직분은 어떻게 다를까? 일을 노동labor과 작업work으로 구분한 한나 아렌트의 이론을 단순화해서 설명하자면, 생계를 위해 하는 일은 '노동'으로, 여기에 경제적 대가와 상관없이 자신이 좋아서 하는 경우는 '작업'이라 할 수 있다.[7] 양자가 엄밀히 구분되지 않는 지점도 있다. 노동이 기능적이어서 다른 인력이나 기계로 대체 가능한 것이라면, 작업에는 개인의 자아실현, 의지, 신념과 욕구 등이 매개되기에 고유성을 갖는다. 작업에는 타인의 힘을 빌리거나 기계로 대체할 수 없는 부분이 있다. 조선시대 여성의 일에 이 개념을 적용하면, 노동인 동시에 작업의 성격을 지닌 경우가 많다. 가정에서 여성이 한 일의 대부분은 가족을 먹여 살리고 그들이 잘 살도록 이끌어 준 것이다. 가족은 여성 노동의 수혜자이기에, 가족 구성원의 성장이나 성취가 여성의 성취감과 무관하다고 보기 어렵다. 여성의 존재 의미가 가족 개념에 묶여 있어서다. 여기에 함정이 있다. 여성의 개인성을 가족 개념 안에 함몰시켜 가족과 일체화함으로써, 여성의 독립성과 주체성을 배제하고 이를 정당화하는 모순이 발생한다. 결혼한 여성의 이름을 부르지 않고 누구의 아내, 누구의 어머니라고 부르는 호칭 자체가 여성을 가족 관계에 얽어매는 문화적 장치apparatus[8]가 되었다. 여성은 남편과 아들이라는 남성 가족의 짝패처럼 호명되었다. 그러나 실제 여성의 역할은 결코 부수적이거나 종속적이지 않았다.

조선시대 여성의 노동은 시부모와 남편, 자식에 대해 효와 부덕, 자애를 실천한 것이기에 일과 작업이라는 양쪽 성격을 모두 지닌다. 여성의 일을 직분으로 이해해서 일의 결과를 자아 성취와 연결시키는 한, 여기에 매개된 신체와 감정 노동으로서의 성격은 배제된다. 예컨대, 여성이 시부모를 위해 봉양하고 간병했을 때, 이는 효도를 실천한 것이지만, 효도의 수행 내역을 살피면 가사 노동(음식 조리, 빨래, 청소, 정리 정돈, 의복 만들기 등), 봉양(물질적 편의 제공 이외에 대화하기, 위로하기, 책 읽어드리기 등 심리와 정서적 요소 포함), 간병 등 각종 돌봄 노동으로 점철되어 있다. 남편과 자녀에 대해서도 마찬가지다. 어머니, 며느리, 아내로서 마땅히 해야 할 직분이지만 그 구체적인 내용은 노동이다.

조선시대에 여공과 여성을 함께 서술한 문장을 살펴보면, 여성이 이를 언제 누구에게서 어떻게 배웠는지와 같은 숙련 절차나 습득 단계에 대한 관심보다는 여성이 워낙 탁월해서 여공을 배우지 않고 손에 익혔다거나, 본래부터 여공에 능한 자질을 타고났다는 표현이 대부분이다. 그러나 우리가 하는 젓가락질조차 배워서 익숙해진 것이지, 타고난 게 아니다. 여공을 타고났다는 표현은 모성이 학습되거나 강요된 것이 아니라 타고난 본성이라는 담론 구조와 유사하다. 명백히 신화화된 것이다. 그 이유는 여성의 삶을 기록한 이가 남성이기 때문이다. 여성에 대한 이해와 기록, 평가가 타자화된 것이다. 남성은 여성이 하는 일의 세부 내역이나 중요도에 대한 관심 자체가 없었다. 여성은 상층 남성의 관점을 보편적 가치로 내면화하도록 배웠기에, 사회가 제시하는 이념이나 기준에 문제를 제기하기 어려웠다. 의문을 갖더라도 누구에게 어떻게 묻고 하소연해야 할지 몰랐다. 질문하기야말로 고등한 지적 능력이며 학습을 통해 단련되는 분야다. 여성은 제도 교육을 통해 이를 접하고 훈련할 기회가 없었다. 당대 사회의 이념, 제도, 문화의 젠더 편향성, 소통 맥락의 제한성을 고려해야 하는 이유다.

조선시대 양반 여성은 집안 가족 외에 친척과 이웃까지 돌보며 현모양처의 개념에 포함되지 않는 사회적 역할도 했다. 여성이 이웃을 돌보려면 마을이나 공동체, 사회를 향한 관심과 실천이 필요하다. 여기에도 일정 부분 노동이 관여된다. 이렇게 보면 양반 여성의 결혼 생활은 안팎으로 다양한 노동이 이어진 바쁜 삶이다. 현대적 시각에서 보면 출퇴근이 없는 직장

생활을 방불케 한다. 지금도 가정주부는 노동자로 간주되지 않는 면이 크다. 그러나 가정에서 주부는 언제나 일하고 있다. 결혼한 주부가 아니라 혼자 산다고 해도, 성별이 무엇이든 간에, 가정이라는 삶의 영역은 언제나 일거리로 가득 차 있다. 일의 세계는 무한해서 어디까지 일할지를 결정하는 데는 일의 규모나 집안 사정, 자신의 역량 등에 대한 종합적 판단력이 필요하다. 노동이 매개되지 않는 삶은 연명이 불가능하다. 일은 삶을 지탱하는 원동력이다. 단지 가사 노동이나 집에서 이루어지는 많은 일에 임금이 지급되지 않기에, 노동으로 간주되지 않을 뿐이다. 집안일이 노동이라는 발상 자체가 없기에, 집안일을 하는 사람을 노동자로 명명했을 때 할 수 있는 다각도의 사유와 성찰이 배제되었다. 그러나 이는 명백한 노동이다.

봉양은 돌봄 노동

조선시대 여성이 가정에서 수행한 각종 일은 오늘날 이른바 수발 노동,[9] 돌봄 노동, 또는 사회적 재생산 노동[10]으로 명명된다. 육체노동에 정서적 요소가 포함되기에, 포괄적으로는 비물질 노동immaterial labor, 정동 노동affectional labor, 감정 또는 감성 노동emotional labor, 친밀성 노동intimate labor으로도 칭한다.[11] 20세기 이후 일터에서 감정 노동의 역할이 부각되어 감정이라는 사적 세계가 공적 영역으로 이동하고, 이에 따라 무급 노동인 가사 노동과 돌봄 노동이 노동으로 입증되었다.[12] 동서고금을 막론하고 돌봄 노동은 거의 대부분 여성이 담당했고, 젠더화된 영역으로 간주된다. 이는 돌봄이 수행자의 개인적 희생으로 사적 영역에서 이루어지는 것과 관련된다. 대부분의 돌봄 노동은 인간의 배설물까지 처리하는 궂은일이기에 오늘날에도 하층 노동으로 여긴다.[13]

정치학자 조안 C. 트론토는 돌봄은 집안일이 아니라고 선언하고 돌봄의 불균형과 불평등을 지적하면서, 돌봄의 무임승차권을 회수해 돌봄 민주주의를 이루자고 제안했다. 저자는 돌봄의 과정을 개인이나 집단이 누군가에게 충족되지 않은 돌봄의 필요를 감지하는 관심 돌봄caring about의 단계, 돌봄의 필요가 확인된 후 이에 대한 확신을 주도록 책임지는 안심 돌봄caring for의 단계, 실질적인 돌봄을 제공하는 활동인 돌봄 제공caregiving 단계, 돌봄의 수혜자가 충분히 돌봄을 받았는지 등의 반응을 살피는 돌봄 수혜care-receiving의 4단계로 구분했다.[14] 조선시대 양반 여성이 집안에서 한 일에는 모든 단계가 포함된다. 가족을 위한 음식 조리, 의복 만들기와 침구 장만(그 재료를 만드는 길쌈을 포함), 청소, 정리 정돈, 세탁, 수유, 양육, 간호, 간병, 임종, 상장례, 호스피스, 책 읽어드리기에 이르기까지 양반 여성이 한 노동의 범주는 광범위하다. 그중에서도 돌봄 노동의 비중이 크게 느껴지는 것은 이에 대한 기록이 많아서다. 돌봄 노동이 자발적 속성을 지니기에 일로 여겨지지 않았다.[15] 모성을 여성의 본성으로 여겨서 수유나 양육을 모성의 발로로 이해하는 것과 맥락이 같다.

문헌을 보면, 시부모나 남편의 봉양과 간병은 종의 도움을 받기도 했지만, 대개 여성이 전담했다. 이를 노동의 성별 분화로도 설명할 수 있는데, 엄밀히 말해 모든 양반 남성이 관직을 맡지는 않았기에, 노동의 성별 분화라는 해석이 정확하지는 않다. 남성은 결혼하더라도 정치적 사유나 과거 낙방, 인생관이나 취향, 질병 등 개인적 사유로 관직에 진출하지 않은 경우가 많다. 그들이 모두 직업이 있었던 게 아니다. 재산이 많아서 일할 필요가 없었던 것도 아니다. 관직에 나가지 않은 양반 남성은 소작을 주거나 직접 농사를 지었는데, 일과 거리를 두고 책 읽고 글쓰기에 전념한 경우도 많다(18세기 박지원의 「양반전」을 통해 이에 대한 문제 제기가 공유되었고, 일하지 않는 남편의 태연함에 '폭발하는' 아내가 공감을 얻었다). 이 경우, 재화의 창출과 무관하기에, 현대적 개념의 남성 생계부양자 모델(밖에서 남편이 돈을 벌고, 아내가 가족을 돌보는 부부)에 해당하지 않는다. 물론 양반 남성도 집안일을 했고 종을 부렸으며, 농사, 가축 기르기, 양봉, 상업, 건축과 집수리 등의 일을 종과 함께하거나 직접 한 사례가 있다. 음식 조리, 의복과 물건 수수, 나무 심기, 닭 기르기 등의 살림살이에 참여한 기록도 보인다.[16] 대부분의 양반은 상업을 천시했기에, 직접 장사하기보다는 대리자를 내세워 장사를 하거나 자본을 빌려주어 암묵적으로 상업 행위를 했다.[17] 이처럼 양반 남성이 노동을 하고 재화를 창출하는 일에 종사한 사례가 있다고 해서, 여성이 수행한 노동의 강도나 가치를 평가절하할 수는 없다. 결혼한 여성이 여공으로 대표되는 노동을 피할 정당한 계기는 없었기 때문이다. 집이 부유하고 숙련된 종이 많은 양반가 여성도 직접 여공을 했다. 이덕무가 쓴 『사소절』의 「부의婦儀」에서도 '실을 뽑고 솜을 타며, 옷을 다듬이질하고 비단을 다리는 일은 비록 여종이 있더라도 손수 익혀야 한다'[18]고 강조했을 만큼, 여공은 여성의 필수 역량이었다.

조선시대의 봉양은 돌봄 노동이다. 봉양에는 시부모와 남편의 의식주에 대한 편의 제공에서부터 간병 돌봄, 자녀 수유와 양육 등이 모두 포함된다. 서양에서도 혼인 여성이 가정에서 수행하는 돌봄 노동은 무급이며, 돌보기, 가사 노동, 보육 노동, 감정 노동, 성적 노동 등 다양한 차원이 있다.[19] 돌봄이란 돌봐 주는 사람을 우월하게, 돌봄 받는 사람을 다소 열세로 여긴다는 점에서 다소 불평등성을 내포한다.[20] 그러나 역설적으로 조선시대에 돌봄을 수행한 며느리와 아내는 가족 내 위계관계의 상부에 위치할 수 없었다. 사실상 '돌봄'을 수행하면서도 '봉양奉養'이나 '섬김事'으로 표현한 것은 역할 비중에 비해 사회적 인정이 취약했던 여성의 역설적 사회 위치성을 시사한다. 여성의 활동에 대한 언어사회학적 측면에 주목해야 하는 이유다. 명명은 곧 문화정치의 매개물이기 때문이다.

돌봄 노동은 인간관계적인 성격을 띠는 사적이고 감정적인 요소가 많다.[21] 돌봄 노동의 질을 측정하거나 그 효과를 계측하기가 어려운 이유다. 조선시대 양반 여성의 봉양 노동이나 섬김 노동을 서술할 때는 진정성, 공경, 정성, 존경과 같은 감정 요소와 정신과 인격을 수식하는 용어가 많이 사용되었다. 이를 판단하는 주체는 기록 주체인 남성과 그의 가족(여성 입장에서 시댁 식구들), 평소 여성의 행실을 지켜본 이웃과 친척, 마을 공동체와 혈연 집단이다.

여성 노동을 칭하는 여공이나, 돌봄을 정당화하는 논리적 근거는 유교 경전이다. 딸과 며느리에게 아버지나 시아버지가 내훈(內訓: 성종의 어머니 소혜왕후가 1475년에 부녀자의 교육을 위해 편찬한 책)과 여교(女教: 여자에 대한 가르침)를 써서 병풍으로 만들어주는 문화가 있었다. 시아버지가 며느리에게, 아버지가 딸에게 가르치는 형태의 여범(女範: 여성의 모범)은 논쟁이나 토론 대상이 아니라, 규율화된 지식으로 전승되어 여성의 신체와 일생을 지배했다. 이는 질문과 수정의 여지가 없는 교본이었다.

오늘날 여성의 돌봄 노동은 어머니가 수행할 때는 숭고한 사랑이지만, 인력을 고용해 비용을 지불하면 저임금, 비숙련 노동으로 간주되는 경향이 있다.[22] 이런 정황은 놀랍게도 조선시대 양반 여성의 노동 구조에도 적용된다. 양반 여성의 간병이나 양육은 공경과 정성을 다한 '어짊(賢: 훌륭함)'의 징표가 되지만, 같은 일을 여종이 했을 때는 그저 당연한 의무로 여겼다. 대체로 여종에게는 정성, 진정성, 눈물, 영혼을 원하지 않았다.

간병이나 육아 같은 돌봄 노동은 수행자의 신체적, 정서적 부담이 크다. 여성에게 가족의 간병이나 육아는 일종의 당연직이다. 철학자 사라 러딕은 사회가 어머니에게 아이를 기르는 데 변함없는 사랑과 양육, 훈육을 통해 자녀의 생명을 보존하고, 사회에 수용될 수 있는 성인으로 키우도록 요구한다고 보았다. 특히 아이를 기르는 데 가장 유용한 것은 '아이의 육체적 취약함'을 보호하는 것, 즉 아이의 생명을 보존하는 것이다. 이를 위해 어머니들은 자녀의 욕구와 상태에 대해서라면 아주 작은 부분에까지 집중해야 한다. 이런 노동은 흔히 '엄마의 노동'으로 이야기된다.[23] 조선시대 여성(주로 며느리)은 혈연 자녀는 물론, 자기가 낳지 않았더라도 돌봐줄 사람이 없거나 친모의 수유가 불가능할 경우, 직접 수유와 육아를 했다. 이슬아 작가가 2020년에 인터뷰한 84세 정도(인터뷰이 본인이 자기 나이를 정확히 모른다)의 이영애 씨는 시집왔을 때 4개월 된 갓난쟁이 시누이가 있었는데, 이듬해 아들을 낳아 둘 다 젖을 먹여 키웠다고 한다.[24] 집안의 아기에게 수유하고 양육하는 일은 조선시대 양반 여성에게 흔했고, 20세기까지도 행해졌다. 양반 여성은 노동으로 점철된 생애였지만, 이를 기록할 때 그들의 고통을 강조하지 않았다. 양반가의 품위를 지키기 위해 여성의 감정을 통제했다. 산업화된 자본주의 사회에서 명백히 감정 노동으로 여겨지는 것을 당시에는 인격과 품성에 대한 것으로 담론화했다. 태도는 양반의 품위를 결정짓는 자질이다. 이덕무가 쓴 『사소절』의 거의 모든 내용은 언행과 태도, 표정 등 신체를 통해 표현되는 감성 기호와 관련된다. 특히 양반가 여성은 고통과 어려움을 하소연해서는 안 되며 소문내서도 안 된다는 규제를 받았다. 여성 노동에 대한 고통의 언어가 발달하지 못한 이유다.

일해도 일한 것으로 여겨지지 않는 그림자 노동

조선시대 양반 여성의 결혼 생활이 사실상 무임금 직장 생활에 가까웠음에도 불구하고(여성의 수행에 대한 평판과 언술적 인정은 있었기에, 무보상이 아니라 무임금이다), 이를 노동의 관점에서 전면적으로 살필 수 없었던 이유가 있다. 우선 언어적 차원이다. 조선시대 양반 여성은 일상에서 많은 노동을 했지만, 이를 명명할 때 일役/근로勤勞이라는 단어를 사용하지 않았다. '역役'은 종의 직임을 가리키는 단어이므로, 양반 여성에게 쓰지 않았다. 한국고전종합DB 사이트에 검색하면, 111건이 검색되는 '근로勤勞'라는 단어가 여성과 단독으로 연결된 사례는 단 2건이다. 이 단어는 남성의 사회 활동이나 독서에 대한 서술어로 사용된 사례가 압도적으로 많다. 표현 대상에 따라 단어 선택이 달랐다. 여성이 집에서 하는 일은 여공이라고 했다. 한자로 女工, 女功, 女紅 등으로 적었다. 여직女職[25]이라고도 했는데, 양반가 여성이나 일종의 전문직 여성인 궁녀에게 썼으며, 종에게는 쓰지 않았다. 같은 일이라도 종이 하면 일(노동)이지만, 양반 여성이 하면 여공 또는 직분으로 여겼다. 신분적 위계에 따라 수사학적 이중 구조가 작동했다. 이것이 딜레마다. 표현은 달랐지만, 양반과 종이 같은 일을 했다.

그렇다면 조선시대에 여공으로 정의한 내역에는 어떤 일들이 있을까?

『예기』에는 '여자아이는 열 살이 되면 규문 밖에 나가지 아니하며, 여교사가 유순한 말씨와 태도 그리고 어른의 말을 잘 듣고 이에 순종하는 법을 가르치며, 삼베 길쌈을 하고 누에를 길러 실을 뽑으며 비단과 명주를 직조하게 한다. 이렇듯 여자의 일을 배워 이로써 의복을 공급하게 한다. 또 제사에 참관하여 술과 초醮, 대나무 제기와 나무 제기 및 침채沈菜와 젓갈을 올려서 제례의 거행을 돕게 한다.'고 서술된다.[26] 여성은 혼인 전에 살림살이와 제사에 필요한 소양을 기른다. 이것이 여공의 핵심이다. 비교 삼아, 『예기』에서 같은 나이의 남자아이가 배워야 할 내용에 대해 살펴보면, '남자로서 13세가 되면, 음악을 배우고, 시가를 읊으며 작무勺舞를 배운다. 15세 이상이 되면, 상무象舞를 배우고 활쏘기 및 말 다루는 법을 배운다. 남자로서 20세에 이르면 곧 관冠을 쓰고 성인이 된다. 이때에 이르러 비로소 예를 배우며 또한 갖옷과 비단옷을 입을 수 있다. 대하大夏의 무악舞樂을 배우며 효제의 길을 돈독하게 행하고, 스스로 널리 배워 지덕智德을 높이고자 애써야 하지만, 아직 남을 가르치지는 않으며 겸양하는 마음을 항상 지녀 뽐내지 말아야 한다.'[27]와 같다. 배움과 삶에 대해 명백히 젠더 차이가 있다.

유장원(柳長源. 1724~1796)이 저술한 예서인 『상변통고常變通攷』의 「거가잡례(居家雜禮: 가정생활에 필요한 예의범절)」에 따르면 여자는 순함과 부드러움, 여공의 중요함을 가르쳐야 한다.[28] 여공

〈산수도〉, **신사임당, 국립중앙박물관** 신사임당은 그림에 중국 당대의 시인 맹호연의 '숙건덕강宿建德江(건덕강가에 묵으며)'이란 시를 함께 적었다. 시를 읽으면 그림이 떠오르고, 그림을 보면 시구가 흘러나온다.

을 가르치는 이유는 첫째, 여자의 직분이기 때문이며, 둘째, 옷과 음식이 만들어지는 과정의 어려움을 알게 해서 함부로 사치하지 않게 하기 위함이다. 여기서 정의한 여공은 방적과 길쌈, 침선, 수예 등 손으로 하는 각종 노동이다. 대개는 음식 조리와 구분했는데, 여기서는 포함시켰다. 신사임당처럼 여성이 집에서 그림을 그리거나 정명공주가 서예를 한 것 같은 예술 활동은 여공으로 간주되지 않았다.

통상적 정의의 여공에는 청소나 정리 정돈, 세탁, 설거지 등이 포함되지 않았다. 이는 양반 여성이 하지 않아서가 아니라, 길쌈이나 바느질처럼 숙련된 기술이 필요하다고 여기지 않아서다(세탁기, 청소기, 식기세척기 등은 가사 노동을 기계로 대체하기 위한 발명

품이다. 세탁소, 청소대행업체, 정리 대행 업무는 가사 노동이 산업적으로 분화된 형태다. 이는 방적, 재단, 디자인과 연결된 의류의 산업적 분화보다 늦게 이루어졌다. 조선시대에도 이런 일들의 전문성이 저평가되었다). 이런 일들은 대개 종이 했지만, 집안 사정에 따라 양반 여성이 직접 하기도 했다. 여성이 손수 일하는 것을 최고의 효, 최선의 덕으로 평했기에 부유해도 직접 일한 여성이 많다.

양반 여성이 여공을 했다면, 여종은 어떤 일을 했을까? 조호익(曺好益. 1545~1609)은 『가례고증』에서 '창름(곡식 저장), 구고(말과 창고), 포주(도축과 조리), 사업(집 관련), 전원(농사) 따위를 관장하게 하는 것(謂使之掌倉廩廄庫庖廚舍業田園之類)'이 종의 일이라고 했다. 이 중에서는 조리가 여성의 일에 속하는데, 유모나 가사일 등 성별화된 여종의 업무에 대해서는 별도의 언급이 없다. 문헌의 서술 맥락을 유추해 보면, '집안일舍業' 안에 여주女主의 일과 여종의 업무가 겹친다. 수유, 육아, 청소, 살림, 빨래, 농사, 길쌈, 바느질, 음식 조리 등이다.

조선시대 여성은 여공 외에도 집에서 많은 일을 했다. 시부모와 남편의 봉양, 간병, 자녀 양육, 각종 상장례와 접빈객과 이웃, 친척의 돌봄이다. 이 또한 여성의 직분女職으로 간주되었기에 이를 행하는 여성을 평할 때는 효성스럽다, 어질다, 훌륭하다 같은 윤리적 어휘나 태도 수사로 표현했다. 예컨대, 시부모를 잘 봉양하기 위해 열심히 일한 여성은 효성스러운 며느리이며, 남편을 위해 요리하고 빨래하고 청소한 여성은 '어질고 훌륭한' 아내다. 효부, 현처라는 단어는 부지런하다, 공경하다, 삼가다, 정성스럽다 등의 태도 형용사에 아내, 며느리 등의 역할 명사가 의미론적으로 결합된 형태다. 노동에 윤리와 태도의 수사가 결합해, 일의 성실성을 인격의 완성도로 표현했다. 그 결과 노동의 힘겨움이 숭고한 윤리로 둔갑했다. 가부장 제도는 지배 계급의 이익을 위해 여성을 남성과 가족에 예속시키는데,[29] 이런 역사 문화적 조건이 여성이 실제로 수행한 노동을 그림자처럼 보이지 않는 영역으로 만들어 버렸다. 이런 맥락에서 조선시대 양반 여성의 일을 '노동 아닌 노동'으로 명명할 수 있다. 열심히 일한 며느리와 아내에게 효성스럽다, 내조 잘한다고 하는 것은 일했지만 일하지 않았다고 하는 것과 같다. 노동에 대한 인정을 윤리적 칭찬으로, 여성의 능력을 품성으로, 보상을 찬사로 바꿔 버렸기 때문이다.

힘든 내색 않는 어진 여자의 아이러니

조선시대 『내훈』, 『곤범』, 규녀서 등 여성 관련 교육서에서는 여공을 잘하면 부덕이 높다고 해서, 윤리와 품성의 언어로 평가했다. 이의현(李宜顯, 1669~1745)은 여동생 정부인 이씨의 묘지에서 부인이 갖추어야 할 아름다운 법도懿則로 어려서의 행동幼儀, 아내의 도리婦道, 어머니의 교육母教이라는 세 가지를 제안했다.[30] 여성의 도리 중의 으뜸은 '순함'이다. 김창협은 "부녀자에게는 네 가지 덕이 있는데 이 모든 것이 순함으로 모아진다"고 했다. 순함이란 부드럽고 유순한 것이다. 말이 많지 않고 거만한 표정을 짓지 않는 것이다.[31] 조용하고 온화한 표정은 순함을 신체화한 것이다. 순함이 여성 규범이라는 것은 가부장제의 논리를 단적으로 대변한다. 순하게 따를 대상은 아버지와 남편, 아들이다. 삼종지도가 대표적 개념이다. 이이명(李頤命, 1658~1722)의 외할머니인 정경부인 김씨(황일호[黃一皓, 1588~1641]의 아내)는 곤범閩範, 즉 여성의 모범을 갖추고 있어 딸들에게 순함順과 바름正을 가르쳤다.[32] 공인 순흥 안씨(유명득[兪命得]의 아내)는 시댁이 가난했는데, 양잠과 길쌈에 힘써 시어머니를 봉양했다. 항상 온화한 표정을 해서 남편이 집안 형편을 몰랐다.[33] 부덕의 실천은 당연히 수행해야 할 여성 규범으로 전제되었기에, 힘들어도 내색하지 않는 것을 미덕으로 여겼다.[34] '내색하지 않음'은 규범을 묵묵히 따르는 것을 뜻한다. 이에 따라 순종하는 여성상이 재생산되었다. 감정, 표정, 태도, 의사 표현을 자제하는 것은 오늘날 명백히 감정 노동에 속한다. 조선시대 여성에게 요구된 순종은 비록 자발성을 띠더라도 권력관계 속에서 위계화된 속성을 지니기에 강요된 측면이 있다. 거짓으로 순종하면 안 되고 진심을 담아야 한다고 요청되었다. 진정성은 여성에 대한 각종 칭찬에 빠지지 않았다. 오늘날 명백히 감정 노동에 속하는 것이 조선시대에는 예의와 인격, 품성으로 여겨졌다. 힘들어도 내색하지 않는 것, 많은 일을 하지만 표 내지 않는 것, 고통스러워도 인내하는 것이 미덕이었다.

이런 여성을 '훌륭한 여성賢婦'으로 칭찬하는 문화가 이어지는 한, 고된 노동에도 내색하지 않고 묵묵히 감내하려는 감성과 인식, 행동 성향이 무의식적으로나 의식적으로 조율되기 마련이다. 역으로 '힘들다'고 말하는 것은 불순, 불복종, 불경의 신호가 되었다. 여성의 일은 가족을 위해 공경하고 사랑하는 마음으로 하는 직분이기에, 힘들다고 말하는 순간, 순수한 마음으로 가족을 위하는 헌신, 즉 진정성의 본질이 훼손된다. 여성 스스로 일이 힘들다고 의식하지 못한[35] 이유다. 실제로 오늘날 마트에서 일하는 여성 노동자를 참여관찰 방법으로 탐색한 연구자는 마트에서 캐셔로 일하는 어머니가 평소에 '내가 얼마나 힘들게 일하는지 아느냐'고 불평하는 것을 들어본 적이 없다고 한다. '힘들기는 하지만 재미있다'거나 '힘들기는 하지만 할 만하다'는 말로 대신했다는 것이다. 전통적 여성상이 현

재까지도 잔상으로 남아 여성의 삶과 사고, 인지, 감각, 언어표현에 영향을 미친다.[36]

일하는 양반 여성의 행위에는 근면勤, 삼감謹, 정성至/誠, 피곤을 내색하지 않음無倦色 등, 태도와 관련된 표현이 뒤따랐다.[37] 이를 '숨은 덕潛德'[38]으로 명명해, 노고를 드러내지 않는 것이 미덕이라는 의미를 강화했다. 이는 여성의 노동에 대한 인정을 품성으로 바꾸는 문화와 담론 구조를 형성했다. 여성 스스로 이러한 태도를 당연하게 받아들여서, 사실상 노동에 해당하는 규범이 윤리의 용어로 서술되었다. 일하는 여성의 노고를 인정하는 대신, 개인의 인격 수양과 품성의 언어로 표현하는 관습이 생겨났다.

양반 여성이 하면 여공, 여종이 하면 일이 되는 노동 현장에서

조선시대 양반 여성은 결혼 생활을 통해 다양한 노동을 했다. 양반 여성이 행한 여공을 노동으로 볼 수 있는 이유는 해당 업무를 여종과 함께 수행하거나 대리 수행한 사례가 있어서다. 가령 오늘날 가사 노동이 기계로 대체 가능한 일종의 노동임을 생각해 보자. 세탁, 건조, 다림질, 청소, 설거지 등은 기계로 대체될 수 있고, 식사, 간병, 아이의 양육, 교육, 놀이 등은 전문 인력의 도움을 받거나 제품 구매를 통해 노동을 최소화할 수 있다. 조선시대에 양반 여성의 노동을 보조하거나 대체해 준 이는 집안에 소속된 종이다. 김재찬(金載瓚. 1746~1827)이 아내 홍씨를 위해 쓴 제문에는 홍 씨가 시할머니를 옆에서 돕고, 시어머니 일을 이어받아 칼과 자를 손에 쥐고 바느질했고, 씻고 닦는 일을 했다고 서술된다. 남편의 옷과 두건을 마름질할 때는 여종 한 명과 짝을 이루어 날이 새도록 일했다.[39] 양반 여성이 여종과 같이 일했다.

그렇다면 조선시대 양반 여성이 여종과 협력하거나 교차 수행한 일은 무엇일까?

첫째는 수유를 비롯한 육아 노동이다. 이는 자녀를 둔 양반 여성의 주요 역할이다. 양반가에는 이를 대리 수행하는 여종이 있었다. 바로 유모다. 젖어미의 존재는 수유와 육아가 대체 가능한 노동임을 뜻한다.[40] 16세기 이문건의 『묵재일기』에도 여종이 양반가 자녀의 수유를 담당한 내용이 있다. 양반 남성이 쓴 유모의 제문이나 광기(壙記: 망자의 간략한 정보를 적어 묘지에 넣는 글)를 통해 양반 자녀가 유모에게 수유 받으며 정서적 친밀성을 나누고 인간적으로 교류한 정황이 파악된다. 유모는 양반 어머니의 젖을 신체적으로 대신하는 도구가 아니라, 수유 대상자와 연결된 신체성을 형성하며 인격적 관계를 맺었다. 여종과 양반 여성은 수유와 육아라는 노동 영역의 대체를 통해 서로의 정체성과 신분 경계가 완화되는 경험을 했다. 수유와 육아를 매개로 서로 다른 신분이 소통하고 교류했다. 양반 자녀에게 젖을 먹여 기른 여종은 신분이 천하지만, 모성의 본질을 대리 분담했다. 양반 자녀가 여종인 유모를 대하는 감정이 복합적인 이유다. 엄마처럼 돌봐줘 고맙고 좋은데 신분이 낮았다. 어머니의 수유와 양육은 감사히 여기고 효도해야 하는 근거이지만, 여종 유모의 수유나 양육은 노주의 자제로서 마땅히 받아도 되는 섬김 노동에 해당한다. 그럼에도 불구하고 유모에게 양육된 양반 남성이 성인이 되어 이들에 대한 감사와 그리움을 글로 표현한 사례가 있다. 신분은 천하지만 모성을 베푼 유모에 대한 감사와 정을 표하고, 그 죽음을 애도했다.[41] 반면, '주인을 섬기는' 유모의 태도를 강조하기도 했다. 예컨대, 김주신(金柱臣, 1661~1721)은 선친과 백부의 유모였던 강소사에 대해 쓴 광기에서 유모의 '사람됨이 공손하고 신중하며 주인의 집안을 정성으로 섬겼다'고 썼다.[42] 유모의 돌봄을 노주에 대한 섬김事으로 보았다. 이는 신분제가 인간을 보는 해석적 관점에 영향을 미친 사례다. 노주 관계에서는 연령 차이보다 신분 위계가 우선했다. 그러나 심정적, 정서적 차원에서 유모에 대한 친밀감은 신분적 위계와 때로 충돌하며 혼란을 일으켰다. 유모를 인격적 주체로 이해하는 사회적 상상력은 대체로 결여되었지만, 신체적으로 접촉하고 정서적으로 교섭하는 과정에서 다층적 이해와 관계가 생겨났다. 다만 공식화된 서술이나 사회적 인정이 결여되었을 뿐이다. 유모의 수유와 양육을 단지 노동으로 보는 것은 역설적으로 양반 어머니의 수유와 양육을 노동으로 볼 수 있는 이유가 된다.

둘째, 가사 노동이다. 여기에는 청소, 정리 정돈, 빨래, 의복과 음식 만들기와 같은 집안일과 길쌈 등의 여공이 포함된다. 상주 황씨(1645~1704. 황연[黃埏]과 문화 유씨의 딸, 오두인[吳斗寅. 1624~1689]의 세 번째 아내)는 날마다 새벽에 일어나 청소하고 여종들에게 각자 할 일을 배분했다. 먹을 것을 때에 맞게 하고 휴식과 일을 절도 있게 솔선수범해서 사람들도 열심히 일했다.[43] 정부인 양성 이씨(윤동로[尹東魯. 1663~1741]의 아내, 윤광소[尹光紹. 1708~1786]의 어머니)는 집이 매우 가난해서 부릴 여종이 없었다. 이 씨는 직접 물을 길어 음식을 만들었다.[44] 정경부인 한산 이씨(김진귀의 아내, 김춘택의 어머니)는 음식 솜씨가 뛰어나 시아버지가 절기마다 방문하면 정갈하게 맛있는 음식을 차려드렸다. 집에 온 시아버지는 부엌의 여종에게 "어째서 우리 며느리의 음식 솜씨만 못한 건가!"라고 꾸짖었다.[45] 여종의 음식 솜씨를 며느리와 비교한 사례는 여종과 며느리의 일부 역할을 같은 것으로 이해한 태도다. 양반 여성의 집안일이 노비의 업무와 중복되고 대체 가능하다고 여겨졌다.

셋째, 상장례와 제사다. 양반가의 상장례와 제사는 양반 자녀가 수행하는 효와 예에 속한다. 양반가에서 제사를 지낼 때 남성은 사당 의례와 치제, 제수 마련, 제사 실행을 담당했다.[46] 여성은 제수 마련(재료 기르기와 구매), 제실 청소, 노복 관리, 음식 조리와 저장, 제사상 차리기, 제사에 참여한 친척 대접 등을 맡았다. 그런데 양반가의 상장례에서 자손이 하는 일을 종과 함께하거나 종이 다 했다고 기록한 사례가 있다. 유인 경주 김씨(1664~1686?)가 임종할 때, 남편 한배도와 오빠 김주신, 두서너 명의 여종이 함께 속광屬纊을 했다.[47] 속광이란 망자의 코에 솜을 대어 숨이 남았는지 확인하는 절차다. 유인 풍양 조씨(1663~1684. 김일진(金一振)의 아내. 김주신의 어머니)는 남편이 죽자 수의와 이불을 노비나 첩에게 맡기지 않고 직접 마련했다.[48] 숙인 풍양 조씨(1646~1693. 홍처우의 아내. 김창집의 장모)는 평소 집에서 비단을 직접 짜서 장례 때 쓸 수의를 미리 만들었다. 집이 가난해 손수 만든 것이다.[49] 수의 제작이나 상례 도구를 마련하는 것은 보통 노비나 첩이 했지만, 양반 여성이 직접 했다고 써서 정성을 강조했다. 상례 준비를 종이 보조하거나 교차 수행했다.

제수 준비와 제사, 묘를 지키는 일도 양반과 종이 함께 하거나 종이 혼자서 했다. 유인 남양 홍씨(김시관[金時寬]의 아내, 박윤원의 장모)는 남편의 기제사 때마다 음식을 직접 만들었다. 기일 전에는 종들에게 단정하고 정갈하게 하도록 일렀다.[50] 유인 강진 김씨는 한 달에 세 번 지내는 제사를 혼자 했다. 불결한 종들은 제수 마련을 하지 못하게 했다.[51] 밀양 박씨(1687~1750. 박신명[朴新命]의 딸. 송현기[宋鉉器]의 아내)는 혼인하고 나서 홀아버지를 모셔 왔다. 아버지가 사망하자 여종을 보내 3년 동안 매일 묘를 살피게 했다.[52] 상장례나 제사는 효행으로 알려졌지만, 여기에는 노동이 매개된다. 상장례에 종이 참여하고 대리 수행한 것은 이것이 노동이며, 여성의 몫도 컸음을 뜻한다.

넷째, 시부모와 남편의 봉양과 간병이다. 양반 여성의 대표적인 섬김 노동이다. 봉양은 시부모의 일상생활을 지탱해주는 여성의 생활 노동으로 여공에 해당하는 음식 조리와 의복 마련 등 노동력이 투여된다. 이를 봉양으로 명명한 것은 노동의 혜택을 받는 대상이 섬김을 받는 대상으로 위계화되어서다. 봉양이라는 단어는 종이 주인댁 아기를 기를 때에도 사용되었다.[53] 봉양으로 명명된 생활 노동은 대상에 대한 존경과 진정성이 요청되었다. 혼정신성昏定晨省으로 대표되는 새벽과 저녁의 안부 인사, 잠자리 살피기는『삼강행실도』에 삽입될 만큼 중요했다.

새벽부터 잠들기 전까지 여성은 시부모 봉양에 대한 노동을 직분으로 수행했다. 이는 효행과 부덕이라는 윤리의 언어로 평가되며 예의, 감정, 영혼의 헌신 등이 포함된 정성과 공경이 요청되었다. 이런 기대는 간병에도 해당했다.

　현대에는 돌봄을 특정 성별, 또는 특정인이 담당하는 것에 대한 성찰의 관점이 생겼다. 인간은 나이, 성별, 인종, 국적, 경제 조건 등과 무관하게 누구나 돌봄이 필요하기에, 인간의 상호의존성을 인정하자는 취지에서 돌봄에 대한 정치적 선언도 제기된다. 돌봄이 자본화, 산업화될 때 발생하는 문제를 논의하고 복지 정책화되며 개인과 공동체의 책임이 사라지는 문제도 토론한다. 이런 논의가 활발해진 것은 그간 돌봄을 전담해 온 여성에 대한 페미니즘 관점의 연구와 현장론적 접근 덕분이다. 여성의 취업률이 증가하면서 더 이상 가정에서의 돌봄을 여성이 전담할 수 없는 변화가 생겼다. 고령화, 만성질환자의 증가, 핵가족화 등의 영향으로 환자 돌봄을 병원의 간병인에게 위탁하는 경향이 증가했다. 현재 돌봄은 직업화되는 추세다. 의료기관 간병인, 재가 요양보호사, 장애인 활동보조 노동자, 지자체 가정도우미, 이주 여성의 가사 돌봄 노동 등 직종과 형태도 다양하다. 복지 정책과 산업 자본화가 혼합되어, 돌봄은 점차 임금이 지급되는 직업, 상품이 되고 있다. 돌봄 노동에서 직업 환경이나 노동 조건이 고려되는 이유다.

조선시대에 여성의 노동은 효나 부덕이라는 윤리적 용어, 또는 인격 수사로 표현되었다. 이에 따라 돌봄을 행하는 여성의 노동 환경이나 조건을 사유하는 글을 찾아보기 어렵다. 가령, 홀로된 시아버지가 병들었을 때, 병 수발을 하는 며느리가 어디서 언제 무엇을 어떻게 간병했는가에 대한 기록이 상세하지 않다. 글쓰기 양식 자체가 간결미를 중시해서이지만, 그게 전부는 아니다. 여성의 어려움을 헤아려서 이를 보완하고 극복하려는 관심보다는 이를 묵묵히 해내는 여성을 칭찬해서, 여성의 의무를 강화하는 데 초점을 맞추어서다. 이에 대해 어려움을 토로하면 현부, 영처에 미치지 못한다고 낙인찍었다. 이런 이유로, 사실상 노동 현장이나 다름없는 가정환경 속에서 여성이 겪은 어려움을 알기는 어렵다.

현재 여성의 돌봄 노동과 관련한 연구를 참조해 보면, 저임금, 불안정한 노동시간, 고용 불안, 감정 노동, 모호한 업무 경계, 성범죄를 포함한 각종 폭력, 건강 문제, 부정적 사회적 시선, 부적절한 노동 조건 등이 문제로 알려졌다.[54] 조선시대 여성이 겪은 어려움 중에 가장 많은 것은 가난이다. 그조차 혼자 감당하거나 극복한 데에 초점이 맞추어져서, 실제로 여성이 가난 때문에 어떤 어려움을 겪었는지, 여성이 이를 어떻게 느꼈는지 알기가 쉽지 않다. 목숨이 다하도록 정성을 다하는 여성을 칭송하는 분위기 속에서, 고통을 하소연하는 여성은 효의 가치를 훼손한다고 낙인찍힌다.

봉양이 가사 도우미로, 간병이 각종 간병 노동자에 의해 대체되어 직업화, 산업화된 것처럼 돌봄에는 노동의 속성이 있다. 조선시대에도 양반 여성의 봉양과 간병을 종이 대신하거나 종과 협력 수행한 경우가 있다. 정경부인 영일 정씨(1635~1717. 이세백의 아내, 이의현의 어머니)는 남편이 병이 나자 손수 죽을 끓이고 약을 달이고 자식이나 종이 대신하게 하지 않았다.[55] 이런 표현은 역설적으로 간병을 종이 대신한 사례가 있음을 뜻한다.

다섯째, 가계가 빈곤해 여성이 직접 일해 돈을 번 경우다. 여기에 농사도 포함된다. 종과 함께 한 사례가 있다. 숙부인 파평 윤씨(1693~1795. 윤봉구[尹鳳九. 1683~1767]의 여동생, 신경[申暻. 1696~?]의 아내)는 평소에 부지런히 일해서 여종을 거느리고 한가하게 앉아 손이 쉬는 때가 없었다. 윤 씨는 자녀의 혼례에 필요한 물품이나 남편이 평생 쓸 물품을 직접 방적해서 마련했다.[56] 윤 씨는 옛날 제후의 부인도 누에 치고 실을 뽑아 옷을 만들었는데 자신은 가난한 선비의 아내이니 부지런히 일해야 한다고 했다.

여주가 종에게 일하는 기술을 가르치기도 했다. 숙인 풍양 조씨(홍처우의 아내, 김창집의 장모)는 밤낮으로 부지런히 여공을 해서 집안 식구들을 이끌었다. 위아래, 어른이나 아이도 감히 게으름 피울 수 없었다. 재주가 없는 종도 요령 있게 잘 가르쳐서 기예가 정밀해졌다.[57] 생계를 위해 양반 여성이 종들과 함께 농사도 지었다. 이충익(李忠翊, 1744~1816)의 계외조모인 유 씨(유춘양[柳春陽]의 딸, 정후일[鄭厚一]의 후처)는 19세에 가난한 집에 시집갔다. 유 씨는 어린 종들에게 일을 분배해 밭 갈기, 옷감 짜기를 시켰다. 자신도 일하며 종들을 감독했다.[58]

양반 여성이 종과 함께 일하면서 가계를 꾸리며 빈곤을 헤쳐나간 사례는 많고, 양반 여성이 한 일은 여종과 중첩되거나 교차 가능한 성격을 지닌 명백한 노동이다. 그러나 양반 여성이 하면 여공, 여종이 하면 일로 명명되었다. 같은 일이지만 신분과 위계에 따라 명칭이 달랐고, 품성이나 윤리, 일의 숙련도와 같은 각기 다른 차원에서 인정과 보상이 이루어졌다.

타고난 게 아니라 배우고 익힌 결과

문헌 기록을 살펴보면, 양반 여성이 여공을 익히는 나이는 대략 6~10세부터이고, 8~10세가 가장 많다. 드물긴 하지만 16세에 시집와서 처음 했다는 기록도 있다.[59] 혼인 전에 부도와 여공을 익히는 시기가 비슷해서,[60] 여성이 교육받기 시작하는 나이를 짐작할 수 있다. 그렇다면 양반 여성은 여공을 누구에게 배웠을까?

단적으로 말해, 여공을 가르친 이가 누구인지, 무엇을 어떻게 가르쳤는지에 대한 상세한 기록을 찾기 어렵다. 여성의 생활환경을 고려하면, 여공을 가르친 사람은 어머니다. 어머니가 스승이라고 밝히지 않은 것은 여공을 배움의 대상으로 여기기 않아서다. 여성으로 이어지는 배움이 계보화된다는 발상 자체가 없었다. 이는 양반 남성이 스승과 학통으로 계보화되고, 정치적 연결망을 형성한 것과 대조적이다. 남성은 서당이나 향교, 성균관 등 제도 교육을 받았지만, 여성은 가정에서 교육받아서라고도 할 수 있는데, 남성의 학문적 스승 상당수가 가족이나 친인척인 것을 고려하면 반드시 이 때문은 아니다. 배움과 가르침에 대한 인식에 문화적 성차가 있었고, 이것이 생각과 기록에 영향을 미쳤다. 여공을 절차와 단계에 따라 배워야 할 지식과 기예의 차원에서 사유하지 않았기에, 천 짜기, 바느질, 수예, 요리에 대한 배움의 절차나 미학적 특징을 언어화하고 정교한 체계로 서술하지 못했다.

이런 이유로, 여성을 가르치는 이, 즉 모교姆教의 실체가 드러난 경우는 거의 없다. 스승이 언급된 문장에서조차 정체를 밝히지 않았고, 무엇을 어떻게 배웠는지 기록하지 않았다. 드물게 시어머니가 며느리를 가르쳤다는 문헌이 있다. 영인 박씨(박성석의 딸, 윤봉구의 첫 번째 아내)는 며느리(김치후[金致垕. 1692~1742]의 딸, 윤심위[尹心緯]의 아내)[61]의 자질이 훌륭해서 가르칠 만하다고 여겼다. 시부모 섬기는 법, 하인 다루는 법, 바느질, 술 빚기, 장 담그기 등을 가르쳤다.[62] 그러나 대부분의 문헌에서는 여성이 여공을 잘했지만, 보모에게 배우지 않았다고 썼다.[63] 배우지 않고 능숙히 해내는 것, 애쓰지 않고 저절로 잘하는 것을 탁월한 자질로 여겨서다. 예컨대, "숙인은 단정하고 중후하며 총명하고 민첩하여, 부덕과 여공은 모교를 번거롭게 하지 않았다"[64]거나, 이 씨(김창집의 딸. 김창흡의 조카)가 "바느질하고 술과 간장 담그는 여공 등을 모두 익히지 않고도 이롭게 했다"[65]거나, 유인 오씨(1737~1757. 오원[吳瑗. 1700~1740]의 딸. 윤이후[尹頤厚]의 아내)가 제수 준비와 침선을 민첩하고 꼼꼼하게 해서 규중에서 그 재주와 품격을 칭찬하며 "마음으로 깨우쳐서 애쓰지 않아도 저절로 그러했다"[66]고 썼다. 여공은 배움의 결과도 노력의 성취도 아닌, 천부적 자질로 여겼다. 여공이 배움의 영역이라면 배우는 절차와 단계, 방법과 체계를 적어야 한다. 그런데 왜 이를 쓰지 않았을까?

첫째, 여성의 삶을 기록한 주체가 남성이기 때문이다. 남성은 여공을 하지 않아 이를 정리하는 노하우가 없었다. 양반 여성이 여종에게 여공에 해당하는 노동을 전수하고 가르쳤다는 기록[67]은 있다. 가르침은 위에서 아래로 한다는 위계적 인식이 있기에 양반은 종을 가르쳤다고 썼다. 단, 이는 여종의 배움이 아니라 기술 습득의 차원으로 표현했다.

둘째, 여공에 해당하는 영역이 문자로 학습하는 지식 영역이 아니라 경험으로 몸에 익히는 신체화 과정이기 때문이다. 배움이란 문자를 매개로 한다고 여겼기에, 경험과 몸으로 익히는 것을 배움으로 이해하는 문화 관습이 없었다. 남성이 문자를 매개로 스승에게 학문을 사사하여 사상적, 정치적 계보를 형성한 관례와 대조적이다. (이후 관련 자료가 발견되면 논의 보완이 이루어질 수 있다.)

셋째, 여공이 대체 가능한 것이라는 인식이 투영된 결과다. 여성이 하는 일은 여종도 할 수 있는 잡무에 속하기에, 배움이 강조되지 않았다. 그러나 일상에서 보고 듣고 만지는 감각 경험 또한 여성의 경험 자산이자 학습 결과다. 여성이 하는 각종 일은 섬세하고 정교한 각종 능력이 응집된다. 오늘날 방적 기술이나 패턴 디자인, 복식 제작과 미학, 음식 조리는 전문성을 요하는 영역으로 세분화되어, 개성, 취향, 자본, 지식, 지향, 감각, 미학에 따라 다양하게 구현된다. 조선시대에도 노동의 맥락, 배경, 조건, 행위자의 능력과 취향, 개성이 매개되었음은 분명하다. 여공도 배우는 과정이 필요하고, 숙련의 시간이 필요하다. 예컨대, 천을 짜는 데 필요한 면업 생산의 절차는 밭갈이, 씨 뿌리기, 거름주기, 풀베기, 솜 따기 등이고 천을 짜는 방적 과정은 씨앗기, 솜 타기, 고치 말기, 실 잣기 등을 거쳐야 한다.[68] 절차와 단계마다 해야 할 일이 다르기에 숙련이 필요하다. 그런데 여성의 생애사 기록에서 여공을 배우는 과정이나 절차에 대한 서술을 찾아볼 수 없다면, 이에 대한 인정 구조 자체가 없었다는 판단이 가능하다.

그 결과, 여공에 대한 여성의 노력을 천부의 재능으로 신비화하는 과정이 발생했다. '배우지 않아도 못하는 게 없다'는 표현은 여성의 노력과 능력에 대한 몰이해의 표현이다.[69] 여성을 칭찬하는 것 같지만 사실상 여성의 역량을 무력화하고, 여성 문화에 무지한 남성의 시선을 정당화한다. 이런 쓰기 문화는 여성의 노동 과정을 은폐하고, 숙련의 과정을 보이지 않게 만들어 버렸다.[70] 여공의 숙련에 따른 어려움과 노력에 대한 인정 구조를 누락시켰고, 여성 노동에 대한 글쓰기 관습, 또는 담론 패턴에 영향을 미쳤다. 이는 일하는 여성에 대한 사회적 시각과 상상력을 결정했다.[71] 이에 따라 여성의 능력과 연마에 대한 어휘가 생성될 수 없었다.

가정 관리와 가계 경영의 전문가

조선시대 양반 여성이 가정을 다스리는 총괄 업무를 지칭하는 개념은 곤정梱政[72] 또는 곤내지정閨內之政,[73] 내정內政, 가정家政,[74] 경기經紀 등이다. 곤정은 가문을 빛내는 주요한 가정 관리 능력으로 여겨졌다. 곤정의 내용에는 음식 조리, 의복 마련, 청소, 빨래 등 가사 노동이 포함된다. 곤정의 '곤梱'은 문지방이라는 뜻이고 '정政'은 관리, 또는 다스림을 뜻한다. '정'이 규범을 의미하기에 곤정은 보상받아야 할 노동으로 간주되기보다는 수양과 의무, 규범의 차원으로 인식되는 경향이 있다. 경기經紀는 경제적 자립과 치산 등 가계 경영을 뜻한다. 먼저, 양반여성의 가계 경영 능력에 대해 살펴보자. 살림살이와 생계, 즉경제력은 연동된다. 재산 관리를 직접적으로 지시하는 치산治産이라는 단어는 조선 후기 야담 등 문학에서 자주 사용되는데, 사대부의 글에서는 '치산을 일삼지 않았다不事治産'는 부정적 표현이 사용된다. '재산을 늘리다'는 '치산'의 개념보다는 '가난을 다스리다治貧', '가난을 감내하다甘貧', '가난을 극복하다克貧'는 표현을 자주 썼다. 야담에서 치산담의 주체는 주로 중인층 여성이다. 중인 신분으로 부를 이룬 집안의 딸이 가난한 양반과 혼인해 신분 상승하는 이야기에서 치산, 즉 부의 축적은 중인

이 역량을 강화하는 수단으로 용인된다.[75] 이와 달리 양반은 청렴과 안빈낙도를 지켜야 했기에, 재산을 불리는 적극적인 치산을 지양했다. 그러나 양반 여성이 부를 축적한 사례가 전혀 없지는 않다. 숙부인 광주 안씨(1663~1730. 안후열[安後說]과 풍산 심씨의 딸. 오상순[吳尙純]의 아내. 오광운[吳光運. 1689~1745]의 어머니)는 시집와서 시부모와 큰형님의 상을 당했다. 집안의 기강이 위태로웠지만, 안 씨가 집 안팎을 잘 진정시켜서 삼대 제사를 잘 지냈다. 시집 가지 않은 시누이가 넷이었는데, 밭도 종도 팔지 않고 제수와 혼수를 넉넉히 마련해 시집보냈다. 오 씨는 부지런했다. 은혜롭고 위엄 있게 집안을 다스렸다. 마치 사람이 없는 것처럼 집안이 조용해서 탁탁하는 칼질 소리, 철컥철컥하는 베틀 소리만 들렸다. 친척들이 이 방법을 배워서 집안을 일으켰다.[76] 안 씨는 통솔력이 있었고, 종들을 잘 지휘해서 경제력을 키웠다.

여성의 가계 운영이나 다스림을 뜻하는 곤정 또는 내정이라는 단어에는 여성이 집안에서 수행한 노비 관리가 포함된다. 노비 관리는 한원진이 쓴 여성의 규범서인 「한씨부훈」에도 독립된 장으로 있을 정도로 비중이 크다.[77] 「한씨부훈」에서는 율곡 이이의 『격몽요결』을 인용해, 비복(남녀 종을 아울러 부르는 말)을 대하는 태도와 관리의 중요성을 강조했다. 비복은 나를 대신해 일하므로 은혜로 대해야 하며, 위엄을 보이는 것은 그다음이다. 종을 다스리려면 마음을 감동시켜야 한다. 굶주림과 추위를 돌봐야 하고, 꾸짖기보다는 가르쳐야 한다. 작은 실수는 넘어가고 큰 과실은 용서하며, 잘한 것은 칭찬하고 잘못은 동정한다. 재주에 맞추어 일을 시키되, 못한다고 해서 억지로 시키면 안 된다. 믿고서 일을 맡긴다. 일을 점검할 때는 독하게 하지 않는다. 형벌과 포상은 형평성 있게 한다. 종들이 바깥주인을 어려워하고 안주인은 편히 여기게 하는 게 좋다. 이는 한원진의 개인적 소견이라기보다는 양반가에서 통용되던 원칙이다. 많은 문헌에서 이와 유사한 내용이 발견된다.

예컨대, 유인 안동 김씨(박윤원의 아내)는 종들에게 일을 분배하거나 보상할 때 형평성 있게 했다. 가르침을 먼저 하고 따르지 않을 때만 벌했다.[78] 정경부인 윤씨(김익의 아내, 김재찬의 어머니)는 종들의 역량과 능력을 헤아려 일을 맡겼다. 명령이 간단했지만 집안이 잘 돌아갔다. 종들은 주인을 은혜롭게 여겨 마음을 다했다.[79] 윤 씨의 딸 김 씨(1742~1813. 김익의 딸, 김재찬의 누이, 한용중의 아내)도 종들을 은혜롭고 공평하게 대했다. 꾸짖을 때도 사적인 부분이 상처받지 않게 했다. 종들을 잘 보살폈는데, 몸이 아파 정신이 혼미할 때조차 종들의 밥때를 챙겼다. 김 씨가 죽자 종은 바닥을 긁으면서 마치 부모상을 당한 것처럼 울었다.[80] 이는 양반가에서 종을 인격적으로 존중한 정황이다.

양반 여성은 종들에게 일의 분배, 노동의 숙련도 점검, 일에 임하는 태도 등을 가르쳤다. 정경부인 이씨(최창대의 어머니)의 집은 종이 드세서 통솔이 안 되었다. 이 씨가 소리 내지 않고 엄중하게 다스려서 1년이 안 되어 모두 복종했고 도망치거나 배반하는 이가 없었다.[81] 이런 일들은 오늘날 인사관리에 해당하는 전문 능력이다.

종들을 인격적으로 대우한 양반 여성에 대한 기록은 많다. 여주는 종에게 일감을 명하고 업무를 지시하는 상전이면서, 인품과 태도, 처신과 윤리, 지성과 감성 경험에 대한 롤 모델이었다. 여종과 여주가 인격적으로 대화하며 교감도 했다. 숙인 기계 유씨(유수기의 딸, 김창협의 외손녀, 박윤원의 어머니)는 여종이 병들자 직접 죽을 끓여주며 돌보았다. 여종이 시골에 가족을 두고 혼자 와서 돌봐 줄 사람이 없었다. 여종이 죽자 유 씨는 눈물을 흘리며 음식을 먹지 않았다.[82]

양반 여성의 규범을 의미하는 '곤정'은 교양 있고 예절 바르며 품위 있는 행위와 태도를 지시한다. 실제로는 노복 관리, 경제력 창출 등 실무 경제행위가 포함된다. 단, 이를 지시하는 용어가 곤정, 가정, 내정 등 추상적이고 미분화된 규범적 어휘로 포괄되었다. 여성을 노동 주체로 사유하게 되면, 이와 관련된 어휘나 용어도 분화되고 섬세하게 발전하기 마련이다. 여성의 노동 행위를 평가하는 인정 구조도 풍요롭게 생성될 수 있다. 조선시대에 여성에 대한 인정 구조는 존재했지만, 미분화되었고 취약했기에, 여성의 능력과 성취는 배제되거나 품성과 인격으로 수렴되는 순환구조가 거듭되었다. 그 과정에서 여성의 역량을 표현하는 수사학이 발달하지 못했고, 후대에 이를 곧이곧대로 수용해서 여성 역량을 협소하게 표현하거나 왜곡시키는 관점을 재생산했다.

가정을 넘어 마을과 사회까지 돌보는 여성

조선시대 양반 여성은 오직 가족만을 위해 살지 않았다. 양반 여성의 생애를 기록한 문헌을 보면, 대부분의 양반 여성이 가난한 이웃과 친척을 돌보았다. 양반가의 사회적 돌봄은 부유한 가문에 한정되지 않았고, 양반가에서 보편적으로 했다.[83] 수행 주체는 여성이다.[84] 누군가를 돌보려면 어디서 어떤 도움이 필요한지를 알아야 한다. 타인에 대한 폭넓은 관심과 사려 깊은 관찰과 판단, 배려는 필수다. 돌봄에는 물질적 도움 외에 심리적, 정서적 관심과 배려가 관여된다.[85]

17세기, 여흥 민씨는 이웃과 친척에 잘 베풀었다. 민 씨가 죽자 조문 와서 애도하는 이가 많았다.[86] 이웃에 베풀며 살았기 때문이다. 18세기, 정경부인 동래 정씨(홍양호의 아내)는 베풀기를 좋아해서 친척과 이웃이 급한 일로 부탁하면 반드시 응했다. 사람들은 정 씨의 후덕함에 탄복했다.[87] 유인 강진 김씨(김복초의 딸, 황윤석의 할머니)는 이웃을 도울 때 어려운 정도에 따라 차등을 두었다. 김 씨가 남에게 도움을 구하기도 했는데 모두 잘 도와주었다. 김 씨는 집안에 드나드는 사람들을 차별 없이 대했다. 은혜를 입은 산촌과 어촌의 할머니들이 김 씨를 진심으로 대했다.[88] 양반가 여성이 마을에서 상호부조의 관계를 형성하며 유대감을 나누었다.

유인 연안 김씨(1710~1784. 이명규[李命圭]의 아내)는 시아주버니가 돌아가시자, 과부가 된 동서를 동기처럼 보살폈다. 어린 조카들을 젖 먹여 키웠다. 마을 여자들이 일손을 청하면 기꺼이 도왔고, 아침저녁으로 밥 먹을 때 지나가는 이가 있으면 불러서 같이 먹었다. 제사 때 음식이 남으면 언제든 나누었고, 나중에 먹으려고 남겨 두지 않았다.[89] 사람들이 물건을 빌리러 오면 선뜻 내주었고, 반찬이 없을 때 손님이 와도 싫은 기색 없이 환대했다. 추위에 떠는 이가 있으면 편히 지내지 못했다. 김 씨는 이웃과 친척들로부터 성인聖人이라는 평을 받았다.[90]

조선시대는 같은 성씨끼리 한마을에 사는 경우가 많았기에 이웃과 친척의 개념이 완전히 구분되지 않았다. 가난한 친척을 돕고 부모 잃은 조카를 보살피며, 친척의 상장례를 도운 것은 이웃에 살아서 사정을 잘 알았기 때문이다.[91] 인척이 아닌 이웃도 사정이 어려우면 물심양면으로 도왔다. 유인 허씨(이용서의 아내, 이재형의 어머니)는 이웃 여자들이 급한 일로 도움을 청하는 일이 많았다.[92] 허 씨는 이웃에 사는 가난한 할머니를 위해 옷과 음식 등을 보태주었다. 할머니는 임종하는 자리에서 자녀들에게 허 씨의 은혜를 잊으면 재앙을 입을 거라고 유언했다.[93]

양반 여성이 일상에서 이웃과 친척의 어려움을 파악하고 도와줄 때 연민하고 공감하며 배려했다. 공감은 신분의 차이를 인간적 동질성으로 교차시키는 감성적 기제다. 돌봄은 그것을 현실화하는 실천 방식이다. 어떤 면에서는 국가의 구휼 행정에 잡히지 않는 이웃의 곤경을 양반 여성이 돌보았다고도 할 수 있다.

그렇다면 여성이 이웃을 돌봄으로써 얻을 수 있었던 효과나 사회적 기능은 무엇일까?

가장 중요한 것은 이웃과 친척을 돌보면서 여성 스스로 사회적으로 연결된 주체가 되었다는 점이다. 프랑스 철학자 레비나스가 언급한 것처럼, 자아는 타인과의 관계를 통해서만 형성되기에, 인간에게는 타인을 돌볼 윤리적 의무가 있다.[94] 조선시대 여성에게 돌봄은 이웃과의 상호의존성[95]을 체감하는 계기가 되었다. 도움을 받은 이웃이 감사를 표했다. 여성이 양반이라는 사회적 지위를 이용해 일방적으로 시혜를 베푼 게 아니라, 사회적 책임을 수행해서 존경과 감사라는 사회적 인정을 이끌었다. 가부장제와 혈연 중심 사회에서 여성의 사회적 연결성과 교섭권은 재화의 소유, 부의 향유, 일신의 안위 못지않게 중요했다. 돌봄은 위에서 아래로 수행된 시혜가 아니라 여성 스스로 사회적 존재로 자리매김하고 연결성을 생성해 나간 실천적 행위이자 긍정적인 인간의 지위를 누리게 해주는[96] 적극적 행위다. 여성의 사회적 돌봄에 대해 단지 윤리적 차원의 해석에 그쳐서는 안 되며, 경제적, 사회적, 정치적 효과라는 차원에서 이해해야 하는 이유다. 사회적 돌봄을 통해 여성은 규문 안의 존재라는 굴레를 허물고, 사회와 연결된 역동적인 주체성을 구성했다.

조선시대 여성이 돌봄 노동을 했다고 해서, 그것을 전통으로 여기며 오늘날 여성의 노동을 돌봄 영역에 한정하거나 미덕으로 여겨서는 안 된다. 역사는 성찰을 위해 존재한다. 돌봄은 여성 전담의 영역이 아니므로, 착취되거나 평가절하되어서는 안 된다는 주장[97]이 단지 현재에만 적용되는 진리는 아니다. 조선시대 양반 여성이 결코 가족밖에 모르는 가족 이기주의자도 아니고, 내 남편, 내 자식밖에 모르는 혈연 중심주의자도 아니다.

고통받고 상처 입은 이웃에 관심을 기울여 적극적으로 돕고, 먼 친척의 어려움을 살피며 사회적 역할을 했음을 기억해야 한다.

몸과 마음을 다 바쳐야 했던 영혼 노동

양반 여성의 일상을 노동이라는 관점에서 사유할 때, 가장 큰 특징은 '영혼 노동'의 성격이다. 양반 여성의 결혼 생활에 대해 서술할 때는 반드시 공경, 존경, 삼감, 정성, 진정성 등 태도와 품성에 관련된 수식이 함께 놓인다. 시부모와 남편에게 말할 때, 밥상을 올릴 때, 제사와 상장례를 치를 때, 반드시 정성스럽게 공경했다고 강조했다. 단순히 예의범절을 갖춘 게 아니라 영혼으로부터 우러나는 진정성을 요구했다.

그런데, 사람들은 어떻게 여성의 진심을 알고 평가했을까?

의인 전주 최씨(1577~1670. 최산립[崔山立. 1558~1634]의 딸. 조전[趙佺]의 아내)는 "시부모를 효와 공경함으로 받들었고, 남편을 엄숙하게 대해 희롱하는 말이나 시시한 농담을 하지 않았다. 제사를 받들고 술을 빚었다. 제수는 소박했지만 매우 부지런하고 매우 공경했다"[98]고 요약된다. 최 씨가 시부모와 남편에게 하는 모든 행위에 공경, 엄숙, 삼감, 존경, 진정성 등의 태도 수사가 동원되었다. 이를 판단하는 근거는 표정, 동작, 태도, 말투, 행동 등 모종의 감성 기호다. 조선시대가 유교 이념에 따라 예의를 존중했지만, 진정성과 공경, 진심 등을 사람의 언행에 대한 감성 기호로 판단했다. 이덕무가『사소절』에서 모범 여성의 행실에 대해 쓴「부의婦儀」편은 성행性行, 언어, 복식, 동지動止, 교육, 인륜, 제사, 사물로 구성된다. 성행이란 성품과 행동을 뜻하고, 언어는 말투와 화법, 복식은 음식과 옷차림, 동지는 행동과 태도를 뜻한다. 각 내용은 매우 구체적이며 지시적이고 판단적이다. '여자가 음덕을 쌓으면 자녀들이 번창한다. 내가 보니 어머니가 악독하면 자녀들이 요사하다.'(성행), '과부나 처녀가 여럿이 모인 자리에 참석해서 마음대로 웃고 말하는 것은 전혀 정숙하지 않다'(언어), '손님이 식사를 거르고 왔을 때, 식구들이 먹다 남은 밥을 모아 대접하면 안 된다'(복식), '걸을 때 신발 소리를 내고, 밥 먹을 때 씹는 소리 내고, 치마를 돌려 입을 때 거센 바람을 내고, 입김을 손에 불어 데우는 것은 착한 부인의 단정한 거동이 아니다'(동지)와 같이, 각 항목은 양반 여성이 갖추어야 할 태도나 행동, 표정과 말투에 대한 세부적 지침을 담고 있다. 여성의 결혼 생활 일거수일투족이 사회적 평가를 받았고, 진심을 다했는지에 주목했다. 여성의 결혼 생활을 영혼 노동으로 개념화할 수 있는 이유다.

영혼 노동이란 현대적 의미의 감정 노동이 형식적인 친절로 규격화되고 자본화된 것과 달리 진정성을 담보하는 영혼의 문제가 개입된 그림자 노동[99]이다. 예컨대, '여성이 봉양, 간병, 상장례, 제사를 지내며 가족과 조상에 정성을 다하고, 이웃을 감동시키며, 망자의 혼을 울려 하늘의 감화를 받는다'는 서술은 '직업에 자아를 맞추어 고객에게 자본화된 미소를 제공하는 현대의 친절'과는 다르다는 뜻이다.

상산 김씨(1605~1658. 임의백[任義伯. 1605~1667]의 아내, 임방[任堕. 1640~1724]의 어머니)는 시어머니를 한결같이 공손하게 섬겨 며느리의 도리를 아주 잘했다고 칭찬받았다.[100] 나 씨(나성두[羅星斗. 1614~1663]의 딸, 김수항[金壽恒. 1629~1689]의 아내, 김창흡의 어머니)는 항상 시어머니를 모시지 못한 것을 한스럽게 여겼다.[101] 나 씨는 얼굴도 모르는 시어머니를 생각할 때마다 목메어 울었다. 눈물은 진정성이 신체화된 징후다. 감정이 학습된다는 점을 고려한다면, 유교적 이념에 따라 감정 교육을 내면화한 결과다. 이처럼 문헌 기록에는 여성의 시부모 봉양에 대해 혼정신성과 같은 행동을 비롯해 정성誠, 지성至誠, 공경敬, 삼감謹, 충심忠, 게으르지 않음不懈, 한결같음終身如是, 예禮, 규범儀 등, 진정성 있는 태도를 서술했다. 남편 봉양에 대해서도 극진한 공경과 진심 어린 정성을 강조했다.

간병에도 영혼 노동을 강조했다. 의인 청송 심씨(1613~1672. 송국사[宋國士. 1612~1690]의 아내, 송규림[宋奎臨. 1637~1682]의 어머니)는 시어머니가 고질병으로 거동이 불편해지자 대소변을 받아냈는데, 힘든 기색을 하지 않았다.[102] 영인 송씨(1702~1723. 송병익[宋炳翼]의 딸. 이사욱[李思勖]의 아내)는 홀로 남은 시어머니가 병을 앓는 7년 동안 약과 음식, 간호 일체를 직접 했다. 시어머니가 타락죽을 먹고 싶다 하면, 직접 젖소를 길러 만들어 드렸다.[103] 유씨 부인(유영[柳穎]의 딸, 정시한[丁時翰. 1625~1707]의 아내)은 시아버지가 가슴에서 열이 오르는 증세를 보이자, 옷 벗을 새도 없이 간호했다. 10여 년을 이렇게 했다. 시아버지는 하루도 곁을 떠나지 못하게 했다.[104] 숙인 전주 이씨(이시진[李始振]의 딸, 신광섭[申光燮]의 아내)는 시아버지의 담종이 심해지자 고름을 빨아내면 좋다는 의원의 말을 듣고, 직접 하려고 했다. 시아버지가 거절하자 정신이 혼미한 틈을 타서 숙부가 한다고 거짓말하고 직접 고름을 빨았다. 밤마다 하늘에 기도했고 약을 맛보아 올렸다. 수개월을 한결같이 했다.[105] 공인 양주 조씨(1696~1732. 김이건[金履健. 1691~1771]의 아내)는 시어머니가 학질에 걸려 위독해지자 옷을 갈아입을 새도 없이 밤낮으로 간호했다. 시어머니의 병을 자신에게 옮겨달라고 빌었다. 시아버지(김영행[金令行])가 우연히 이 사실을 알고 감탄했다. 시아버지도 학질에 걸리자, 조 씨는 게으름을 피우지 않고 탕약을 다리며 정성껏 간호했다. 병이 낫자 시부모는 효부의 정성에 감응해 병이 나았다고 기뻐했다.[106] 밀양 박씨(김국보[金國輔]의 아내)는 가난한 집에 시집갔는데 남편이 병이 들었다. 약을 계속 살 수가 없어서 비녀와 반지를 팔아 비용을 마련했다. 간호할 사람이 없어서 사시사철 옷 띠를 풀 새도 없이 직접 했다. 점도 치고 기도도 했다. 자기 명을 대신하게 해 달라고 몰래 북두칠성에 빌었다. 이때 박 씨는 겨우 십 대였다.[107]

숙인 풍양 조씨(1646~1693. 홍처우의 아내. 김창집의 장모)의 시어머니는 병이 위독해서 의원들도 포기할 지경이었다. 식구들이 어찌할 바를 몰랐는데, 조 씨가 몰래 손가락을 베어 피를 마시게 하니 병이 나았다. 식구 중에 사정을 아는 이가 없었는데, 큰 시누이가 알고서 탄복했다.[108] 정경부인 정씨(1590~1652, 나만갑[羅萬甲. 1592~1642]의 아내)는 시어머니가 늙어 눈이 잘 안 보이자, 밥 먹을 때마다 옆에서 시중들며 그릇에 든 음식을 알려주었다. 십수 년 동안, 종이 대신하게 하지 않았다.[109] 안동 김씨(김광찬[金光燦]의 딸, 이정악[李挺岳]의 아내, 김수항의 큰 누이)는 남편이 전염병에 걸려 목숨이 위태롭게 되자, 혼자서 병구완을 했다. 다른 식구들은 전염을 걱정해 떠나고 없었다. 나중에 남편이 다시 전염병에 걸리자 똑같이 간호했다.[110]

시부모나 남편이 병들었을 때 자기 목숨으로 대신하기를 빈 것은 왕실의 여성과 남성도 했다. 현종의 비인 명성왕후(明聖王后. 1642~1683. 김우명[金佑明. 1619~1675]의 딸)는 현종이 이질에 걸려 위독해지자, 대신 앓게 해달라고 빌었다. 그러자 현종이 쾌차했다.[111] 인원대비 김씨가 위독해지자, 영조가 종묘와 사직에 기도한 글도 있다. 인원대비는 김주원의 딸이자 숙종의 계비로, 영조를 돌봐 준 양어머니다. 영조는 인원대비가 병환에 들자, 홍양호를 통해 '탕약이 소용없어 마음이 타는 듯하니 스스로 대신하기를 울며 청한다'[112]는 취지의 기도문을 작성하게 했다. 이 기도문에는 '정성은 반드시 통하니 규벽(규수奎宿와 벽수璧宿. 문장을 주관하는 별의 이름)에 공손히 바치며 천지신명께 빕니다. 어서 낫게 해주소서.'[113]라고 적혔다. 부모의 병환에 자식이 정성껏 기도하면 천지신명이 소원을 들어준다는 간절한 마음을 왕도 표현했다. 정성이란 진정성이고, 하늘과 인간을 이어주는 매개로 여기던 심성 구조다.

글에서는 시부모와 남편에 대한 간병에 대해 며느리로서의 효도, 아내가 한 부덕이라고 칭송했는데, 실제로 보면 명백한 노동이다. 간병에는 음식 수발, 약 달이기, 신체 돌봄(대소변 돌보기를 포함)뿐만 아니라, 쾌유를 위한 기도, 단지(斷指: 손가락을 베어 피를 드림), 할고(割股: 넓적다리를 베어 드림), 상분(嘗糞: 변을 맛보고 건강 상태를 확인함) 등 일종의 영혼 노동이 수반되었다.[114] 기도를 해서 병이 나았다든가, 단지를 해서 효과가 있었다는 사례는 봉양 노동을 하는 여성에게 암묵적으로 영혼을 압박하는 영향을 미쳤다. 자기 명을 대신해서 시부모와 남편이 쾌차하기를 빈 사례도 있다. 그러나 아픈 아내와 며느리를 위해 남편과 시부모가 이렇게 한 기록은 찾아볼 수 없다.

조선시대 여성의 생애사 글쓰기에서 여성이 남편이나 시부모를 간병한 기록에는 시종일관 이 여성이 간호에 정성을 다했고 몸이 아파도 게을리하지 않았다고 썼다. 간병하는 여성의 신체적, 심리적 고통보다 인내에 주목했고, 항상성, 지속성, 공경, 정성, 진정성을 강조했다. 간호받던 가족이 사망한 뒤에 간병하던 여성이 사망한 사례도 있다. 보호자를 '숨겨진 환자 hidden patient'[115]라고 명명하는 현대적 맥락을 고려하면, 간병을 하는 일 자체가 피로도가 높고, 기간이 길어질수록 간병인이 환자가 되는 경향이 있다. 실제로 암 환자 보호자의 정신건강은 우울(82.2%), 불안(38.1%), 자살 충동(17.7%), 자살 시도(2.8%) 등 심각하다.[116] 조선시대 문헌에는 간병 끝에 사망한 여성 가족에 대해 왜 다른 사람이 간병을 분담하지 않았는지, 했다면 그 정도나 역할은 어떠했는지, 간병하는 이의 피로도를 어떻게 가족이 관리해 주었는지에 대한 정보 자체가 없다.

몸과 마음을 다 바쳐야 했던 노동에는 남편의 손님 접대와 경제적 뒷받침을 위한 노력도 있다. 사의공 김시민(金時敏. 1681~1747)은 몸이 약하고 병이 많았다. 집이 본래 청빈했는데, 살림에 신경 쓰지 않고 문학과 역사 공부에 전념했다. 아내 숙인 창원 황씨(1683~1739. 황만[黃鏋]과 문화 유씨의 딸)가 살림을 맡아 남편이 가난을 모르게 했다. 종종 손님이 방문하면 별미를 갖추어 술상을 차렸다. 사의공의 친구들은 형편이 어려운데 이렇게 차렸으니 훌륭한 내조자가 있을 거라고 했다.[117] 유인 송씨(송무석[宋茂錫]과 유 씨의 딸. 송시열의 증손녀. 이기성[李耆聖]의 아내)는 시아버지가 돌아가신 뒤 남편이 과거를 포기하고 학문에 전념하기로 마음을 굳히자, 아름다운 선택이라고 지지해 주었다. 유인이 혼자 살림을 꾸렸다. 매우 가난했지만, 남편은 알지 못했다.[118]

다음은 상장례에서 여성이 정성, 공경, 예를 다한 경우다. 이를 영혼 노동으로 명명할 수 있는 이유는 여기에 육체적, 심리적, 경제적 비용과 노고가 소요되고, 공경, 순종, 단정, 엄숙, 성실, 복종 같은 태도 수사가 수반되기 때문이다. 숙인 경주 이씨(1707~1742. 이장오[李章五]와 한양 조씨의 딸. 조영석[趙榮晳]의 아내)는 시어머니의 상을 당했을 때 병중이었지만 밤낮으로 곡을 했다. 며느리가 걱정된 시아버지가 처소를 옮기려 해도, 떠날 수 없다며 통곡했다.[119] 자기 목숨보다 시어머니 상례를 중시한 것은 효심이다. 이 씨는 윤리적 주체로 자기규정을 했다. 정경부인 홍씨(1652~1709. 홍주국[洪柱國. 162~1680]의 딸. 김유[金濡]의 아내)는 선조를 받들고 자식을 가르치는 데 법도가 있었다. 평소 홍 씨는 제사에 공경을 다하지 않으면 신령이 흠향하지 않아 복이 내리지 않는다는 말을 했다.[120] 조상신의 관념을 믿었던 시대에 제사를 준비하는 여성의 태도가 조상신의 흠향에 영향을 미쳐 자손의 복으로 이어진다는 발상이다. 집안의 흥망에 대한 책임을 제사 지내는 여성에게 물었다.[121]

정부인 평산 신씨(1697~1775. 정지녕[丁志寧]의 아내. 정범조[丁範祖. 1723~1801]의 어머니)는 80세가 될 때까지 제사에 직접 참여했다. 평상복을 입으면 제수를 다루지 못하게 했다. 신 씨는 제사 지내는 밤에 주부가 아이를 안고 잠들면 집안이 망한다고 했다. 선조에게 제사 지내지 않으면 자기 제사를 지내 줄 자손이 없게 된다고도 했다.[122] 이는 사실상 여성의 밤샘 노동을 정당화하는 신화적 발언이다. 제사를 잘 지내야 조상신의 돌봄을 받아 후손을 낳을 수 있다는 뜻이다. 정성을 바치지 않으면 집안이 망하고, 대가 끊긴다는 것은 과학적 신빙성이 없지만, 여성의 행동을 통제하는 근거가 되었다. 신 씨는 제사를 준비하는 집안 여자들에게 웃음과 낮잠을 금지했다. 며느리에게는 "그

눈을 보면 그 사람이 간사한지 바른지를 알 수 있다"라고 해서, 눈빛은 바르게, 말은 정직하게, 마음은 사납지 않게 하라고 했다. 며느리의 행동, 표정, 태도를 통제했다.

다음은 여성이 친척과 이웃을 돌보고 노비를 관리하는 경우다. 이때도 진정성 등을 강조하는 태도 수사가 등장한다. 숙부인 파평 윤씨(1693~1759. 윤명운[尹明運. 1642~1718]과 전주 이씨의 딸. 신경[申暻. 1696~?]의 아내. 윤봉구의 여동생)는 친인척들과 화목하게 지내서 친척이 찾아오면 촌수를 따지지 않고 기쁘게 맞았다. 부드러운 태도로 음식 대접도 했다. 그들도 윤 씨와 정을 나누고 정성을 다해 마음을 되돌려주었다.[123] 친척을 대하는 태도에 부드러운 태도, 기쁜 마음 등 진정성에 관련된 수식이 첨부되었다. 양반 여성이 시동생을 젖 먹여 키우기도 했다. 숙부인 김씨(김상휘[金相后]의 딸, 황간[黃澗]의 아내)는 젖을 먹여 키우던 시동생이 병이 나서 위태로워지자 아들을 미뤄 두고 시동생 먼저 간병했다. 시동생이 쾌차하자 사람들이 모두 칭찬했다.[124] 숙인 해주 오씨(1673~1733, 김영행[金令行. 1673~1755]의 아내, 오원[吳瑗. 1700~1740]의 넷째 고모)는 비복을 은혜로 대하고 나중에 위엄을 보였다. 노복이 쓰는 쌀과 소금에 일일이 간섭하지 않았다. 사사로운 걸 따지면 비복의 마음을 잃는다는 것이다. 음식을 잃는 것은 작지만 사람 마음을 잃는 것은 크다. 이런 태도 덕분에 노비에게 채찍과 회초리를 들지 않아도 집안이 잘 다스려졌다.[125] 양반 여성이 친인척을 돌보며 이웃을 보살피는 일종의 돌봄 노동에도 진정성과 관련된 표현을 썼다. 비복 관리는 양반 여성의 주요 업무다. 여기에는 엄격함, 근엄함, 은혜로움, 인자함 등의 감정 요소가 포함되었다. 이에 대해 쓸 때, 노동의 수고로움이 아니라 인격성의 차원에서 담론화되어 노동의 요소는 가려졌다.

결혼 생활에서 여성의 노동 부담이 컸다는 것은 과부하 걸린 노동 강도를 감당하지 못해 사망한 정황에서 확인된다. 직접 사인으로 기록되지는 않았지만, 빈곤한 집안에서 여자 혼자 생계 노동을 하며 상장례와 간병을 하다가 죽은 사례가 있다. 이 씨(이광현[李匡顯]의 딸, 박윤원[朴胤源, 1734~1799]의 아내, 이충익[李忠翊, 1744~1816]의 누나)는 가난한 집에 시집가서 바느질, 옷감 짜기를 도맡고 아침저녁으로 쌀을 찧고 물에 불리고, 불 때는 일까지 했다. 추운 겨울에도 옷에 새 솜을 두지 못하고 얼음장같이 찬 방에서 지냈다. 임 씨는 등불의 심지를 돋우며 밤에도 일했다. 칼과 바늘을 지니고 지치지 않고 날이 샐 때까지 일했다. 손등이 트고 동상에 걸려 피가 나도 내색하지 않았다. 때로 부모님이 그리워 구석에서 몰래 눈물을 흘렸다. 몇 년 후 시어머니가 사망하자, 이 씨도 병이 나서 이듬해에 죽었다.[126]

오늘날 노동 현장에서 노동자의 미소나 친절 같은 일정한 '태도'는 명백한 노동에 속하며, 이것이 자본주의적 배려라는 점에서 일종의 테러리즘으로 간주되기도 한다.[127] 이런 점에서 조선시대 양반 여성이 행한 결혼 생활의 활동 내역을 진정성과 정성을 요청받은 영혼 노동으로 보는 것은 무리가 아니다. 이 또한 보이지 않게 가려진 '그림자 노동'의 성격을 지녔기에 이를 정당하게 인정하는 언어와 문화가 정립되지 않았다.

여성의 노동을 인정하지 않는 사회 구조, 이에 따른 어휘적 결핍과 오류

여공에 능하고 행실이 뛰어난 여성에 대한 최대의 찬사는 '배우지 않고 했다'거나 '애쓰지 않고도 잘했다'는 표현이다. 어느 정도는 일리가 있지만, 이 세상에 노력과 연마 없이 잘하는 사람은 없다. 천재적인 예술가나 문장가, 과학자도 훈련과 노력 없이 성취하는 경우는 없다. 그럼에도 불구하고 여성을 칭찬할 때 왜 하나같이 '배우지 않고도 잘했다'거나 '천부의 자질'이라고 했을까.

한마디로 무지해서다. 글을 쓰는 남성들은 여성이 무엇을 어떻게 노력했는지 알지 못했고, 알려고 하지도 않았다. 여성이 어떻게 탁월한 성취를 냈는지 이해할 수도 받아들이기도 어려웠기에, 천부의 자질로 여겨 예외적 존재라고 썼다. 조경채(趙絅采)의 아버지 조윤원(趙胤源)은 묘지명을 써준 정범조에게 "우리 며느리는 신선"이라고 칭찬했다. 그 이유는 이렇다.

> "내가 늦게 귀가해도 우리 며느리가 항상 섬돌로 내려와 맞이해 주었습니다. 내가 병들었을 때도 항상 문밖에서 기다려주었지요. 여자가 하는 일에 대해 정밀하고 민첩하게 하지 않은 적이 없었습니다. 상례, 제례, 농사, 공예, 상업도 잘했고, 친척에 대해서나 관직에 대해서나 모두 다 알아서 잘했습니다. 우리 며느리는 어질고 기예가 있었어요. 이런 게 여자의 덕인데, 배우고 노력해서 된 게 아니지요. 다 타고난 겁니다."[128]

조경채가 며느리에게 감탄한 타고난 자질이라는 표현은 며느리의 노력을 간과한 결과다. '며느리가 신선'이라는 표현은 칭찬 같지만 여성에 대한 몰이해를 드러내는 말이다.

조선시대 여성의 결혼 생활에 대한 기록은 끊임없이 여성의 정성, 진정성, 공경 같은 태도와 품성에 대한 표현을 반복했다. 이의현은 여성의 행실에 대해 효도孝, 우애友, 단정莊, 존경敬, 바름正, 근면勤, 검소儉 등 7가지 개념으로 정리했고,[129] 강재항

(姜再恒. 1689~1756)은 어머니를 회고하면서 따스함溫, 성실慤, 부드러움柔, 겸손遜, 근면勤, 정숙整肅, 본보기軌度 등의 표현을 썼다.[130] 이런 표현은 17~18세기 남성 작가의 글에 보이는 여성 관련 수식에서 크게 벗어나지 않는다. 조선시대 여성은 결혼 생활을 통해, 진실한 마음實心, 진실되고 분명함眞實端的, 진실한 마음으로 정성스럽게 공경함赤心誠敬, 엄숙하고 현명하며 온화하고 지혜로움肅哲溫惠, 맑고 삼가며 곧고 영민함淑愼貞敏, 덕의 기운이 아름다움德氣之美, 정과 사랑이 풍부함情愛款洽, 권태로워하지 않음終夕無倦, 공경虔, 효성과 공경孝敬, 공경과 삼감恭謹, 검소儉素, 어짊賢, 은혜恩, 덕德, 삼감謹, 겸손하게 삼감謙愼, 높고 깊은 도량量宇之崇深, 넓고 방대한 규범規範之宏博, 진솔함眞率, 충심忠, 순종順, 엄숙하고 순종함莊順, 정성과 신의誠信, 정성과 공경誠敬, 지극한 행실至行, 반드시 정성을 다하고 반드시 정결하게 함必誠必潔, 지성으로 돌봄至誠撫愛, 마음과 뜻을 곡진히 함曲有情意, 엄격한 자기 규율斤斤自飭 등을 실천했다.[131]

여성을 칭찬하는 표현들은 여성을 사회 구성원의 한 주체로 인정하는 구조를 반영한다. 칭찬의 언어는 양반 여성에게 요구되었던 품성과 태도, 윤리, 진정성, 영혼의 형태가 어떠했는지를 보여준다. 결혼 생활 내내 여성은 가족과 이웃을 대하는 진정성을 요청받았다. 실제로 여성은 여러 능력이 필요한 노동을 했지만, 여성을 평가하는 언어는 모두 인격과 품성의 수사로 집약되었다. 여성의 능력을 표현하는 언어가 결핍된 것은 인정 구조의 부재를 뜻한다. 여성의 일상을 상세히 알지 못했던 남성이 여성을 기록하고, 그 삶을 평가하니 여성이 타자화되었다. 여성의 능력, 자질, 수행성을 단지 인격성으로 수렴하는 수사학적 전유 현상(대상에 대한 이해 없이 일부를 전체로 차용하는 현상)이 발생했다. 여성에 대한 남성의 몰이해가 '능력'을 '인격'으로, '노동'을 '윤리'로 치환하는 담론 구조를 생성하고 확산했다.

여성 노동의 가치를 품성이나 윤리로 환원시켜 정서적, 감정적으로 보상하는 방식은 부적절하다. 최근에 운동 강사로 일하는 여성 노동자가 '운동 산업에서 폭력적인 관행이 만연한 이유는 우리가 살고 일하는 사회 전체가 폭력을 묵과하기 때문'[132]이라고 발언한 것에 주목할 필요가 있다. 양반 여성의 고매한 품성에 빚지고 명예로운 양반 사회가 유지되었다면, 당대 사회가 여성의 품성을 명목으로 노동력이나 인성을 '문화적으로' 착취한 것은 아닌지 생각해 보아야 한다. 장애인 활동보조로 일하는 김정남 씨는 자신을 '날개 없는 천사'로 칭찬하는 것을 거부했다. 착한 성품이 직업 선택의 조건이 될 수 없을뿐더러, 착하다는 말을 들으면 권리를 주장할 수 없다.[133] 조선시대 여성의 노동을 품성으로 환치해 논한 담론 구조를 성찰하는

데 시사하는 바가 크다. 실제로 가족의 공간과 가사를 생산이 아닌 재생산 개념으로 인식하는 것이 돌봄 노동이 시장에 의해 더욱 쉽게 착취당하는 요인이라고 보기도 한다.[134] 가정에서 수행되는 각종 노동을 재성찰해야 하는 이유다. 사회가 질문하지 않고 당연시하는데, 여기에 당사자 여성이 문제 제기하거나 회의를 느낄 때, 바로 그 여성을 문제시하는 사회는 과연 정당한가? 오늘날 사회에서 여성은 집 안팎의 노동 현장에서 충분히 성과와 경력을 인정받고 있는가? 이에 대해 문제 제기할 수 있는 정당한 통로라는 것이 지금은 과연 존재하고 있는가?

　'노동'이라는 단어는 다른 언어와 마찬가지로 역사적 맥락에 따라 바뀌거나 새롭게 만들어지는 역동적 개념이다. 여성의 주체성에 대한 인정과 평가는 언어문화와 더불어 생성될 때만이 정당성을 확보할 수 있다. 그런 점에서 이는 여전히 현재진행형의 문제다.

4장

문자

여성 문해력의 진실

가부장제 사회가 가장 두려워하는 것은
여성이 언어를 갖는 것이다.

- 정희진[1]

여성은 정말 글을 몰랐을까?

조선시대 교양과 지성에 대한 가장 큰 오해는 당대의 지식인은 모두 양반 남성이고, 여성은 문맹이라 무지했을 거라는 생각이다. 이는 사실이 아니다. 이런 생각은 드라마로 더 알려진 웹툰 원작 '미생'의 주인공 장그래가 고졸 검정고시 출신에 바둑 연구생도 실패했으니 무지하고 미숙하리라 추정하는 것만큼이나 잘못이다. 장그래는 바둑 연습생에서 연구생이 되는 데 실패한 것이지 인생에 실패한 것도, 무지한 사람도 아니다. 장그래는 바둑 연습생 시절에 익힌 복기 능력을 회사 생활을 성찰하고 타인의 시각에서 상황과 사태를 다시 보는 과정에 활용했다. 그는 성찰하고 협력하며 자신과 팀의 역량을 강화했고, 가치관을 재정립하면서 성장했다. 무지와 무능에 대한 판단은 관점에 따라 달라질 수 있다. 힘을 가진 자가 자기중심성을 강화할 때, 부적절한 판단조차 보편적인 것이 되면서 문제가 발생한다. 소외와 배제가 당연시되고 약자의 힘을 약탈하는 것이 힘 있는 자의 역량 강화로 연결된다. 문화 자본과 문화 권력에 대한 이해가 중요해지는 이유다. 이런 발상이 독자나 시청자의 공감을 얻었기에 '미생'은 스펙을 중시하는 무한 경쟁 사회의 모순을 비판하는 문화적 역할을 했다.[1] 조선시대도 마찬가지다. 보이지 않는 것의 이면도 헤아려, 보이게 하는 분석적 이해가 필요하다.

현대인의 조선시대 역사와 전통, 문화나 문학에 대한 대부분의 지식은 양반 남성이 한자로 기록한 문헌에 의존하고 있다. 문자는 역사를 축적하는 가장 유력한 도구인데, 여기에 맹점이 있다. 여성은 문자 생활과 활동의 주체로 간주되지 않았는데, 이는 성별, 신분, 공적 활동이라는 조건이 작용한 결과다. 즉 역사 기록에 여성의 언문 기록물과 구술 청취, 경험과 감성의 영역이 배제된 것이다. 누가 어떻게 기록하는가의 문제는 기록된 결과의 의미와 질, 정치성과 역사성을 결정한다. 당연히 기록자의 신분, 계층, 성별, 나이, 지역, 문화, 자본, 이념, 성향 등이 반영된다. 문화적 헤게모니로서 문자 문화의 몫을 정확히 측정해서 다루어야 하는 이유다. 조선시대에 한문 문해력(읽고 쓰고 이해하는 능력)은 일정한 교육을 통해 습득되었고, 교육용 교재가 있었다. 문자를 익히는 과정에는 이데올로기와 사상, 윤리와 법, 질서와 문화에 대한 이해가 포함되므로 이는 문화 문해력 습득 과정이라고도 할 수 있다.

그런데 어느 시대이든 제도 교육을 넘어서는 분야에서 발생하는 문화가 존재했고, 이것은 일상과 사회에서 힘을 발휘했다. 기록된 것만으로 역사를 이해하는 방식이 한계를 갖는 이유다. 문면 그대로를 수용하기보다 행간의 의미를 여러 관점에서 풍부하게 사유해야 한다. 어떤 의미에서는 역설적으로 '기록해서 지워지는' 게 있다. 한 예로 조선시대 역사 기록 문헌인 『조선왕조실록』을 보자. 여기 실린 대부분의 내용은 왕실과 양반층(주로 남성)에 대한 것이다. 이들은 소수 특권층이지만 문화적 헤게모니를 장악한 지배층이니, 역사화 과정에서 영향력을 갖는다. 권력적 역학에 따라 동시대를 살아간 백성 이야기나 여성 일화, 유아와 아동, 하층민, 외국인 거주자의 기록은 축소되거나 주변화된다.

문자로 기록되지 않은 많은 것들이 일상을 통해 경험과 감각으로 전승된다. 바로 비문자 체계의 삶이다. 일상에서는 쓰기나 읽기보다 말하기와 듣기가 더 활발하다. 구술 청취의 방식으로 개인과 가족, 사회는 경험을 교환하고 축적한다. 말하기와 듣기는 신체 접촉이나 감각적 대면을 매개로 하기에, 풍부한 표정 언어와 행동, 태도 언어를 포함한다. 수화로 말할 때조차 손으로 하는 표현은 의사소통의 30~40 퍼센트에 불과하며 나머지는 눈썹이나 눈, 입 같은 부분과 몸이 표현하는 분위기와 동작에 의존한다.[2] COVID19로 인한 방역 체계 때문에 마스크를 쓰고 대화하는 동안, 표정 언어의 풍부한 기호들이 상실되고 누락되는 것을 경험하고 있다. 의식적으로 혹은 무의식적으로 의사소통 기호가 줄어들게 된다. 인터넷 기반 비대면 모임을 할 때, 동시다발적이고 집단적인 대화는 제한되고, 개인의 의사 표현도 대면 모임 대비 제한된다. 온라인으로 회의할 때 화면을 끄고 음성 대화만 하거나, 음소거 후 채팅으로 소통하면 얼굴 표정과 목소리 톤이 상실되어 의사소통의 표현 범위가 줄어든다. 소통은 회의 주재자나 발신자 중심으로 일방향이 된다. 회의 의제라는 목적 이외에 안부나 소식을 교환하는 감각적이고 경험적인 소통은 원천적으로 배제된다. 진솔함과 창의성, 친밀감은 사라지고 목적 중심의 소통이 된다. 비대면 시대를 통해 의사소통에서 억압되거나 상실된 것을 논할 수 있다면, 조선시대를 사유하는 것도 가능하다.

조선시대의 학령 초기에 남자는 글을 배우고, 여자는 여공을 익혔다. 김홍도의 풍속화 〈서당〉에 등장하는 인물은 연령과

〈서당〉, 《단원풍속도첩》, 김홍도, 국립중앙박물관 어린아이부터 성인 남성까지 서당에 모여 있지만, 훈장을 비롯해 전원이 남자다. 어떤 명분이나 근거로 여성에게는 문자 교육의 공적 기회를 주지 않았을까?

혼인 여부를 막론해 모두 남자다. 그렇다면, 어떤 명분이나 근거로 여성에게 문자 교육의 공적 기회를 주지 않았을까? 유한준은 여성 문인인 임윤지당의 유고에 서문을 쓸 정도로 여성의 문재文才와 학식에 포용적이었다.[3] 그는 여성에게 문자가 금지된다는 표현 대신, 여성은 남자와 달리 학문에 책임이 없었다고 썼다. 학문에 책임이 없는데도 일가를 이루었으니 훌륭하다고 표현한 것이다.

대부분의 글에서는 여자가 문자를 배우지 않는다는 것을 전제로 삼았을 뿐, 이유를 밝히지 않았다. 단 몇몇 글에 이유가 서술된다. 이헌경(李獻慶, 1719~1791)은 딸이 영특해서 가르쳐 주지 않아도 문자를 알았다고 했다. 그러나 문사文詞를 잘하는 여자 중에 박명하지 않은 이가 없었다는 이유로 글을 가르치지 않았다.[4] 홍세태(洪世泰. 1653~1725)의 딸은 다섯 살에 글을 읽고 춘첩(春帖: 입춘날 집안의 기둥이나 대문에 써 붙이는 글귀)도 썼다. 그런데 예로부터 글에 능했던 여자들은 대부분 박명했기에, 그만두게 했다.[5] 정작 딸의 요구나 기대, 희망은 고려하지 않은 남성 입장의 판단이다. 하지만 딸은 계속 독서하고 글을 썼다. 딸이 죽은 뒤에 평소에 쓰던 옷감, 패물, 실을 봉해 두고 글씨를 써서 정리해둔 상자가 발견되었다.

한문 교육을 받는 대상은 양반 남성으로 제한되었다. 물론 일부 한문을 익힌 양반 여성과 낮은 신분의 사람도 있었다. 예컨대 중인층은 조선 중·후기로 가면서 직업적 특성과 경제력을 기반으로 부를 축적했고, 양반과 연결된 직업 환경 속에서 교양과 지식을 섭렵했다. 일본어, 중국어 같은 외국어 통역과 번역 능력을 매개로 외유 경험을 해서 견문을 넓혔고, 문화 예술적 소양을 갖추기도 했다. 이를 바탕으로 고유의 교재도 개발하고 저술 활동도 하면서 문화적 힘을 확장했다. 예컨대, 중인 출신 장혼(張混)은 중인 아동을 위해 『아희원람兒戱原覽』이라는 책도 편찬하고 자신의 호를 본떠 이이엄而已广체라는 글씨체도 개발했다.[6]

여성도 마찬가지다. 제약은 있었지만, 문화적, 지성적 소양이 풍부한 분위기 속에서 학식과 교양, 문학적 소양을 자연스럽게 접했다. 여성의 문자 교육을 금기시하던 문화적 관습 때문에, 문자를 알아도 적극적으로 격려받지 못했고, 고등 지식 체계에 접근하기 어려웠다. 그럼에도 불구하고 문자를 익혀 독서하고 글을 썼다. 여성의 독서에 관대한 집안이 있었고, 글쓰기를 허용하거나 묵인해 문장력을 인정하기도 했다. 드물기는 하지만, 일부 양반가에서는 총명한 딸을 학문 커뮤니티에 동참시켰다. 표면적으로는 여성의 문자 생활을 금기시했지만, 실제로 여성은 다양한 경로로 문자를 익혀 일상에 활용했다.

여성의 언문 습득은 한문에 비해 자유로웠다. 언문과 한문은 쓰임이 달랐는데, 여성이 언문을 이용해 가장 활발하게 활용한 것은 편지 쓰기다. 문자를 알면 지식과 학문을 먼저 할 것 같은데, 그보다 중요한 게 사회 속 연결망을 얻는 것이었다. 지금도 일상에서 가장 많이 하는 문자 생활은 지적 글쓰기나 독서가 아니라 스마트폰 어플로 문자 보내기 같은 교신이다. 결혼한 여성에게 언문 편지는 친정과 정서적 연결 및 정보를 주고 받는 데 중요했다. 언문으로 책도 읽고 문학적 글쓰기도 했다. 본래 한문으로 적힌 경전이나 사서를 언해(諺解: 한문을 한글로 풀이)해서 읽었다. 언문으로 일기도 쓰고 유서도 남겼다. 언문 소설 읽기는 아주 흔했다. 여성의 문자 생활에서 한문과 언문 모두를 주목해야 하는 이유다.

한 가지 더 고려할 사안이 있다. 바로 비문자 체계인 감성 언어, 즉 소리로 하는 말, 얼굴로 짓는 표정, 신체로 전하는 태도와 행동이다. 이 글에서는 이를 비문자 감성 기호로 통칭한다. 의사소통에서 이는 문자 못지않게 중요하다. 『조선왕조실록』의 상당 부분도 왕과 신하의 대화로 구성된다. 사대부의 문헌 기록도 말을 인용한 게 많다. 대표적 장르는 행장行狀과 유사遺事다. 행장이 시간 순서에 따라 망자의 언행을 에피소드별로 적은 것이라면, 유사는 행장에 미처 담지 못한 내용을 정리한 글이다. 여성은 개인 문집을 남긴 경우가 매우 드문데, 남성 필자가 글을 쓰면서 어머니, 누이, 할머니, 고모, 이모, 아내, 딸, 손녀, 유모, 여종, 친구 어머니, 친구의 아내, 친구 딸과 며느리, 이웃 여인의 말을 인용하고 참조했다. 이는 한문으로 적는 문예 양식에 인용이나 참조 형식으로 포함되었다. 여성에게 문자 학습이 장려되지 않았기에, 귀로 듣고 입으로 외는 구술, 청취와 암기는 여성의 중요한 학습 경로였다. 조선시대는 소리 내어 읽는 음독으로 독서를 했기에, 남자 가족이 책 읽는 소리를 듣고 공부한 여성이 많다.

이 장에서는 전문적 수준에 이른 여류 문사나 학자가 아닌, 보통의 양반 여성이 보통의 경로로 언문과 한문을 익히고 쓴 과정, 비문자 감성 체계로서 구술 청취에 주목한다. 역사적으로 허난설헌(許蘭雪軒. 1563~1589), 임윤지당(任允摯堂. 1721~1793. 성리학자), 강정일당(姜靜一堂, 1772~1832. 성리학자, 시인) 등의 여성 문인이 유명한데, 이는 소수이고 오히려 문집을 남기는 전문성을 지녔기에, 양반 여성의 문해력을 이해하는 기준으로 삼기에 적절하지 않다. 또, 남성의 글쓰기 방식을 따른 여성 문인을 기준으로 삼을 때, 자칫 남성의 문학이나 지성을 표준으로 강화해 여성 문학과 여성 문화의 특성이 주변화될 수 있기 때문이다.

여성은 공부를 하지 않았을까?

조선시대는 여성의 문자 교육을 금기시했지만, 실제로 여성은 문자 생활을 했다. 여성이라는 이유로 집안의 학적 토론에서 배제하지 않은 집안도 있었다. 친정에서 학문 담론에 참여한 여성은 결혼 후에도 남편과 학문 토론을 했다. 자식의 독서 교육도 했다. 김창협 가문과 이덕수(李德壽. 1673~1744) 집안, 선조의 딸인 정명공주가 혼인한 홍주원(洪柱元. 1606~1672) 집안이 대표적이다.

김창협, 김창흡, 김창집의 집안에서는 딸에게도 문자와 학문을 가르쳤다. 어유봉(魚有鳳. 1672~1744)은 김창협의 셋째 딸

(오진주의 아내, 어유봉은 오진주의 친구다)을 위해 애사(哀辭: 고인을 애도하는 글)를 썼다. 고대에는 남녀 차별이 없어서, 모두 문자를 배웠고, 경전과 역사를 익힌 여자도 많았는데, 단지 이런 전통이 조선에 전해지지 않았을 뿐이다. 어유봉은 문자 학습에 대해 남녀를 차별한 것이 잘못이라고 했다.[7] 그는 글을 배운 유인 김씨를 치하했다. 김 씨는 11~12세에 동생 김숭겸(金崇謙, 1682~1700)과 함께 아버지 김창협으로부터 문자를 배웠다. 아버지가 남동생에게 글을 가르칠 때, 옆에서 듣고 배웠다. 유인은 총명해서 『주자강목』과 『좌씨춘추전』을 막힘없이 이해했다. 역사책을 읽으며 세상 보는 안목도 키웠다. 김창협은 딸을 기특히 여겨 아들처럼 여겼고, 학문과 독서를 논하는 사이가 되었다. 남자로 태어났더라면 가문을 빛나게 했을 거라고 칭찬했다.

김창흡은 외손녀 이 씨를 위해 쓴 광지(壙誌: 고인의 생애 정보를 간단히 새겨 무덤 옆에 파묻은 돌이나 돌에 새긴 글)[8]에서, 손녀에게 시서를 가르쳐서 담론하자고 약속했는데 일찍 죽어서 하지 못했다고 썼다. 외손녀 이 씨는 어려서부터 언문 패설(언문으로 적힌 이야기 문학)을 읽었다. 김창흡은 이런 독서가 효, 우애, 유순함 같은 덕목을 배우는 데 도움이 된다고 했다. 이씨는 한문도 익혔다. 김창흡이 쓴 광지를 보면 그는 외손녀와 종남산終南山에서 만난 적이 있다. 김창흡이 피곤해서 평상에 누워있을 때 손녀가 곁에 있었다. 등잔불을 켜고 밤이 깊도록 책을 읽었는데 조금도 피곤해하지 않았다. 빼어난 구절이나 아슬아슬한 대목에 이르면, 일어나서 빙과를 먹고 녹차를 마시며 답답함을 달랬다. 고요한 산기슭에서 외손녀와 함께 책을 읽던 고즈넉한 장면이 아름다운 기억으로 남았다. 울창한 숲은 생사의 경계가 사라진 듯 초탈한 분위기였다. 김창흡은 언젠가 다시 숲에 와서 손녀에게 시와 글을 가르치며 운치 있는 시간을 가지려 했다. 손녀가 죽는 바람에 약속은 어그러졌다.[9]

숙인 김씨는 김석익(金錫翼. ?~1686)과 파평 윤씨(윤협의 딸)의 딸이자, 홍중연(洪重衍)의 아내이며 정명공주의 며느리다. 시집와서 시어머니(정명공주)를 모셨는데, 인품이 뛰어나 여러 동서 중에서 어질다고 칭찬받았다. 명성왕후(1642~1683, 조선 제18대 현종의 비)는 어진 조카라고 칭찬했다. 김창흡은 친구 홍중연의 청탁으로 그의 아내 숙인 김씨의 묘지명을 썼다. 학문에 민첩했으며, 과거에 낙방한 남편을 위로하기 위해 성현의 도리를 인용했었다고 적었다.[10] 오희문은 임진란을 겪으며 이리저리 피난하는 중에도 여러 인편을 통해『언해소학』을 구했다(1594. 9.2). 어린 딸들이 간절히 보고 싶어 해서다.[11] 딸이『언해초한연의諺解楚漢演義』를 읽고 싶다고 하자, 둘째 딸에게 베껴 쓰도록 하기도 했다(1595.1.3.).[12] 난리 중에도 여자들은 독서와 공부를 원했고, 가족(아버지, 오빠)이 이를 도왔다. 둘째 딸이 죽은 뒤에 오희문은 딸이 남긴 언문 글씨를 보고, 붓을 잡고 글을 쓰던 모습을 회상하며 슬픔에 잠겨 눈물을 흘렸다(1597.7.20).[13]

여성은 언제, 누구에게서, 어떻게 글을 배웠나?

여성은 이른 경우 3~5세,[14] 늦은 경우 11~12세부터[15] 문자를 배웠다. 언문을 먼저 배우고 한문을 익혔다. 아버지, 할아버지, 외할아버지 등 남자 가족이 가르쳤는데, 어머니, 외할머니, 고모 등 여성 가족에게도 배웠다. 남자 형제나 자매, 사촌 형제자매와 같이 배우기도 했다. 유학의 기초가 되는 책을 읽으며 공부에 입문했다. 공인 죽산 안씨는 어려서 아버지에게 『소학』을 배웠고,[16] 정경부인 이씨는 어려서 할아버지에게 『소학』과 『여범』 등을 배웠다.[17] 숙인 반남 박씨(박태정[朴泰正]과 유인 이씨의 딸, 임경[任璟]의 아내)는 부모를 일찍 여의어 할아버지가 언문으로 옮긴 책으로 공부했다.[18] 윤봉구(尹鳳九, 1681~1767)의 딸은 아버지에게 글을 배웠고, 막내 숙모에게 학문과 역사를 배웠다.[19] 아버지는 문자로 가르쳤고, 막내 숙모는 입으로 가르쳐 외우게 했다. 입으로 외어 가르쳤다는 것은 사실일 수도 있고, 여성의 문자 교육을 금기시했기에 완곡어법으로 에둘러 표현한 것일 수도 있다. 윤 씨의 막내 숙모는 김세진(金世珍)의 딸이자 윤명원 (尹明遠)의 아내인 경주 김씨다. 서사에 통달해 자손을 가르쳤는 데, 윤봉구의 형제도 한집에서 배웠다. 아들딸 가리지 않고 가 르쳤다. 윤봉구의 여동생은 사촌 언니, 넷째 올케 박 씨와 친하 게 지내면서, 『소학』, 『중용』, 『대학』 등의 경전과 「출사표」, 「귀 거래사」 등의 문학 작품을 함께 외웠다. 윤씨 집안은 형제와 사 촌이 성별을 가리지 않고 함께 공부하며 학문적으로 소통했다. 양반 가정 자체가 일종의 소규모 학문장인 셈이다.

어머니가 딸에게 한문을 가르치기도 했다. 이덕수의 외할 머니인 이부인은 딸에게 경서와 역사서를 가르쳤다.[20] 딸에게 『소미통감少微通鑑』(송나라 대의 강지江贄가 사마광의 『자치통감』을 간추려 엮 은 역사서로 조선시대에 초학初學 교재로 썼다)과 『소학』을 읽게 하되, 과 제를 정해 외게 하고 밤마다 확인 검사했다. 경전과 역사뿐 아 니라, 천체의 형상과 별의 운행 같은 천문학도 익혔다. 교양과 학식을 갖춘 양반 여성은 가족의 존경을 받았다. 서포 김만중 (金萬重. 1637~1692)과 김만기(金萬基. 1633~1687)의 어머니이자 김 진규의 할머니인 윤 씨는 손녀에게 언문으로 번역한 『여계』를 가르쳤다.[21] 윤 씨는 한문과 언문을 모두 알았고 손자들이 책 읽는 소리를 좋아했다. 과거 급제에 힘쓰기보다 글쓰기의 즐거 움과 겸손한 태도를 배우게 했다.

©한국학중앙연구원

『소학』, 송나라 유자징이 주자의 지시에 따라 편찬했다. 8세 내외의 아동들에게 유학을
가르치기 위하여 만들어진 수신서로 내편 4권, 외편 2권 총 6권으로 구성되었다.

　여성 교육에 사용된 교재는 경전, 규훈서, 역사책 등이다. 가
장 많이 거론된 경전은 『소학』이다.[22] 딸이 시집갈 때 손수 『소
학』을 베껴서 전해 준 아버지도 있다.[23] 19세에 시집간 딸은 이
것을 상자에 넣어 소중히 간직했고, 28세로 임종하면서 무덤
에 넣어달라고 유언했다. 그녀에게 아버지의 친필본 『소학』은
가장 소중한 자산이었다. 그 외에 『효경』,[24] 『시경』, 『대학』과
『중용』[25] 등이 교재로 활용되었다. 『내칙』,[26] 『내훈』,[27] 『여계』,[28]
『여칙』,[29] 『여훈』,[30] 『여범』, 『열녀전』,[31] 『삼강행실』[32] 등의 여성
규훈서와 『격몽요결』[33]도 교재로 썼다.[34] 역사책으로는 『좌씨
춘추』와 『주자강목』,[35] 『십구사략』[36] 등을 읽었다. 규훈서를 제

외하면, 여성용 교재는 사실상 성별과 상관없이 읽히던 양반의 일반 교양서다. 여성도 역사의 이치와 정치 철학, 생애 의미, 윤리, 사상 등을 익혔다.

이광사(李匡師. 1705~1777)의 어머니인 정부인 파평 윤씨(윤지상[尹趾祥]의 딸, 이진검[李眞儉]의 아내)는 어려서부터『소학』,『열녀전』, 『반씨가훈班氏家訓』,『삼강행실』등을 탐독했고, 언문으로 번역한 책을 읽고 외웠다. 아이들을 가르칠 때는『발몽기發蒙記』(중국 진晉나라 속석[束晳]이 쓴 책)부터 가르쳤는데, 소리의 맑고 탁함, 음운의 높낮이까지 중시했다.[37] 어머니가 자녀에게 발음 교육도 했다.

딸을 위해 교재를 제작한 집안도 있다. 강혼(姜俒. 1739~1775)은 청대의 육기(陸圻)가 시집가는 딸에게 주기 위해 쓴『신부보新婦譜』[38]를 언문으로 번역하고 서문을 썼다.[39] 강혼은 표암 강세황(姜世晃)의 아들로, 어머니는 진주 유씨. 강혼은 조선의 여자들이 글자를 알지 못해 성품과 행실을 바로잡기 어려워, 남편과 시댁에 누를 끼치는 경우가 있다고 했다. 어려서부터 내칙, 내훈, 여사, 동관(彤管: 후비의 역사를 기록하는 궁중의 여사女史)의 기록을 익혀 태도와 처신을 배워야 한다고 했다. 시대가 변해 새 책이 필요하다며, 당시 중국의 여성 교훈서를 언문으로 번역했다. 이덕무는 혼인할 나이(15세 정도)에 이른 두 명의 누이를 위해 16조항의 교훈을 적어주었다.[40]「한씨부훈」은 한원진이 여동생에게 써준 글이다.[41] 여동생이 오빠에게 참고문헌을 건네주면서 성현의 격언을 가르쳐달라고 해서 작성되었다.『소학』과『격몽요결』만 봐도 된다고 사양했는데 결국 수락했다.

아이러니하게도 여성의 문자 교육에 관해 가장 많이 사용된 표현은 누구에게 무엇을 배웠다는 교육 절차나 내용이 아니라, 배우지 않고도 알았다는 표현이다. 가르쳐준 적이 없지만 총명해서 저절로 터득했다거나, 남자 형제가 공부할 때 곁에서 듣고 익혔다고 했다. 일부러 가르친 게 아니니 여성에게 문자 교육을 하지 말라는 사회 통념을 거스른 게 아니다. 가르치지 않아도 터득했으니 탓할 사람도 없다. 숙부인 윤씨는 윤봉구의 여동생으로 열 살 어리다. 아홉 살 때부터 형제들이 공부하는 것을 귀로 듣고 문자를 터득했다. 아버지가 기특히 여겨 역사책을 주니 곧잘 외웠다. 스스로 공부는 전념할 분야가 아니라고 여겨 독서를 자제했다. 그러나 이후 기록을 보면, 윤 씨는 꾸준히 독서하며 학식을 넓혔다.[42]

여성이 배운 문자가 언문인지 한문인지에 따라 사용처가 달랐다. 책이 난해하면 주석이 필요했는데, 이에 접근하는 것이 학문의 시작이다. 여성의 학업에 관대한 집에서는 경전 주해서나 문학 작품도 볼 수 있게 했다. 유원지(柳元之. 1598~1678)

의 딸, 권구(權榘, 1672~1749)의 어머니인 유 씨(1639~1697)는 어려서 아버지가 책을 읽을 때 곁에서 듣고 기억했는데 해석을 잘했다. 아버지가 『주역』을 읽을 때 타당한 해석을 해서 칭찬받았다. 아버지가 임종하면서 손으로 표시한 주역의 괘를 읽어 유언을 이해할 정도였다.[43] 김만중의 어머니이자 김진규의 할머니인 윤 씨는 우주 만물의 원리를 따지는 오행과 운명과 점술에 대한 『자미수紫微數』를 공부해서 운수를 예측했다. 윤 씨의 할아버지인 문목공은 오행에 조예가 깊고 운수학에 밝아 손녀에게 전수하고 싶어 했다. 윤 씨는 재미 삼아 가족의 운명을 점치고, 자기 앞길도 예측했는데 곧잘 맞았다.[44] 유척기(俞拓基, 1691~1767)의 외할머니 전의 이씨는 『여칙』을 공부했으며 문집과 역사를 섭렵했다.[45] 문학과 역사, 여성 규범을 모두 익혔다. 처음에 접한 경전이나 규훈서를 평생토록 탐독한 사례도 많다. 김창집의 장모인 풍양 조씨는 낮에는 일하고 밤에 『소학』과 『내훈』을 읽었다. 주변에서는 조 씨가 글을 아는 줄 몰랐다.[46]

이처럼 조선시대는 공식적으로 여성에 대한 문자 교육과 독서를 금했지만, 실제로는 여성의 문식력이나 독서, 학문을 허용한 경우가 많다. 가정이나 친족 집단 내에서 여성을 지적 주체로 인정했고, 학문적 성장을 독려했다. 양반 여성이 풍부한 학문과 문학, 교양과 지식을 쌓으며 성장할 수 있던 이유다. 그러나 어떤 경우에도 여성의 탁월성이 과시되지 않게 했다. 극단적인 경우, 여성의 문식력이 죽은 뒤에 밝혀지기도 했다. 가족들은 여성의 학문적 소양과 문장력을 인정하면서도 남자가 아니라 안타깝다고 한탄하는 데 그쳤다. 모두가 안타깝다고 했지만 아무도 바꿀 수 없었던 여성 능력에 대한 사회적 장은 조선시대가 막을 내릴 때까지 열리지 않았다.

언문으로 세상과 소통하고 자신을 표현하다

조선시대에 한문은 양반 남성의 전유물로 간주되었지만, 언문은 신분이나 성별 경계를 넘어 자유로운 습득이 가능했다. 기록을 보면[47] 양반 여성이 언문을 익힌 시기는 6~7세로, 한문을 익히고 여공을 습득하는 여성 학령기와 일치한다. 권만의 어머니 풍양 조씨는 6~7세에 여공을 시작했고, 언서(諺書: 언문으로 된 책)를 읽고 외웠다.[48] 안정복(安鼎福. 1712~1791)의 어머니인 공인 이씨도 6세에 언문을 배웠고, 7~8세에는 어른을 대신해 편지를 썼다.[49] 양반 여성은 6~7세에 언문, 한문, 여공 등 여성에게 필요한 모든 것을 배우기 시작했다. 중년에 언서를 배운 기록도 있다. 제주도의 강해정(姜海貞. 강세융[姜世隆]의 서녀)이다.[50]

언문을 배운 여성은 일상에서 이를 어떻게 활용했을까?

첫째, 언문으로 쓴 편지로 정서적 연결을 이어가고 사회적 관계망을 유지했다.[51] 일상생활에 필요한 실용 업무도 진행했다. 김창집의 딸 이 씨는 이를 갈 나이쯤부터 어머니 곁에서 편지를 대신 썼다.[52] 정황상 이 편지는 언간(諺簡: 언문 편지)이다. 언문을 익힌 여성은 편지 쓰는 법을 배우면서 문장 쓰기의 기초를 배웠다(언문 편지에는 수신자를 부르는 명칭에서부터 인사말, 본문, 끝맺는 인사, 날짜, 발신자 정보 등 일정한 격식이 요청된다. 20세기 초까지도 편지 쓰는 법에 대한 책이 출판될 정도로, 편지 쓰기는 형식적 요소가 중요했다.).

여성은 평소에 누구와 편지를 주고받았을까? 사례가 많은 것은 친정 가족이다. 송정은은 이대래(李大來)와 결혼한 외동딸이 사망하자 한 달 뒤에 제문을 썼다. 이를 통해 딸이 말을 배울 때부터 글자를 외웠고, 결혼해서도 친정과 자주 편지를 주고받았음을 알 수 있다.[53] 딸이 출산 후에 감기에 걸렸는데, 임신 가능성이 있어서 약을 제대로 쓰지 못했음을 안 것도 편지 덕분이다. 여흥 민씨(민진후[閔鎭厚]의 딸, 김광택[金光澤]의 아내)의 어머니는 사위가 사화를 겪어 장기현에 유배 갈 때 딸에게 편지를 써서, 아이들의 학업을 당부했다. 민 씨는 어머니의 편지를 옷에 지니고 다녔다.[54] 이의현의 첫 번째 아내인 함종 이씨는 34세에 풍병을 앓았는데 6일 만에 사망했다. 바로 그날, 76세된 친정어머니로부터 편지가 왔다. 남편(이의현)이 죽은 아내(이

씨를 대신해 편지를 읽었다. 딸을 그리워하는 어머니의 마음이 느껴져 슬픔이 더 짙어졌다.[55]

친정 가족과 주고받은 편지는 시집간 여성이 정서적 친밀감과 심리적 안녕감을 유지하는 방편이었다. 여자가 죽을 때, 부모에게 받은 편지를 관 속에 넣어달라고 유언하기도 했다.[56] 풍양 조씨는 8, 9세 때부터 간직해온 부모님의 편지를 관에 넣어달라고 했다.[57] 상자에 외할아버지, 외할머니, 시부모에게 받은 편지도 있었다. 남성 필자는 이를 효심과 공경으로 이해했지만,[58] 부모의 편지는 마음의 고향이나 다름없기에, 그리워하고 의지하는 마음이 컸을 것이다. 숙인 임씨(임세온[林世溫. 1641~1711]의 딸, 윤부[尹扶]의 아내, 윤면교[尹勉敎. 1691~1766]의 어머니)는 임종할 때 자식들에게 유언을 남겼다.[59] 부모님의 손글씨를 관과 무덤에 넣어달라는 것이다. 이덕무의 어머니 심 씨는 노년에 이질을 앓아 두 달 동안 자리보전했다. 이때 서울 사는 딸들이 보낸 편지로 위로를 받았다.[60] 자매끼리는 시집간 뒤에도 편지를 교환했다. 어유봉의 이모는 눈병이 나서 언니가 보낸 편지를 읽지 못해 안타까워했고, 어유봉의 어머니는 동생이 편지를 쓰지 못해 속상해했다.[61] 서명호(徐命浩)의 아내, 유인 신씨는 언니와 사이가 돈독했다. 병중에도 언니에게 편지가 왔다는 소식을 들으면 손을 올려 찾았을 만큼 자매애가 깊었다.[62]

오누이끼리도 편지로 교신했다. 이재는 막내 여동생과 친해서 동생이 시집간 뒤에도 편지를 주고받았다. 동생이 이사 간 뒤로는 편지가 뜸했는데, 감기에 걸렸다는 소식이 마지막이 될 줄은 몰랐다. 이재의 답장은 제문이 되었다.[63] 이형상(李衡祥. 1653~1733)이 큰 누나와 주고받은 편지는 별 내용 없이 소소하다. 안부를 묻고, 생선이 먹고 싶다거나 보고 싶어 슬프다는 내용이 전부다.[64] 누나는 동생의 편지를 영좌(靈座: 혼백이나 신위를 모신 자리)에 두고 소중히 여겼다. 동생이 보낸 편지가 누나에게 가기도 전에 누나의 부고가 왔다. 이형상은 누나를 안은 듯 편지를 들고 울었다.

혼인으로 왕실과 인척을 맺은 경우에도 편지로 관계를 유지했다. 여흥 민씨는 조카인 인현왕후가 어려서 어머니를 여의어 보살펴 주었는데, 왕후가 된 후에도 편지를 써서 정을 나누었다.[65] 소소한 일상을 공유하는 것은 관계 연결의 핵심이다. 남편과 아내도 서로 편지했다. 김수항(金壽恒. 1629~1689)의 처, 나씨는 김창흡의 어머니다. 친정어머니에게 지인지감(知人之鑑: 사람의 능력이나 자질, 미래나 운세를 알아보는 통찰력과 혜안)을 물려받아 총명했다. 김창흡 형제들은 문장과 학식이 뛰어나 6창(창昌자 돌림의 여섯 아들)으로 불릴 정도로 명망이 높았다. 김수항이 사화를 당해 사사될 때, 아내가 자신을 따라 자결할 것을 짐작하고 "아이들을 잘 키우지 못하면 지하에서 만나지 맙시다"라는 유서를 남겼다.[66] 과연 나 씨는 생명을 부지해 가문을 지켰다. 편지로 아내의 생명도 살리고 가문도 일으켰다.

문자를 아는 여성은 가족과 편지를 주고받으며 사회적 관계망을 유지했다. 이런 연결은 노년기까지 지속되었다. 노년 여성이 대필 없이 편지를 직접 썼다고 강조한 것은 편지 쓰기가 신체적, 정서적, 사회적인 건강의 징표였기 때문이다. 이이명(李頤命. 1658~1722)의 외할머니 정경부인 이씨는 남편(황일호[黃一皓])이 청나라에 포로로 잡혀가는 바람에 미망인이 되었다. 평생 가족을 위해 헌신하며 제사와 재산 관리, 노복 관리 등에 힘썼다. 편지로 친척과 안부를 물으며 연결성을 유지했다.[67]

시부모에게 전적으로 의지하며 편지로 교신한 사례도 있다. 공인 홍씨(유척기의 여동생의 손녀)는 16세에 혼인해서 20세에 사망했는데, 어려서 부모님을 여의어 시부모에게 의지했다. 떨어져 살면서 편지로 소식을 주고받았다. 홍 씨는 이 편지를 혼서와 함께 묻어달라고 유언했다.[68] 황윤석(黃胤錫. 1729~1791)도 며느리와 편지를 주고받으며 가족의 생일을 챙겼다.[69] 장모와 사위도 서찰을 주고받았다.[70]

김주신의 숙모 한산 이씨는 연로할 때까지 길쌈을 놓지 않을 정도로 부지런했는데, 음식이나 옷감을 선물할 때마다 반듯한 글씨체로 편지를 써서 밀봉을 했다.[71] 이덕수의 어머니 심 씨는 남편이 유배 갈 때 따라가서 6년을 살았다. 외진 곳에서 『소학』, 『당시절구』 등을 읽으며 소일했고, 서울에 있는 여자들과 편지로 교신하며 커뮤니티를 이어갔다.[72] 심 씨는 남편이 황해도 관찰사가 되었을 때 만났던 기생까지 챙겼다. 남편이 임기를 마치고 돌아오자, 수절하던 기생이 집으로 찾아왔다. 화가 난 고모가 쫓아내려 했는데, 심 씨는 어차피 갈 사람이라며 환대해 주었다. 남편이 죽은 뒤에도 기생에게 안부 편지를 보냈다. 기생은 은혜를 잊지 않았고, 심 씨의 장례에 찾아와 딸처럼 슬퍼했다.

언문 편지를 실용 목적에 활용한 사례도 있다. 권 씨(1648~1714)는 홍림(洪霖, 1685~1728)의 아내로, 이광정의 5촌 숙모다. 권 씨는 시아버지를 이장하기 위해 땅 주인에게 언문 편지를 써서 관을 운구할 하인을 구해달라고 부탁했다.[73]

둘째, 여성은 언문으로 일기와 유서를 썼다.[74] 선비 임택기(林擇基)의 아내인 열부 이 씨는 남편이 병 들어 사망하자 유서를 남기고 자결했다. 이 씨의 사후에 광주리에서 신세 한탄을 적은 종이가 나왔다. 사람 사는 도리에 대해 『시경』과 『주역』을 거론하며 인생의 의미와 허무를 논하는 내용이었다.[75] 유서의 수신자는 자녀, 죽은 남편, 친정 부모다. 수신자가 죽은 남편일 경우, 유서는 자신의 임종이 아니라, 남편의 사망 시에 쓰어 관에 부장되었다. 남편이 죽으면 따라 죽는 문화가 확산된 것은 대체로 18세기부터다. 가족이 만류하더라도 삼년상을 치른 뒤나, 자식(양자로 들인 후사 포함)이 성장한 뒤에 자결하는 경우가 많았다. 이 결심은 남편의 사망 시점에 했다. 미리 써둔 유언이자, 결사록을 통해 알 수 있다. 유인 채씨는 남편이 천연두에 걸려 사망하자 뒤따르려 했지만, 시아버지의 만류로 목숨을 이었다. 채 씨는 삼년상을 마치면 자진하겠다는 결심을 적어 관에 넣었다.[76] 과연 3년 뒤 자결했다. 밀양 박씨(박군석[朴新甫]의 딸. 1696~1727)는 19세에 송거원(宋巨源)과 혼인해서 12년 만에 남편이 죽었다. 뒤따르려 했으나, 가족의 만류로 하지 못했다. 박씨의 두 아들이 잇따라 죽자, 남편 형(송행원[宋行源])의 아들을 후사로 정했다. 박 씨에게는 각각 11살, 34개월 된 두 딸이 있었는데, 친정 부모와 딸들에게 편지를 남기고 자결했다. 부모에게는 후사 때문에 살아 있었다고 썼고,[77] 딸에게는 시집가서 잘 살고 오빠와도 화목하게 지내라고 당부했다.[78] 열부 최 씨는 남편(강유세[姜需世])과 같이 홍역에 걸렸는데, 자기 병도 잊고 남편을 간호했다. 남편이 사망하자 열흘 뒤에 목을 매 자결했다. 최 씨가 시아버지와 부모님께 남긴 편지는 유서가 되었다.[79] 마을 사람들이 방백(方伯: 조선시대 각 도에 둔 으뜸 벼슬)에게 알려 정려(旌

174

閭: 충신, 효자, 열녀 등을 동네에 정문 세워 표창하던 일)를 받았다. 사망 당시 최 씨는 18세의 어린 나이였고, 알려진 집안이 아니었는데, 편지로 유서를 쓸 정도의 언문 생활을 했다.

셋째, 여성은 언문 소설을 읽으며 취미 활동을 했다. 숙인 임씨(윤부[尹抃]의 아내)는 여름날 시어머니가 낮잠에 들려 할 때, 맑은 소리로 한글책을 읽어드렸다.[80] 역설적으로 이 때문에 시어머니는 잠들지 못했다. 소설이 재미있었던 것이다. 이덕수의 어머니이자 이산배(李山培)의 할머니인 심 씨도 패설을 즐겨 읽었다. 어려서 한문을 배우고 경전과 사서를 읽었으며, 아들에게 학문을 가르칠 정도로 학식이 뛰어났는데, 소설 읽기가 취미였다.[81] 한문으로 된 제도적 문학과 언문으로 된 비제도권 문학을 동시에 향유했다. 이런 삶을 노년기까지 유지했다. 소설은 조선시대의 금서였지만, 실제로 많은 이에게 읽혔고, 여성 독자층도 두터웠다. 소설 읽는 여성을 좋지 않게 보았고, 소설을 읽지 않았다는 것을 교양과 품위의 상징으로 강조했다. 여성이 소설을 읽고 듣는 것을 비판하는 글이 많았다는 것은 그만큼 소설 읽는 양반 여성이 많았음을 반증하는 것이기도 하다. 예컨대, 김주신의 딸이자 혜순 대왕대비(숙종의 둘째 계비인 인원왕후)의 친동생으로, 윤면교(尹勉敎)의 아내인 공인 김씨(?~1787)는 『소학』과 『삼강행실』 등의 책을 좋아했고, 세속 부녀자들이 좋아하는 소설은 읽지 않았다.[82] 소설류의 유희적 독서를 멀리했다고 적어서 지성인임을 강조했다. 소설을 좋아하던 일반 여성과 구별 짓는 방법이다.

넷째, 여성은 언문책으로 독서하고 학문도 했다. 조선 중·후기에는 이미 많은 한문책들이 언문으로 번역되어, 언문만 알아도 일정한 학적 수준에 이를 수 있었다. 『소학언해』 등 유교 기초 서적을 언해한 것, 각종 불경 서적들, 『두시언해杜詩諺解』(중국 당나라 시인 두보의 한시를 언해한 책), 『백련초해百聯抄解』(명종대의 김인후 [金麟厚. 1510~1560]가 중국의 유명한 7언고시 100수를 뽑아 음과 뜻을 달고 한글로 번역한 한시 입문서), 『언해절구諺解絶句』와 같은 중국 문학이 언해되었고, 『삼강행실도續三綱行實圖』, 『이륜행실도二倫行實圖』, 『속삼강행실도續三綱行實圖』, 『동국신속삼강행실도東國新續三綱行實圖』 등의 교화서도 언해되었다. 중국 백화문이나 만주어 등 외국어 문을 언해한 책도 간행되었고, 한문으로 된 운서韻書에 한글로 음가를 표기하고 뜻풀이를 한 『전운옥편全韻玉篇』 같은 책도 편찬된다. 각종 여성 교훈서와 『음식디미방』 같은 음식 조리서와 서화 등도 한글로 번역되거나 처음부터 언문으로 작성되었다. 처음부터 한글로 쓰인 노래집인 『청구영언』, 『해동가요』, 『악장가사』 등도 편찬된다.[83] 한문을 모르고 언문만 알아도 기초 학문, 역사, 교양서를 다양하게 섭렵할 수 있었다. 정부인 풍산 홍씨(홍주국[洪柱國]의 딸, 심봉휘[沈鳳輝]의 아내)는 문자를 알지 못해 부모님에 대한 글을 읽을 수 없어서 오빠에게 한글로 번역해 달라고 했다. 그것을 옮겨 적어 책으로 엮어 자녀 교육을 했다.[84]

언문과 한문을 모두 익힌 양반 여성에는 임성주(任聖周, 1711~1788)의 아내, 신창 맹씨가 있다. 맹 씨는 10세에 『소학언해』를 베껴 썼다. 시도 지었는데, 남편이 보고 후손에 전할 만하다고 했다.[85] 언문으로 책을 쓴 여성도 있다. 여흥 이씨가 사망한 뒤에 언문책이 발견되었다. 선행, 효, 의리에 대한 것이었다. 후손들이 가정에서 훈계하는 교본으로 삼았다.[86]

다섯째, 언문으로 가족의 생애사를 기록했고 제문도 썼다. 조관빈(趙觀彬, 1691~1757)의 며느리 경주 이씨는 시아버지의 젊은 시절과 조정의 일에 대해 상세히 기록했다.[87] 언문 행록이다. 이를 상자에 보관했는데, 나중에 딸들이 보고 책으로 만들었다. 선비 임택기(林擇基)의 아내인 열부 이 씨는 남편의 병 들어 사망하자 한글 제문을 썼다(사흘 뒤, 이 씨는 시부모와 형제에게 편지 유서로 남기고 자결했다).[88]

여성이 언문으로 여성의 생애사를 서술하기도했다. 권만(權萬, 1688~?)은 어머니 풍양 조씨의 행록을 준비하면서 외삼촌에게 사연을 적어달라고 했다. 열 살 때 어머니를 여의어 기억이 없었다. 권만의 외숙모는 시누이(풍양 조씨)의 일은 자신이 잘 안

다며, 언간에 상세히 적어주었다. 권만은 이를 참조해 어머니의 행록을 썼다.[89]

여섯째, 여성이 법적 주체로서 목소리를 내기 위해 문자를 사용한 사례다.[90] 모함을 입거나 억울한 일을 당했을 때, 여성은 스스로 명예 회복을 위해 움직였다. 소장을 써서 관에 제출한 것이다. 조덕린(趙德鄰 1658~1737)의 「홍열부정문후서洪烈婦旌門後敍」와 이재(李縡, 1680~1746)의 「홍열부전」 등이 전한다. 홍 씨는 남편 이명석이 사망한 뒤, 재산을 차지하려는 시동생 이명기와 그의 처, 시아버지의 첩이 꾸민 음모에 연루된다. 홍 씨가 남편 유모의 아들 필양과 사통해 아기를 낳았다는 것이다. 시동생 부부는 필양의 형 필진을 협박해 거짓 증언을 꾸몄다. 이들은 홍 씨가 억울해서 자결하기를 바랐다. 그러나 홍 씨는 관아로 찾아가 누명을 벗으려 했다. 추관(推官: 죄인을 심문하는 관원)에게 가슴과 배를 보여주고 출산한 적이 없다고 했다. 집으로 돌아와 그간의 경과와 사실을 적어 추관에게 보냈다. 부모님께는 편지로 유언했다. 홍 씨는 여종이 잠들기를 기다려 자결했다. 추관에게 몸을 보여주었기 때문이다.

법적 호소를 위해 글을 작성한 사례는 이재가 이유(李維)의 아내, 안동 김씨를 위해 쓴 묘지에도 보인다.[91] 유인 안동 김씨는 아버지인 정랑공 김시발(金時發)이 임인년 사화에 연루되어 죄를 입은 4년 동안 손수 옥바라지했다. 남자 형제가 없었다. 정랑공에게 사형을 내려야 한다는 공론이 일었을 때, 김 씨가 직접 글을 써서 대궐로 찾아갔다. 죽음을 무릅쓰고 전하려 했지만, 이루어지지 않았다. 후에 정랑공은 사형을 면했고, 5년 뒤 김 씨는 사망한다. 이들은 공적 글쓰기를 통해 명예를 회복하고 억울함을 해결한 사례다. 여성의 의지가 문자화되어 법적 정의를 확보하는 데 영향을 미쳤다.

한문 서적을 읽으며 지적 토론과 학문 활동을 하다

여성에게 한문을 배울 기회가 많지 않았음에도 한문을 아는 경우가 적지 않다. 이들은 이 능력을 어디에 썼을까?

첫째, 개인의 성장을 위한 독서와 공부에 활용했다. 공부의 목적은 지식 축적, 사유의 확장, 인격 수양, 가치관 정립, 사상과 이념에 대한 이해, 풍부한 감성의 경험, 심미적 안목의 체득 등 다양하다. 한문을 배운 여성은 독서를 통해 지성을 기르고 이를 대화에 활용했다. 독서로 윤리 규범을 배워서 인격 수양을 했다. 책을 읽고 베끼고 외웠다. 은진 송씨는 혼인 전 친정에서 『내훈』과 『열녀전』 등을 읽었다.[92] 성주 이씨(신명정[申命鼎]의 아내, 신광언[申光彦]의 어머니)는 『소학』과 『효경』 등 경전을 필사했고,[93] 공인 조씨(1716~1747. 조석명[趙錫命]의 딸. 신황[申暎]의 아내)는 선조가 쓴『여훈』을 필사했다.[94] 필사筆寫는 적극적인 독서다. 독서는 단지 지식 습득이 아니라, 실천으로 이어지는 신체화 과정이다. 정부인 이씨(1674~1747. 이홍[李泓]의 딸. 김동익[金東翼]의 아내)는 열녀의 사적을 기록한 병풍을 혼수로 가져왔다.[95] 사서나 열녀전을 통해 모범적 여성상을 배웠고, 동시대 여성의 생애 기록을 읽고 실제 삶에 참조했다. 이 씨는 부인의 행록에는 과장이 많다면서, 자신이 죽으면 절대 그러지 말라고 당부했다.

역사책에서 충신의 사례를 읽고 감화받은 여성도 있다. 유인 유씨(유단[柳摶]의 딸)는 남편이 전염병으로 사망하자, 상례를 치르는 동안 피눈물로 곡하며 단식했다. 장례가 끝나도 그치지 않다가, 5년 뒤에 자결했다. 이때가 41세.[96] 묘표를 쓴 이이명은 유 씨가『육신전』의 유응부(俞應孚. ?~1456) 고사를 읽고 감명받았는데, 이로부터 영향을 받아 자결했다고 썼다. 유응부는 사육신이다. 세조의 왕위 찬탈에 반대해, 명나라 사신을 초청한 연회 자리에서 세조를 살해하는 임무를 맡았는데, 사전에 발각되는 바람에 심문을 받게 된다. 그는 달군 쇠로 고문을 받을 때, 쇠가 식었으니 다시 데워 오라고 호통쳤다. 유 씨는 여기에 공감했다. 남편이 사망하자 유 씨는 식사를 거부했고, 3년간 미음만 먹었으며, 5년 동안 안채를 나오지 않았다. 이이

명은 유 씨가 독서로 열행을 다져 신념을 강화했다고 평했다.[97]

유인 김씨(김민행[金敏行]의 딸, 이실보[李實甫]의 아내)는 21세에 시집 갔는데, 아버지가 써주신 가르침을 옷에 차고 다녔다.[98] 유한준의 어머니 창녕 성씨는 친정어머니가 친필로 써주신 『소학』과 『여계』를 평생 간직했고, 죽을 때 같이 묻어달라고 유언했다.[99] 네 살에 어머니를 여의었던 반남 박씨(남도철[南道轍]의 아내)는 어머니의 얼굴을 몰라 죄가 깊다고 적어 거울 앞에 붙였다. 볼 때마다 불효를 상기하며 그리움을 달랬다.[100] 글을 알았기에 자기표현도 하고 위안도 구했다.

둘째, 한문을 배운 여성은 학문의 주체로 성장했다. 교양을 내면화했고, 학문 토론에도 참여했다. 김주신의 어머니인 풍양 조씨는 아들을 훈계할 때 정명도(程明道. 중국 북송시대의 유학자)의 문장을 인용해 논리적 근거로 삼았다.[101] 인용해서 말하기는 사대부 글쓰기 방식의 입말체다. 『조선왕조실록』에 기록된 왕과 대신들, 양반 사이의 대화에도 인용법이 활용된다. 유인 오씨(오원의 딸, 윤이후[尹頤厚]의 아내. 묘지문을 쓴 윤봉구의 조카 손자며느리)는 옛날의 학식 있는 여성哲婦들의 언행을 사모해 『여사서』와 『여논어』를 직접 베껴 썼고, 여러 책을 반복해서 읽었다.[102] 당시의 독서법으로는 소리 내어 읽는 음독音讀, 눈으로 읽는 열독閱讀, 직접 책을 베끼며 읽는 수서手書 등이 있었다. 유인 오씨는 가장 적극적인 방식인 수서, 즉 필사를 택했다. 사람들의 질문에 논리정연하게 답해서, 학식 있는 선비들도 놀랐다. 정작 가족은 오 씨의 숨은 노력을 몰랐다. 이는 오 씨의 겸양을 강조하려는 수사적 표현이다. 유인 오씨의 학문 수준은 남편, 형제와 지적 대화를 나누고, 정치 토론을 할 정도였다. 윤봉구는 집안 여자들을 위한 교훈서를 집필할 때, 종손부 유인 오씨를 보조자로 삼으려 했다. 서사에 통달하고 의리를 논할 만하다고 여겨서다. 유인이 스물하나의 나이로 사망해 뜻을 이루지는 못했다.

여성이 한문 문해력을 바탕으로 아버지, 남동생, 남편 같은 남성 가족과 학적 커뮤니티에 참여한 사례가 있다. 물론 이는 매우 드물다. 송문흠의 작은할머니 나 씨는 자손과 학적 토론을 했다.[103] 나 씨는 서사를 읽은 적이 없는데, 소리로 듣고 성현의 행실과 역사에 대해 알았다. 사실은 문자를 알았을 가능성이 높다. 윤봉구(尹鳳九. 1683~1767)보다 열 살 어린 여동생, 숙부인 윤씨는 숙모에게 글을 배워 사촌 형제들과 학문 토론을 했다.[104] 윤 씨는 시도 썼고 학문적 논평도 했다. 경전을 인용해 대화했다. 여자도 부모상에 참여해야 한다고 주장했다.『소학』에서 '여자는 상을 치르러 백 리를 가지 않는다'고 쓴 것은 옛날 제후의 땅이 아무리 넓어도 백 리가 되지 않았기 때문이지, 결혼한 딸이 친정 부모의 상례에 참여하는 것을 금했던 게 아니라고 했다.[105] 어머니가 위독하자 윤 씨는 삼백 리를 달려서 염습하기 전에 도착했다. 자신이 읽고 말한 대로 실천했다. 윤봉구의 여동생은 배우지 않고도 시를 잘 썼는데 능력을 드러내지 않아 친척들도 알지 못했다. 여성의 문에 능력을 잉여 자질로 여기면서도 이를 칭찬했다.

이덕수의 아내인 해주 최씨는 문자를 좋아해서 남편과 학문 토론을 했다.[106] 최 씨는 총기가 뛰어나 암송에 능했는데, 독서하다가 모르는 게 있으면 질문했다. 『춘추좌씨전』에 나오는 옹희(雍姬)의 사례에 대해 남편과 토론한 적도 있다. 옹희의 사례란 정치적 사유로 남편이 아버지를 해치려 하자, 딸이 이를 아버지에게 알려 아버지가 남편을 살해한 사건이다.[107] 최 씨는 옹희가 현명하게 처신하지 못했다면서, 아버지와 남편 모두에게 사실을 알린 뒤 자결해야 마땅하다고 했다. 이덕수는 아내의 판단력에 감탄을 표했다.[108] 이런 최 씨조차 평소에는 남편에게 문자를 모르는 것처럼 처신했다.

셋째, 문식력을 갖춘 여성은 자녀에게 글도 가르치고 독서 지도를 했다. 권만(權萬, 1688~?)의 어머니는 아들이 6~7세 즈음부터 왕발(王勃, 중국 당나라 때 시인)의 「등왕각서滕王閣序」(4자, 6자의 대구와 운율을 맞춘 글로, 경치 묘사와 서정성이 뛰어남)를 외워서 가르쳤다.[109] 권만은 뜻도 모르고 소리로 외웠다. 송상기(宋相琦,

1657~1723)의 어머니(송규렴[宋奎濂. 1630~1709]의 아내)도 『천자문』과 당시를 외워서 가르쳤다.[110] 남녀를 막론하고 듣기와 암송은 유용한 공부법이다. 정경부인 이씨(민진후[閔鎭厚. 1659~1720]의 계실, 행장을 쓴 이재의 큰 외숙모)는 어려서부터 총명해 「애강남부哀江南賦」(중국 남북조 시대의 시인 유신[庾信]이 쓴 장편서사시)를 읽는 소리를 듣고 며칠 만에 외웠다. 듣고 외워서 공부했는데 집안에 알려지지 않았다. 이 씨는 남편 민진후가 학문 논쟁을 상의할 정도로 학문에 조예가 있었다.[111] 북송대 학자인 여희철(呂希哲)을 모델로 삼아 자녀 교육을 했다. 꿈에 정주(程朱: 중국 송나라의 유학자 정호[程顥], 정이[程頤] 형제와 주희[朱熹])를 만날 정도로 학문을 사랑했다.

기록을 보면 어머니가 자녀에게 가르친 것은 문자에 국한되지 않고, 사상과 윤리, 역사 지식, 문학적 소양 등 광범위하다. 숙부인 안씨(오광운[吳光運. 1689~1745]의 어머니)는 18세에 낳은 아들이 요절하자, 광운과 필운을 양자로 들였다. 안 씨는 책에 대해 질문하면 답해 주고 토론도 했다.[112] 오광운은 소자첨(蘇子瞻. 호인 소동파[蘇東坡]로 알려진 중국 북송 대의 문인)의 어머니보다 훌륭하다며 존경했다. 안 씨는 관직에 나아간 오광운에게 조언도 하고 정치적 처신에도 영향을 미쳤다. 유인 심씨(이덕수의 어머니)는 손자인 산배에게 글을 가르쳤다.[113] 날마다 과제를 주고 밤마다 점검했다. 심 씨는 산배에게 인성과 예의, 세상 이치를 가르쳤다. 산배의 말투가 까칠해서 조정의 관리를 이름으로 부르거나 친척 어른을 낮추어 불렀는데, 심 씨가 꾸짖어 바로잡아주었다.

넷째, 여성은 한문을 익혀 독서와 문학을 즐기고 글쓰기를 했다. 공인 윤씨(김재혁[金載奕]의 첫 번째 아내, 김후[金銶]의 어머니)는 여섯 살부터 『시경』에 실린 「주남」, 「소남」의 시와 『소학』을 이해했고, 외우는 당시唐詩도 많았다. 손으로 지도를 베껴서 그리는 솜씨가 뛰어났다. 이런 재주를 드러내지 않아 아는 이가 적었다.[114] 황석(黃奭)의 아내인 숙인 이씨는 어려서부터 학문에 뛰어났고, 시를 잘 지었으며, 비평적 감식안이 있었다.[115] 남편이 별시에 제출한 글을 보고 합격을 예견할 정도로 안목이 뛰어났다. 이 씨의 장남이 무고로 사망하고, 남편이 변방(종성[鍾城])에 안치되자, 이 씨는 남장을 하고 남편을 만나러 갔다. 이듬해 이 내용을 시로 표현했는데, 광해군이 한 신하가 이 시를 외는 것을 듣고 사연을 알게 되었다. 덕분에 이 씨의 남편은 임지를 옮기게 된다. 여성의 시가 남편의 정치적 행로에 영향을 미쳤다. 이덕수의 어머니이자 이산배의 할머니인 심 씨의 어머니는 문학을 사랑해서, 자손 가운데 빼어난 문인이 나오기를 바랐다.[116] 심 씨도 문장과 시문을 즐겼다. 손자 이산배가 여동생들과 시를 읊다가 막히면 알려줄 정도로 문학에 조예가 있었다.

그러나 과시하지는 않았다.

명문장을 왼 양반 여성은 많다. 박윤원의 고종사촌 누나
인 심 씨는 도연명의 「귀거래사」와 소동파의 「적벽부」를 외웠
다.[117] 김창협의 셋째 딸, 유인 김씨는 아버지에게 글과 학문,
시를 배워 재능을 인정받았다.[118] 결혼해서도 독서인의 정체성
을 지켰다. 김 씨는 남편에게 첩첩산중에 집을 짓고 밭농사를
지으면서 천 권의 책을 읽고 싶다고 했다. 안타깝게도 김 씨는
22살에 생을 마쳤다.

독자의 위치에 만족하지 않고 한문으로 글을 쓴 여성도 있
다. 이름이 알려진 것은 소수다. 정부인 이씨는 이규수(李奎壽)
와 달성 서씨의 딸이자 김치후(金致垕. 1692~1742)의 아내다. 이
씨는 경사를 섭렵해 대의에 통달했고, 자녀에게 시사를 가르칠
정도로 실력이 있었다. 묘지문에는 이 씨가 암송으로 자녀를
가르쳤고, 시에는 별 관심이 없다고 했는데, 이 씨의 사후에 상
자에서 시가 나왔다. 남편도 처음 보았다. 표현과 운율이 청아
했다.[119] 황윤석은 청창(淸窓) 곽 부인이 쓴 시 3수, 상량문 1편,
묘지 2편에 대한 발문을 썼다. 곽 씨는 친정에서 학문과 문장
을 익혀 시집와서도 시문과 경의, 여훈 등을 저술했다. 그러나
여자의 일이 아니라고 여겨 태우고 알려지지 않게 했다. 곽 씨
의 아들이 남은 글을 모아 이 사실이 알려졌다. 곽 씨는 시아버

지와 남편의 묘지문도 작성했다.[120] 유한준은 8대조 할머니인 김 씨가 베개에 수놓은 시첩에 발문을 썼다. 가문에 여성 시집이 전해졌다.[121]

여성이 한문으로 편지를 쓰고 유서와 시를 남긴 사례도 있다. 이휘일(李徽逸. 1619~1692)의 어머니인 안동 장씨는 아들에게 학문을 독려하는 편지를 쓰면서, 언문 편지로는 믿음을 얻지 못할까 봐 한문으로 쓴다고 했다. 안동 장씨는『음식디미방』이라는 조리서를 언문으로 집필할 정도로 경험을 정리하고 지식을 전달하는 능력이 뛰어났는데, 아들과 편지할 때는 한문을 사용했다. 언문에 비해 한문에 권위를 부여하던 시대다.[122] 이익준(李翼俊)은 을해년(1755)에 가족이 도륙당하는 변을 입어 노비로 강등되어 멀리 바닷가에 가게 된다. 아내 신 씨는 오빠들과 여종을 데리고 금천으로 가서 다음날 독을 마셨다. 이때가 25세다. 죽기 전에 유서와 영결 시를 남겼다.[123]

다섯째, 여성이 문자를 이용해 놀이한 기록이다. 김진규의 할머니는 손자를 직접 가르쳤는데, 책을 이용한 지적인 유희를 즐겼다.[124] 글이나 역사를 소재로 놀이해서 손자들이 싫증 내지 않고 공부하게 했다. 이덕수의 어머니 심 씨(심약한[沈若漢]의 딸, 이징명[李徵明]의 아내)도 글자 놀이를 했다.[125] 오빠 심유(沈濡. 1640~1684)가 글을 배울 때 어깨너머로 배웠다. 하루는 오빠가

明명, 賢현, 安안이라고 쓴 글자를 내밀며 하나 고르라고 했다. 심 씨는 '안安' 자를 고르더니 "나는 어질지도 총명하지도 않으니, 편안하게 근심 없는 사람이 되고 싶어요"라고 했다.[126] 이 자리에 심 씨의 친척 자매들이 있었다.

여섯째, 여성이 다른 여성의 생애사를 한문으로 읽거나 썼다. 현재 전하는 대부분의 여성 생애사 기록은 남성 양반이 썼는데, 이것을 조선시대에 여성이 읽은 사례가 있다. 이재의 외숙모, 정경부인 파평 윤씨는 평소 여성의 행장과 뇌문(誄文: 고인의 명복을 빌거나 생전의 공덕을 칭송하고 애도를 표한 글) 읽기를 좋아하지 않았다는 기록이 있다.[127] 문맥을 뒤집으면, 다른 여성들은 이런 종류의 글을 읽었다. 광주 김씨는 아들 이천보(李天輔. 1698~1761)에게 외증조할머니의 행장을 읽어달라고 하고, 나중에 자기 행실도 쓰라고 명했다.[128] 과연 이천보는 어머니의 묘지명을 썼다. 남유용(南有容. 1698~1773)의 여동생도 오빠가 쓴 여성들의 비지문과 행장을 읽었다. 글쓰기야말로 죽은 자가 영원히 사는 법이라고 했다.[129]

양반 여성이 다른 여성의 일생을 기록하기도 했다. 이덕수의 어머니 심 씨는 병이 위중해지자 막내 손녀를 불러 벽장 속의 상자를 잘 간수하라고 당부했다. 심 씨가 죽은 뒤에 상자를 여니 두 편의 글이 있었다. 하나는 집안 살림과 가계 관리를 정리한 것이고, 다른 하나는 친정어머니의 유사였다.[130] 딸로서 친정어머니의 생애를 기록한 것이다. 여흥 민씨(민우수의 딸)도 어머니(칠원 윤씨)의 유사를 썼다. 민우수는 장모 칠원 윤씨의 묘지를 쓸 때 아내가 수십 조목으로 기록해서 준 유사를 참조했다. 민 씨는 아버지 민우수의 유사도 썼는데, 김양행(金亮行. 1715~1779)이 행장을 쓸 때 참고했다는 기록이 있다.[131] 신유(申瑜)의 아내인 공인 이씨의 행장은 양아들 신정하(申靖夏. 1680~1715)가 썼다.[132] 평소 이 씨는 글씨 쓰고 편지 쓰는 일을 마뜩잖게 여겼고, 소설류도 읽지 않았다. 다만 절행이 있는 부인에 대한 뇌문 읽기를 좋아했다. 이 씨는 자매들에게 자신이 죽으면 제문을 지어 제사 지내 달라고 당부했다. 여성이 다른 여성의 생애사를 읽었고 직접 썼으며 전승했다.

일곱째, 여성이 유명 문인의 서체를 연습하고 익힌 흔적이 있다. 숙인 임씨(임세온[林世溫]의 딸, 윤부[尹扶]의 아내)는 송설체(松雪體: 중국 원나라의 서예가인 조맹부의 글씨체)에 능했다.[133] 유인 신씨(유공[柳公]의 처, 신시랑[申侍郞]의 여동생[134])는 아내가 글씨에 능한 줄 몰랐는데, 사후에 유품 상자를 보고, 아내의 서예가 높은 수준이었음을 알았다. 이용휴는 규방 여성 중에는 편지나 소사小詞, 불경을 잘 베껴 쓰는 이가 있다고 했다.[135] 김만기와 김만중의 어머니는 큰아들 김만기가 글자를 배울 때 몸소 필체를 교육했다.[136] 정경부인 연안 이씨(민진후[閔鎭厚]의 계실)는 글씨체가 화려하고 아름다웠다는 기록이 있다. 이 씨의 서체는 여공, 학식, 교양과 같은 선에서 나열되던 숙련의 대상이다.[137] 이덕무는 강 씨(강희안[姜希顔, 1418~1464]의 딸, 김필[金珌]의 어머니)와 목사牧使 서익(徐益)의 소실의 글씨가 뛰어나다며 직접 보았다고 했다.[138] 유만주는 이광사의 서녀가 전서와 예서를 잘 써서 유명했다고 적었고, 성균관에서 구슬이(璧)라는 다섯 살 여자아이가 글씨를 잘 썼다고 적었다.[139] 문식력을 갖추고 서체에 조예가 깊은 여성들이 실재했고, 여성의 서예에 대한 담론도 존재했다.

언문 문해력과 한문 문해력의 쓰임에는 공통점과 차이점이 있다. 언문은 주로 일상을 교환하고 친밀감을 확인하며 사회적 연결망을 유지하는 편지 쓰기의 도구로 활용되었다. 원거리에서 실용적 업무를 지시하거나 진행할 때도 언문 편지를 활용했다. 언문은 지식과 교양을 확보하는 수단일 뿐 아니라 정서를 향유하며 생활의 편리를 도모하기에 유리한 도구였다. 언문을 알면 소설 읽기와 같은 취미생활도 할 수 있었고 기초 교양서도 섭렵할 수 있었다. 언문만 알아도 어느 정도는 학문의 길에 진입할 수 있었다. 언문 소지를 써서 법적인 호소도 할 수 있었다. 이에 비해 한문의 가장 큰 기능은 전문적인 독서와 학문 활동을 할 수 있다는 점이다. 가정의 학문 커뮤니티에 참여하려면 언문을 아는 것만으로는 부족하고 한문까지 알아야 했다. 집안 남자들이 읽는 다양한 서책의 세계에 다가가려면 한문을 익히는 편이 유리했다. 듣고 외워서 얻은 지식으로 자녀 교육도 할 수 있었지만, 한문을 알 경우 구체성과 정밀성을 확보할 수 있었다. 집안 남자들이 썼던 문예적 글쓰기도 할 수 있었다. 서예에 조예가 깊었던 양반 여성에 대한 기록이 남은 것을 보면, 문해력을 지적 도구로 삼는 데서 나아가 예술적 경지로 향유했음을 알 수 있다. 언문으로 글을 쓸 때도 아름다운 글씨체로 주목받은 사례가 있었을 것이다. 이에 대해 기록한 자료를 찾지 못했지만, 역사적으로 실재하지 않았다고 보기는 어렵다.

왜 글을 읽을 줄 알면서 아는 척하기를 꺼렸을까?

양반 여성의 글쓰기 능력은 권장되지 않았기에, 여성의 문해력을 칭찬한 경우는 드물다. 단 왕실 여성은 예외다. 정명공주는 선조의 계비인 인목왕후의 딸이다. 정명공주는 문필에 전념해서[140] 15~16세에 『유합』(類合: 조선시대 아동의 한자 교본서)을 쓴 적이 있다.[141] 서체가 뛰어나 병풍에 쓴 글을 자손이 인쇄본으로 간행했다.

정명공주의 서체, 〈화정〉, 간송미술관 '화정'은 '빛나는 다스림'이란 뜻으로, 서체가 힘차고 호방한 기운이 있다. 정명공주 인장이 찍혀있다.

신분에 따라 문해력을 허용하는 기준이 복합적으로 작동했다. 자손이 조상의 문해력을 언급할 때는 좀 더 자유로웠다. 이상정(李象靖, 1711~1781)은 할머니가 도연명의 「귀거래사」를 즐겨 암송했다고 썼고,[142] 송문흠은 작은할머니에게 공자와 안연(安淵)에 대해 배웠다고 썼다.[143] 김진규는 할머니 윤씨 부인(김만기와 김만중의 어머니)이 중국 역사에 해박했고, 학문에 조예가 깊었으며, 구양수와 소동파의 생애와 문학에 심취했다고 썼다. 남편이나 자손과 대화할 때는 시사 문답을 했다.[144] 이재의 증조할아버지의 소실인 창원 황씨는 고금의 일을 통달했고, 남자도 모르는 것을 알 정도로 박식했다.[145] 황윤석은 할머니가 『열녀전』과 『여훈』, 『소학』 등을 들어서 익혔고, 『통감』, 『사략』, 당시도 반 이상 외웠다고 썼다.[146] 이천보의 큰어머니 남원 윤 씨는 폭넓게 독서를 해서 인물과 역사에 해박했다.[147]

여성의 문식력이 권장되지는 않았으나, 문자를 배운 여성은 일상에서 자연스럽게 지성과 교양을 드러내 긍정적인 평을 받았다. 여성의 식견이 중시되었기에 스스로 지성과 교양을 연마했다. 이는 모순적이다. 여자는 문자를 배워도, 독서해도 안 되지만, 가족은 그 식견을 칭찬했고 도움도 받았다. 이런 정황은 여성의 문해력을 둘러싼 모순어법을 생성하게 된다. 한 편의 글에서 여성이 문자를 몰랐다는 내용과 여성이 문자를 알아야 할 수 있는 행위가 나란히 등장한 것이다. 예컨대, '글은 모르는데, 취미는 독서'라는 식이다. 다른 하나는 '여성이 글을 알았는데, 주변에서 몰랐다'고 쓰는 것이다. 이 여성은 능력을 알리지 않은 겸손한 인격자다. 주변에서 몰랐다는 것은 사실일 수도 있고, 단지 여성의 문식력을 감추려는 수사적 표현일 수도 있다. 이를 이해하려면 겉으로 금지된 것을 이면에서 허용하던 문화적 탄력성을 헤아려야 한다. 몇 가지 사례를 보자.

김창집은 장모 풍양 조씨(1646~1693)의 행장을 썼다.[148] 풍양 조씨는 홍처우(洪處宇)에게 시집가기 전에 친정에서 글을 익혔다. 사촌들이 공부할 때 바느질하면서 듣고 외웠다. 어른들이 영특하게 여겨 글을 가르치려 했는데, 여자의 일이 아니라며 사양했다. 그런데 같은 글의 다른 문장에서 전혀 다른 내용이 서술된다. 조 씨가 낮에는 여공을 하고 밤에는『소학』과『내훈』을 읽었다는 것이다. 글 배우기를 사양했다는 문장과 밤에 독서했다는 내용이 서로 충돌한다. 권만의 외숙모는 시누이(권만의 어머니인 풍양 조씨)가 문자를 알았지만, 입 밖에 낸 적이 없다고 했다. 그런데 풍양 조씨는 아들에게 입으로 책을 가르칠 정도의 학문 소양이 있다고 했다. 동서들은 조 씨가 남자였다면 유명해졌을 거라며 여중군자라고 칭찬했다.[149] 유인 이씨는 이만성(李晚成. 1659~1722)과 안동 김씨의 딸로, 이구(李絿)의 누이다. 묘지를 쓴 이재(李縡. 1680~1746)의 사촌 누이다. 이재는 이 씨가 책을 읽지 않았으나 이치에 맞는 말을 자주 했다고 썼다. 그런데 뒷부분에서는 이 씨가 직접『소학』과『삼강행실』을 베꼈고 항상 보았다고 썼다. 자신에게 책 표지의 제목을 써달라고 부탁하려 했다는 것이다. 한 편의 글에 '이 씨는 책을 읽지 않았다不讀書'는 문장과 '이 씨는『소학』과『삼강행실』을 손으로 쓰고 항상 읽었다孺人手書小學及三綱行實, 常自省覽'는 문장이 공존한다.[150] 앞뒤가 모순이다.

신경(申曔. 1696~?)의 어머니 노 씨는 글을 읽고 썼는데 드러내지 않아서 형제도 거의 본 적이 없었다. 그런데 같은 글의 앞에서는 노 씨가 오빠들의 책 읽는 소리를 듣고 외워, 아버지가

『내훈』, 『여계』 등의 책을 배우게 했다고 썼다. 결혼 후에는 서체가 단아해 규중에서 본받는 모범이 되었다.[151] 글을 읽고 썼지만 주변에서 몰랐는데, 서체를 논했으니 모순이다. 김창협의 딸 유인 김씨는 남동생이 아버지에게 글을 배울 때 곁에서 듣고 익혀, 학문과 역사를 논할 정도로 성장했다.[152] 평소에는 학식을 드러내지 않아, 겉보기에 어리석은 여자 같았다. 겸양의 수준을 넘어선 자기 은닉이다. 양반 여성이 문해력을 숨긴 사례는 흔하다. 이재는 광산 김씨(김초[金礎]의 딸, 이의[李檥]의 아내)의 광지에서 형수 김 씨가 반소(班昭. 중국 후한 시대의 역사가인 반고[班固]의 누이동생)가 지은 책인 『여교』에 통달하고 『시경』을 외웠는데, 남들은 몰랐다고 했다.[153] 윤봉구의 조카인 숙부인 신씨는 경전과 시사에 통달했는데, 아무것도 모르는 듯 처신했다.[154] 여성의 식견은 감추도록 종용되었고, 주변에서 이를 알더라도 묵과했다.

어유봉은 김창협의 셋째딸 유인 김씨(김운[金雲]. 1679~1700]. 오명중[吳明仲]의 아내)를 범헌의 아내와 사희맹(謝希孟. 송대 문인 사백경[謝伯景]의 여동생이자 진안국[陳安國]의 아내. 오누이 모두 뛰어난 문장가)에 비유했다.[155] 중국 춘추시대 진晉나라 범헌(范獻)의 아내는 남편과 지적인 토론을 할 정도로 학식을 갖춘 여성이다. 사희맹은 시와 부로 유명했다. 어유봉은 유인 김씨의 학식과 문학적 재능을 칭찬했는데, 평소에 어리석어 보였다고 한다. 똑똑해 보이는 여성보다 어리석어 보이는 여성을 좋게 보던 시대다. 김 씨는 11~12세에 글을 배워 22세에 사망했다. 문자 생활을 한 것은 10년이 전부다. 그사이에 뛰어난 성취를 이루었는데, 가족들은 알고 있었다. 정부인 이씨(이규수[李奎壽]의 딸, 김치후[金致垕]의 처)는 글을 좋아해 경전과 역사서를 섭렵하고 자녀에게 외워서 가르쳤으며, 글 짓는 법도 알았다. 그러나 남편조차 몰랐다. 사망한 후에 옷장에서 시가 발견되었다.[156]

조선시대에는 여성의 글쓰기와 독서가 권장되지 않았기에, 실제로는 글을 쓸 줄 알았지만, 모른다고 하거나, 독서를 하면서도 안 했다는 수사학이 사용되었다. 여성은 능력이 있어도 숨겨야 했고, 가족은 이를 알더라도 묵과했다. 학문과 문예에 탁월한 재능을 보인 여성을 인정했지만, 드러내서 칭찬할 수는 없었을 때, 모순어법을 감수했다. 모순어법은 시대의 이중구조에서 비롯되었다.

읽고 외는 대신 듣고 외며 공부하다

조선시대 여성은 글 읽는 소리를 듣고 외워서 공부한 경우가 많다. 이른바, 구술 청취의 공부법이다. 실제로 이런 공부법은 남녀 모두가 했지만, 남성은 문자 습득과 구술 음독을 통한 암기를 동시에 했다. 눈으로 책을 보면서 소리 내어 읽고 외웠다. 여성은 배움의 경로가 구술 청취에 한정된 경우가 많다. 여성 교육을 꺼리는 사회 분위기 때문에 문자를 안다고 편하게 말할 수는 없었다. 실제로는 책을 읽고 글을 쓴 여성이 많다.

여성이 구술 청취해서 지식을 접한 것은 대략 6~7세다. 숙인 신씨(신경[申暻]의 딸. 김종정[金鍾正, 1722~1787]의 아내. 윤봉구의 조카로, 여동생의 딸)는 6~7세부터 아버지가 『논어』나 『근사록近思錄』(중국 송나라대 편찬된 성리학 독본)을 읽는 것을 듣고 공부했다. 모르는 것을 질문하면서, 책에 쓰인 내용을 본받았다.[157] 남용익의 아내 평강 채씨는 아버지가 아들에게 독서를 가르칠 때 옆에서 듣고 외워서 공부했다. 이때가 7, 8세다.[158] 남양 홍씨는 이유신(李維新)의 아내로, 진사 이국형(李國馨)의 어머니다. 조관빈이 93세를 축하하기 위해 쓴 수서(壽序: 장수를 축하하기 위해 주로 생일에 쓰는 짧은 글)[159]에 홍 씨가 듣고 공부해서 자녀를 가르쳤다는 기록이 있다.[160] 신축·임인 옥사가 일자, 홍 씨는 아들에게 고향으로 가자고 권유했고 과거 응시를 말렸다. 정세를 판단하고 의사 결정을 하는 홍 씨의 능력은 지식 청취의 경험과 무관하지 않다.[161]

구술을 청취하고 암기하는 학습법은 여성이 지성과 학문, 교양을 향유하고 축적하는 수단이다. 비록 문자를 전혀 모르더라도 듣고 외워서 교양과 학문을 습득할 수 있다. 왼 것을 입으로 암송해서 가르칠 수도 있었다. 문자를 읽고 외는 박람강기博覽强記, 즉 '많이 보고 잘 외기'가 문자 중심의 공부법이라면, 소리로 듣고 외는 박문강기博聞强記, 즉 '많이 듣고 잘 외기'는 소리 중심의 공부법이다. 사회적 조건에 따라 전자는 상층 남성의 전유물이 되었다.

유척기의 어머니 정부인 이씨(이두악[李斗岳: 1644~1687]과 전의 이씨의 딸, 유명악[俞命岳]의 아내)는 조선의 역사를 듣고 기억했다.[162] 듣는 것을 지루해하지 않았다는 표현은 공부를 좋아했다는 뜻이다. 김창흡의 둘째 형수인 정부인 연안 이씨는 친정에서 시와 예를 듣고 배웠다.[163] 남유용의 조카딸은 글을 듣고 외워 『시경』의 「정풍正風」을 익혔고, 「주남周南」, 「소남召南」과 「계명鷄鳴」, 「상체常棣」 등을 암송했다.[164] 박윤원의 아내는 시할머니로부터 고인의 언행과 역사를 듣고 배웠다.[165]

조선시대 여성도 감각을 총동원해 멀티태스킹 했다. 신정하의 양어머니 공인 이씨는 귀로 책 읽는 소리를 들으며 삼실을 뽑았다. 물시계의 물방울이 30번 떨어지면 독서를 멈추었다.[166]

유인 남씨(남천기[南天擧]의 딸, 정진[鄭鎭]의 아내, 정관제[鄭觀濟]의 어머니)는 책을 좋아해 밤이면 아이들에게 책을 외게 해서 들었다.[167] 황경원(黃景源, 1709~1787)의 아내는 남편이『시경』의「대아大雅·문왕文王」7장을 읽는 것을 듣고 무릎을 치며 감탄하고 눈물을 흘렸다. 황경원은 아내의 시적 안목을 인정했다.[168] 박문강기가 지식 섭렵과 문학 향유의 매개가 된 사례다. 여성이 소리 내어 글을 읽고 가족이 듣기도 했다. 이재는 딸이 책 읽는 소리가 귀에 쟁쟁하다고 제문에 썼다.[169]

소리를 듣고 익히는 박문강기의 학습 효과는 문자로 익히는 박람강기 못지않았다. 듣기와 외기로 지식을 습득해서 일상의 대화, 정치 토론, 자녀 교육에 활용했다. 유인 연안 이씨(유언우[兪彦宇]의 아내)[170]는 오빠가 책 읽는 소리를 듣고 공부해서 문리가 트였다.[171] 공인 구씨(이민곤[李敏坤]의 어머니)는 역사책을 암송해 아들을 교육시켰고,[172] 이천보의 막내 작은어머니는『여칙』을 인용해 며느리를 가르쳤다.[173] 실제로 이들이 문자를 알았을 수 있지만, 암송으로 교육하는 것이 불가능하지는 않다. 구술 청취력과 문자 문해력은 상호보완적이고 남녀 모두 갖추었다. 예컨대, 김주신은 어머니 풍양 조씨가 증조할머니에게 들은 교훈을 기억했다가 들려주었다.[174] 남성도 구술 청취의 경험을 글쓰기에 참조했다.

그렇다면 암기의 힘은 어느 정도일까? 여성이 외워서 공부한 책은 무엇일까?

김창흡의 둘째 형수인 연안 이씨는 친정아버지에게 시와 예를 듣고 몸에 익혔다. 시집와서는 남편이 독서할 때 등불의 켜주며 곁에 있었다.[175] 박문강기로 평생토록 공부했다. 어유봉의 할머니 원 씨는 90세가 넘도록 총기를 유지해서 옛일을 잘 기억했다.[176] 노년에도 직접 편지를 썼는데 오자가 없었다. 김주신의 형수인 나주 임씨(1651~1688)는 총기가 뛰어나 사람들의 성씨를 들으면 관련된 일을 잘 떠올렸다. 임 씨는 친척의 생일과 제사, 집안의 대소사를 정확히 알았다.[177] 김주신의 숙모 한산 이씨는 선인의 말과 행동 중에 본받을 만한 점, 일상에서 실천해야 할 올바른 언행을 잘 기억했다.[178] 이희조(李喜朝, 1655~1724)의 장모 정경부인 윤씨(윤형각[尹衡覺, 1601~1664]의 딸, 김수흥[金壽興, 1626~1690]의 부인)는 결혼 전, 친정에서 사촌 형제가 강론하는 것을 듣고 경사자집經史子集을 섭렵해 여자 중의 큰 유학자라는 평을 얻었다.[179] 여성의 기억력이 인격성 연마와 실천에 활용되었다.

조선시대에는 여성의 문자 교육을 금기시했기에, 양반가 여성일지라도 교양, 학문, 지성이 부족했으리라는 판단은 완전히 잘못된 것이다. 공식적으로나 제도적으로 교육을 장려받지는 못했어도, 양반가의 여성은 다양한 경로로 문해력을 습득하고 연마했다. 집안에서 자연스럽게 언문과 한문을 익혔고, 남자 형제보다 문해력이 뛰어나 아버지와 가족에게 인정받기도 했다. 여성도 독서했고 편지를 썼으며 문학적 글쓰기도 했다. 예외적인 몇몇 여성은 양반 남성처럼 문집도 남겼다. 대부분의 양반 여성은 일상에서 문자 생활을 했다. 그러나 이를 과시하는 것은 사회 규범에 어긋나기에 문자를 알면서도 모른다는 식으로 표현했고, '문자를 모르지만 독서가 취미'라는 식의 모순어법을 썼다. 남자 가족이 책 읽는 소리를 들은 여성이 그 소리와 뜻을 암기해서 역사, 지식, 학문을 익혔다는 표현이 자주 등장하는데, 이는 사실일 수도 있고, 여성이 문자를 익혔다는 사실을 은폐하기 위해 에둘러 표현한 것일 수도 있다. 실제로 듣기, 외기, 말하기는 의사소통, 지식 습득, 교양 연마, 문예 활동의 보편적인 경로다. 조선시대 양반 남성도 듣기, 외기, 말하기를 읽기, 쓰기와 결합해서 소통하고 공부하며 생활했다. 문면 그대로를 사실로 받아들여서 여백과 이면의 뜻에 주목하지 않는다면 역사 이해의 폭은 좁아지고 실재 풍성했던 문화사는 납작해진다. 근거 없는 상상력에 기댈 필요 없이 문자로 기록된 정황과 맥락을 섬세하게 해석하는 것만으로도 역사 시간의 풍성함, 시대를 지탱해온 주체와 힘의 다양성을 읽어낼 수 있다. 여성은 시대의 한계와 사회의 억압에도 불구하고 이것을 극복하고 사회와 교섭하며 자기를 재정립할 수 있는 출구를 끊임없이 만들어 왔다. 문자는 기록되었지만 소리는 저장되지 않았기에 시대적 기억 장치의 한계를 여성의 한계로 환치해서는 안 된다. 그런 의미에서 조선시대 여성의 무지는 여성의 잘못이 아니라는 말은 부정확하다. 무지한 여성이라는 표현 자체가 오류이기 때문이다.

구술 청취로 남은 기록의 현장성

모든 문자 기록물에는 목소리가 섞여 있다. 누군가 쓴 문장에는 언젠가 글쓴이가 들은 것뿐만 아니라 여러 목소리가 조율되고 통합된다. 한 편의 글은 다성부polyphony다. 조선시대 문헌도 마찬가지다. 쓰기의 형식이지만, 여러 사람의 목소리가 직간접적으로 인용되고 참조된다. 여성의 목소리도 담겨 있다. 남성의 기록물에 흔적이 남아있는 여성은 단지 그(남성 필자)를 향해 말한 게 아니다. 여자는 세상을 향해 말했다. 그것을 흡수해서 전달한 경로가 남성이라는 미디어일 뿐이다. 남겨진 글을 독해할 때 변형과 왜곡이 발생할 수 있는 이유다.

이광정의 처조카인 열부 이 씨는 고사 듣기를 좋아했고, 언니가 써준『여교』를 손에서 놓지 않았다.[180] 이 씨는 박람강기와 박문강기의 방식을 모두 활용해 학문을 하고 문학적 소양을 길렀다. 이런 방식은 남녀 모두의 공부법이자 보편적 글쓰기 방식이다. 남성 문인의 글에도 경험과 구술 기억을 바탕으로 삼은 사례가 많다. 행장이나 유사, 언행록 등의 장르는 양식 자체가 경험과 기억에 의존한다. 부모의 언행을 기억해서 썼기에 평소에 나누었던 대화가 인용된다. 대부분의 생애사 글쓰기는 행장이나 유사를 참조해서 작성되기에 2차, 3차 인용이 발생한다. 김주신은 어려서 아버지(김일진[金一振])를 여의어 기억이 없었지만, 부모님의 언행기문록에서 아버지에 대해 썼다.[181] 친척과 지인의 구술 전언을 참고해 쓴 것이다. 이재도 다섯 살에 아버지를 여의어서 얼굴조차 몰랐다. 그는 어머니와 할머니, 작은아버지, 친척 여성에게 아버지의 언행을 모아 묘표를 썼다.[182] 정부인 전주 이씨(이륜[李綸]과 윤 씨[尹氏, 계실]의 딸, 남유용의 장모)는 남편(유명)이 친정아버지(이륜)의 묘문을 쓸 때 평소의 언행을 들려주어 글의 재료로 삼게 했다.[183]

평소에 들은 말은 생애사 기록에 남겨진다. '권모술수로 남을 대하면 남도 나를 그렇게 대한다', '부녀자가 무당을 좋아하면 그 집안은 알만하다'와 같은 어머니의 생전 발언도 한자로 적혀 후손에 전해졌다.[184] 유언호의 아내인 여흥 민씨는 친정 어머니의 평소 인품이 맑고 깨끗해서 '물도 씻어 먹는다'는 속담에 건주어졌다고 했다.[185] 유언호가 아내의 유사를 쓰면서 생전에 들었던 말을 한문으로 기록했다. 조선시대 속담을 접할 수 있는 것도 입말을 기록한 문헌 덕분이다. 임종 시 남긴 유언을 기록해 전하기도 했다. 이재는 30년을 함께 한 아내 김 씨가 임종하면서 오래 상복을 입지 말라는 유언을 듣고 이를 기억해 제문에 썼다. 이 제문에 아내의 유언이 생생한 말투로 기록된다.[186]

한 편의 글에는 참고와 인용의 형식으로 성별, 신분, 연령, 지역 등 다양한 정보가 포함된다. 구술, 기억, 전승은 여성 전유의 능력이 아니라, 신분과 젠더, 연령, 장소를 넘나드는 보편적 요소다. 현대에도 문학은 단지 읽기의 형태로 이어지는 것이 아니라 다양한 형태의 낭독을 통해 현장성과 공연성을 확보한다. 구술 청취에서 암기가 연행으로 수행되는 과정은 문맹자의 처신이 아니라 표현과 소통 방식에 따라 예술 형식이 된다. 최승자 시인은 1995년에 인터내셔널 라이팅 프로그램으로 미국의 아이오와에서 거주하면서 낭독 문화가 살아 있는 것에 깊은 인상을 받아, 외국에 한국문학을 소개할 때 번역 출판에 앞서 리딩 문화로 선도할 필요가 있다고 제안한 바 있다.[187] 배수아 작가도 한국과 독일에서 소설의 낭독 모임에 참여하는데, 이때 작가이자 공연자로서의 정체성으로 관객과 교감한다.[188] 제발트에 따르면, 1770년에 루소는 프랑스의 수도에 살면서 살롱에서 17시간 동안의 낭독회에 참여한 바 있다. 유럽에서는 그런 낭독의 전통이 지금까지도 이어진다.[189] 최근 한국에서도 SNS 플랫폼을 통해 소규모 낭독회가 출판사나 서점을 중심으로 형성되는 추세다. 듣기와 기억하기는 문자 습득과 같이 별도의 교육과정 없이 살면서 자연스럽게 접하고 발휘하게 된다. 구술 기억은 성별이나 신분, 연령의 경계를 아우르는 문화 전승의 매개다. 그 내용은 결코 문자 기록의 가치보다 덜하지 않다. 경험과 감각은 경계를 뛰어넘어 삶을 배우고 이치를 깨닫는 자산이다. 신체는 젠더 경계를 넘어서 지적 정보의 저장고이자 문화적 경험과 지知의 수용과 재생산의 매개다. 문자 습득과 교육 기회를 갖지 못했던 여성은 구술, 청취, 암기를 교양과 지성, 문예와 학문을 쌓는 유력한 출구로 변용시켰다. 출구가 없다고 해서 억압된 상태로 머무르지 않고, 최선의 방안을 찾아 자기 계발을 하고 소통의 출구를 마련했다. 이를 가족과 사회, 역사에 기여할 수 있도록 방법을 찾아냈다. 여성학자 정희진은 "여성에게 유일한 무기는 언어밖에 없다"고 했고, "우리는 공부해야 한다. 공부하지 않는 한 해방은 없다."[190]라고도 했다. 문해력이 있으면서도 없는 척했고, 문자를 알았지만 모른 척한 사람들이 있었다면 이 사회의 진실은 무엇일까?

스파이도 아니면서 자신의 능력을 감추고 그 힘을 타인(남편, 형제, 자녀, 시아버지 등)이 흡수해서 자신의 역량 강화에 사용한다면, 이것은 허용인가, 재능기부인가, 헌신인가, 착취인가? 이 문제를 정직하게 사유하고 역사로부터 현재에 이르기까지 성찰해야 하는 이유는 사회적 힘의 역학, 권력관계의 메커니즘이 여전히 사회적 약자의 입과 말을 억압하는 힘으로 지탱하는 부분이 있어서다. 조선시대 여성의 언행이 문자화된 기록으로 남은 정황은 적지만, 그 흔적을 찾아 실재했던 역사의 풍성한 현장을 상상적으로 복원할 때 얻게 되는 것은, 사라진 여성의 말, 행동, 지향, 마음, 가치뿐만이 아니다. 지금도 우리가 모르는 사이에 삶을 잠식하는 어두운 그림자가 있다면, 그것을 떨쳐내 부당하게 가해지는 억압을 제어해야 한다. 그 노하우를 탐구해서 실천해야 하기에, 조선시대 여성 문제는 여전히 현대인의 문제다.

5장

생명 정치

여성의 생명 권리를 앗아간 사회

본문에 등장하는 통계 수치와 관련된 자세한 내용은 도서 부록 중
〈통계로 보는 조선시대 열녀와 미망인〉(324p)을 참고.

어떻게 남자들이 모든 권력을,
특히 여자들에 대한 모든 권력을 차지하게 되었나?

- 마거릿 애트우드[**]

섹슈얼리티의 생명 정치[1]를 다시 보다

열녀란 무엇인가?

요즘은 거의 쓰지 않는 단어인데 조선시대 여성사를 이해하는 데는 중요하다. 오늘날에는 열녀라는 말 대신 순결이라는 말을 주로 여성의 신체에 한정해서 쓰기에 정절 개념은 잠재적으로 살아있다 할 수 있다. 조선시대에는 절부, 열부, 정부 등비슷한 뜻을 가진 단어를 모두 포함해 열녀라고 했다. 18세기에 이덕무는 이를 구분해서, 남편이 죽고 나서 절개를 지키는 사람을 절부節婦, 남편이 죽은 뒤에 따라 죽거나 난을 당해 굴하지 않고 죽은 사람을 열부烈婦, 폐백을 받고 나서 남편이 죽었는데도 절개를 지키는 사람을 정부貞婦라고 했다.[2] 조선 전기에는 주로 절부로 칭했는데, 후기로 가면서 절부, 열부, 열녀로 나누었고, 열녀 또는 열부라는 호칭을 많이 썼다.[3] 이 글에서는 열녀로 통칭한다.

열녀의 핵심 정의는 정절이다. 정절의 사전적 의미는 여자의 곧은 절개로 여성에게만 적용되는 단어다. 정절은 여성의 성적 주체성을 남편에게 종속시키는 역할을 했다. 정절이 훼손될 위기에 처한 여성이 자결하는 이야기는 여성에게 정절이라는 조건이 생명보다 우선시되었음을 보여준다. 미혼 여성도 마찬가지다. 정절이 훼손되면 결혼할 수 없다고 생각한 것이 아니라 살 가치가 없다고 여겼다. 여성은 사회적 통념을 자신의 생명 가치를 이해하는 바탕으로 수용했다. 그러므로 여성이 스스로 목숨을 끊었더라도 개인적 차원이 아니라 사회, 이념, 윤리, 사상, 정치까지 살펴야 한다.

여성의 정절은 섹슈얼리티(sexuality: 생물학적 성이나 성행위를 뜻하는 섹스sex와 달리 성적인 것 전체를 지시하는 용어로, 성적 욕망과 심리, 이데올로기, 제도나 관습에 의해 규정되는 사회적인 요소를 아우르는 개념)와 직결된다. 남편의 죽음이 여성 자살로 이어지는 것을 자연스럽게 여기는 사유 구조는 여성의 성에 대한 주권이 남편에게 있다는 발상을 반영한다. 여성의 생명권에 윤리, 이념, 젠더가 관여된 일종의 젠더 정치다. 이것을 사회적으로 전파하고 확산한 것은 이야기였다. 『삼강행실도』는 충, 효, 열 이념을 이야기로 만들어 백성에 배포한 책이다. 문헌과 구술로 전승된 각종 열녀담이 문화적 효력을 발휘했다. 대개는 중국 일화인데 한국사(삼국시대, 고려, 조선)도 포함된다. 각종 열녀담에는 성적 위협을 받은 여성이 겪는 공포와 불안, 갈등, 고민이 서술되지 않는다. 자결해서 죽음에 이르는 과정의 고통, 그것을 지켜보는 이들의 절망과 충격도 기록되지 않는다. 그보다는 성적 위협에 저항하거나 회피하려고 자살 기도하거나 실제로 수행한 여성을 열녀로 불러서 윤리적으로 옳은 일을 한 것으로 여기게 했다. 여성의 생명과 성을 불가분하게 여긴 것이다. 이런 점에서 일종의 신화화된 성이다(신화화란 문예 비평가인 롤랑 바르트가 제안한 개념으로 특정한 문화를 본래부터 그러한 것처럼 의문의 여지없이 수용하게 하는 문화 현상을 뜻함).[4] 남편을 따라 죽은 열녀는 생명권을 남편에게 위임한 극단적 형태다. 자결한 여성을 정려하는 포상 행위는 섹슈얼리티에 대한 이념 통제를 강화했다. 자결한 여성을 비장하게 바라보고 숭고하게 미화해서, 여성의 자결을 강력하게 제지하는 문화 장치를 생성하지 못했다.

조선시대에 정절을 지키려 자결한 여성이 모두 열녀가 된 건 아니다. 열녀가 되려면 일정한 절차를 거쳐야 했다. 첫째, 가족과 마을공동체가 인정해 열녀로 칭송하는 것이다. 열녀에 대한 공론이 생겨난다. 둘째, 마을 유생이나 사대부가 국가에 정려를 요청해 포상받는 것이다. 대개 열녀문을 세워 열녀를 배출한 가문이 명예를 얻었다. 셋째, 사대부 문인이 개인적으로 열녀를 칭송하는 글을 써서 행적이 역사에 남게 했다. 가족의 청탁으로 글이 작성되면, 마을의 인정이나 국가 정려 없이도 열녀로 인정받았다.

이런 맥락 속에서 수많은 조선시대 여성들이 남편이 죽은 다음 자결했다.[5] 절개를 지키는 열행은 윤리적으로 평가되었기에, 열녀의 죽음을 슬퍼하기보다 칭송했다. 열녀를 애도할 경우, 자칫 망자의 결단과 신념을 부정하는 것이 될 수 있어서다.[6] 그런데 자결한 여성에 대한 시선이 일률적이지는 않다. 대부분은 칭송했지만 정려 자체가 타당한지 논쟁하기도 했다. 스스로 죽음을 결정할 권리와 윤리 사이에 관계를 따지는 사회적 논쟁이다. 남편이 죽은 뒤에 따라 죽지 않은 사례도 생겨났고, 그 이유도 몇 가지로 패턴화되었다. 생애사를 서술할 때 남편의 사망을 자연스럽게 기록해서, 여성이 따라 죽지 않은 이유를 구태여 안 쓰기도 했다. 애초에 자결하지 않고 미망인[7]의 길을 택한 이도 있다. 이 책에서 다룬 17세기부터 20세기 초의 여성 자료[8]를 대상으로 통계를 내보면, 남편 사후에 자결한 경우가 52%, 생존한 경우가 48%로 대동소이하다(이는 문집 자료를 바탕으로 삼았기에, 당대에 대한 정확한 인구학적 통계는 아니다. 현재 이에 대한 인구학적 통계는 불가능하다). 열녀라는 판단은 작성된 글의 제목, 본문, 논평 중 어느 한 곳이라도 열녀에 해당하는 표현이 있거나 열녀라는 언급 또는 논평이 있는 것으로 한다. 미망인에 대한 글일지라도 열녀행이 서술되거나 열녀로 호명되면 열녀 담론이다. 미망인이면서 열녀인 경우(즉 남편을 따라 죽지 않았는데 열녀로 인정된 경우)는 전체의 15%다. 열녀행이 기록되지 않은 미망인 담론도 있다(33%). 물론, 자결 시도를 하지 않은 미망인(33%)도 평생 정절을 지켰다. 성적 폭행의 위협을 당해 자결한 여성 이야기가 있다면 실제로 폭행당한 사례도 있을 것이다. 이런 경우는 문집에 남지 않았다. 치유하고 돌보아야 할 사건이 아니라, 수치스러우니 감추어야 한다고 여겨서다. 사건 기록을 다룬 『조선왕조실록』에도 양반 여성에 대한 강간 사건의 사례는 양민이나 노비보다 현저히 적다. 기록에 없다고 해서 없었던 일이 되지 않는 이유다.

열녀 담론은 대체로 다섯 부류다. 첫째, 자결 열녀 담론이다(45%). 남편의 사망이나 정절 훼손에 대한 저항, 개가 거부 등 통념적인 열의 이념 때문에 자결한 경우다. 둘째, 비논평 담론이다(3%). 여성이 남편 사후에 자결했는데, 제목, 본문, 논평에 열녀라는 언급이나 평가가 없다. 그러나 분위기나 정황, 글의 논조로 보아 당대에 이 여성을 열녀로 인정하지 않았다고 보기 어려운 경우다. 셋째, 사망 열녀 담론이다(3%). 남편의 죽음이 원인이 되어 사망했고, 열녀로 평가된 경우다. 이들의 사인死 因이 자결인지, 자연사인지 불분명한 게 많다. 남편이 죽고 아내가 자기 돌봄을 포기해 사망했거나 고된 간병과 상례로 인한 과로사로 추정되는 것도 있다. 넷째, 피살 열녀 담론이다(1%). 여성이 성폭력에 저항하는 등 정절 관련 사유로 살해되어 열녀가 되었다. 다섯째, 미망인 담론이다(48%). 이는 다시 미망인 열녀(15%)와 열녀라는 점이 거론되지 않은 (비열녀) 미망인 담론 (33%)으로 나뉜다. 사회와 국가, 필자가 열녀라고 호명했는지가 중요하다.[9]

기록을 보면, 17세기에서 20세기 초에 이르는 동안 자결하는 열녀는 계속 있었다. 이에 대한 마을의 관심, 관리의 칭송, 국가 정려도 이어졌다. 18세기 자료가 가장 많다. 이 여성들이 자결을 단행했을 때 몇 살이었을까? 어떤 방식으로 자결했을까? 대부분 열녀는 남편이 죽은 뒤에 자결했지만, 죽을 수 없는 이유를 밝혀 목숨을 보전한 경우도 많다. 이때 구태여 사유를 말하지 않을 자유도 있었다.[10] 자결하지 않은 여성을 기록하는 남성 문인의 시각이 시차를 두고 달라졌다. 유교적 이념이나 가부장제 속에서 조선시대 여성은 한 가지 방식으로 살아가지 않았고, 개인이나 집안에 따라 이념과 제도를 수용하는 방식도 일률적이지 않았다. 이는 '하나이지 않은 조선'[11] 시대와 사회를 이해하는 데 반드시 탐색해야 할 내용이다. 어느 시대이든 문화는 복층성을 갖는다. 그렇다면 이들은 왜 자결하지 않았을까?[12] 남편 없이 미망인으로 살아갈 힘을 얻은 배경은 무엇인가? 과연 이들은 남편이 죽은 뒤 몇 살까지 살았나? 한시적으로 자결을 미루고 미망인으로 살다가 나중에 결국 자결했다면, 그 이유는 무엇일까?

열녀의 탄생 과정과 배경

조선시대에 열녀가 죽음을 통해 탄생하는 경위는 자결, 피살, 사망 이 세 가지다. 자결한 열녀는 남편의 사망이나 정절 훼손의 위기에 직면해 스스로 목숨을 끊었다. 피살된 열녀는 일상이나 전란에 성폭행의 위협에 저항하다가 살해되었다. 사망한 열녀란 남편이 죽은 뒤에 자기 돌봄을 소홀히 해 죽은 여성이다. 자결과 피살 사례는 17세기부터 자료가 있고, 사망 열녀는 18세기부터 있다. 가장 사례가 많은 것은 자결 열녀, 특히 남편 사망 후 즉시 자결한 경우다. 신분이 낮은 열녀에 대한 기록은 17세기부터 있었는데, 19세기 후반에 가면 글쓰기의 의도와 강조점이 달라진다.

자결한 열녀, 직접 사인은 무엇인가?

먼저 사례가 가장 많은 자결 열녀의 사연을 살펴보자.

첫째, 남편의 사망이 자결의 원인이 된 경우다. 17세기 기록부터 사례가 있는데,[13] 18세기부터 20세기 초의 열녀 자료 중에는 85%가 남편 사후에 자결했다. 유인 박씨의 사례를 보자.[14] 박 씨는 어려서부터 효성스러웠는데 어느 날 '네가 바라는 남편감이 송진국'이라는 꿈을 꾸고 혼담이 들어와 혼인한다(남편의 이름은 송현기인데, 꿈에 알려준 이름은 남편의 아명이다). 박 씨는 시부모와 남편 봉양, 손님 대접, 노비 관리를 잘했다. 기사년(1749)에 남편이 위독해지자 박 씨는 가족을 위로하며 생사는 운명이니 마음이 어지럽게 않게 하라고 했다. 남편이 사망하자 종손을 불러 집안을 지키는 방도를 가르쳤다. 경오년(1750) 정월 초하루(남편의 사망 다음 날)에 베개를 안고 숨을 막아 숨졌다. 64세였다. 상례에 마을 여자들이 달려와 곡을 했고, 상여를 지켜본 수백 명이 거리를 메웠다. 박 씨의 자결이 널리 알려질 수 있었던 배경이다. 남편이 죽으면 따라 죽는 것을 아내의 자연스러운 열녀행으로 여겼기에, 별다른 설명 없이 생애사 서술에 포함했다. 이런 사례가 열녀의 전형이 되었다.

둘째는 정절 훼손이나 모함 때문에 자결한 경우다.[15] 정절 위협이 여성 자결의 주요 요인이 되었던 정황은 17세기 자료에도 있다. 다음은 19세기 사례로, 남편이 옥사로 사형당하고 아내 배 씨가 딸과 함께 강진의 섬으로 유배 갔을 때의 일이다.[16] 마을의 풍속이 사나웠고 과부를 멸시하는 분위기였다. 한밤중에 포악한 아전들이 쳐들어왔다. 배 씨와 장녀는 집에서 뛰쳐나와 해안가로 도망쳤다. 딸이 바다로 뛰어내리려 하자, 배 씨는 차마 못 보겠다며 먼저 투신했다. 딸이 그 뒤를 따랐다. 이때가 17세다. 3일 뒤에 시신이 떠올랐는데 서로 끌어안고 있었다. 그 후로 바다에 폭풍우가 그치지 않았다. 섬사람들이 처녀바람處子風이라고 불렀다. 남자 없는 집, 과부에 대한 혐오와 무시가 소중한 생명을 꺾었고, 마을 사람들이 그 부당함에 공감했기에 여인의 한이 바람이 되었다는 상상력을 발휘했다.

여성에 대한 성적 가해 스토리는 모두 여성의 죽음으로 끝이 났다. 삶의 터전인 마을과 집은 여성에게 절대 안전하지 않았다. 이웃 남자가 성폭행을 시도하거나 정절을 모함한 사례는 17세기에도 있다. 이른바 가짜 뉴스가 여성의 생명을 해친 것이다. 18세기 홍열부의 사례를 보자. 기록을 종합해 보면,[17] 홍 씨는 남편 사망 후 재산을 탐낸 시동생 부부와 시아버지 첩의 음모로 나쁜 소문에 휩싸인다. 홍 씨가 남편 유모의 아들과 아기를 낳고 버렸다는 것이다. 이들은 알리바이를 만들려고 위증자를 포섭한다. 홍 씨는 무죄를 입증하려 관아로 찾아갔다. 몸을 보여주고 출산 경험이 없음을 입증했다. 결국 무죄를 인정받아 방면된다. 홍 씨는 태수에게 사실을 기록한 편지를 보내고 부모님께 유서를 쓴 뒤 자결한다. 다른 남자에게 몸을 보여 정절이 훼손되었다고 판단한 것이다.

양인 신분으로 성폭행에 저항하고 억울하게 자결한 염절부의 사연을 보자.[18] 염 씨는 용모가 아름답고 행실이 사족士族 같아서 칭송이 자자했다. 마을의 사나운 젊은이가 염 씨의 남편이 없는 틈을 타서 폭행하려고 했다. 뜻대로 되지 않아 돌아가다가 길에서 남편을 만났다. 홧김에 그는 염 씨와 사통했다고 거짓말을 했다. 화가 난 남편이 염 씨를 꾸짖고 결백을 믿어주지 않았다. 염 씨는 억울한 마음에 자결하려 했는데, 원통함을 밝히고 죽어도 늦지 않을 것 같았다. 염 씨는 무고를 밝히러 관부로 향했다. 이때 태수가 공석이어서 옆 마을의 군수가 공무를 대신하고 있었다. 그리로 찾아가 사정을 말하니, 사람을 시켜 조사하게 했다. 마을 사람들이 모두 염 씨를 칭송했다. 무고가 확실했다. 그러나 관내 업무가 아니라 결정이 빨리 나지 않았다. 다시 찾아가 하소연하니 일을 재촉한다며 내쫓았다. 일이 그릇되었다고 여긴 염 씨는 품에서 칼을 뽑아 자결했다. 소식을 들은 옆 고을의 군수는 자기 때문에 죽었다고 애석해했다. 남편이 비로소 뉘우쳤다. 시신을 거두어 장례 지냈다. 드디어 새 군수가 왔고 염 씨의 일을 조정에 알렸다. 어사를 파견해 검시하게 하니 사망한 지 십여 개월이 지났는데도 안색이 살아 있는 것 같았다. 임금은 가해자에게 사형 선고를 내렸고, 염 씨 집에 정려를 내리고 절부로 부르게 했다.

신체적인 가해가 아니라 명예 훼손만으로도 여성은 생명을 저버릴 만큼의 모욕을 느꼈다. 모욕감이 자결로 이어질 정도가 된 이유는 여성이 '성적 주체로서의 자신'을 '자신의 생명'과 동일시했기 때문이다. 이는 개인적 반응이 아니라 문화를 통해 학습된 결과다. 이른바 젠더 정치(젠더에 대한 문화적 인식이 통치로 연결되는 것)의 소산이다. 여기에는 돈에 대한 이권적 개입이나 남성들 간의 경쟁심(우월감과 열등감)이 작용했다. 결과는 여성의 죽음이다. 사회적으로 별다른 보호 장치를 가질 수 없었을 때, 피해자인 여성이 자결해서 명예를 지키고 존재를 증명하려는 시도가 20세기 초까지 계속되었다(고전 문집 자료에 한정한 언급이다. 성폭행을 겪거나 모함당한 여성의 자살은 21세기에도 전 연령대에 걸쳐 발생한다. 성폭력은 여전히 상처라기보다 수치로 받아들여지기에, 피해 여성이 개인적으로 그 결과를 떠안아야 한다. 이는 여성의 성을 순결이라는 위생의 개념과 연결하는 언어 관습 및 사유 구조와 연결된다. 언어야말로 사회적인 산물이기에, 성에 대한 인식은 역사 사회적 상황에 영향을 받는다. 이에 대한 변혁 차원의 사회적 대응이 운동성을 띠고 진행된 역사는 길지만, 글로벌 차원의 이론적, 실천적, 담론적 대응이 활발하게 이루어진 것은 비교적 최근이다).

  정절을 사유로 자결하는 상황이 전쟁 중일 때가 있다. 여성에게 전쟁은 이중의 압박이다. 전쟁 일반에 대한 공포 이외에 성적 위협의 불안이 가중되었다. 임진란을 당해 적의 위협을 받아 자결한 미혼 자매의 사례를 보자.[19] 이들에게는 두 오빠가 있었다. 아버지가 적에게 잡히자 자식들이 합심해서 아버지를 숨겼다. 적들이 외모가 출중한 딸들을 보고 겁박하자, 두 딸은 오빠들에게 눈짓해 아버지를 업고 달아나게 한다. 충분히 거리를 확보했다고 판단하자, 두 딸은 저항을 멈추고 자결했다. 이 일이 조정에 알려져 정려된다. 오희문은 임진란을 당해 피난하다가 반가의 여성이 적에게 강간당한 일을 전해 듣고 일기(『쇄미록』)에 기록했으며, 영동 현감의 부인이 산에 숨어 있다가 적에게 발각되어 끌려가게 되자 차고 있던 칼을 빼어 자결했다는 소식을 적었다. 후자에 대해서는 절개를 세운 열녀라고 칭송했다.[20]

  전란에서 여성의 신체에 대한 위협은 곧 성적 위협을 뜻했고, 이는 여성의 사회적 생존을 위협하는 것과 같았다. 전란이 아닌 일상에서도 여성이 성폭력의 위협에 노출되어 있었고, 이에 대해 자결로 응대한 사례가 있는 것을 보면, 관계나 상황의 본질은 같다. 여성을 정당한 인간관계의 대상으로 여기는 사회적 훈련과 문화적 인식이 부족했고, 힘(신체적, 경제적, 사회적, 정치적 파워를 포함)을 가진 자가 성적 위협을 통해 약한 상대를 정복하여 소유하려 한 것이다. 이는 명백한 폭력이며 범죄다.

자결한 뒤에 정려된 여성의 사연은 다양하지만 상황이나 맥락은 유사하다. 해당 사안에 대한 사후 대처나 사전적 이해가 선행되었다면 충분히 발생하지 않을 수 있었다. 그런데 도리어 정절을 위해 죽은 여성을 칭송하여 여성의 죽음을 막지도, 성적 위협을 가하는 이들을 저지시키지도 못했다. 남편의 부재를 여성 공략의 기회로 삼는 분위기가 없고, 과부 혐오가 없다면 폭력은 발행하지 않았다. 설사 발생했다 해도 피해 여성이 자신의 불행을 목숨과 바꾸지는 않았을 것이다.

셋째, 고통받는 결혼 생활을 하다가 자결한 경우다. 불행한 결혼 생활을 견디지 못해 자살한 것인데, 열녀로 추앙받은 맥락이 특이하다. 불행한 결혼에 대한 사회적 이해와 대응이 부재했기 때문이다. 계모의 박해, 남편의 폭행, 시부모의 배척, 숙부와 시아버지의 개가 권유 등 여러 사유로 결혼이 순탄치 않았던 박향랑(박상랑)의 사례를 보자.[21] 이 사연은 전(傳)과 소설로도 쓰어 널리 알려졌다.

박향랑은 어머니가 죽어 계모에게 자랐다. 계모가 성격이 사나워 향랑을 몹시 부렸는데, 향랑은 언제나 공손히 대해서 마을의 칭찬을 받았다. 17세에 임칠봉에게 시집갔다. 고집이 세고 모진 성격의 칠봉은 향랑을 좋아하지 않았고, 자주 욕하며 때렸다. 시부모가 이를 방관했다. 향랑은 아프고 힘이 들어 친정에 갔다. 계모는 시집갔으면서 친정에 빌붙으려 한다고 박대했다. 갈 곳 없는 향랑이 집으로 돌아오자, 칠봉이 막대기를 휘두르며 쫓아냈다. 그래도 향랑은 묵묵히 시부모와 남편을 보살피며 지냈다. 이를 보다 못한 아버지의 명으로 향랑은 숙부의 집으로 갔다. 계모 때문에 친정에 갈 수 없었던 것이다. 숙부는 향랑에게 잘 해주었는데, 몇 달이 지나자 은근히 재혼을 권했다. 집이 한미하니 절개를 지킬 건 아니라고 했다. 향랑이 화를 내며 시댁으로 갔다. 시아버지도 개가하라고 했는데, 어쩐지 향랑이 자결할 느낌이 들어서, 우리 집안을 더럽히지는 말라고 덧붙였다. 향랑은 새벽에 언덕 위의 연못에 올라갔다. 남은 길은 자결뿐이라고 생각했다. 도중에 나무하러 가는 여자아이를 만났다. 향랑은 사연을 들려주고, 이제 물에 빠져 죽을 텐데 부모님과 시부모님이 내가 도망갔다고 여기면 안 된다고 했다. 향랑은 아이에게 머리 장식과 베 치마, 짚신을 벗어주면서 사실을 전해달라고 했다. 너를 만나 너무 다행이고, 이제 나는 엄마를 따라간다고 했다. 한참을 울고 난 향랑이 산유화 노래를 불렀다. 내가 죽으면 혼백이 되어 여기에 있을 테니, 바람 불고 물결치면 이 노래 불러 달라고 했다. 향랑이 물가로 갔다. 막상 내려다보니 겁이 났다. 향랑은 옷으로 얼굴을 가리고 물속에 뛰어들었다. 아이가 향랑의 친정에 찾아가 사실을 전했다.

　엄밀히 말해 박향랑의 죽음은 열행이 아니다. 계속된 가정 불화와 폭력, 강요를 견디지 못해 죽은 것이다. 아버지의 재혼 이후 향랑은 평안했던 적이 없다. 사나운 계모, 폭력적인 남편, 방관하는 시부모, 임의로 조카의 인생길을 정한 숙부. 누구 하나 마음 붙일 데 없어 삶이 벼랑 끝에 몰렸다. 박향랑의 개가 거부는 남편에 대한 열 때문이 아니다. 강요된 개가가 싫었고, 결혼 생활 자체에 대한 기대도 없었다. 박향랑은 불행을 끝내고 싶었다. 삶에 희망이 없었다. 죽기 전에 사연을 털어놓은 유일한 상대가 우연히 만난 여자아이라는 점이 비극성을 배가시킨다. 박향랑을 말릴 힘도, 불행의 깊이를 헤아리지도 못한 채 슬픈 사연의 증인이 되었다.

　그런데 사람들은 왜 박향랑을 열녀로 불렀을까? 그 이유는 당시에 여성의 죽음을 기리는 유일한 방식이 열절(烈節: 곧은 절개)로 패턴화되어서다.[22] 한마디로 여성의 삶을 이해하는 언어 자체가 협소했다. 남편이 있는 부인으로서 개가를 거절했으니 열녀라고 했다. 당시에 폭력 가정에 대한 이해가 미숙했고, 피해 여성을 돌보는 사회적 인식도 없었기에, 열녀라는 호칭을 소환했다. 박향랑이 열녀가 된 것은 여성의 삶에 대한 몰이해의 결과다.

넷째, 개가를 거부해 자결한 경우다. 19세기에서 20세기 초 문헌에 사례가 있다. 당사자 모르게 집안에서 재혼을 논의하자 자결한 이 씨의 사례를 보자. 평민 출신인 이 씨는 스물네 살에 남편이 정신 질환으로 자살하는 아픔을 겪었다.[23] 친정아버지가 재혼을 주선하면서, 우리 집은 평범하니 의를 지키기를 바라지 않는다고 했다. 이 씨는 이를 흉화로 여겨 음독자살 했다. 이 씨의 자결에는 두 가지 문제가 얽혀있다. 하나는 성인 여성의 인생 방향을 친정아버지가 대행, 또는 강요한 점이다. 다른 하나는 과부의 개가를 정절 훼손으로 여겨 정숙하지 못한 여인의 처신으로 여긴 사회 관습이다. 이 씨는 아버지가 제안한 재혼을 거부할 실질적인 힘이 없다고 판단했다. 성인 여성인데 주체적으로 의사 결정할 기회나 권한이 없었다. 개가 문제는 단순하지 않다. 일차적으로 이 씨 자신이 하기 싫었고, 설사 한다고 해도 정절을 훼손했다는 사회적 시선을 감내해야 했다. 윤리의식이 높은 이 씨는 이를 또 다른 차원의 고통으로 여겼다. 재혼 권유를 흉화로 여겨 자결한 이유다. 마을 사람들과 승지가 이 씨를 칭송하며 장례 비용을 보태주었다. 사회는 죽으려는 이 씨의 생명을 붙잡지 못하고, 다만 사후적으로 칭송하며 애도했다. 사회는 이 씨에게 존엄한 삶을 보장해 주지 못했다. 아이러니하게도 그 시작은 이 씨를 가장 사랑한 친정아버지다. 시대적 곤경을 생명으로 감당해야 했던 개인의 사연에 이념, 윤리, 젠더 이해, 가족 내의 권력관계가 결부되었다.

다섯째, 삶의 궁지에 몰린 여종이 자기희생을 해서 곤경을 회피한 사례다.[24] 선산 출신으로 서울살이하던 애월의 이야기다. 애월은 용모가 아름다운 열대여섯 살의 종이다. 마을에서 애월이 좋다고 농을 거는 남자가 있었다. 애월은 신분은 천하지만 간통은 싫다며 양가 부모의 허락을 받아 혼인하자고 했다. 애월의 친척 수십 명이 혼인을 위해 면천해주려고 돈을 모았다. 그런데 노주가 반대했다. 부모가 간청해도 소용없었다. 애월의 아버지는 혼사가 어긋나겠다고 여겨 친척을 동원해 계략을 짰다. 주인이 허락할 것 같지 않고 딸의 인생도 망칠 수 없으니 선수를 쳐서 주인을 해치자는 것이다. 이를 눈치챈 애월이 울면서 말렸다. "주인과 종 사이는 임금과 신하, 아버지와 자식이나 마찬가지라고 들었습니다. 신하가 임금을 시해할 수 없고, 자식은 아버지를 죽일 수 없어요. 만일 그런 일이 있다면 천지가 용서치 않을 거예요. 강상의 도리에 어긋나는 패륜이니까요. 아버지께서 안 들어 주시면 차라리 제가 죽겠습니다. 절대 그런 일을 보고 싶지 않아요." 애월의 아버지는 이 말에 수

긍해 모의를 포기한다. 친척들도 흩어졌다. 애월이 주인을 따라가며 생각했다. '한 남자와 결혼하기로 했는데, 어그러졌으니 배신한거나 다름없네. 주인의 명을 따르기로 한 건 아버지의 살인을 막기 위해서였어.' 주인을 따라 낙동강에 다다른 애월이 시를 지었다. "엄중함은 눈서리 같고 믿음은 바다 같네. 안 가기도 어렵고 가기도 어려운 것. 고개 돌려 보니 낙동강 푸른 물결. 몸은 위태로워도 마음은 편하겠지." 애월이 강물에 뛰어들었다. 사람들이 강가에 큰 돌을 세워 그 시를 새겼다.

애월은 아버지의 살인을 막고, 주인의 목숨도 살렸지만, 정혼자를 배신했다고 생각했다. 본래부터 윤리의식이 있었기에 방종한 성관계를 거부하던 터였다. 정식으로 혼인해서 존엄성을 인정받고 싶었다. 도덕관념이 확고했고, 시를 쓸 정도의 문해력이 있었다. 물론 애월이 지은 시는 한시가 아닐 것이다. 입으로 시를 읊조렸고, 들은 사람들이 비석에 새길 때 한문으로 번역했을 가능성이 크다. 혼담이 오간 것만으로도 사실혼이 된다고 여긴 것은 양반의 풍속인데, 애월도 이를 따랐다. 그러나 아버지, 정혼자, 노주라는 세 남자의 벽을 뛰어넘지 못했다. 애월의 마음에 이들은 눈처럼 차갑고 서리처럼 매서웠다. 곤욕스럽게 사느니 바다에 뛰어들어 마음 편히 살고자 했기에, 애월이 택한 처소는 사람 사는 땅이 아니라 유유히 흘러가는 강물이다.

여섯째, 정치적 사유로 자결한 사례다. 조선시대에 여성과 정치는 무관한 것 같지만 절대 그렇지 않다(여성의 정치적 입장과 이해는 남편에 대한 조언, 자녀에 대한 가르침, 가족과 친지와의 정치 토론 등에서 다방면으로 영향을 미쳤다). 평산 신씨는 이익준(李翼俊)에게 시집간 지 11년 만에 정치적 화를 만났다.[25] 시댁 식구가 도륙당하고, 남편은 노비로 강등되어 헤어지게 된다. 남편이 떠나자 신 씨는 부모님을 찾아가, 남편을 따라갈 수도 없고 죄인으로 서울에 있을 수 없으니 떠나겠다고 했다. 신 씨는 두 오빠와 함께 여종을 데리고 떠났다가 독을 마시고 죽었다. 이때가 스물다섯 살이다. 유서가 있었다. 부모님과 남편에게 쓴 편지와 영결시(永訣詩)다. 친정어머니와 올케들에게는 두 딸을 보살펴달라고 부탁했다. 다음 생에는 남자로 태어나 부모 형제와 헤어지지 않고 한평생 살고 싶다고 썼다. 영결시는 자신의 임종을 지켜준 두 오라비에게 바쳤다(필자 신대우는 신 씨에 대해 열녀라는 표현은 쓰지 않았다).

일곱째는 아내가 남편을 살리려고 대신 죽어 열녀가 된 경우로 19세기 이후 자료에만 있다. 아내가 자결한 이유가 남편을 살리기 위한 것이니 일종의 인신공희(人身供犧)다. 옥에 갇힌 남편을 구하기 위해 자결한 전 씨의 사례를 보자.[26] 1882년 11월, 전 씨의 남편 김석우가 친척 김종기에게 무고하게 원한을

사 관가에 고발당한다. 노모는 아들이 형벌로 죽는 것을 볼 수 없다며 연못에 투신했다가 가까스로 구조된다. 전 씨는 남편의 생사에 시어머니의 생명이 달렸으니, 자신이 남편의 명을 대신 하면 둘 다 살 수 있을 거라고 생각했다. 전 씨는 몰래 방앗간 에 가서 목을 맸다. 당시 임신 8개월이었고 세 살 된 아들이 있 었다. 정려기를 쓴 최익현(崔益鉉, 1833~190)은 전 씨의 열행을 참 작하지 않고 남편의 죄를 따지면 죽음이 허사가 된다고 했다. 남편이 풀려났다. 전 씨가 정려된 것은 1902년으로, 사건 발생 일로부터 20년 후다. 남편의 옥사가 풀린 경위는 서술되지 않 았다. 서사의 맥락을 보면 남편의 명을 대신하려고 자결한 전 씨의 소망이 이루어진 것처럼 보인다.

병든 남편의 명을 이으려 자결한 아내도 있다.[27] 노상대의 아 내 유 씨는 스무 살에 결혼했고, 18년 후에 남편이 중병에 걸렸 다. 유 씨는 자기 명으로 남편 목숨을 대신해 달라고 기도했다. 점을 쳐보니 대운은 피할 수 없다고 했다. 7, 8월쯤에 이별수가 있다는 것이다. 7월이 되자 남편은 손쓸 수 없이 위독해졌다. 유 씨는 북두칠성에 40여 일을 빌다가 잠깐 졸았는데 꿈에 노 인이 나타났다. 남편의 명이 다했지만, 누군가 대신하면 살 수 있다고 했다. 유 씨는 동서에게 꿈을 말하고 다음날 독을 마셨 다. 남편이 쾌차했다. 마을 사람들이 유사에게 알려 정표가 내려졌다. 사망 100여 일 만의 일이다. 이 글은 남편 노상대가 곽종석(郭鍾錫, 1846~1919)을 찾아와 정려기를 청해 작성되었다.

남편을 대신해 아내가 죽은 것은 (적어도 기록을 통해서는) 17~18세기에는 없었다. 18~19세기에 이르기까지 남편이 위독할 때, 아내가 대신 아프기를 기도한 사례는 많다.[28] 그런데 남편의 명을 이으려 자결하고, 실제로 목숨을 구한 것은 이것이 유일하다.[29] 필자 곽종석은 신이 사람의 정성에 감응했다고 썼다. 옛 책에서도 본 적이 있다고 했다.[30] 정려기의 특성상, 자결한 여성을 존중하고 애도하지 않을 수 없다. 하늘의 응답이라는 표현은 죽은 자를 위해 산 사람이 할 수 있는 최선의 수사다. 단, 독자는 이를 여러 각도에서 수용할 수 있다. 사실로 믿어서 모방했을 수도 있고, 심리적 압박을 많이 느꼈을 것이다. 삶과 역사, 이야기를 비평적으로 사유해야 자기 보호도 할 수 있다.

자결 열녀를 서술할 때 19세기 이후에만 보이는 현상이 있다. 자결 열녀를 신비화하고 칭송하면서 이를 양반 관리를 비판하는 논조로 활용한 것이다. 역설적으로 이런 현상은 자결 열녀를 옹호하면 안 된다는 문제의식이 강화되는 시기에 나타났다. 19세기 말부터 조선 사회가 근대화를 겪었기에, 여성의 희생을 담보로 열 이념을 칭송하는 것이 더 이상 설득력을 얻을 수 없는 분위기였다. 자살 옹호가 시대착오적이고 인권에 어긋난다는 공감대가 생겼다. 열녀의 자결을 존중하지만, 이를 옹호하거나 추동해선 안 된다는 생각은 18세기부터 있었다. 연암 박지원, 다산 정약용 등이 이를 비판했다. 연암은 열녀의 자결을 비판하면서도 실제로 사례가 있으면 열행을 기리는 글을 썼다. 자못 이율배반적인데, 그 자체가 자연스러웠다. 자결을 확산하는 문화는 막아야 하지만, 이미 자결한 이를 비판하는 것은 망자에게 외람되기에 그 죽음을 존중해서 애도를 표한 것이다. 문화적 이중구조가 작동한 결과다. 이는 어느 시대나 존재하기에 성찰이 필요하다.

19세기에는 양반가 여성의 자결 비중이 줄었다. 이 시기에 기록된 자결 열녀의 신분은 대개 일반 백성이다. 나라에 정려를 청해도 잘되지 않았다. 국가가 자결을 옹호하는 것이 시대착오적이라는 분위기가 형성되고 있었다. 그래도 전통 윤리로 여겨 자결하는 열녀가 있었다. 그 죽음을 기리려고 가족이 유학자를 찾아와 글을 청했다. 그런데 글의 논평을 보면, 필자들이 결코 자결을 칭송했던 것만은 아니다. 열녀를 칭찬했지만, 논평에서는 신분이 낮은 여성조차 윤리를 지키는데, 벼슬아치들이 윤리를 저버린다고 비판했다. 열녀에 대한 글인데, 논평의 초점은 타락한 관리와 무능한 지배층에 대한 비판이었다. 열녀 기념에서 시대 비판으로 선회한 것이다.

열행을 신비화한 해남의 열부 홍 씨에 관한 서술을 살펴보자.[31] 홍 씨는 17세에 결혼해서 3년 후에 남편(당시 17세)이 죽자 자결했다. 홍 씨는 스무 살이고 남편이 죽은 지 33일 만이다. 남편을 위해 방망이로 약지를 찧어 피를 내 먹이며 간호했지만 소용없었다. 홍 씨는 남편을 따르는 게 아내의 도리인데, 남편이 죽고 아들도 없으니 자결한다고 했다. 손수 만든 주머니와 버선을 시댁 형제에게 나누어주고 새 옷을 입고 독을 마셨다. 홍 씨의 상자에는 수의와 염습 도구가 들어있었다. 혼수로 장례용품을 만든 것이다. 이날 밤 날씨가 청명했는데 갑자기 먹구름이 끼고 비가 내렸다. 관을 묻을 때는 날씨가 맑고 미풍도 불지 않았다. 사람들이 천신의 감응이라고 했다. 홍 씨의 열행에 하늘이 응답한 것처럼 썼다.

그렇다면 필자 곽종석은 젊은 홍 씨가 남편 따라 죽는 것을 옹호했을까? 일단은 그렇다. 글의 장르 자체가 정려를 기념하는 정려명이다. 그런데 시기적으로 19세기 말 또는 20세기 초에는 남편 따라 죽는 여성을 옹호할 수만은 없게 사회가 변했다. 유학자에게는 유교 이념을 옹호하면서도 시대의 변화를 성찰해야 하는 이중 책임이 있었다(유학자의 본령 중의 하나가 시대를 성찰하고 비평하는 것이다. 단지 유교 이념으로 사회를 통제하고 강요하지만은 않았다). 곽종석은 둘 사이에서 갈등했고, 근대를 비판하고 성찰하

〈정려문 치부책〉, 국립중앙박물관 나라에서는 매년 연초에 충신, 효자, 열녀 등을 조사하여 왕에게 보고하고 정려문을 세워주거나, 호역, 군역을 면제해 주었다. 위 정려문 치부책은 1867년 무렵 각 지역 정려문의 유지와 관리 비용을 위한 조세 장부로 여겨진다.

는 매개로 열녀 담론을 활용한다. 논평에서는 아내가 남편 따라 죽는 것은 윤리였기에 성인도 말리지 않았다고 했다. 그러나 사는 게 죽는 것만 못하면 부득이하게 죽음을 허락했다고 썼다. 그 예로 중국 삼국시대 위나라 하후영녀(夏候令女)의 일화를 들었다. 영녀는 조문숙의 아내인데, 남편이 죽자 친정아버지가 재혼시키려 했다. 영녀는 귀를 잘라 저항했다. 다시 재혼을 권유받자 코를 잘랐다. 이 사례는 『삼강행실도』에 「영녀정절」로 수록된다. 곽종석은 영녀는 열녀인데 개가를 권유받아 마음이 불편했으니, 자결해서 편해진다면 하는 게 낫다고 했다. 홍 씨의 결정을 지지한 맥락이다. 필자는 마을에 정려문을 세워 사람들이 본받게 하려 했다. 그렇다면 결국 홍 씨의 자결을 옹호해서 모범으로 삼으려 했을까? 그는 자신이 글을 쓴 이유는 열부와 이 세상 아내들을 위해서가 아니라 관리가 된 양

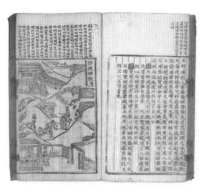

『삼강행실도』, 조선시대, 국립중앙박물관 설순(偰循) 등이 세종의 명에 의해 우리나라와 중국의 서적에서 군신, 부자, 부부의 삼강(三綱)에 모범이 될 만한 충신, 효자, 열녀의 행실을 모아 3부작(효자도, 충신도, 열녀도)으로 만들었고, 조선시대 윤리 교과서 중 제일 먼저 발간되고 가장 많이 읽혀진 책이다. 모든 사람이 알기 쉽도록 매편마다 그림을 넣어 내용을 한눈에 알아볼 수 있게 하였다.

전라남도 곡성군 충렬사의 정려문, 출처 한국민족대백과사전

반에게 올바른 처신을 일깨워주기 위해서라고 했다. 한미한 여인도 목숨 바쳐 윤리를 지키는데, 관리들이 이런저런 변명으로 윤리를 저버리고 자리보전에만 급급하니 문제라고 경고했다.

최익현은 유인 풍양 조씨의 묘표에서 지금은 난세라 서양의 물결이 들어와 신하는 임금을 임금으로 여기지 않고, 자식은 부모를 부모로 여기지 않으며 아내는 남편을 남편으로 여기지 않는다고 했다.[32] 사대부들이 명분과 의리를 지키지 않는데 열행을 지키니 놀랍다는 것이다. 최익현은 조 씨가 외세에 아첨하는 사대부의 귀감이 된다고 했다. 벼슬아치들이 임금과 나라를 배신하는 동안, 백성은 윤리를 지켰다고 강조했다. 유인석(柳麟錫. 1842~1915)은 열부 이 씨(원하상[元夏常]의 아내)의 전에서 중국에서는 남편을 따라 죽는 사례가 없는데, 우리나라에만 수천, 수백 명이라고 했다. 금수 같은 풍속을 지닌 외국 오랑캐들이 이 씨의 열행에 탄복할 거라고 했다.[33]

19세기부터 20세기 초, 열녀 자료의 특징은 대상자의 신분이 낮고, 정려가 잘 이루어지지 않았다는 점이다. 필자들은 그 이유가 서양 문물의 유입, 이로 인한 조선 사회의 타락, 조선 관리의 무능과 부패 때문이라고 했다. 이항로, 유인석, 최익현, 전우, 곽종석,[34] 기우만(奇宇萬. 1846~1916)[35] 등 유학자는 정려의 유무를 국가 윤리를 측정하는 준거로 여겼다.

지금까지 죽음에 이른 열녀의 사인을 살펴보면 모두 남편의 부재, 그로 인한 정절 지키기에 있었다. 여성의 섹슈얼리티는 남편에 종속되었고, 이는 여성의 생명권을 좌우했다. 정절을 사유로 자결하거나 피살된 여성의 신분은 양반이 많지만 천민이나 양민도 있다. 17세기부터 여종의 열행을 기록한 사례가 있다. 신분이 낮아도 절개를 지켜서 사람대접받고 고귀하게 살려는 지향과 욕망이 있었다. 윤리는 신분제의 상부에서 하부로 영향을 미쳤다. 19세기로 가면서 평민과 양민, 한미한 사족의 열녀 담론이 많아졌다. 조선 후기까지 열의 가치를 존중했고 자결 여성도 정려했지만, 산 사람이 자결하는 게 부당하다는 논의가 생겨났다. 사실 이런 논의는 17세기부터 있었다. 예조판서 민진원(閔鎭遠. 1644~1736)이 아내가 남편을 따라 죽는 것은 모범이 아니니 정려하면 안 된다고 계를 올렸다. 이에 서종태(徐宗泰. 1652~1719)가 소신을 밝혔다.[36] 자결 열녀를 정려한다고 모두 본받는 것은 아닌데, 정절을 지킨 것은 귀하니 관행을 유지하자는 것이다. 결국 정려를 지지하는 것으로 마무리되었다. 열녀의 개념과 정의, 정려에 대한 공감대가 형성되는 초기 양상이다. 18세기에는 자결 열녀를 정려하는 문화가 정착되어 수많은 사례가 생겨났다. 이것이 다시 논란이 된 것은 18세기 말부터다. 이덕무, 박지원, 정약용 등이 열행을 위해 자결하는 문화를 비판했다. 절부, 열부, 정부의 개념을 구분했던 이덕무조차, 죽는 것은 열부라 할 수 있지만 올바른 도리는 아니라고 못 박았다.[37]

19세기에도 남편을 따라 죽는 양반가 여성에 대한 기록은 많지만 18세기와 비교하면 다소 줄어들고, 미망인 기록이 늘었다. 양반은 신분이 확실하고 사회적 자본이 든든했기에, 후기로 가면서 자결이라는 극단적인 방법으로 자기 증명을 하려는 경향이 줄었고, 규범이나 평판으로부터 일정한 거리를 두고 처신을 조율하는 여유가 있었다고 볼 수 있다. 시대 변화와 더불어 자결하는 열녀의 수가 다소 줄어든 이유로 해석된다. 이와 달리, 평민과 천민들은 양반의 윤리 규범을 따르며 인간 대접을 받으려는 움직임을 보였다. 신분과 관련된 요인(욕망, 의지, 제도 억압 등)이 생명을 압도한 것이다. 소외된 이들은 기존의 가치관을 따랐고, 기득권은 변화를 민감하게 수용하면서 새로운 가치관 속에서 입지를 찾았다. 정세 파악과 정보 장악력이 생명권과 연동되던 역사의 장면이다.

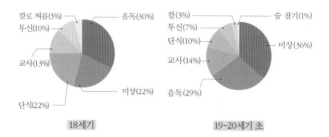

◐ 열녀는 어떻게 자결했을까?

시기별 열녀의 자결 방법

칼로 찌름(3%) 음독(30%) 칼(3%) 숨 참기(1%)
투신(10%) 투신(7%)
단식(10%) 미상(36%)
교사(13%) 교사(14%)
미상(22%) 음독(29%)
단식(22%)

18세기 19~20세기 초

18세기 열녀의 자결 또는 사망 경위는【음독(30%) > 미상(22%) > 단식(22%) > 교사(絞死: 목을 맴) (13%) > 투신(10%) > 칼로 찌름(3%)】의 순이다.[38] 박지원이 쓴「박열부 사장(朴烈婦事狀)」을 보면, 당시에는 간수를 독약으로 썼다.[39] 이에 따라 간수를 마시고 사망하면, 음독으로 처리했다. 18세기 자료에서는 음독 사망의 비중이 높은데, 20세기 초까지도 이 방식이 가장 유력했다. 그 밖에 단식, 교사(목을 맴) 등을 택했다. 19세기에 오면 순서가 역전된다.

19~20세기 초 자료의 상당수는 여성의 자결이나 사망 경위가 구체적이지 않다. 특히 남편 사후에 일정 기간을 미망인으로 살다 자결한 경우는 대부분 자결 방식에 대한 정보가 없다. 밝혀진 경우는 음독과 단식, 각 1편이다. 이렇게 보면, 자결 방식이 밝혀지지 않은 것은 전체의 36%다. 자결 방식은【미상(36%) > 음독(29%) > 교사(絞死: 목을 맴) (14%) > 단식(10%) > 투신(7%) > 칼(3%) > 숨

참기(1%)】의 순이다. 18세기처럼 음독이 가장 많다. 18세기에는 음독 다음이 단식이다. 19세기에는 단식이 다른 자결 방식과 병행된다. 단식하면서 목을 매거나, 음독했고, 혀를 물고 치료를 거부했다. 단식(또는 육식 거부)은 자기 돌봄의 거부에 해당한다. 이 또한 전통적인 열행의 태도다.[40] 과부는 따라 죽지 못했다는 죄책감 속에서 사소한 자기 보호조차 제대로 할 수 없었다.

◑ 열녀가 자결했을 때의 나이는?

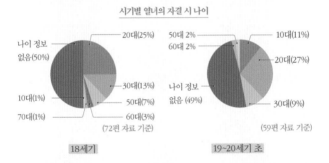

시기별 열녀의 자결 시 나이

18세기 / 19~20세기 초

18세기의 72편 자료 중에서 자결 당시의 나이를 알 수 있는 것은 36편이다. 20대가 25%, 30대가 13%, 50대가 7%, 60대가 3%, 10대와 70대가 각각 1%다. 자료의 50%에는 나이에 대한 정보가 없다. 비율로 보면 20~30대의 자결이 전체의 38%로 가장 많다. 조선시대에 50~70대는 노년기인데, 이때까지도 열행을 증명하려고 자결했다. 전 세대의 여성이 남편이 죽으면 자결했다. 젊은 층의 비율이 높은 것은 혼인 기간이 짧고, 젊을수록 자결로 열행을 증명하려는 개인의 압박과 책임이 가중되어서인 것으로 보인다. 젊고 어린 부인들이 여러 변수를 계산하지 않고 오직 윤리적 인간이 되려는 데 충실했다. 사회적으로 자기를 보호할 수 있는 도구나 정보, 인적 자원을 확보하는 데 취약했다고도 볼 수 있다.

19~20세기 초의 자료 59편 중에서 자결한 열녀의 나이를 알 수 있는 것은 30편이다. 연령이 밝혀진 경우, 20대 자결이 가장 많다(53%). 대개 20대 초반이다. 다음으로 10대가 24%,[41] 30대가 17%다. 10대 후반에서 30대까지가 전체의 91%다. 미상인 경우가 각각 50%(18세기), 49%(19세기)다. 18세기에서 19세기로 오면서 10대 자살률이 높아졌고, 40대에 자살한 경우는 여전히 발견되지 않으며, 비중 차이는 있지만 전 세대에 걸쳐 자결했다.

◉ 열녀의 자결 시기는? 자결을 미루었다면 그 이유는?

남편이 죽은 뒤에 자결해서 열녀가 된 이들은 대개 남편의 사망 직후나 상례 후에 자결했다. 18세기 열녀의 70%가 남편의 사망 직후(또는 장례 직후)에 자결했다. 자결 시기를 늦춘 경우, 삼년상을 치른 뒤가 가장 많다. 다음은 남편의 사후 2년, 7년, 8년, 50년 후다. 19~20세기 초에 이르면 자료의 81%가 남편의 사망, 또는 장례 후에 자결했다. 18세기(70%)에 비해 11% 상승했다. 그

중 90%는 남편의 사망 직후에 자결했다. 그 외는 남편 사망 후 3일, 30일, 3개월, 4개월, 5개월 후에 자결했다. 정절 훼손이 자결의 사유가 된 경우는 위기에 직면해서 결행했다.

그런데 남편이 죽은 뒤, 한동안 미망인으로서 살다가 자결한 사례가 있어 눈에 띈다. 이런 사례는 17세기부터 있다. 17세기 자료 중에서 해당 자료는 3건인데, 이 중의 2건이 각각 남편의 사후 10년 차, 60년 차에 자결했다. 전자의 신분은 양반이고 후자는 종이다. 자결을 미룬 이유가 다르다. 나명좌(羅明左)에게 시집간 송준길의 딸은 남편이 죽고 바로 자결하려 했는데 아버지가 말렸다.[42] 남편 제사와 후사를 염려해서다. 송 씨는[43] 동서가 아들을 낳으면 후사로 삼으려고 10년을 기다렸다. 동서는 여러 번 임신했는데, 딸을 낳았다. 대를 이을 수 없다고 판단한 송 씨는 자결했다.[44] 정려 받았다는 기록은 없다. 단양의 여종 연옥(鍊玉)은 30세에 남편(박세용[朴世勇])과 사별했고, 60년 뒤 남편의 사망 일시에 자결했다.[45] 남편의 장례 동안 연옥은 흰옷만 입었고 고기는 먹지 않았다. 양반가의 예법을 지킨 것이다. 연옥의 열행이 인정되어 정려받았다.[46] 정려는 손자(박경립[朴敬立]) 대에 이루어졌다. 종들도 유교 규범을 지키면 칭송받았다. 연옥이 자결한 것은 90세다. 자연사할 나이인데 남편의 사망 일시에 자결해서 뜻을 분명히 밝혔다. 90세에 이르는 연옥의 생애사 기록은 열녀의 삶에 집중되었다. 낮은 신분의 여성이 기록으로 남아 역사가 될 수 있는 길이 협소했고, 그조차 양반의 기준에 맞아야 했다.

17세기에 여성이 자결을 미룬 것은 가족이 말리고 스스로 판단해서인데, 사실상 사유가 같다. 남편의 사망 당시에 아들이 없거나 아직 어려서 제사 지낼 사람이 없었다. 시가 쪽 친척의 아이를 입양해 후사도 이어야 했다. 자결은 가문 유지라는 목적을 이룰 때까지 유예되었을 뿐, 포기한 게 아니다. 이런 사례는 20세기 초까지 이어졌다.

18세기 자료에서 열녀가 자결을 미룬 이유도 17세기와 같다. 가족의 만류, 자식이 어려 조상 제사를 맡길 수 없음, 남편의 유언 등이다. 그런데 굳이 왜 자결을 미룬 사연을 기록했을까? 그 이유는 남편이 죽은 뒤에도 아내가 살아있는 것을 부자연스럽게 여겨서다. 이 판단을 여성 당사자와 가족, 주변인, 기록 작성자 모두가 했다. 말하자면 사회의 공통 감각이다. 남편이 죽었는데 아내가 왜 따라 죽지 않고 살아있는지를 사회적으로 설득시켜야 했다. 미망인의 생존권에 사회적 동의가 필요했다. 뒤에서 다룰 미망인 담론과 비교하면, 이는 18세기 문화 전체가 아니다. 미망인으로서 장수한 여성도 많다. 그러나 여전히 자결 열녀를 칭송하고 가문의 명예에 도움이 되던 시기였기에 한시적으로 자결을 유예했을 뿐, 시일이 지나면 결행한 여성이 많다. 72세에 자결한 여성도 있다.[47] 남편이 꿈에 나타나 50년 뒤에 따라오라고 했는데, 이 말을 지켰다. 아내의 생에 대한 남편의 통제력은 죽은 뒤의 현몽으로도 효과를 발휘했다. 여종 이 씨는 남편과 같이 죽기로 했다.[48] 그런데 남편이 병으로 죽으면서 아이가 열 살 될 때까지 죽지 말라고 유언했다. 이 씨는 7년 동안 아이를 키웠고 열 살이 되던 해 사망했다. 직접 사인은 12일간의 금식이다. 이 두 사례에서 양반이든 종이든 여성의 생명권은 남편에게 위임되었다. 마을 선비[49]와 기록 작성자[50]가 이를 열행으로 칭송했다.

19~20세기 초의 자료에서 열녀가 자결을 유예한 기한은 1~8년 사이다. 자결을 유예한 사유가 시부모 봉양, 자식 양육, 남편 제사 등 여성의 의무 때문이라는 점은 앞선 시대와 같다. 시모 사망, 자녀(입양 포함)가 성장해서 양육이 필요치 않을 때, 남편의 일주기[51]나 삼년상을 마쳤을 때 등 의무가 완료되면 자결했다. 자결을 미룬 데에는 가족의 만류가 있었다. 시부모, 아버지, 아들 내외, 유언으로 남긴 남편이다. 자결을 미루더라도, 열부의 처신을 했다. 8년간 과부로 살다가 개가가 논의되자 자결한 사례[52]는 개가와 죽음을 맞바꾼 경우다. 여자는 개가를 정절 훼손으로 간주해서 죽었다. 부모가 딸의 인생을 좌우했다.

자녀 양육, 시부모 봉양, 봉제사라는 여성의 의무가 완료되면, 미망인은 자결 유예를 정당화할 명분을 찾지 못했다. 죽어야 할 이유는 단 하나(남편의 사망)였는데, 죽지 않아야 하는 이유는 한시적이었고(제사, 봉양, 양육), 자신을 위한 선택이 아니라 가족을 위한 결정이었기에 결국 희생되었다. 자살의 형태지만, 일정 부분은 사회적 타살, 또는 방조로 볼 수 있다.

◑ 단지나 할고는 정말로 효력이 있었나?

〈석진단지〉, 《오륜행실도》, 김홍도, 공유마당, CC BY 1797년에 간행된 오륜행실도의 내용과 동일한 필사채색본. 유석진은 부친이 악질에 걸려 밤낮으로 간병하다가 산 사람의 뼈를 피에 섞어 마시면 낫는다는 말을 듣고 자신의 무명지를 잘라 부친에게 먹인다. 이후 부친의 병이 나았다는 이야기. 뒷채에는 아버지가 누워있고, 앞채에서는 석진이 자신의 손가락을 자르고 있다.

문집 기록에는 (시)부모나 남편이 위독할 때 자식과 아내가 손가락을 잘라 피를 내어 먹이는 단지斷指, 허벅지 살을 베어 끓이거나 고아 먹이는 할고割股의 기록이 많다. 『삼강행실도』에 단지와 할고를 해서 효험을 본 사례가 있어서 모범으로 따른 것이다. 「석진단지石珍斷指」는 석진이 아버지가 아팠을 때 산 사람의 피를 뼈에 섞어 먹이면 나을 수 있다는 말을 듣고 무명지를 베어 드렸는데, 병이 나은 일화다. 『동국신속삼강행실도』에 실린 「위초할고尉貂割股」는 위초가 아버지가 병환이 났을 때 자기 다리 살을 베어서 드시게 하니 나았다는 일화다. 이 일로 위초는 정려되었다. 석진과 위초는 모두 아버지를 위해 손가락을 베고 허벅지 살을 베어 드려 쾌차하게 했다. 이것이 행실도에 실려 널리 알려지면서, 단지와 할고는 효를 실천하는 상징행위로 통용되었다(건강 여부를 점검하기 위해 똥을 맛보는 상분嘗糞도 효행의 상징이 되었는데, 단지나 할고와 달리 아내가 남편을 간호하려고 똥을 먹은 기록은 보지 못했다). 조선시대에는 남편을 위해 아내도 했다. 그런데 과연 이것은 효험이 있었을까?

문집에 수록된 단지와 할고의 사례를 찾아서 효과의 유무와 정도를 조사해 보았다. 결론적으로 단지는 대체로 효력이 없고, 있다고 해도 미미하다. 손가락을 잘라 피를 먹이면 환자는 단지 몇 시간 더 살았다.[53] 겨우 유언할 정도의 짧은 시간만 소생했다.[54] 좀 더 길게는 3일,[55] 4일,[56] 7일[57]을 연명했다. 막연하게 며칠 더 살았다는 기록도 있다.[58] 효력이 없다는 기록도 있다.[59] 가장 긴 것은 어머니 병환에 손가락을 여러 개 잘라서, 10년을 연명한 기록이다.[60] 이를 제외하면, 단지의 실질적 효과는 전혀 없거나 미미하다.

할고는 어땠을까? 기록상으로는 단지에 비해 효력이 길다. 죽어가던 환자가 할고 이후에 살아나 80세까지 살기도 했다. 유인 전씨는 남편이 고질병에 걸리자, 허벅다리 살을 베어 환으로 만들었다. 남편에게는 양의 간이라고 속였다. 의원이 좋다기에 구했다고 하자 남편이 먹고 소생했다. 얼굴이 편안해져서 아픈 사람 같지 않았다.[61] 밀양의 박 부인은 남편이 위독해지자 허벅지를 베어 국을 끓였다. 남편이 먹고서 9년을 더 살았다.[62] 탐진 최씨도 남편을 위해 넓적다리를 베어서 몰래 먹였다. 남편은 80세까지 살았다.[63] 자기 살을 벨 정도로 정성껏 간호한 덕분인지, 인육이 치료에 도움이 된 것인지는 알 수 없다. 후자는 사실이 아닐 것이다. 치료에 도움이 될 정도로 살을 베면 생명 유지가 어렵다. 피가 흐르고 고통스러웠는데 가족이 몰랐다는 말도 성립되지 않는다. 필자가 한 사람(기우만[奇宇萬]. 1846~1916) 이라서, 다양성 검증은 되지 않는다.

　단지와 할고를 다 했는데, 소용없던 사례도 있다. 정유인은 남편(김이원[金履元])이 고질병에 걸렸을 때 기도하고 약도 썼지만, 죽음을 막지 못했다. 다음날 정 씨는 목을 맸다. 정 씨의 시신을 염할 때 넓적다리에서 칼로 찌른 흔적이 여러 군데 발견되었다. 손가락을 벤 곳에는 피가 마르지 않았다. 아무도 모르게 단지와 할고를 했지만 효험이 없었다.[64] 유인 김씨는 남편(최준수[崔焌秀]. 처사)이 위독해지자 단지와 할고를 두 차례씩 했는데, 남편은 십수 년을 건강하게 살며 천수를 누렸다.[65] 환자의 소생이 단지와 할고 때문인지, 그동안 축적된 의약의 덕분인지 알 수 없다.

　단지와 할고는 아픈 사람을 살리려고 최선을 다했다는 상징적 행위일 뿐, 의학적 효과를 확증할 수 없다. 『삼강행실도』의 사

례가 전거가 되어 모방이 발생했고, 효험담이 구전되면서 유사
행위가 확산되었다. 실은 의약의 보급이 보편화되지 않던 시기
에 극한 상황에서 최선을 다하는 인간의 태도가 단지와 할고로
집약된 것이다. 그런데 19세기 이후의 자료에서 단지와 할고는
모두 아내가 병든 남편을 위해서 했다(남편이 아내를 위해서 했다는
경우는 전 시기를 걸쳐 찾지 못했다. 단, 18세기 자료 중에서 우애가 깊은 박신
명[朴新命]이 아픈 동생을 위해 손가락의 피를 내어 약과 함께 먹였다는 기록[66]
이 있다.). 전거가 된 『삼강행실도』에서는 같은 행위를 아들이 부
모를 위해서 했다. 19세기 조선에서는 아들의 효행이 아내의 열
행으로 자리바꿈했다. 부모가 죽는다고 따라 죽는 자녀는 없는
데, 아내는 남편이 죽으면 따라 죽었고, 단지나 할고 같은 신체
상해로 열행을 입증해야 했던 여성의 압박감은 더욱 강화되었다.

피살된 열녀의 사연은?

피살된 여성이 열녀로 평가된 사례는 전 시기에 걸쳐 4건이다.
여성의 사인이 성폭행에 대한 저항과 관련된다. 17세기 사례
가 1건, 18세기 사례가 3건이다. 17세기 인물은 병자호란 때
적에게 살해된 선성(宣城, 교하촌[交河村]이라고도 함)에 사는 김천명
의 처다.[67] 평민인데 성조차 알려지지 않았다. 김천명의 집에
적이 침입했는데, 그 처가 끌려가다 저항해서 살해된다. 문장

을 살펴보면 적들이 더럽히고 모욕하려 했는데 하지 못했고, 적들이 가버리자 여자가 "왜 죽이지 않고 가느냐"라고 소리치는 바람에 적들이 다시 와서 칼로 찔렀다. 여성의 성이 순결하고 깨끗하다고 전제하고, 외부에서 폭력이 가해지면 더럽혀진다고 여기는 수사학적 관례가 보인다. 더러워지면 다시 깨끗해질 수 없다는 언어 관습이 순결 이데올로기를 정당화했다. 더러워진 여자는 몸을 망친 것이고, 인생이 망가진 것이다. 상처받았다고 하면 치료 대상이 되는데(낫고 회복하고 나아질 수 있으니, 살아갈 수 있다), 더럽혀졌으니 폐기해야(죽어야) 한다. 적으로부터 성과 신체에 폭행 위협을 받은 여자는 분노를 표했고, 이에 자극받은 적이 살해했다. 필자인 정양(鄭瀁. 1600~1668)은 병자호란에 강화도에서 절의로 죽은 사례를 채록하는 국가사업을 거론하면서, 그런 일을 성선 지역에서 한다면 이것을 기록해야 한다고 썼다. 이 지역에 사대부가 많지만 절의로 죽은 사례가 없다는 것이다. 이 일이 조정에 알려졌는데, 정려되지는 않았다. 열녀로 주목한 것은 필자인 정양과 이 사연을 들려준 마을 사람들이다.

18세기에 피살된 열녀의 가해자는 왜적과 이웃이다. 여자들은 성폭행에 저항하다가, 또는 남편을 대신해 도적의 칼에 맞아 피살된다. 두 명이 정려되었다.[68] 가해자가 죄를 자백했는데 정려되지 않은 경우도 있다. 오양에 사는 역졸의 아내를 성폭행하려다 뜻대로 되지 않자 살해한 갓바치다.[69] 그는 산에 나무하러 왔다가 여자 혼자 있는 것을 보고 범하려 했으나 여자가 저항하자 난자해 죽이고 나중에 체포된다. 옥중에서 자결하는 바람에 사실을 밝히지도 정려를 내리지도 못했으나 사람들이 열부로 인정했다.

여자가 피살되는 정황은 전란 중이거나, 혼자 있을 때다. 여자가 저항해서 강간은 피했는데, 남자는 자기 마음대로 되지 않자 여자를 죽였다. 신체적, 사회적, 젠더적 약자를 겨냥한 폭력이라는 점에서 현대의 성범죄와 다르지 않다.

남편의 죽음이 원인이 되어 사망했다면 열녀인가?

여성 생애사 자료 중에는 정절 때문에 자결하지 않았지만, 남편이 죽은 뒤에 자기를 돌보지 않아 죽은 사례가 있다. 간호하던 남편이 죽으면 상례까지 치러야 했기에 과로가 누적되어 장례 중에 사망한 아내도 있다. 이것은 자살인가, 병사인가, 자연사인가, 과로사인가? 그 경계가 다소 모호하기에 과연 열녀라 할 수 있을지 의문이다. 예컨대, 유인 류씨는 서울에 큰 전염병이 돌 때 남편(이생)과 같이 감염되었다.[70] 남편이 위독해지자 류 씨가 기도했는데 결국 죽었다. 유인은 밤낮으로 통곡하며 물 한 모금 마시지 않았고, 에에 맞게 장례를 치렀다. 사람들이 감동했다. 장례가 끝나자 죽음을 결심하고 곡기를 끊었다. 친정아버지가 울면서 권해서 미음을 조금 먹었다. 부모가 주신 몸이라 억지로 명을 잇는다고 했다. 안채 밖으로 나가지 않고 5년을 보내는 동안, 몸이 상해서 거동을 못 했다. 남편 생일에 곡하러 사당에 갔는데 기운이 쇠해 목소리가 잘 안 나왔다. 친정아버지가 약을 권했지만 이미 죽어야 할 몸이라며 사양했다. 결국 사망했다. 이때가 41세. 이 죽음은 병사인가, 자연사인가, 자결인가? 세 가지 경계선에 류 씨의 죽음이 있다.

유사한 사례가 있다. 박윤원의 둘째 고모는 남편을 입관하고 곡하다가 기가 막혀 사망했다.[71] 이재의 딸 이 씨,[72] 이천보(李天輔)의 부인 송 씨,[73] 윤동도(尹東度)의 아내 정경부인 조씨[74]도 남편의 사후에 자기를 돌보지 않아 기력이 쇠해져 사망했다. 이들은 열녀인가, 아닌가? 이들 중에서 정려를 받은 이는 단 한명이다.[75] 자발적으로 서서히 죽어간 여성은 자결과 사망의 경계가 불분명하다. 18세기에 정려를 결정하는 데는 자결 여부가 중요했다.

19세기의 해당 자료는 2편이다.[76] 열부 양 씨의 사례를 보자.[77] 양 씨는 청주의 사족 출신으로 은율의 선비 김희용과 혼인했다. 며칠 사이에 남편이 위독해져서 정신을 잃었다. 양 씨가 손가락에 피를 내어 먹이니 살아났는데, 다시 병세가 위독해졌다. 양 씨는 다시 단지를 했다. 남편은 잠시 살아났는데 며칠 뒤에 죽었다. 양 씨는 빈소를 떠나지 않고 곡하느라 기운이 쇠했고 자주 기절했다. 그러다가도 때가 되면 제삿밥을 챙겼다. 거적을 깔고 상례를 치르는 사이에 계절이 지나갔다. 그 와중에 시부모를 잘 섬겼는데, 상을 마치기도 전에 기운이 다해 사망했다. 선비들이 이 일을 관에 알렸다. 정려 여부는 기록되지 않았다. 양 씨의 사망은 오늘날의 관점으로는 일종의 과로사다. 시집와서 적응하기도 전에 남편이 병이 났고 단지까지 하면서 간호했지만 결국 죽었다. 양 씨는 자기를 돌보지 않고 상례를 치르다 숨을 거두었다. 남편이 13세였으니, 양 씨가 연상이라고 해도 10대다. 필자 유인석은 남편을 위해 예를 다했고 목숨도 바쳤다며 애도하고 칭송했다. 필자가 양 씨를 열녀로 인정한 것은 이 글의 제목인「열부양씨전烈婦楊氏傳」을 통해서다.

● 열녀에 대한 사회적 인정은?

열행의 인정 주체를 국가, 사회(유생과 지역민), 가족, 글을 쓴 필자로 볼 때, 18세기는【국가(43%)>사회(가족 포함)(24%)>개인(필자)(23%)>미상/논평 없음(10%)】의 순이다. 정려되지 못해도 글을 써서 열행을 칭송하면 역사적으로 인정받았다. 열녀 가족이

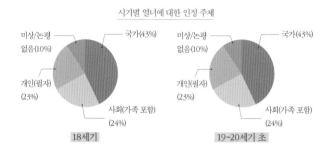

시기별 열녀에 대한 인정 주체

미상/논평 없음(10%) ― **국가**(43%)

개인(필자)(23%)

사회(가족 포함)(24%)

18세기

미상/논평 없음(10%) ― **국가**(43%)

개인(필자)(23%)

사회(가족 포함)(24%)

19~20세기 초

문인에게 글쓰기를 청탁한 이유다. 19세기~20세기 초도 열녀로 인정된 경위의 비중이나 각 항목의 비율은 18세기와 같다. 【국가(43%)>사회(가족 포함)(24%)>개인(필자)(23%)>미상/논평 없음(10%)】의 순이다. 여성의 신체와 생명에 대한 의사결정, 그에 대한 해석이 '가족 - 공동체-사회 - 국가'와 연동되었다. 여성은 자결이라는 열행을 매개로 사회적 존재로 부각되고 역사적 주체가 되었다.

시선의 그물망 속에 갇힌 미망인의 삶

조선시대에 남편이 죽은 뒤에도 자결하지 않은 아내를 미망인, 또는 과부라고 했다. 이들 중에서도 열녀로 칭송받고 정려된 경우가 있고, 열녀라는 언급이 없는 사례도 있다. 열녀 미망인과 비열녀 미망인이 공존했다. 이때는 자결 열녀가 칭송받던 시기인데, 자결하지 않고도 열녀로 인정된 사례가 있어 주목할 필요가 있다. 열녀라는 평가 없이, 평범한 미망인으로 살아간 것은 더욱 중요하지만 그들의 삶은 별로 역사의 주목을 받지 못했다. 그러나 자료를 통해 보건대, 죽어서 열녀가 된 여성과 살아남은 미망인의 비중은 52% 대 48%로 대동소이하다. 사실상 남편과 사별한 여성의 삶은 다양하게 펼쳐졌다. 그러나 열녀 담론에 비해 미망인 담론에 대한 논의가 활발하지 않은 것은 유교 이념을 중시하던 조선시대 관점을 현대에 과도하게 수용한 탓이다.

조선시대 미망인의 생애사 기록은 세 가지 특징을 보인다. 첫째는 스스로 미망인으로 살기로 하고 금욕적 태도로 가족에 헌신한 경우다. 구체적으로 남편 상례의 주관, 자녀 교육, 시댁 제사와 시부모 봉양에 집중했다. 미망인은 실질적인 가장이다. 둘째는 남편의 사망에 자결을 시도했는데 주변의 만류로 목숨을 보전한 경우다. 구제받은 삶이다. 셋째는 미망인 열녀다. 남편을 따라 죽지 않았지만 열녀라고 칭송받았다. 국가가 정려한 경우도 많다. 당시는 자결이 정려의 핵심 기준이었는데, 미망인이면서 어떻게 정려되었을까? 이 세 부류의 미망인에 대해 차례로 알아보자.

우선, 여성 스스로 미망이 되기로 결심한 경우다. 17세기

의 미망인 자료(5편)는 모두 여기에 해당한다. 여산 송씨(1608~
1681. 인흥군 이영[李瑛. 1604~1651]의 아내. 송희업의 딸)는 남편이 죽자
미망인으로 자처했다. 제사를 주관했고, 새벽에 일어나 음식
조리를 살폈는데, 노인이 되어서도 했다.[78] 유인 청풍 김씨는
남편 김양천(金養天)이 죽고 가세가 기울었는데, 자녀들에게는
남에게 약한 모습을 보이면 안 된다고 가르쳤다.[79] 김 씨의 남
편은 살았을 때도 생업에 종사하지 않았기에, 남편이 없다고
살림이 더 어려워진 건 아니다. 문제는 과부에 대한 사회적 시
선이다. 왕이 김 씨에게 물건을 하사하자, 미망인이 영화를 누
리겠냐며 두려워한 점, 평생 화려하고 사치스러운 생활을 멀
리한 점, 말할 때 웃지 않고 언제나 상중인 것처럼 처신한 점은
타인의 시선을 의식한 면모다. 미망인은 자신의 웃음, 행복, 쾌
락을 통제했다. 김만중의 어머니인 정경부인 윤씨(1617~1689)
도 과부였는데, 아들들에게 재주와 학문이 남보다 한 등급 높
아야 겨우 평범해진다고 했다. 과부 자식이라고 비난받지 않게
잘 처신하라고 당부했다.[80] 과부에 대한 세간의 편견이 있었고,
이에 저항하기보다는 극복하기 위해 더 열심히 살았다. 김 씨
는 아버지를 따라 죽을 수 없으니 학문에 정진해서 가문을 이
으라고 했다. 과연 그렇게 되었다.

과부가 쾌락을 통제하는 과정은 여자의 삶이 결코 규문 안에

폐쇄되지 않았음을 뜻한다. 과부는 생명권조차 사회의 승인을 받아야 했고, 이를 증명해야 했다. 김만중의 어머니 윤 씨는 늙을 때까지 미망인으로 자처하며 항상 검푸른 색 옷만을 입었다. 예쁜 옷을 입는 즐거움과 만족을 절제했다. 잔치에도 가지 않고 음악도 듣지 않았다. 돌아가신 형님이 귀한 자리에 올라 회갑연에 초대받았을 때도 가지 않았다. 다만 자손이 급제했을 때는 잔치와 음악을 허용했다.[81] 정씨 부인(1619~1690. 이면하[李冕夏. 1619~1648]의 아내. 택당 이식[李植. 1584~1647]의 맏며느리)은 미망인으로 자처하며 삼년상을 마칠 때까지 방문을 걸고 지냈다. 죽지 않을 정도만 음식을 먹었다.[82] 공간 이동도 금했다. 미망인의 삶에 대한 태도는 행복을 통제하고, 자기 돌봄을 소홀히 하는 것으로 요약된다. 이런 표현이 많은 것을 보면, 사회적 공론을 개인이 수용해서 내면화한 결과다. 여성은 능력과 에너지를 오직 자녀 교육과 살림살이, 시부모 봉양에만 썼다.

17세기 미망인들은 따라 죽지 않은 여자라는 정체성을 의식하며 살았다. 가장 역할을 하면서 가족과 시댁에 충실했다고 강조한 것은 그래야 삶을 인정받을 수 있어서다. 이 글의 필자들은 여사女士[83], 또는 여자로서 선비의 행실을 한 분[84]으로 평했으며, 고통스러운 절행,[85] 뛰어난 절개,[86] 아름다운 행실[87]을 칭송했다. 청송 김씨는 88세까지 장수하며 증손자까지 보았다. 늙어가며 머리 색이 변했지만 이가 다시 나고 정신과 기력도 강해졌다. 항상 베옷을 입었는데, 자식들이 말려도 그만두지 않았다. 검약하게 살림했고, 궁하고 배고픈 사람들을 두루 먼저 도왔다.[88] 금욕을 지키며 장수한 과부도 많다. 미망인들은 모범적인 양반 여성의 삶의 방식을 끝까지 지켰다. 시대 윤리를 따라 자결한 것은 여성이지만, 그 삶을 붙잡아주지 못한 것은 사회다.

18세기 자료 중에도 여성 스스로 자결하지 않은 사유를 말하고 살아남은 사례가 있다. 이때에도 그 사유는 아들 양육,[89] 후사 없음,[90] 제사[91] 등으로[92] 17세기 사례와 같다. 남편과 시대의 기대 수준과 정확히 일치한다. 죽으려다가 마음을 돌린 경우[93]에도 가문을 일으키고 때에 맞추어 자손을 혼인시켰다고 강조했다. 이는 미망인에 대한 사회적 기대를 반영한다. 이들 또한 자기 돌봄에 소홀했고,[94] 3년간 웃지 않았다고 적어서[95] 쾌락을 통제한 삶이었음을 강조했다.

이 외에 18세기 자료 중에는 남편의 사후에 아내가 자결하지 않은 이유를 구태여 서술하지 않은 경우가 있다. 이는 기혼 여성의 생명권에 대한 사회적 이해가 높아져서일까? 그렇게 보기는 어렵다. 그보다는 미망인의 사회적 역할, 즉 어머니와 며느리, 가장의 역할을 인정해서다. 이렇게 보는 이유가 있다.

미망인의 생애사 기록은 늘었지만, 과부의 사회적 의무가 강조되고 쾌락 통제나 자기 돌봄을 포기했다는 서술이 많아졌다. 미망인이 살아서 누린 행복, 즐거움, 기쁨, 취미에 대한 기록이 없다. 글의 초점은 과부의 고초와 피폐함, 쾌락 통제, 가족에 대한 헌신 등에 모아졌다.

19세기 미망인 자료의 대부분은 자발적으로 미망인의 길을 택한 경우다. 애초에 자결하지 않은 사유를 구태여 밝히지 않은 것도 있다. 대개는 자결을 결심했다가 포기했는데, 나이가 70세인 경우도 있다.[96] 노년에도 자결을 고려했다. 자결을 포기한 이유는 남편의 유언,[97] 가족의 만류,[98] 시부모 봉양,[99] 자녀 양육,[100] 후사,[101] 제사,[102] 가족의 출생,[103] 하늘의 징조[104] 때문이다.

미망인 생애사를 서술할 때 강조한 것은 자손 교육, 남편 사후에 건강이 악화될 정도로 슬퍼함,[105] 정성껏 상례를 치름,[106] 시부모를 잘 봉양함,[107] 제사를 잘 받듦,[108] 후사를 둠,[109] 자기 돌봄을 소홀히 함[110] 등이다. 자신이 과부[111]이고 미망인[112]임을 철저히 의식한 흔적도 있다.[113] 과부 자식이라는 말을 듣지 않도록 엄하게 교육했고,[114] 자식 때문에 살았다.[115]

바르고 성실하게 살았지만, '죽지 않은 삶'은 결코 녹록지 않았다. 쾌락과 행복을 통제했기에 기쁨이 없었다.

두 번째 부류의 미망인은 자결을 시도했지만 살아남은 경우다.[116] 가족이 말려서 목숨을 부지했다. 남편이 죽지 말라고 유언했고,[117] 시아버지가 말렸다.[118] 남편이 유언한 이유는 어린 자식과 제사 때문이다.[119] 남편은 죽으면서 부모 봉양[120]과 자녀 양육[121]을 걱정했다. 남편이 온전히 아내를 위해 자결하지 말라고 당부한 사례는 없다.

미망인의 삶은 17~20세기 초까지 대동소이하다. 근대 초기에 러시아로 간 이주자의 삶도 조선시대 가족 윤리를 넘어서지 않았다.[122] 신 씨는 아들 신현구가 죽은 뒤, 일본의 침략을 염려해 러시아 이주를 고려했다. 며느리 김 씨에게는 손자 신병칠과 함께 친정에 남으라고 했다. 김 씨는 조손의 의를 끊을 수 없다며 함께 러시아로 갔다. 시부모를 봉양하고 아들을 가르쳤다. 이국에서도 문왕의 태교법과 맹모삼천지교孟母三遷之敎를 따랐다. 병칠이 12세가 되자 조선에 보내 유인석, 김성옥에게 배우게 했다. 필자는 김 부인이 외국에서도 조선의 법도를 가르친 것을 높이 평했다. 19~20세기 초에 이르는 동안에도 여성은 가족 관계나 윤리, 의무 외에 삶의 이유와 명분을 찾지 못했다. 후사를 들여 가족 형태를 유지했다. 친척을 돌보고 이웃과 관계 맺으며 사회적 연결성을 유지하는 것도 중요했다. 동서와 친구처럼 지내며, 동서의 아이를 혈육처럼 돌본 여성[123]도 있다. 여성의 생명권은 사회적 연결망 속에서 확보될 수 있었다.

　세 번째 부류는 미망인이면서 열녀로 칭송된 경우다. 17세기부터 사례가 있다. 서종태(徐宗泰)의 기록124과 『숙종실록』(숙종 36년 10월 19일)을 종합해 보면 사정은 이렇다. 경상도 삼가 지역의 홍방필이 살해되자, 그 처(최 씨)와 딸(홍 씨)이 가해자를 칼로 찔러 죽였다. 조정에서는 모녀에게 살인죄를 적용할지, 강상의 윤리를 적용해 오히려 급복(給復: 조선시대에 충신, 효자, 절부 등에게 요역과 전세 이외의 잡부금을 면제해 주던 일)을 해서 효와 열을 인정할 것인지 논의했다. 결론은 후자다. 이 사건은 백성의 교화와 관련되므로, 정려하자는 견해도 있었다. 숙종은 두 여인의 살해 동기가 복수인 점, 관으로 찾아와 자수한 점, 두 사람의 절의를 참작해, 살인죄를 용서하는 데 그쳐서는 안 된다고 했다. 판부사 이유(李濡)와 좌의정 서종태는 왕과 신하들의 의견을 수렴해 급복을 제안했다. 숙종이 동의했다. 남편의 가해자를 복수한 모녀에게 살인죄를 면해주고 열녀로 평하되, 정려하지는 않았다. 18세기의 여성 문인 임윤지당(任允摯堂, 1721~1793)도「최 씨와 홍 씨, 두 여인의 전崔洪二女傳」에서 이 사건을 다루고 열을 강조했다. 이 사건이 효, 열의 이념을 강화하며 회자된 정황을 알 수 있다.125

　서종태의 의견에 대해 조정의 논의가 거듭된 것을 보면, 17

세에 정려에 대한 규율은 논의 중이고 해석의 여지가 있었다.[126] 살인죄보다 남편에 대한 절을 높은 가치로 여기던 시대의 법 해석이다. 그 외에도 17세기에는 남편의 병에 단지를 했고, 삼년상을 치르는 동안 자기 돌봄을 소홀히 해서 금욕을 지킨 여성이 정려되었다.[127] 개가를 거부하고 아이와 함께 시댁에서 평생 산 것도 정려 근거가 되었다.[128]

18세기에도 미망인으로서 열녀로 인정된 사례가 있다. 전체 5건 중에서 4인이 정려되었다(다른 한 건[129]은 정려가 논의될 때 당사자의 만류로 이루어지지 않았다). 미망인 열녀의 생애사 서술을 살펴보니, 병든 남편에 대한 헌신적인 간호, 남편 상례 주관, 자결 시도에 대한 서술 빈도와 비중이 높았다. 남편 대신 죽게 해 달라고 기도하거나, 넓적다리를 베어 명을 이으려 한 점이 강조되었다. 17세기의 미망인은 자녀 교육을 부각했다면, 18세기에는 후사를 세워 대를 이은 점이 추가된다. 그밖에 자기 돌봄의 소홀, 금욕적인 삶, 개가 거부 등이 기록된다. 자결하지 않아도 열녀가 될 수 있는 기준점이다. 18세기에 오면 정려 기준이 자결로 확정되는 추세다.[130] 이민보는 미망인 이 씨의 행장을 쓰면서 자살하지 않으면 정려나 포상이 잘 이루어지지 않는다고 개탄했다.[131]

19~20세기 초에 오면 자결하지 않은 열녀 담론이 늘어난

다. 국가 정려가 아니더라도 사회적 인정이 강화된 것, 국가 정려나 공동체의 평판 없이 작가가 개인적으로 열녀를 기념하는 글을 쓰는 사례가 늘어난 것, 격변하는 근대에 열행을 강조해서 타락한 관리를 경계하고, 서양에 맞서는 국가역량을 강조하려고 한 점이 특징이다. 필자는 유중교(1832~1893),[132] 최익현(1833~1906),[133] 전우(1841~1922),[134] 기우만(1846~1916),[135] 조긍섭(1873~1933)[136]이다.

19~20세기 초에 남편 사후 자결하지 않고도 정려된 이유는 18세기와 같은 가족과 가문에 헌신해서다. 구체적으로는 남편에 대한 열행, 아들 양육, 조상 제례, 시부모 봉양 등이다. 그런데 남편에 대한 열행을 어떻게 입증했을까? 이는 몇 가지로 패턴화된다. 남편이 병들었을 때 대신 아프게 해 달라고 하는 기도, 단지나 할고 등의 신체 훼손, 헌신적 간호다. 자결 시도, 삼년상, 쾌락 통제[137]도 해당된다. 과부의 생명권에 대한 사회적 승인에 조건이 있었다. 시부모 봉양도 열부가 되는 조건이다. 이는 18세기까지 이어진 정려 근거와 별 차이가 없다. 국가 정려의 요건은 17세기 이후로 변함이 없다.

단, 19세기에 오면 미망인 열녀를 칭송하는 새로운 개념이 등장한다. 정절이나 절행 등의 전통적 용어가 아닌 순열純烈이라는 개념이다. '남편의 마음을 내 마음으로 삼는다不心己心, 心

亡夫心'는 표현도 나타났다. 근대 초기 유학자인 기우만은 살아서 열행을 지킨 것을 순열로 개념화해서 조선의 부패를 극복할 좌표로 설득했다. 죽지 않고도 열행을 지킬 수 있다고 강조했으니, 사실상 자결 열녀의 발생을 막고 싶었던 것이다. 유인 여산 송씨(정민조의 아내)는 초례만 치르고 아직 시집가지 않았는데 남편이 죽었다. 즉시 달려가 단지를 했지만 소용없었다. 시부모가 말려서 따라 죽지 못했다. 조카를 후사로 들였다. 송 씨는 77세까지 살았다.[138] 기우만은 송 씨의 증손자인 정윤수의 청탁을 받아 묘표를 썼다. 그는 죽은 남편의 마음을 자신의 마음으로 여겨야 열이라고 했다. 죽은 남편의 마음이란 자식(즉 남편) 잃은 시부모를 봉양하는 것, 제사를 받들 후사를 세우는 것이다. 아내가 본인 마음을 자기 마음으로 삼는 것은 시부모를 버려두고 제사에 신경 쓰지 않는 것이다.[139] 남편의 마음을 따르면 미망인이 되고, 자기 마음을 따르면 자결할 것이니, 남편의 마음을 자기 마음으로 삼아야 한다는 논리다. 미망인을 지지하기 위해서지만, 여성의 생명권을 주체적으로 강조하지 않고 남편의 마음을 따르라는 종속성을 강조했다.[140] 이는 생명권에 대한 일종의 해석학적 도치다.[141] 자기 생명을 보전한 것인데 남편의 마음을 자기 마음으로 여겨 살았다고 했으니 주객이 전도된 것이다. 미망인의 생명을 지키려는 뜻이었지만, 여성의 당사자성을 배제한 채 남편에 대한 순종을 강조했기에, 시대적 한계를 벗어나지 못했다.

현대적 관점에서 보면 이는 논지를 흐리기 위한 착종(錯綜: 뒤섞여 엉클어짐)이다. 글을 쓴 시기가 근대 초기라는 점을 고려하면, 이런 식의 착종은 흔하다. 근대화 논리의 여러 맥락이 체계없이 제기되고 논의되던 시대다.[142] 남편을 따라 죽는 여성의 선택을 옹호할 수 없었지만, 전통 윤리와 가치도 부정할 수 없었다. 남편을 따라 죽지 않는 것을 순열로 개념화한 것은 일종의 타협적 대안이다. 그러나 여성 주체를 인정하는 관점은 없었다. 필자 개인의 잘못이라기보다는 급변하는 시대를 돌파하려 애쓰는 개인이 필연적으로 겪는 문제다. 이 사연의 발생 기점을 거슬러 현대를 성찰해 보면, 성인지 감수성이나 젠더 이해가 보편화되기까지 이후 100여 년이 더 필요했음을 알 수 있다. 근현대의 문화 또한 모순으로 가득하다. 근대의 유학자가 보이는 착종을 단지 과거의 잘못으로 삼아 비판하는데 그치지 말고, 현재적 삶의 태도와 방향을 성찰하고 숙고하는 바탕으로 삼을 필요가 있다.

◑ 미망인은 몇 살까지 살았을까?

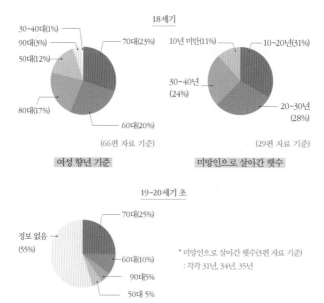

18세기

30~40대(1%)
90대(3%)
50대(12%)
70대(23%)
80대(17%)
60대(20%)

(66편 자료 기준)

여성 향년 기준

10년 미만(11%)
30~40년 (24%)
10~20년(31%)
20~30년 (28%)

(29편 자료 기준)

미망인으로 살아간 햇수

19~20세기 초

정보 없음 (55%)
70대(25%)
60대(10%)
90대5%
50대 5%

(8편 자료 기준)

여성 향년 기준

*미망인으로 살아간 햇수(3편 자료 기준)
: 각각 31년, 34년, 35년

조선시대 전반에 걸쳐 미망인은 장수했다. 미망인 열녀를 제외한 사례를 통계내 보았다. 17세기 자료는 5편인데 대개 70세 넘게 살았다. 짧게는 56세,[143] 길게는 88세다.[144] 이들 중에서 남편의 사후에 자결을 시도한 이는 한 명이다.[145] 남 씨는 혼인한 지 2년 만에 남편이 죽었는데, 당시 임신 중이었다. 아기를 낳았지만 죽었다. 남 씨는 여러 번 음독했는데, 형제와 주변의 만류로 살았다. 여성의 생명은 주체의 의지나 능력이 아니라 주변인의 보호와 지지 속에서 가능했다. 나중에 조카를 후사로 들였는데, 22세에 전염병에 걸려 죽었다. 이때 남 씨도 전염되어 사망했다. 이를 제외한 자료에서는 남편 사후에 미망인의 삶을 살았다. 제사도 지내고 자녀 교육도 힘썼으며, 검소하게 살았다.

18세기는 어땠을까? 66편의 자료 중에서 향년이 알려진 것을 통계내 보니, 【70대(23%) > 60대(20%) > 80대(17%) > 50대(12%) > 90대(3%) > 30~40대(1%)】의 순이다. 98%가 50세 이상을 살았다. 60~90세 이상의 수명을 누린 여성은 전체의 86%다. 30~40대에 사망한 경우는 2%에 불과하다. 미망인의 수명이 기록되지 않은 경우는 23%다.

그렇다면 18세기 여성이 미망인으로 살아간 햇수(향년이 밝혀지고 남편 사망 당시 여성의 나이가 기록된 경우)는 몇 년일까? 해당 자료는 29편인데, 【10~20년(31%) > 20~30년(28%) > 30~40년(24%) > 10년 미만(3%)】이다. 전체의 89%가 10년 이상 미망인으로 살았다. 20년 이상이 58%이고, 30년 이상이 30%다. 10년 미만인 경우는 단 3인(11%)이다.

19~20세기 초, 미망인 자료 20편 중에서 향년이 알려진 것을 조사해 보니 모두 8편이다. 향년은 21~70세까지 다양하다. 【70대(25%) > 60대(10%) > 90대와 50대(각 5%)】의 순이다. 50대 이상이 45%이며, 55%는 향년에 대한 정보가 없다. 연로해서 병이 들

면 연명 치료를 거부하기도 했다.[146] 미망인이 된 연령은 21세, 28세, 37세, 44세, 60세, 70세 등이다. 17·18세기와 마찬가지로 19~20세기 초의 미망인은 대체로 장수했다.

19세기 자료 중에서 미망인으로 살아간 햇수가 확인되는 것은 3편(각각 31년, 34년, 35년)인데, 모두 남편의 사망 후에 30년 이상 생존했다. 글에서는 미망인의 삶이 고달프고, 쾌락과 행복을 검열했다고 했는데, 결과를 보면 모두 장수했다.

왜 즐기며 행복하게 살 마땅한 권리가 없나?

열녀를 정려하는 문제가 17세기에는 논쟁의 대상이 되었지만, 18세기로 가면서 점차 남편을 따라 죽는 자결이 기준점이 되는 추세를 보였다. 자결을 택한 여성의 거의 대부분(70% 이상)은 남편의 사망 직후 또는 상례 후에 자결했다. 기한을 유예해서 자결한 경우는 시부모 봉양, 자녀 양육 등의 가정 내적 의무를 다하기 위해서다. 미망인의 삶은 시댁에 종속된 부분이 컸다. 물론 남편이 죽어서 의지할 데 없는 여성에게 시댁 가족과 자녀는 일종의 의지처가 되고 보호막도 되었을 것이다. 그러나 미망인의 환경에는 쾌락을 절제하고 만족을 억누르며 행복해 보이면 안 된다고 하는 사회적 시선이 그물망처럼 존재했다. 열녀에 대한 가족과 지역민, 사대부와 국가의 관심은 정려나 급복 등 사회적 보상으로 표현되었다. 다른 시각에서 보면 이는 미망인에 대한 사회적 감시망이나 다름 없다. 가족에 헌신하며 금욕을 지킨 여성을 칭찬한 것지만, 역으로 보면 그 삶에 만족, 쾌락, 행복은 없었다. 그런 순간이 있다고 해도 최대한 드러내지 않고, 추구하는 것처럼 보이면 안 되었다. 행복을 추구한 미망인은 행복을 추구하면서도 안 그런 척해야 했기에 자기 분열을 겪거나 사회의 질타를 받았다. 무엇보다 미망인의 행복은 발설되지도 기록되지도 않았다. 가치 있고 의미 있게 여길 수 없는 영역이기 때문이다. 자결하는 열녀의 선택은 여성의 신체와 생명에 대한 유교 이념과 가부장제의 협치 결과다. 생존을 택한 미망인의 삶은 자신에 대한 사회적 감시망과 자기 검열의 상호 작용을 허용한 일종의 타협안으로 채택되었다.

자결 여성의 연령은 모든 시기에 걸쳐 20대가 가장 많다. 자결 방식은 음독이 우세한데, 곡기를 끊고 목을 매기도 했다. 기록에서는 여성이 자결을 시도하며 죽음을 맞기까지 겪은 고통에 주목하지 않고, 결과만 따져 정절을 지킨 숭고한 윤리를 강조했다. 남편이 죽은 여성은 자기 돌봄을 소홀히 해 건강을 해쳤기에, 사실상 자결과 사망의 경계가 분명치 않다. 자결하지 않고 살아서 열행을 지키고 정려되기도 했는데, 이런 현상은 19~20세기 초에 급증했다. 19세기 말, 20세기 초에는 국가 정려나 공동체의 인정이 아니더라도 작가 개인이 열의 관념을 재정의해서 칭송하는 글을 썼다. 근대화를 경험하면서 더는 여성의 자결을 지지하는 문화 정책을 펼칠 수 없자 일부 유학자들은 열녀의 삶 전체를 사유하는 대신 윤리를 지킨 부분만 강조해서, 급변하는 사회 윤리를 바로잡는 준거로 삼으려 했다. 근대화를 겪으면서 시대적 위기에 당면하자, 여전히 전통 가치를 따르는 여성의 정절 사례를 강조해 사회적 대응 자원으로 삼으려 했다. 기우만 등이 제안한 순열 논의나 남편의 마음을 자기 마음으로 삼으라는 논지가 그것이다. 여기에는 여성 당사자의 목소리나 의지가 배제된 채, 남성 작가가 여성의 심정과 의지를 대변하는 해석학적 도치가 발생했다. 타자가 주체를 허락 없이 대변한 것이다. 이는 문자의 힘을 이용해 남성이 여성에 대해, 상층 엘리트가 미천한 신분에 대해, 그들의 감성과 의지, 생각을 도용한 것이나 다름없다.

미망인 담론은 18세기의 자료(66편)가 가장 많다. 자결하지 않은 이유를 구태여 서술하지 않은 자료가 전체의 82%(54편)다. 남편이 죽어도 따라 죽지 않고, 그 이유도 말하지 않을 자유가 생겨났다. 모든 시기에 걸쳐 미망인은 대부분 장수했다.

단, 미망인은 언제나 '따라 죽지 않은 목숨'이라는 자기 정체성을 분명히 인지했다.

조선시대 열녀와 미망인 담론은 남편이 죽은 뒤에 아내는 열의 이념을 지켰고, 이를 사회가 관찰 감시했으며, 생존 당사자가 자기 검열을 한 과정을 보여준다. 남편의 죽음은 여성이 만족과 쾌락을 억제해야 하는 금기 사유가 되었다. 행복이 종료된 것이다. 열녀를 지켜보는 가족과 사회, 공동체와 국가의 시선이 여성의 행로를 규제했다. 여성의 생명은 사회의 보호와 지지 속에서만 가능했고, 그조차 성리학과 가부장제 이념의 틀 속에서 가족 기여적이고 가문 중심적인 길만이 허용되었다. 20세기 초에 이르면 여성의 열행을 국가 행정과 윤리적 정통성의 모범으로 위치 지으려는 문화정치의 시선이 확대되었다. 여성의 의지와 심리, 정서조차 남편의 마음으로 대리 해석함으로써 여성의 당사자성을 박탈했다. 죽지 말고 살아야 한다는 생명 일반의 논리를 강조하는 일은 확산되지 않았고, 여성 자신의 주체적 생존권 논의도 제기되지 않았다. 아내가 죽지 않기를 바라는 게 남편의 마음이니 자기 마음을 버리고 남편의 마음으로 살라고 했지만, 그 결과 여성에게 남겨진 삶은 자손과 시댁 가문을 위해 헌신하는 종속성의 한계를 벗어나지 못했다. 살아남았지만 여전히 붙잡힌 삶이었다.

6장

평판

사회 감시망 속 소문과 평판

반면, 인간은 누군가로부터 인정받고 인정하기를 바라고
원하는 이미지를 적절하게 사용하여
자신의 진실을 추구한다.
이런 방식으로 인간은 개방을 어떤 세계로,
끊임없는 정치적 변증법의 장소로 변형시킨다.

- 조르조 아감벤

여성의 삶은 문지방을 넘어서지 않는다?

조선시대 여성을 떠올릴 때 쉽게 떠올릴 수 있는 이미지는 신윤복과 김홍도의 풍속화다. 그림에 재현된 여성의 신분은 다소 제한적이다. 왕실 여성은 그리지 않았고, 양반 여성은 드물다. 신윤복의 풍속화에 등장하는 여성은 기생이 많고, 김홍도의 그림 속 여성은 서민인 경우가 많은데, 이들이 노동하는 모습도 있다.

〈장옷 입은 여인〉에 등장하는 여성은 장옷을 머리에 둘러썼는데 얼굴이 보인다. 걷기 편하게 치마를 올려 입고 속바지를 드러낸 모습으로 보아 기생일 가능성이 크다. 바라보는 여성의 눈에 들어온 모습을 렌즈로 확대한 것처럼, 장옷 입은 여성이 도드라졌다. 쳐다보는 여자는 뒷모습을 그려서 얼굴이 안 보이

〈장옷 입은 여인〉, 신윤복, 국립중앙박물관 여성이 길 위에 있다. 장옷 입은 여성은 기생일 가능성이 높다.

〈월하정인〉, 신윤복, 국립중앙박물관 한밤중에 장옷 입은 여인이 잘 차려입은 청년 양반 을 독대한다. 수줍은 듯 포즈를 취한 이 여성은 기생이다.

〈매염파행도(賣鹽婆行圖)〉, 《행려풍속도》, 김홍도, 국립중앙박물관 소금 파는 할머니 행상 둘이 대화하며 길을 간다. 먼저 간 이가 뒷사람을 기다리는 모습이다. 오른쪽 여인은 지팡이를 들었다. 둘 중의 연장자다. 행상들은 집마다 다니면서 물건만 판 것이 아니라 세상 소식도 전했다.

는데도 시선이 느껴진다.

그림에 재현된 양반 여성을 찾는 것은 문자 기록에 담긴 여성 사례 찾기보다 어렵다. 우선, 현재 전하는 여성의 단독 초상화는 찾아보기 어렵다. 여성의 초상화는 부부의 영정(影幀: 초상화) 형태로 전해지는데, 태조의 장녀인 경신 공주(慶愼公主, 1348~1412)와 남편 이애(李薆, 1363~1414) 부부의 초상, 세종 때 대제학과 영의정을 역임한 하연(河演, 1376~1453)과 부인 성산 이씨의 부부 초상(眞影)이 전한다.[1] 회화사적으로 조선시대 여성사를

〈노상풍정〉, 《행려풍속도》, 김홍도, 국립중앙박물관 장옷 입은 여인이 소를 타고 길을 가다가 말을 타고 마주 오는 남자와 마주쳤다. 여인을 본 남자는 부채로 얼굴을 가렸다. 여자의 뒤에는 남편이 아기를 업고 있다. 여자가 말이 아니라 소를 타고 가는 것으로 보아, 가난한 양반 부부일 것이다.

〈자리 짜기〉, 김홍도, 국립중앙박물관 자리 짜는 남자 옆에 자리의 실을 잣는 여인이 있다. 곁에 공부하는 남자가 아들이다. 차림새가 검소하고 부부 모두 일하는 것으로 보아 가난한 양반이다. 신분과 상관없이 일하는 여성의 모습은 똑같다. 앉은 자세로 온몸을 사용해 일한다.

살피려면 기생이나 서민 여성의 풍속화, 또는 양반가의 행사나 의례, 개인의 생애와 관련된 사건 등을 시각적으로 기록한 사가기록화私家記錄畵[2]나 의궤화를 보아야 한다. 여성 스스로 자기 기록을 문자로 남긴 사례는 드물지만 있었다. 하지만 여성 화가가 여성의 모습을 그린 사례를 찾기는 쉽지 않다. 사가기록화는 그림 특성상 인물이 작게 그려져 얼굴의 개성을 알아보기 어렵고, 얼굴 자체를 빈 채로 그리는 게 많아 양반 여성의 개별 모습의 특징을 찾기 어렵다. 장수를 축하하는 '수연도'에서 하례하는 양반 여성의 모습이나 '평생도'에 그려진 각종 의례에 작게 그려진 여성 형상을 볼 수 있는 정도다.

조선시대 여성의 삶을 표현하는 클리셰(cliché: 진부하거나 틀에 박힌 생각 따위를 이르는 말) 중 하나는 '부인의 행실은 문지방을 넘어서지 않는다'거나 '부인의 덕은 규문을 넘어서지 못한다'는 것이다. 이 문장은 『예기』에 근거를 둔다. 이에 따르면 조선시대 양반 여성은 집 안에서만 지냈고, 여성의 목소리는 집 밖을 나오지 않은 것처럼 여겨진다. 과연 조선시대 양반 여성의 사회적 존재감이나 관계가 그러했을까?

회화 자료 중 가족 의례나 행사에 한데 모여있는 모습으로 그려진 양반 여성의 모습을 보면, 이들이 친척이나 지인들과 안부를 묻고 축하 인사를 나누고, 소식을 전하는 정황을 짐작할 수 있다. 평생도나 이력도 등을 보면 그림 안에 다양한 연령과 신분의 남녀가 모여 서로를 관찰하고 대화를 나누면서 사회적 연결망을 형성했다. 문헌 자료에서도 같은 양상이 보인다. 여러 정황을 통해 양반 여성의 존재, 정보, 소문, 평판, 영향력 등이 규문이나 문지방을 넘어 고을, 사회, 국가로 전파되고 확산되었음이 확인된다. 양반 여성도 명백한 조선 사회의 구성원이다. 이들은 일상의 대화, 관계, 문자 생활, 행동의 주체로서 존재감을 형성하고 인정받았다. 이들에 대한 정보는 당시에도 널리 알려졌고, 역사 기록에도 남아 후대인이 접할 수 있다.[3] 그럼에도 불구하고, 사대부의 문헌에는 규문을 넘어서지 않는

〈문효공 하연과 정경부인 성주 이씨 영정〉, 경상남도 문화재 자료 278호다.

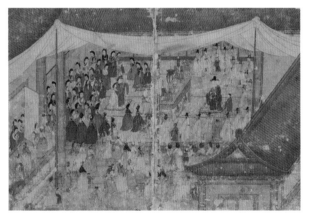

〈회혼례도첩〉 제 2폭 《교배례도》, 국립중앙박물관 화려하게 치장한 자손과 친척들이 절을 하려고 줄을 선 모습이다. 양반 여성의 옷과 장신구, 차림새가 정교하게 표현되었다. 얼굴을 이목구비를 갖추어 다양한 표정으로 그렸고, 뒷모습에는 머리 장식을 섬세하게 표현했다. 축하하러 온 친척들이 안부와 소식을 전하며 소통했고, 여성도 예외가 아니다. 여성의 일상과 평판이 결코 규문 안으로 폐쇄될 수 없었다.

〈담와 홍계희 평생도〉, 김홍도, 국립중앙박물관 담와 홍계희의 생애를 그린 장면에 양반 여성도 있다. 그러나 여럿이 앉아 있는 모습으로 그려졌기에, 정작 얼굴은 이목구비의 표현 없이 비어 있다. 여성의 단수성보다 집단성, 복수성에 주목했기 때문이다. 이는 같은 화면의 남성 재현에도 해당하지만, 같은 그림의 다른 화면에서는 얼굴을 포함해 남성의 전신을 상세히 그린 것이 많다.

여성상을 이상으로 여기는 발언을 반복해서, 여성의 사회적 영향력을 축소하거나 누락하고 배제하는 모순을 재생산했다. 그 이유는 무엇이며, 실제로 양반 여성의 정체성과 삶에 대한 정보는 어떻게 민간에 소문으로 전파되고 사회적 평판을 형성했을까?

규문 안팎을 넘나든 여성의 존재감

『예기』의 「곡례曲禮」 상편에는 '바깥의 말이 문지방 안으로 들어가지 않으며, 안의 말은 문지방 밖에 나가지 않는다外言不入於梱, 內言不出於梱'는 문장이 있다. 밖에서 일하는 남자는 집안에 바깥일을 옮기지 말고, 집에서 일하는 여자는 집 밖에 말이 나가지 않게 삼가라는 뜻이다. 강조된 뒷부분은 여성의 언행이 규문 밖에 드러나면 안 된다는 행동 규범을 일반화한 것이다. 이런 표현을 인용할 때, 몇 가지 서로 다른 맥락을 띠게 된다.

첫째, 여성의 언행이 규문 밖에 소문나면 안 된다면서, 역설적으로 동시대의 여성을 칭찬했다. 훌륭한 여성을 칭찬하려면 누가 무엇을 했는지 알아야 하는데, 소문나면 안 된다니 모순이다. 이 표현을 자주 쓴 걸 보면 당시 사회에서 통용되던 상투구다. 예컨대, 통덕공(通德公) 홍덕보(洪德普)의 형(부여공[扶餘公]과

임피공[臨陂公])은 딸들을 용인 이씨(1656~1740. 홍덕보의 아내)에게 보내 배우게 하면서 "여자의 자취는 문지방을 넘어서는 안 되기에 훌륭한 스승을 얻기가 어려운데, 너희들은 스승을 얻었다"라고 했다.[4] 집안의 여자 어른이 딸들의 스승이나 롤 모델이 되었음을 알 수 있다. 인용문에서 문지방이라는 단어는 집안 전체를 상징하는 제유적 표현(부분으로 전체를 지시하는 수사법)이다. 정경부인 이씨(홍수헌의 아내, 이재의 큰고모)는 가르침과 말이 규문을 넘지 않는데 그 덕택이 온 가문에 미쳤다.[5] 이 문장도 모순어법이다. 여성의 말이 집 밖으로 나가지 않았는데, 그 여성이 친척에게 덕을 베풀었다고 했으니, 사실상 여성 정보가 밖에 알려진 것이다. 덕을 베풀려면 보살핌이 필요한 대상에 대해 알아야 한다. 양반 여성은 끝없이 바깥세상과 소통했는데도, 이를 인정하지 않고 규문 밖으로 소문나지 않았다는 비현실적 발언을 반복했다.

둘째, 규방의 덕이 드러나지 않아 남들이 그 훌륭함을 몰랐지만, 아들을 통해 어머니의 덕을 짐작할 수 있다고 했다. 어유봉은 함양 박씨(이현익[李顯益. 1678~1717]의 어머니)를 위한 애사(哀辭: 죽음을 애도하는 글)에서 규방의 덕은 드러나지 않아 말할 게 없지만, 아들(이현익)의 덕행을 보면 어머니의 덕과 지혜를 알 수 있다고 썼다.[6] 유사한 논리가 채팽윤(蔡彭胤. 1669~1731)의 글에도 있다. 채팽윤은 안음(安陰) 강식(姜植)의 어머니를 위한 만사(輓詞: 죽은 이를 슬퍼하여 지은 글)를 쓰면서 규방의 덕은 문지방을 넘지 않지만, 자신이 직접 증험할 수 있는 게 있다고 했다. 평소에 안음공 형제와 친하게 지내서 우애와 공경에 대해 알았는데, 다 어머니의 교육 덕분이라는 것이다. '이런 어머니 없이는 이런 아들도 없다'는 옛말에 딱 맞는다고 했다.[7] 양반 여성의 존재감이 아들을 매개로 발현되었다. 여성을 독자적 주체가 아니라 남성(아들)을 통해 투사되는 존재로 여겼다.

셋째, 여성의 언행이 규문을 넘어서지 않아야 한다는 데 동의하지만, 여성이 살아서 한 덕행과 좋은 행실이 잊히면 안 되니 죽은 다음에는 그 행적을 기록하자는 논리다. 일종의 사후적 허용이다. 이이명은 외할머니 정경부인 이씨의 묘지문을 쓸 때, 어머니가 기록한 글을 바탕으로 삼고 형제와 친척들의 말도 참조했다. 자손이 기록하지 않으면 여성의 언행은 전해질 수 없다.[8] 이이명의 어머니도 자신의 어머니에 대해 기록했다. 여성이 여성을 기록하는 문화가 있었다.

평민 여성은 행적이 알려지기가 더 어려웠다. 평민 열녀 권씨의 정려문(旌閭門: 충신, 효자, 열녀 등을 표창하기 위해 그 동네에 세운 정문)을 쓴 이익은 대체로 백성은 지위가 낮고 여자의 몸은 미천해서 하는 일이 잘 알려지지 않는다고 했다. 시골의 평민 중에도 지조를 지키는 이가 있는데, 지역이 멀고 세력이 없으면 이름이 민멸되어 알 수 없게 된다.[9] 이익은 여성의 신분이 낮으면 자손이 글로 남기기 어려우니 선비와 관리에게 사회적 책임이 있다고 했다. 낮은 처지의 여성이 신분과 젠더라는 이중의 장벽에 처했음을 인지한 것이다. 이런 이유로 낮은 신분 여성의 행실은 선비와 관리, 국가에 의해 관리되었다.

넷째, 부인의 행실은 문지방을 넘지 않아 기록할 게 없으나, 예외가 있다고 한 경우다. 이의현은 「영빈 안동 김씨 묘표」에서 부인의 행실이 문지방을 넘지 않아 기록할 것이 없고, 구중궁궐의 여인은 더욱 알려진 바가 없는데, 영빈(1669~1735)은 특별해서 기록할 게 있다고 했다.[10] 영빈 김씨는 숙종의 후궁으로 김수증(金壽增. 1624~1701)의 맏아들인 김창국의 딸이다. 숙종의 계비인 인현왕후의 추천으로 숙의淑儀로 간택되어 입궐했다가 기사환란을 만나 폐출되었고 갑술환국에 복작되었다. 자식이 없어서 나중에 영조가 되는 연잉군을 친아들처럼 키웠다. 김씨의 사후에 동생 김치겸이 이의현에게 행장을 건네며 묘표를 써달라고 청했다. 이의현이 예외성을 인정한 이유는 영빈 김씨가 명망 있는 가문 출신이라는 점이다. 묘표의 서두에 혁혁한 가문 정보가 나열된다. 이후 영빈의 뛰어난 행실을 서술했다. '사람을 대할 때에는 오로지 정성과 공경으로 하니 아름다운 명성이 자자하였고, 처소가 맑고 화목해 상감께서 갈수록 더욱 공경하고 존중하셨다'[11]고 했다. 여성의 정성스럽고 공경하는 태도에 대한 명성이 이미 생전에 알려졌다.

다섯째, 여성이 시부모에게 한 효와 남편에게 한 열행이 마을에 알려져 선비와 관리가 이를 왕에게 보고해 정려 받게 한 경우다. 홍양호가 쓴 「열부이씨 정려기」가 있다. 열부 이 씨는 남편(정익주[鄭翊周])이 위독해져서 맥박이 끊기자, 산 사람의 혈육을 먹으면 살 수 있다는 말을 듣고 자신의 넓적다리 살을 베어 먹였다. 남편이 살아났다. 그러나 이 씨는 이 일로 유산했고 가족에게는 비밀에 부쳤다. 사연을 알게 된 사람들이 이 씨의 행적을 조정에 알리려 했는데, 이 씨의 청으로 중단되었다.[12] 여성이 집안에서 간호하고 헌신한 일이 알려진 데는 효와 열이라는 성리학적 이념과 가부장적 이념이 관여되었다.

문헌에서 '부녀자의 행실이나 덕은 문지방이나 규문을 넘어서지 않는다'는 표현은 사대부 남성이 망자 여성을 치하하는 상투적 문구로 사용되었다. 그러나 실제의 문맥을 살펴보면 여성 존재감은 언제나 문지방을 넘어 규문 밖까지 넘나들었다. 여성의 아름다운 소문을 뜻하는 '영문令聞'이라는 표현도 자주 찾아볼 수 있다.[13] 여성이 생전에 좋은 평판을 얻었을 때 사용했다. 여성에 대한 정보는 끊임없이 문지방을 넘었지만, 유교 이념이라는 조건을 통과해야 했고, 남성을 매개로 필터링되어, 여전히 규문 안에 존재한다는 인식을 각인시켰다. 이런 문법을 요즘도 경험할 수 있다. 드라마 '미생'에서 여성 직원이 있는 사무실에 문을 연 남성이 "아무도 없네"라고 한다든가, 조직 내에 여성 능력자가 있지만, 마치 없는 것처럼 투명하게 취급하는 사례가 여전히 힘을 발휘하기에(세계 각국 여성들의 고위직 진출을 가로막는 방해 요소를 수치화한 유리천장 지수가 이를 대변한다), 여성의 역량을 박탈하고 경시한 것을 조선시대라는 특정 시대의 풍조로만 여기는 것은 부정확하다. 성 평등을 실현하기 위해서는 성희롱, 성폭력 등 그야말로 섹슈얼리티와 관련된 문제만으로 협소화해서 쟁점을 부각하는 일을 성찰하고, 사안을 확장된 시각으로 다루어야 한다. 여성 역량의 혜택을 보면서도 마치 없던 것처럼 투명하게 취급하거나, 발휘하지 않았다고 말하는 것은 오류나 실수가 아니라 윤리 위반이다. 비가시화된 존재의 고통스러운 침묵, 견딤, 상처, 분노의 억압, 사라짐 등에 대해 엄밀히 탐구해 다양한 사례를 공유하고 성찰해야 하는 이유다.

여성의 사회적 관계망과 평판 형성

조선시대에 양반 여성이 처신에 제약을 받았고, 사회적 관계망 또한 협소했던 것은 사실이다. 여성의 주요 활동 공간은 가정이지만, 그 안에서도 다층적인 사회적 관계망이 존재했다. 집안의 의례인 관혼상제를 계기로 친척 간에 교류가 있었으며, 친족 간 왕래나 이웃과의 교류, 지방 관아의 아전과 하인인 관속이나 관노비와 간헐적인 교류가 있었다. 여성 스스로 이웃과 친척을 돌보면서 사회적 영향력도 발휘했다. 규문을 나선 양반 여성의 평판이 가족 또는 가문의 범위를 넘어서, 이웃과 마을, 지역으로 확산되었다. 그럼에도 불구하고 양반 여성의 행실이 규문 밖을 나가지 않음을 강조하는 남성의 서술이 반복되면서, 실상을 벗어나거나 우회하는 편협한 이해가 고착되었다.

　조선시대 여성은 늘 소문을 탔다. 17세기에 윤문거(尹文擧, 1606~1672)는 권준에게 시집간 막내 여동생이 남편 공경을 잘한다는 소문을 들었다.[14] 시집간 동생의 소식을 풍문으로 들은 것이다. 왕실 여성도 마찬가지다. 왕가는 양반 여성과 혼례 했기에, 왕실의 일원이 된 양반 여성은 친정을 통해 사회적 연결망을 형성했다. 이재의 어머니인 여흥 민씨는 인현왕후의 언니다. 인형왕후는 언니를 높은 선비高士로 여기며 공경했다. 민씨가 중년에 중풍을 앓았는데 인현왕후가 여자 의원을 보내 진맥하게 도왔다. 중풍에 쓰는 방풍통성산을 보내주면서, 마음이 불편한지 물어보았다. 옷도 선물했다. 민 씨는 이를 과분하

충남 논산에 있는 노강서원, 한국민족대백과사전 이곳은 숙종 1년(1675) 김수항의 발의로 윤황의 학문과 덕행을 추모하고 지방민의 유학 교육을 위하여 건립하였다. 숙종 8년(1682)에 사액을 받은 후 윤황의 아들 석호 윤문거를 추향하고, 경종 3년(1732)에는 노서 윤선거와 그의 아들인 명재 윤증을 추향했다.

게 여기면서도 관에 넣어달라고 유언할 정도로 소중히 여겼다.[15] 여흥 민씨는 왕실과 인척 관계이기에 개인적이고 신체적인 정보가 왕실까지 알려졌다. 민 씨는 성품이 훌륭하고 남의 잘못을 잘 타일러 준 것이 이웃과 친척, 친정 마을에 널리 알려졌다. 민 씨는 친척과 만나기를 좋아했고 돈독하게 지냈다. 사람을 알아보는 감식안이 있었고 사람의 속내를 잘 파악했다. 사람들은 평소에 여흥 민씨와 교섭해 감식안의 도움을 받고 싶어 했다.[16] 여성도 사회생활을 했기에 결코 숨겨진 존재가 될수 없었다.

양반과 혼인한 공주의 소문도 퍼졌다. 명숙공주(1456-1482)는 세조의 큰아들인 덕종과 소혜왕후 한씨의 외동딸이자 홍상의 아내다. 채제공은 공주가 번화한 가문으로 시집가서 정성스럽게 도리를 다했다고 썼다. 어른에게 효성을 다해 본보기가 되었고 친척과 이웃에 알려지고, 소문이 나라에 퍼졌다.[17] 양반 여성에 대한 정보를 국가에서 관리해서 활용한 경우도 있다. 궐에서 동궁의 가례를 행할 때, 복과 덕을 갖춘 여성을 초청해 이부자리를 만들게 했다. 인현왕후는 김 판서 부인이 아니면 안 된다며 한산 이씨를 궁으로 불렀다. 사람들이 부러워하고 칭송했다.[18] 한산 이씨에 대한 평판이 인현왕후에게까지 알려진 정황은 여성 정보가 결코 규문 안에 한정되지 않았으며, 국가 차원에서도 여성 인재에 대한 정보 관리를 했음을 알 수 있다.

여성 평판이 형성되는 계기로 첫째, 여성과 연결된 사회적 관계망을 들 수 있다. 가족과 가까운 친척, 집안의 종, 친밀한 이웃, 방문자, 손님, 가족의 사회적 관계망을 통해 여성의 정보가 형성되고 확산되었다. 이들은 양반 여성과 직접 만났고 자연스럽게 이들을 사회에 알렸다. 김창협이 쓴 장모 풍양 조씨(1646~1693. 홍처우의 아내)의 행장을 보자.[19] 남편 홍처우가 흡곡현에 부임했을 때 조 씨는 관아의 물건을 사적으로 쓰지 않고 청렴을 지켰다. 조 씨는 고통받는 백성에게 공감해서 일상을 삼갔고, 의지할 데 없는 노인을 돌보았다. 관비를 가족처럼 보살펴 인자하다고 칭송받았다.[20] 관리의 아내는 관비와의 소통이 다반사였고, 고을 사람을 돌보며 사정도 파악했다. 이런 교섭 과정에서 양반 여성에 대한 사회적 평판이 형성되고 확산되었다.

양반 여성이 가난한 이를 구휼하고, 마을, 이웃, 친척들이 칭찬한 사례는 흔하다. 유척기의 외할머니가 빈민을 구제하자 이웃이 탄복하고 친척이 기뻐했다.[21] 어려운 이웃과 친척을 돕는 것은 양반가 여성의 보편적인 처신이다.[22] 자신을 도와준 양반 여성이 사망하면 이웃 여자들은 탄식하고 종들은 울었다.[23] 17세기에 정 씨(1590~1652)가 나만갑에게 시집왔을 때 친척들과 종들이 경사로 여기며 칭송했다. 이들이야말로 여성을 평가하고 소문내는 주역이다.[24] 어떤 경우에도 여성은 사회적 관계망에서 배제될 수 없었고, 평판이라는 인정 구조에서 자유로울 수 없었다. 숙인 창원 황씨(김시민(金時敏: 1681~1747)의 아내)는 집이 곤궁했지만, 병치레 잦은 남편이 모르게 했다. 가끔 남편의 손님이 오면 별미를 갖추어 술상을 차렸다. 친구들은 집이 가난한데 이렇게 대접하니 훌륭한 내조자가 있을 거라고 했다.[25] 이때 여성 평판의 출처는 방문자, 즉 손님이다.

효종의 맏딸인 숙안공주는 홍득기와 혼인해서 50년 동안 궁궐을 드나들었다. 성품이 후덕해서 궁궐에 있는 천여 명의 사람들로부터 칭찬을 받았다.[26] 시댁의 여종들은 공주를 따라다니며 소문을 퍼뜨렸다. 공주가 이를 꾸짖은 정황이 전한다.[27] "집안의 골육 사이가 어그러지는 것은 대개 비복들이 왕래하며 혀를 놀리는 데서 생기는 경우가 많으니 경계해야 마땅하다"[28]는 발언은 종들이 양반가의 소문을 전파, 왜곡, 확산하는 메신저였으며, 경우에 따라 여론도 조성했음을 보여준다.

둘째, 기록을 통한 평판 형성이다. 가족이나 친척, 가족의 친구와 지인이 여성이 죽은 다음에 행적을 기록했다. 이것이 행장行狀, 유사遺事, 행록行錄이다. 행장은 대개 후손들이 부모님이 돌아가신 뒤에 그 행적이나 언행을 적은 글이다. 타인에게 고인의 묘비문이나 묘지명을 청탁할 때 이것을 바탕 자료로 쓸 수 있게 했다. 유사란 행장에 미처 다 적지 못한 내용을 추가로 적은 글이다. 행록도 고인의 행적을 적은 글이다. 이를 바탕으로 고인에 대한 여타의 글들(묘비문, 묘지명, 애사, 광지 등)이 생겨났다. 이익은 이제관(李齊筦)의 부탁으로 그의 누나인 전주 이씨의 행록을 썼다.[29] 남편이나 시댁에서 이 씨의 미혼 시절을 알지 못하기에 매부인 이제관이 들려준 정보를 모아 글을 썼다. 대개 이런 글은 양반 남성이 썼기에 남성의 시선과 사유 구조가 매개된다. 당대에는 이것이 여성 주체성이나 당사자성을 배제

<섬충도> 8폭 병풍, 신사임당, 국립중앙박물관 김진규는 신사임당의 초충도를 소장한 정종지의 청탁을 받고 「신사임당의 초충도 후기(題師任堂草蟲圖後)」를 썼다. 이는 신사임당의 초충도 8폭에 대한 미술비평이다.

한다고 생각하지 않았다.

드물지만, 여성이 여성을 기록하는 문화도 있다.[30] 조관빈이 며느리인 경주 이씨를 위해 쓴 행장을 통해 이 씨가 생전에 시아버지의 행적을 언문으로 기록했고, 조관빈의 딸들이 이를 이어받아 책으로 엮은 일이 확인된다. 권만은 10세에 모친 풍양 조씨를 여의었는데, 자라서 아버지와 외백모, 종, 마을 노파 등의 구술 기억을 모아 어머니의 행록을 썼다.[31] 이때 권만은 돌아가신 어머니를 시누이로 부르는 외백모로부터 언간(諺簡: 언문으로 쓴 편지)을 받아 참고했다. 외백모는 "우리 시누이에 대해 자세히 아는 건 이 늙은이만 한 사람이 없다"고 자부하면서, 언문

290

편지 여러 장을 보냈고,[32] 기록에는 오류가 없으니 고인의 영전에 물어봐도 된다고 했다.[33] 권만이 이를 한문으로 번역해 행록에 참조했다.

셋째, 여성 스스로 자기 삶을 기록했다. 문자를 배운 여성은 가족과 편지를 주고받았고 시와 산문도 창작했다. 경전과 역사책, 내훈 등 여성 규범 서적을 읽었으며, 이를 필사하고 메모했다. 이재는 정명공주가 필사한『유합』에 발문을 쓰면서 글씨체를 평했다. 필체가 도탑고 바르게 정돈되어서 여성적 분위기나 풍미는 아니라고 했다. 정명공주는 평소에 화목하고 평온한 기상이 있었는데, 존경을 받았고 복을 누리며 장수했다.[34] 서예작품은 행위자로서의 여성을 이해하는 물적 토대다. 신사임당은 그림을 통해 예술적 평판을 얻었다.[35] 신사임당의 〈초충도草蟲圖〉에 대한 송상기와 김진규의 비평이 있는데, 그림의 소장자인 정종지의 청탁을 받아쓴 것이다.

넷째, 여성이 특정한 행동을 해서 사회적으로 알려진 경우다. 남편이 죽은 뒤에 자결해서 열녀로 칭송받거나 정려된 경우다. 정절 훼손의 위기에 처하자, 관아에 직접 소송해서 진실을 규명한 사례도 있다.[36] 전란을 당한 여성은 정절이 훼손될 순간, 자결해서 명예를 지켰다. 정려를 주선한 이는 열행의 목격자이거나 소식을 들은 마을 유생이다. 여성의 판단과 처신,

당시의 감정과 발언조차 사회로 확장되어 평판을 형성했다.

여성이 정치적 이유로 자결해 정려 받은 사례도 있다.[37] 유취장(柳就章. 1671~1722)은 신임사화에 처형을 받아 사망했고, 아들 유선기(柳善基. 1695~1722)도 처형을 받았다. 유배지에 가던 그의 아내와 며느리는 13일간 식음을 전폐하다 사망한다. 영조가 즉위한 후, 유취장은 신원되었고, 그로부터 17년 뒤(1743. 영조 19년)에, 처형된 아들, 자결한 아내, 며느리에게 정려가 내려졌다. 조관빈이 정문찬旌門贊을 썼다.[38] 죽음의 경위에는 정치적 처신이 매개되었는데, 사회적으로 표창할 때는 효와 열이라는 윤리적 어휘를 택했다.[39] 두 여성이 정려 받은 항목은 열이다.

정래교(鄭來僑, 1681~1759)의 「취매전翠梅傳」[40]과 「오효부전吳孝婦傳」[41]은 평민 여성이 남다른 행실로 효녀와 열녀로 칭송받은 사례다. 취매의 아버지(아전 김성달)는 장부를 조작해 관아의 쌀을 빼돌려 사형 선고를 받았다. 취매는 아버지를 선처해달라고 눈물로 하소연했다. 고을 사람들의 마음을 움직여 수백 석의 쌀을 모았다. 취매의 눈물이 사회적 호소력을 얻어 법 집행에 영향력을 끼쳤다. 취매는 효녀라는 평판을 얻고 아버지를 살렸다. 관가의 쌀을 사취한 김성달은 명백히 죄를 지었는데, 민심은 아버지를 위해 애쓰는 취매의 효심을 지지했다. 「오효부전」의 오 씨는 집에 불이 나자 신주를 구하려고 불 속에 뛰어들었다가 숨졌다. 사람들은 오 씨를 효부로 칭송했다. 정래교는 오 효부를 백희와 조아에 견주었다.[42] 백희와 조아는 각각 『삼강 행실도』의 열녀도, 효자도에 실렸다(백희는 노나라 선공의 공주이자 공 공의 아내다. 공공이 죽고 나서 집에 불이 났는데, 밤에는 보모와 부모 없이 마루를 내려가지 않는 법이라며 부모를 기다렸다. 결국 불에 타 죽었다. 열녀로 칭송받았 다. 조아는 중국 한나라 때 인물로 아버지가 물에 빠져 죽자 시신을 찾으려고 강물 로 들어갔다가 사망했다. 다음 날 아버지의 시신을 안은 채 물 위에 떠올랐다.).

다섯째, 여성에 대한 국가적 인정 및 관리를 들 수 있다. 여 기에는 양반가 여성에 대한 국가적 대우, 남편 또는 아들의 관 직에 따라 아내 또는 어머니가 봉작을 받는 것, 여성이 효행과 절행으로 정려를 받는 경우가 있다. 이건명(李健命, 1663~1711)은 70세 이상의 노인을 특별히 대우하는 가자加資 제도를 90세 여 성에게 부여하자는 논의가 일자 왕에게 의견을 물었다.[43] 이건 명은 연로한 부인에게 봉작하는 일은 전거가 없으니, 구태여 할 필요는 없다는 입장이다. 장수를 기리고 노인을 우대하는 정책에 여성을 포함시킬 것인가와 같은 논의는 여성을 존경의 대상으로 삼을 것인지를 정하는 정책 사안이다.

남편이나 아들의 관직에 따라 아내 또는 어머니가 봉작을 받 은 사례는 많다. 이는 여성의 생전이나 사후에 모두 행해졌다. 유척기의 어머니인 정부인 이씨는 유척기가 변방의 수령, 분무

종훈, 강화유수, 한성판윤, 판의금부사, 우의정으로 승진하자 순차적으로 정부인, 정2품, 정경부인, 정1품 항렬에 올랐다. 당시 유척기의 부친은 이미 사망한 뒤다. 아들이 승진하면서 부친도 이조참판, 좌찬성, 영의정에 추증되었다. 고위 관직자에 한정되었지만, 여성에 대한 국가 관리가 봉작의 형태로 이루어졌다.[44] 유척기의 모친은 영조로부터 잔치를 하사받았고, 병이 났을 때는 인삼을 받았다. 조정의 신하와 부인들 중 70세가 넘은 이들에게 내려 주는 비단, 쌀, 콩, 닭, 돼지 등의 선물도 받았다. 유척기의 모친이 사망하자 관청에 명해 부조하고, 승지를 보내 조문했다. 발인과 봉분을 도울 인력도 보태주었다.[45] 왕이 관리의 모친에게 관심을 기울이고 은혜를 표한 것은 선정善政의 표상이다.

다음은 남편이 출세하면 사망한 여성 가족에게 국가가 작위를 추증한 경우다. 조태채는 아내(청송 심씨)가 살았을 때 승지였는데, 죽은 뒤에 우의정이 되었다. 이에 따라 청송 심씨도 내명부의 작위를 받아 정경부인에 추증되었다.[46] 이건명의 아내 광주 김씨는 사망 20년 후에 정부인에 추증되어 신주의 작호를 고쳤다.[47] 김주신의 오대조 할머니 여흥 민씨는 사후에 정경부인으로 추증되었다.[48] 남편의 관직에 따라 여성의 관작도 추증되는 것은 '여자가 영예로워지려면 이름난 훌륭한 선비와 결혼하는 것보다 나은 게 없다'[49]는 세론의 근거가 되었다.

여성이 직접 효행과 절행을 해서 국가가 정려하기도 했다. 유인 윤씨는 임진왜란때 왜적에 항거하다가 자결해서 정려 받았다. 이만부(李萬敷. 1664~1732)가 음기를 썼다.[50] 왜적이 마을을 습격하자 정일은 숲에 숨었고 부인 윤 씨는 아이를 안고 도망갔다. 상황이 여의치 않자 윤 씨는 들키지 않게 명주로 몸을 감싸고 연못에 투신했다. 여종 막개도 뒤따라 죽었다. 정일은 왜적에게 저항하다 살해되었다. 여종 계화가 윤 씨의 시신을 수습하고 그 아들을 데리고 윤 씨의 친정에 갔다. 후손이 이어진 것이다. 정일과 윤 씨가 정려 받은 것은 사망 후 100년이 지난 뒤다. 이를 다시 글로 남긴 것은 살아남은 후손(정보)이 아버지의 행장을 들고 이만부를 찾아와 글을 청탁해서다. 정려는 이들의 명예로운 죽음을 기리는 장치였지만, 결과적으로 여성 열행의 규범을 강화하는 문화정치의 효력을 발휘했다.[51] 여성이 역사화되는 계기는 효, 열, 충 등 유교적 이념이나 국가 이데올로기로 축소되었다. 다른 방식으로 여성을 기념하는 문화적 장치가 없었다. 여성에 대한 사회적 상상력의 한계다.

양반 여성이 정절을 위해 자결하고, 국가가 이를 정려하는 분위기는 상민과 천민 여성에게도 영향을 미쳤다. 이와 유사한 경우(정절 위기)에 생명의 자기 결정권을 행사할(자결할) 정당성을 부여받았다. 권두경(權斗經, 1654~1725)은 신분이 낮은 삼계 지방의 여자 지녀에 대해 썼다. 지녀는 남편이 죽고 8년 동안 바깥에 얼굴을 보이지 않았다.[52] 이런 처신은 이옥(李鈺1, 1760~1815)이 쓴 「수칙전守則傳」의 주인공과 유사하다.[53] 수칙의 신분은 궁녀인데 이것이 밝혀지기까지 기이한 사연이 있다. 한양 서쪽의 월암 근처에 두 여인이 살았다. 한 여인은 주로 성 밖에서 지내며 점을 치고 바느질을 해서 돈을 벌었다. 다른 여인은 방 안에 문을 걸어 잠그고 지냈다. 사나운 개들이 집을 지켰다. 밖에 사는 여인이 가끔 드나들었는데, 일이 있어 닷새 동안 오지 않아도 집에서 밥 짓는 연기가 나지 않았다. 이웃에서 누군가 불을 질러 불길이 옮겨붙어도 기색이 없었다. 마을의 할머니가 몰래 엿보니, 한 여인이 홑이불을 덮고 벽 쪽으로 누워있었다. 드나드는 여인에게 물어봐도 사정을 말해주지 않았다. 사이좋게 지내던 한 여자가 따라와서 물으니, 자기들은 궁에서 지내다가 몇 년 전에 나왔다고 했다. 따져보니 임오년(1762. 사도세자가 사망한 해)이었다. 신해년(1791)에 임금이 전교를 내렸다. 도성 서쪽 외곽에 삼십 년을 혼자 지낸 여인이 있는데, 나이가 마흔여섯이다. 이모를 따라 궁궐에 들어와 남몰래 은총을 입었는데 궁궐을 나가서 삼십 년간 아무도 만나지 않았다는 것이다. 임금은 정려문을 내려야 한다며 의견을 물었다. 신하들이 모두 안타깝게 여기고 감탄하면서 종2품의 수칙[55]에 봉하고, 정려문을 세우게 했다. 수칙은 이씨이고, 드나들던 여인은 이모다. 정려가 내려지자 마을 사람들이 비로소 수칙의 정열을 알게 되어 감탄했다. 우는 사람도 있었다.

수칙은 남몰래 정절을 지키며 자기 없는 생을 살았다. 숨어 지낸 30년에 대해 정려가 과연 보답이 될 수 있었을까? 그보다는 이 여인에게 새 이름을 주고 어디선가 자유롭게 살 수 있도록 해주어야 하지 않을까? 지녀는 수칙만큼은 아니지만, 거동 범위를 단속하며 살았다. 친정 방문 외에는 외출을 삼갔는데, 결혼을 강요받자 남편의 기일에 자결했다. 죽고 나서 정려되었다. 지녀의 신분은 천민이다. 김진규가 기록한 열부 유 씨의 행보도 유사하다. 열부 유 씨(현감 유박의 딸. 학생 이사장의 아내)는 남편이 죽은 뒤 곡기를 끊어 죽으려 했는데, 16일을 굶어도 죽지 않았다. 아버지의 만류를 이기지 못해 미음만 먹었다. 아버지가 외지로 나가자 다시 20일을 굶었는데 숨이 끊어지지 않았다. 유 씨는 3년 동안 미음만 먹었다. 5년 동안 안채 밖을 나오지 않았고 내내 같은 옷을 입었다. 죄인으로 자처했다. 곁에서 지켜보던 여종 덕금은 유 씨를 불쌍히 여겨 남편과 이별했다. 아들을 남에게 맡기고 유 씨 집으로 와서 3년을 함께 지냈는데, 몹시 고달프고 지쳐서 먼저 세상을 떠났다. 남편의 생일날 유

씨는 신주에 곡하다가 소리가 잦아들어 숨이 끊어졌다. 사람들이 유 씨와 덕금의 정려를 청했는데, 조정에서는 유 씨만 정려하고 덕금의 자녀에게는 쌀과 옷감을 내려주었다.[55]

여섯째, 위의 모든 사항이 복합된 경우다. 여성을 정려하자는 공론이 일고, 마을과 관리가 나서서 정려가 이루어졌다. 홍 열부가 그 주인공이다.[56] 홍 씨는 남편 사망 후 재산을 탐낸 시동생 부부와 시아버지 첩의 음모로 간통했다는 소문에 휩싸이자, 관아에 가서 몸을 보여주고 무죄를 입증한 뒤에 자결한다. 이 과정에서 홍 씨의 일거수일투족, 감정과 발언까지 마을, 관아, 친정 고향에 전해졌다. 이 사건에는 홍 씨의 가족과 친척, 노비 등 여성과 사회적 관계를 맺은 이들이 연루된다. 아전, 태수, 관비, 목격자, 마을 사람들이 홍 씨를 둘러싼 소문과 평판에 개입했다. 가정에서 발생한 일이 마을, 관아, 지역으로 확산되었다. 열부 홍 씨의 소문이 전파력을 탄 것은 사건의 참혹성이 스캔들이 되어 화제성을 높였기 때문이다. 이른바 가짜 뉴스의 진위를 가린 것은 홍 씨 자신이다. 홍 씨는 명예를 지켰고 죽음에 대한 자기 결정권을 행사했다. 선비들이 홍 씨의 전傳을 써서 열절을 기렸는데 정려가 이루어진 것은 사망 후 45년만이다. 이에 대한 사회적 관심이 계속 이어졌기에 가능했다 (또는 이 시기에 정치적으로 정절을 강조해서 해당 사례를 활용했을 수도 있다. 자세히 알 수 없다.).

　일곱째, 여성의 규범과 도덕이 바르게 갖추어지면, 이에 대한 평판이 저절로 형성된다고 판단했다. 윤봉구는 여성의 곤범이 바르면 아름다운 소문이 드러난다고 했다.[57] 자결 같은 특별한 계기가 없어도 여성이 바르게 살면 좋은 평판이 알려진다고 생각했다.

　조선시대에 양반 여성의 평판은 다양한 경로와 방식을 통해 당대와 후대에 유통되었다. 여성의 행실이 규문 밖을 넘어서지 않는다는 발언은 사실과 달랐고, 실제에 부합되지 않았다. 그럼에도 불구하고 양반 여성을 규문 내의 존재로 한정 짓는 담론 구조는 여성의 가치와 존재감을 다시 지우거나 배제해, 결과적으로 여성을 평가절하하는 일종의 사회적 장치apparatus로 작용했다. 실제로 누군가(젠더, 연령, 직위, 소속, 인종, 국적을 막론) 능력과 역량이 있고 사회적 기여가 있어도 사회나 조직이 마치 그런 일이 없는 것처럼 여기는 담론 구조를 반복한다면, 이는 명백히 약탈을 근간으로 작동하는 권력 구조의 패착이다.

사회적 감시와 인정 구조 속 평판이라는 딜레마

　사대부가 여성을 둘러싸고 형성되었던 각종 정보와 지식, 소식과 평판은 조선시대 양반 여성이 결코 규문 안에 갇힌 숨은 존재가 아니었음을 증명한다. 이는 조선시대 양반 여성의 사회적 관계에 대한 두 가지 논점을 제기한다.

첫째, 조선시대 양반 여성은 사회적 인정 구조에서 배제되지 않았지만, 이념적, 문자적으로 대상화되었다는 점이다. 역사화된 여성 평판은 기록에 의존할 수밖에 없고, 기록 주체는 사대부 남성이기에, 여성을 보는 시선이 상층 남성의 것으로 제한되었다. 열녀, 효부 등 유교적 이념에 부합하는 여성의 생애가 주목받거나, 성리학적 이념에 부합하는 여성 행실이 부각된 이유다. 주체적이고 개성적으로 살았던 여성이 있어도 남성이 인정하지 않으면 없는 존재가 되었다.

둘째, 역설적으로 바로 이 점이 조선시대 양반 여성에 대한 사회적 감시망으로 작동했다. 청송 심씨(김시걸의 아내)의 사례를 보자.[58] 심 씨는 어머니(황숙인)가 돌아가시자 매우 슬퍼하며 곡을 했다고 소문이 났다. 과부가 되자 몸이 상할 정도로 자신을 돌보지 않았다. 눈물이 마르고 뼈가 튀어나올 정도였다. 3년이 넘도록 제대로 먹지 않았다. 상례에 곡을 하면 이웃에서 모두 감동했다. 김창흡이 쓴 글을 보면, 청송 심씨가 상장례를 치를 때의 태도가 소문이 났고, 과부로 지내면서 혹독하게 삼가며 살았던 행적도 알려졌다. 남편의 상례에 곡하는 모습이 이웃을 감동시켰다는 표현은 상례 때의 처신이 마을에 소문났음을 의미한다. 필자는 이를 비밀스러운 처신이 아니라 공개된 삶의 태도로 서술했다. 청송 심씨는 동서인 윤숙인과 허물없이 지냈다. 사람들은 2대에 걸친 종학鍾郝이라고 했다. 종학이란 진나라 왕혼, 왕담 형제의 아내인 종과 학을 말한다. 모두 훌륭한 아내로 이름난 여성이다. 사람들은 양반 여성의 친밀한 인간관계까지 꿰고 있었다. 양반 여성이 사회적 평판으로부터 결코 자유로울 수 없었는데, 역으로 이는 이들에 대한 사회적 감시망이었음을 뜻한다.

이익은 열부 권 씨가 혼인하고 시가에 가기도 전에 남편 이용이 죽자, 장례를 마친 뒤 시가로 와서 자결했다고 기록했다.[59] 이 일이 알려져 향당에서 왕에게 알리자고 논의했다. 이익은 이제 태수의 힘이 필요하다는 문장으로 마무리했다.[60] 이 글은 권 씨의 열행을 칭송하기 위한 것인데, 역설적으로 과부에 대한 사회적 시선의 무게를 짐작하게 한다. 여성의 생존권이나 생명권조차 사회적 관계망과 인정 구조 속에서 공감되고 설득되는 역사 사회적 맥락성이 작용하던 시대다. 여성에게 남편의 죽음은 결혼 생활의 위기일 뿐만 아니라 생명 자체의 위기였다. 결혼해서 부부 사이가 좋고 결혼 기간이 오래된 경우에는 배우자를 상실한 슬픔 때문에 자살 충동에 사로잡히는 감정 경험이 가능하다. 그러나 갓 혼인했거나 결혼 생활이 시작되기 전에 남편이 죽었다면 사정이 다르다. 이 여성은 남편이 죽어서 슬픈 것보다 앞으로 살아갈 걱정이 더 크다. 과연 살 수 있을지조차 불확실하다. 공포와 불안에 사로잡히는 것이다. 18세기는 이미 열녀를 정려하는 문화가 보편화되었기에, 남편이 죽은 뒤 아내가 어떻게 처신해야 칭송도 받고 가문의 명예도 지킬 수 있었는지 알고 있었다. 열녀를 정려하는 문화가 여성에게 자결에 대한 압박감을 느끼게 했을 가능성이 크다. 이때 여성의 감정은 슬픔이라기보다는 일종의 공황 상태에 가깝다.

그럼에도 불구하고 남편을 잃은 여성을 서술하는 남성 필자는 여성의 슬픔과 절망에만 초점을 맞추었다. 이 여성을 지켜보는 가족과 친지, 이웃의 시선도 마찬가지다. 다른 방식의 감정적 대응을 헤아리지 못했고, 이를 이해하는 시선도 부족했다. 여자가 느꼈을 공포, 불안, 걱정이 슬픔과 상실감으로 덮어씌워졌다. 이 자체가 일종의 사회적 감성 통제다. 당사자가 느끼는 복합적인 감정에 대한 인지와 표현, 인정 구조가 없었다. 그 때문에 한결같이 여자, 아내가 슬픔 때문에 자결했다고 썼다. 그것을 열행으로 명명해서 칭송했다. 당사자 여성의 감정을 제대로 이해하지 못한 담론 구조는 남편을 잃은 여성에게 또 다른 심리적 상흔을 남겼다. 여성은 자신의 감정조차 제대로 이해하지 못한 채 죽음의 블랙홀로 삶을 던졌다.

여성 평판의 역설

조선시대 여성의 평판은 이에 대한 사회적 기대와 맞물려 있다. 필자인 양반 남성이 여성을 바라보는 사회적 시선이 평판의 기준점을 결정하고 그것이 전승되어 역사화된 것이다. 평판을 만든 이가 모두 남자라는 말이 아니다. 양반 남성으로 대표되는 지배층이 믿고 의지하는 사상과 이념, 논리가 인간과 사회를 바라보는 시선의 답안지를 구성해서, 모든 계층과 젠더, 세대의 사고방식에 영향을 미쳤다. 이것이 바로 특정 사안에 대해 사회적 상상력이 생성되는 맥락이다.

여성의 평판이 생성되는 경로는 혼인 가정으로 한정되는 편이다. 이에 따라 여성의 역할도 아내, 어머니, 할머니, 숙모, 딸 등 가족 관계로 한정되는데, 마을 공동체나 가문, 인척 관계 등 확장적 관계망도 해당한다. 여성의 사회활동 반경은 여성에 대한 사회적 시선과 기대의 한계치를 구성하는 데 영향을 미쳤다. 문제는 여성에 대한 정보가 문지방과 가족이라는 울타리를 넘어서 이웃이나 다른 지역, 전국 단위로 확장될 때조차, 여성 평판의 내용이 아내와 어머니 역할에 포섭된 점이다. 이는 수사학적 축소일 뿐만이 아니라, 일종의 모순 어법이다. 여성의 존재감이 문밖을 넘어 사회로 확장되었는데, 글에서는 여전히 규문 안의 존재라고 서술했기 때문이다. 이런 모순어법에 대해서는 기시감이 있다. 여성의 문자 생활에 대한 사회적 금기를 회피하기 위해, '글자는 몰랐지만 독서가 취미였다'와 같은 식의 모순어법을 활용하던 시대다. 문자에 대해서는 사회적 금기와 실제 여성의 역량, 현실과 규범 사이에 어긋남이 있다는 것을 알았기에 모순어법을 사용해서, 필자가 사실(우리 집안 여성은 문자를 안다는 사실)을 회피하는 형식(글자를 안 배웠는데 지식이 풍부했다, 문자는 몰랐는데 독서는 했다는 표현 등)으로 독자의 너른 양해를 구했다. 그러나 여성의 활동 범주와 평판에 대해서는 필자 스스로 이중구조나 모순을 의식하지 못했다. 또는 여성의 삶에 대해 깊이 있게 체계적으로 사유하는 힘이 부족했다. 여성의 행실은 규문 밖을 나서지 않는다는 규범을 지켰다고 칭송하면서도, 규문 밖에 탁월함이 알려졌다는 평판도 포기할 수 없었다. 여성이 이웃도 돌보고 명성도 얻었다고 쓰면서도 규문 밖으로 알려지지 않았다고 썼다. 이러한 설명 구조는 평판에 대한 사회적 상상력이 일상적 사고를 다시 규정하는 힘으로 작용했다.

여성의 존재를 가정 내로 한정 짓는 이념과 사유 방식, 담론 구조는 여성 평판을 구성하는 시선을 고정하고, 내용을 협소하게 했다. 한 시대가 인간과 여성을 사유하고 감각하는 관점의 한계로 인해, 인간과 일상, 생애를 이해하는 사고방식이나 방향이 고정되었다.

여성에 대한 평판은 기록자의 시선과 판단에 따라 의미가 부여되어 사회적 힘을 발휘하고 이는 여성 자신의 인지력에도 영향을 미치게 된다. 김진규가 기록한 갓바치의 강간 미수 사건을 살펴보자. 거제도 오양에 사는 역졸의 아내는 갓바치의 강간 위협에 저항하다가 살해된다. 갓바치는 여자를 칼로 난자해서 죽이고 시신을 구덩이에 던진 뒤 돌을 쌓아 덮었다. 사건에 목격자가 있었다. 산에서 과일을 따던 할머니다. 할머니가 마을로 와서 말하자 마을 사람들이 할머니를 따라가서 탐색하면서 사방에 알렸다. 갓바치는 의심을 살까 두려워 망설이다가 피 묻은 옷을 갈아입고 칼을 꺼내 놓고 갔다. 사람들이 그를 결박해 관가로 데려가니 자백했다. 그는 옥에 갇혔다가 목을 매어 자결했다. 결국 진상이 밝혀지지 않았다. 이 때문에 역졸의 아내는 정려 받지 못했다.[61] 이 사건은 평민 여성도 정절 관념이 있다는 것을 널리 알리는 계기가 되었다. 글을 쓴 김진규는 거제도는 풍속이 미개하고 백성은 천한데 못 배운 여인이 폭력에 굴하지 않고 목숨을 버렸다고 칭송했다.[62] 그런데 이 여인은 왜 갓바치에게 저항했을까? 그것은 과연 남편을 위한 열행일까? 물론 그럴 가능성도 있다. 그런데 강간 위협은 일차적으로는 신체에 가해지는 폭력이다. 피해 여성은 무기를 든 가해자로부터 자신을 지키려고 저항했을 것이다. 열보다 앞서 작동한 것은 자기 보호 본능이다. 김진규와 마을 사람들은 이를 열행으로 해석했다. 한순간의 행동에 신체적, 사회적, 윤리적, 문화적, 이념적, 정치적 의미가 복합되었다. 어디에 초점을 맞추고 주목하는가가 당대의 생각과 마음心이다. 해석의 중심을 가해자 폭행에 두었다면 정려 대신에 다른 식의 인정 구조가 생성되었을 것이다. 조선시대에 그런 사회적 상상력은 발휘되지 않았다.

여성 평판이 형성되는 과정에서 정치적 요소도 관련된다는 것을 간과해서는 안 된다. 왕실 여성은 자신의 견해나 소견을 피력하는 방식으로 영향을 미치거나, 스스로 정치적 처신을 하기도 했다. 유인 완산 이씨는 김만중의 손자인 김용택(金龍澤. ?~1722)의 아내다. [63] 친정과 시댁이 기사환국(조선 숙종 15년[1689년]에 소의장씨[昭儀張氏] 소생을 원자로 삼는 문제를 계기로 서인이 축출되고 남인이 장악한 사건)과 신임사화(조선 경종 즉위 1년 후인 1721년부터 1722년까지 연잉군[영조] 왕세제 책봉 문제로 노론과 소론이 충돌한 사건)에 연루되어 있었다. 정치적 환란을 당했을 때 이 씨가 기지를 발휘해 후손을 피신시키고 남편의 명예를 회복시켰다. 임인년(1722)에 옥사가 발생해 남편이 옥중에서 사망하자, 반대파에서 거짓 자백 문서를 꾸며 조보에 실었다. 이 씨는 실상을 파악한 뒤, 남편의 사망일을 알아내 제삿날을 챙겼고, 남편이 자백했다는 말이 거짓임을 밝혔다. 이 씨는 남편이 죽었을 때 자결하려 했는데, 꿈에 남편이 나타나 벽에 글을 썼다. 살아서 자식을 보호하라는 내용이었다. 정치적 반대파들이 이 씨의 장남을 죽이고 이 씨와 큰며느리를 사천과 하동에 정배(定配: 죄인을 지방으로 보내 지역 내에서 감시받으며 살게 한 형벌) 보냈다. 이 씨는 며느리에게 반드시 살아서 아이를 지키라고 당부했다. 이 씨의 숙부(이이명[李頤命])가 사사되고, 동생 이희지(李喜之. 1681~1722), 숙부의 아들(이기지)도 고문을 받아 사망했다. 이 씨의 새어머니인 조 씨와 언니(김보택의 아내), 동생(이희지)의 처(정 씨)가 자결했다. 이 씨는 아들 두 명과 딸을 데리고 적소에 이르자, 며느리에게 당부했다. 비록 목숨을 부지했지만, 고을에서 포악하게 대하면 죽자고 했다. 귀양살이하면서도 궤연(几筵: 죽은 사람의 혼백이나 신주를 놓는 의자와 상, 물건)을 차리고 아침저녁으로 피눈물을 흘리며 하늘에 호소했다. 이웃도 감동해서 같이 울었다. 이때 둘째 아들이 열네 살이었다. 국법에는 나이가 차면 연좌한다는 조항이 없었는데, 반대파가 이를 어기고 잡아가려 했다. 이 씨는 둘째 아들을 여종으로 변장시켜 피신시키고 죽었다고 소문냈다. 이 씨는 대나무 가지에

길흉이라는 두 글자를 써서 영전에서 점을 치곤했는데 잘 맞았다. 사람들은 정성에 감응되었다고 여겼다. 을사년(1725)이 되자, 임금이 유배 간 이들을 모두 해배(解配: 귀양을 풀어줌)했다. 이씨의 둘째 아들은 사실을 자수하고 죄를 벗었다. 남편을 신원하고 후사를 이어 가문을 보존한 이 씨의 행동 선택은 정치적 대응이지 단지 삼종지도를 행한 게 아니다. 이 씨의 처신은 실천을 통해 여성의 존재론적, 사회적 의미가 형성되는 맥락과 일치한다.[64]

이 밖에 여성이 자손에게 정치적 처신을 충고해 영향을 미친 사례도 많다. 김만중은 어머니 윤 씨의 행장을 쓰고 나서[65] 조카 김진규에게 빠진 내용을 보충하라고 했다. 김진규는 평소 할머니에 대해 들은 바를 모아 편집하고 자기 생각을 보태 행장을 보완했다. 김만중이 병조판서에 임명되자 이를 사양한 적이 있다. 윤 씨는 권력 잡는 것을 기뻐하지 않았고 오히려 해직되지 않았다고 걱정했다. 결국 물러나게 되자 매우 기뻐했다. 김진규의 큰형 김진귀가 호남 관찰사로 가게 되어 인사를 드리자, 윤 씨는 자기를 단속하고 물처럼 맑게 살아야 집안에 누가 되지 않는다고 충고했다.[66] 자손의 정치적 처신에 대해 조언하면서 실제로 영향을 미쳤다. 김진규는 할머니가 역사와 문장에 조예가 깊었고 시사에도 관심이 높았다고 했다. 조정의 일에는 관심을 보이지 않았으나, 질문에 정확히 응대할 정도로 시사와 정치에 대한 소양이 있었다. 인품과 덕행은 물론 정치적 처신과 소견에 대해서도 아들과 손자의 신임과 존경을 받았다.

조선시대 사대부는 정치적 입지에 따른 처신이 중요했다. 사화에 연루된 경우, 정치적 사안은 남성만의 문제가 아니라 가족과 가문 전체의 안위와 관련되었다. 집안을 다스리는 여성도 이에 대해 무심할 수 없었다. 양반 여성 중에는 문식력을 바탕으로 역사적 이해와 가치관에 대한 철학을 견지한 경우도 많았다. 아버지나 할아버지, 남편이나 아들과 정치적 대화, 시사 토론을 하면서 의견을 밝혀 영향을 미쳤다.

여성의 언행과 태도, 인품 등 여성의 존재감과 가치가 문지방을 넘어서지 않았다는 것은 결코 사실이 아니다. 다만, 이 표현은 두 가지 차원으로 해석할 수 있다. 첫째, 사회의 규범에 따라 여성은 규문 안에서 거동하고 처신해야 한다고 여겨 여성의 행동 반경을 제한한 것이다. 둘째, 바로 그렇기 때문에 남성이 훌륭한 여성을 기록해서 역사화해야 한다는 것이다. 그런데, 전자는 인간의 행동과 사회성을 무시한 거라 현실성이 없다. 그런데도 여성의 행동 범주를 통제하는 것이 가능한 것처럼 말해서, 실제 있었던 여성 활동을 그림자처럼 취급하거나 표백시켰다. 후자는 여성 생애에 대한 기록 권한을 남성에게만 허용해서 여성의 주체성을 박탈하고 남성에 위임하는 것을 정당화했다. 그 결과 여성의 사회적 위치가 취약해졌다. 여성의 사회적 존재감은 무력화되거나 희석되었다.

조선시대에 여성을 둘러싼 다양한 행동 통제와 행위 규범이 있음에도 불구하고 양반 여성의 정보는 다양한 경로로 사회화되었다. 여성은 일상생활의 언행, 태도, 감각으로 다층적 사회적 관계망을 형성했다. 여성의 존재감과 가치는 끊임없이 규문 밖으로 흘러나가 사회로, 역사로 스며들었다. 여성 평판에는 근거 없는 소문이나, 조작된 추문, 흥밋거리의 스캔들도 포함된다. 이에 대해 생명을 건 여성의 대응과 저항이 발생했다. 그 과정에서 여성이 사회적 규범을 어기는 일도 있었기에, 명예 회복을 하다가 자결하기도 했다. 정절을 입증하려고 남자 관리 앞에서 맨몸을 보였다가 자결한 경우가 이에 속한다.

사람으로 태어나 사회 속에서 살아간 존재는 그 누구도 사회와 역사의 비밀이 될 수 없다. 그 어떤 존재나 사회, 제도일지라도 실재하는 인간 존재를 투명한 그림자로 만들 수 없다. 동시에 인간에게 삶의 방향과 가치에 대한 비전을 제시하는 어떠한 사상이나 이념, 윤리나 도덕관념조차 역사 속에서 재구성되는 성찰의 시선과 평가로부터 자유로울 수 없다. 한 시대의 칭찬받을 만한 덕목이 역사의 흐름 속에서 통렬한 비판을 받아

재고되거나 폐지되는 경우가 있다는 것은 여러 경로를 거쳐 역사가 입증했다. 조선시대 여성의 평판과 인정 구조가 갖는 모순과 역설이 단지 조선시대라는 특수한 시대적 한계로 한정되지 않는 이유다.

문서 기록의 행간과 이면의 그림자'들'

감각과 생각의 분더카머를 찾아서

시작하는 글에서 '여자 없는 세상이란 없다'고 썼다. 하지만 이 책은 여성 필자가 거의 없다시피 한 문헌 자료를 바탕으로 여성의 존재, 일상, 생애를 재구성했으니 아이러니하다. 전근대 시기의 여성에 대해 문헌 기록으로 접근하는 과정에서 겪는 보편적 딜레마다. 남성 필자가 기록한 여성 서사에서 여성은 주체가 아니라 대상이 되고, 개성보다 전형으로 관찰되기에 개별적 존재가 아니라 집단, 또는 복수적 존재처럼 여겨진다. 이 같은 고전 문헌의 서술적 제약 속에서, 조선시대 여성이 개별적 존재로서 갖는 가치와 개성, 누구와도 대체될 수 없는 단수로서의 개인성은 어떻게 확보될 수 있을까? 이 책은 이에 대해 접근 불가능한 난제로 선을 긋는 대신, 좀 더 가까이 다가가 미시적인 동향을 살펴보고, 다시 한 발짝 물러나 거시적으로 응시하면서 문자로 기록된 이면의 세계를 재구성해, 이를 독자와 공유해 보려고 했다. 문학을 포함한 모든 인문학적 분석은 당대의 분석 도구, 장치, 프레임을 활용한 인문적 실험이다. 문서 기록의 행간과 이면에 투명하게 존재하는 그림자'들'의 역동적 운동성과 생명성을 중시한다.

조선시대의 남성 필자들은 여성에 대해 볼 수 있는 만큼 보았고 보이는 대로 적었지만, 보이는 것이 전부는 아니다. 사람의 마음은 다 알 수 없는 법인데, 여성 사후에 글을 쓴 남자들은 이미 죽은 그 여자를 아주 잘 아는 것처럼 썼다. 바로 그 이유로 기록된 문서들은 그저 절반의 진실이다. 대상자의 직접 발언이 없고, 타인이 쓴 글에 대한 당사자의 사후 승인도 받지 않았기 때문이다. 타인의 죽음 앞에서 그들이 겪어온 세월을 아름답게 필터링하는 동안, 진실의 몸은 매끈하게 깎이고 지워져 표준 사이즈의 윤리형 인간으로 재탄생되었다. 그런 이유로 모든 문서는 문면 그대로의 문자적 이해로 수렴될 수 없으며, 질문 형식으로 재구성되어야 한다. 질문에 응답하려면 남성 필자가 처한 역사적 상황과 문맥을 분석해서 그 조건과 맥락 너머로 여성 이야기를 확장적으로 이해하고 심화하는 상상력이 필요하다. '서발턴은 말할 수 있는가?'라는 역설적 질문을 던졌던 갸야트리 스피박은 하위주체가 말할 수 있게 하려면 그들에게 말을 걸어서 스스로 목소리를 내게 하는 전략이 필요하다고 했다.[1] 조선시대 여성은 이미 세상을 떠났기에 문서의 여백과 행간을 읽는 방식으로 대화를 청해야 한다. 이런 독법으로 역사가 '쓰면서 지워낸' 여성 이야기를 복원하는 것이 현시점에서 제안할 수 있는 최선의 방법이다. 이런 방법의 적합성과 결과의 타당성에 대해서는 도나 해러웨이가 제안한 '겸손한 목격자'와 '상황적 지식'이라는 개념을 빌려 설명하고 싶다. '겸손한 목격자'란 특정 젠더나 존재[2]가 보편적 주체를 대변하는 것을 제어하기 위해 만든 개념이다. 이는 세계나 상황을 설명하고 분석하는 이가 자신의 시력과 표현이 지닌 한계를 인정하고 심리적인 상처마저 껴안으면서 책임진다는 뜻이다.[3] '상황적 지식'이란 모든 지식은 보편성을 내세울 수 없으며, 주어진 위치나 맥락에 따라 상황적이라는 의미다.[4] 조선시대 남성의 단언과 주장, 관찰과 서술이 상황적 지식을 형성했던 것처럼, 이 글 또한 필자가 섭렵한 자료의 한계, 살아온 시대와 환경의 조건에 의존하기에 일정한 한계가 있다. 그 한계를 메타적으로 인지하며 글을 썼다. 이 책에서 활용한 분석과 서술 관점은 여성 문학과 문화사를 확장적으로 재구성하기 위한 최선점의 모색 결과이기에, 필자는 이 글에 대해 겸손한 태도로 책임지려 한다.

집필을 마무리할 무렵 비비안 마이어(1926~2009)의 사진 전시회에 다녀왔다. 비비안 마이어는 생전에 한 편의 사진도 전시하지 않은(이라고 적고 '전시되지 않았다'라고 읽는다) 사진작가다. 미국에서 입주 보모로 일하는 틈틈이 사진을 찍었고, 휴가를 내서 유럽과 중동, 남미 등을 여행했다. 2007년 당시 대학생이던 존 말루프가 도시 기록물에 대한 과제를 하려고 비비안 마이어의 필름을 경매로 구매하기 전까지, 그녀의 사진은 아직 '작품'이 되지 못한 채 창고에 방치되어 있었다.[5] 그녀의 사후에 수집된 사진은 대략 15만여 장이다. 유모로 고용되었기에 직업이 보모, 또는 가정부로 알려졌지만, 그녀가 일생을 통해 가장 큰 애정을 바친 분야는 사진이다. 전시장 벽에는 '그녀의 사진이 이토록 큰 사랑을 받으리라는 것을 생전에 짐작할 수 있었을까'라는 문장이 적혀 있었다. 사후에 '쏟아진' 비비안 마이어의 사진들은 그녀가 '보고 느낀 것'들의 분더카머(wunderkammer, 근대 초기 유럽의 지배층과 학자들이 자신의 저택에 온갖 진귀한 사물들을 수집하여 진열한 실내 공간)[6]다. 보고 느끼고 체험한 장면을 사진에 담아낸 감각의 분더카머를 보면서, 생전에 아무도 몰랐던 글쓰기 능력이 사후에 알려진 조선시대 여성에 대해 생각했다. 여성의 문해력을 금지했기에 아무도 모르게 혼자서 공부하고 글을 썼던 여성은 죽은 뒤에 상자 속의 글을 통해 문해력이 알려졌다. 상자 안에는 시와 산문도 있었고 가족에게 남긴 유서도 있었다. 글을 모른다고 하면서도 옷고름에 친정 부모가 써준 편지와 글을 매달고 다녔다. 그녀들이 읽고 쓴 글은 아무도 모르게 삶을 의지한 위안의 장소다. 이 여성들이 살면서 보고 느끼고 생각한 것들은 지금 남아 있지 않다. 남성 필자들이 다가갈 수도, 관찰할 수도 없는 영역이야말로 조선시대 여성의 삶, 감각, 체험의 처소다. 여성이 느끼고 체험한 사람과 세상이 남성 필자가 쓴 문자기록물 속에 투명하게 살아 숨 쉰다. 그런 의미에서 문서 기록물은 아직 시약을 바르지 않아 실체가 드러나지 않은, 투명한 분더카머다. 없는 것이 아니라 보이지 않기에, 인문학 분야의 광학적(시야와 시선을 조율한다는 의미)이고 화학적(보이지 않는 것을 보이게 한다는 뜻)인 장치 개발이 필요하다. 그런 이유로 이 책은 여성문학과 문화사의 재구성을 위한 인문학적 장치 설계에 대한 도전적 실험이다.

혐오의 시대를 지나, '여성 존경' 언어의 회복을 위하여

조선시대가 막을 내리고 근대화를 거쳐 세계화 시대를 경험하고 있지만, 세상은 여전히 조선시대 여성의 존재와 실천, 일상

생활이나 살림살이의 실상에 대해 정당한 평가를 하지 않는 편이다. 연구 분야에서도 양반 여성의 노동에 접근하고 있지만, 그 전모를 밝히는 작업은 수행되지 않았다.

보이는 것만으로 세계와 역사를 확정 지어 진릿값으로 삼는 것은 일면 폭력적이다. 지적 오류의 문제가 아니라 타인에게 상처를 주는 가해 행위가 될 수 있다. 문자 이면의 감성과 현실, 활동과 태도에 주목해야 하는 이유다. 이탈리아의 작가 안토니오 타부키(1943~2012)는 『인도 야상곡』이라는 소설에서 사건이나 상황 일부가 전체의 사실로 받아들여졌을 때의 위험성과 기만성, 이에 따른 왜곡과 폭력성을 사유하는 일화를 서술했다. 크리스틴이라는 여자가 남자 주인공 호스에게 사진집을 건네는 장면이다. 사진에는 젊은 흑인의 머리와 어깨가 보인다. 그는 운동선수 같은 몸에 광고문이 쓰인 러닝셔츠를 입고 있다. 몹시 힘을 준 표정을 하고 두 손은 마치 만세를 부르는 것처럼 높이 쳐들었다. 언뜻 보면 흑인 운동선수가 백 미터 달리기에서 결승전을 통과하는 순간처럼 보인다. 크리스틴은 두 번째 사진을 내민다. 흑인의 곁에는 유리 달린 헬멧을 쓰고 긴 장화를 신은 경찰이 어깨에 총을 메고 있다. 그는 챙 아래로 날카로운 눈빛을 쏘아보면서 흑인에게 발포하는 중이다. 흑인은 결승전의 통과하는 기쁨을 만끽한 것이 아니라 두 손을 쳐든

채 도망치고 있었다. 그는 크리스틴이 셔터를 누른 지 일 초 뒤에 사망한다. 크리스틴은 사진 아래에 '선택된 부분은 신중히 보시기 바랍니다'라고 적었다.[7] 이 장면은 보이는 대로 보는 것이 얼마나 위험한가를 시사한다. 보이는 것의 외연을 크게 확장하면 단지 더 잘 볼 수 있는 게 아니라, 익숙하게 알던 것과 정반대의 진실에 접근하게 된다. 외연의 확장, 깊이의 심화는 알고 있는 내용에 대해 미시적으로 정보를 강화하는 행위가 아니라, 앎의 전복 그 자체다. 문자 기록도 마찬가지다.

현재 전하는 조선시대의 여성상, 이른바 전통적 여성의 이미지는 실재했던 다양한 삶의 일부에 불과하고 그조차 왜곡된 경우가 많다. 조선시대 여성은 남편에게 순종하고 내조했다는 것은 그 여성이 남편과 학문이나 정치에 관한 대화를 나누고 이 분야에 대해 조언하고 충고하면서 남편의 인생에 긍정적 영향을 미쳤다는 현실을 담아내지 못한다. 내조란 여성을 '돕는 존재'로 규정해서 여성을 주체적으로 사유하게 하지 않고 보조적이고 부차적 존재로 만드는 언어적 힘을 발휘한다. 현대에 이를 반복하는 것이 바람직하지 않은 이유다. 조선시대에 여성은 제도 교육을 받지 못했기에 학문이나 지성과는 거리가 멀다고 생각하는 것도 사실과 다르다. 여성도 문자 생활을 했고, 문자를 모르더라도 듣고 외워서 교양과 지성을 내면화했다. 이를 바탕으로 자녀 교육도 하고 이웃과 교섭했으며, 통찰력과 직관을 발휘해 남편과 대화하고 조언하면서 삶의 방향과 질을 바꿨다. 양반 여성은 화려한 차림새로 우아하게 종을 부린 게 아니라, 종들과 함께 많은 일을 했다. 여성이 수행한 일에 대해 노동이 아니라 윤리의 언어로 표현했기에, 노동을 분담하거나 효율성을 위해 도구를 개발하기보다 어진 여성의 선한 처신에 대한 칭찬으로 대체되었다. 유능한 여성이라는 표현이 없고 어질다거나 유순하다는 표현이 많은 이유다. 양반 남성 또한 능력의 언어가 아니라 품성 수사로 평가받았으니, 여성만의 문제가 아니라고 할 수도 있다. 그러나 남성들은 능력과 배움을 인정받아 각 분야의 관직에 올랐고, 실질적 힘을 지닌 당파와 학파를 형성해 지식과 권력을 계보화했으며, 설령 정치적, 사상적, 경제적 사유로 이런 일에서 배제되더라도 최소한 자기 이름으로 글을 써서 역사에 족적을 남겼다.

그럼에도 불구하고 여성의 존재감은 결코 규문이나 문지방 안에 갇혀 있지 않았다. 여성은 사회적 관계와 연결망을 통해 능력과 자질, 품성과 역량이 널리 알려져 평판을 형성했고, 여성을 존경하는 다양한 호칭도 사용되었다. 문제는 실재했던 사실을 마치 없었던 것처럼 여긴 문화와 언어의 관습이다. 투명하지 않은 존재, 태도, 행동, 실천을 투명하게 표백시킨 것이야말로 남성 지배와 문자 권력의 문화 정치적 장치들이다. 그런데 여성을 둘러싼 이와 같은 정황이 단지 조선시대에 국한된 것일까?

현재 여성의 사회적 위상이 높아졌지만, 그 능력과 역량에 대한 사회적 인정은 여전히 불충분하다. 여성의 취업률은 과거에 비해 높아졌지만 이른바 유리천장 지수라고 하는 고위직 비율은 현저히 낮다. 여성이 책임감 있고 비중 있는 업무를 해낼 수 있느냐는 우려는 젠더 비대칭적 현실을 정당화하는 지배층의 시선과 담론을 자연화하고 기회에 노출되지 않은 여성의 두려움을 가중시키기에 위험하고 불온하다. 영화 '우먼 인 할리우드(원제는 This Changes Everything)'(2018)에서는 같은 질문에 대해 간단히 답변했다. "그냥 여자를 채용하면 된다", "당장 바뀌어야 한다", "두려움에 반응하면 안 된다".

능력 있는 여성에 대한 사회적 인정은 여전히 야박하다. 야박함은 곧 사회적 약탈이다. 여성 능력자에 대한 사회적 존경도 익숙지 않다. 충분히 나이 들지 않았다고 여겨지는 여성에 대한 존경의 표현은 특히나 인색하다. 예컨대, 올림픽에서 탁월한 기량을 보인 김연아 선수에 대해 존경의 어휘를 쓰기보다 '국민 여동생'이라는 별명을 붙여 스스로에게 오빠(언니는 여동생에게 그냥 동생이라고 한다)라는 상위의 위치성을 부여하는 일, 또는 '피겨의 여왕'이라는 비현실적 숭배의 명칭으로 부르는 것도 여성에 대한 존경심을 회피하는 방식일 수 있다. 손흥민 선수에게는 아무도 '국민 남동생'이라고 하지 않는다. 그는 그냥 탁월한 축구 선수이며 명실상부한 글로벌 스타다. 능력과 자질이 뛰어난 여성을 인정하고 존경하는 사회적 상상력과 집단 감성이 필요하다. 이를 뒷받침하는 근거를 달리 외부에서 찾을 필요 없이 문학사를 확장적으로 살피는 것만으로도 충분하다. 풍부하고 다양한 사례를 담고 있는 역사의 문헌을 다시 젠더 편향적인 근대적 렌즈의 좁은 시야로 응시하면서 문화 이해를 협소화하는 것은 문화사 이해에 대한 일종의 인공적 병목화 작업과 같다. 여성의 발목을 잡는 것은 여성의 억압에 그치는 것이 아니라 문화사의 자원과 역량에 대한 도저到底한 축소이자 왜곡이다. 역사를 정확히 이해하는 그 힘으로 실재하는 현실 세계를 폭넓게 누릴 자유를 되찾는 것이 시대적 요청이자 문명사의 흐름이다.

생각의 변화가 이끄는 작은 실천이야말로 일상을 풍부하게 하는 인문적 나비효과가 될 수 있다. 그 풍요로운 결실을 동시대 독자들과 함께 만들고 누리는 데 이 책이 작은 보탬이 되었으면 한다.

- 이 책의 서술에 참고한 1차 자료는 다음과 같다.

  - 한국고전종합DB 사이트(https://db.itkc.or.kr)에 공개된 『한국문집총간』 등의 고전번역서

  - 한국고전종합DB 사이트(https://db.itkc.or.kr)에 공개된 『조선왕조실록』

  - 이혜순·정하영 역편, 『한국고전여성문학의 세계: 산문편』, 이화여자대학교출판부, 2003.

  - 『17세기 여성생활사 자료집』 1~4권, 김경미, 김기림, 이경하, 정형지, 조혜란, 황수연 옮김, 보고사, 2006.

  - 『18세기 여성생활사 자료집』 1~8권, 강성숙, 김경미, 김기림, 김남이, 김현미, 서경희, 이경하, 조혜란, 황수연 옮김, 보고사, 2010.

  - 『19세기·20세기 초 여성생활사 자료집』 1~9권, 김경미, 김기림, 김현미, 서경희, 차미희, 홍학희, 황수연 옮김, 보고사, 2013.

  - 임유경, 『조선에서 여성으로 산다는 것』, 역사의아침, 2014.

  - 송덕봉, 『국역 덕봉집』, 문희순·안동교·오석환 옮김, 심미안, 2012.

  - 오희문, 『쇄미록』 1~8, 국립진주박물관 엮음, 전주대학교 한국고전학연구소 옮김, 사회평론아카데미, 2019.

  - 유만주, 『일기를 쓰다: 흠영 선집』 1·2, 김하라 편역, 돌베개, 2015.

  - 유만주, 『(原文 校勘標點) 흠영』 1~4, 정환국 외 교감·표점, 학자원, 2022.

  - 이문건, 『역주 묵재일기』 1~4권, 김인규 옮김, 민속원, 2018.

  - 이문건, 『국역 묵재일기』 1~6권, 정긍식 외 옮김, 경인문화사, 2019.

  - 한국학진흥사업 성과포탈-묵재일기: http://waks.aks.ac.kr/rsh/?rshID=AKS-2014-KFR-1230007

- 이 책에서 텍스트의 내용을 요약해서 소개할 경우, 원문 텍스트의 서지사항과 『여성생활사 자료집』에 소개된 번역문의 서지사항을 모두 밝혔다. 텍스트의 본문을 인용할 경우, 원문은 각주에 제시했으며, 번역은 필자가 했다.

- 이 책에 서술된 인물 정보는 포털사이트 DAUM과 NAVER에 제공된 각종 사전을 참고했으며, 각 인물이 소개된 문헌 자료를 읽고 필자가 정리했다. 다른 문헌을 참고할 경우, 이를 각주에 밝혔다.

- 이 책에서 참고한 조선시대 여성에 대한 자료의 99% 이상이 양반 남성 작가의 시선으로 관찰되거나 회상된 것들이다.

- 이 책은 저자가 쓴 다음의 논문을 참고하였다.

  - 최기숙, 「숨기는 힘, 숨은 역량: '내조'의 경계 해체와 여성 존경 언어의 회복을 위하여 - 18세기 조선의 '문(文)' 양식에 나타난 여성의 자품(資稟) 수사 재성찰」, 『민족문화연구』 75, 고려대 민족문화연구원, 2017.

  - 최기숙, 「조선후기 열녀 담론(사)와 미망인 담론(사)의 통계해석적 연구: 17~20세기 초 '여성생활사 자료집'을 통해 본 현황과 추이」, 『한국고전여성 문학연구』 35, 한국고전여성문학회, 2017.

  - 최기숙, 「조선후기 양반 여성의 사회적 평판과 인정구조 재성찰」, 『한국고전여성문학연구』 42, 한국고전여성문학회, 2021.

  - 최기숙, 「女工·婦德·梱政과 영혼 노동: 조선시대 양반 여성의 결혼생활과 노동/장 재성찰」, 『인문과학』 123, 연세대 인문학연구원, 2021.

통계로 보는 조선시대 열녀와 미망인

조선시대 열녀와 미망인 담론의 실상을 알아보기 위해 조선시대 사대부의 문집에 실린 여성 관련 자료 중에서 해당 자료를 선별해 내용과 사안에 따라 시기별로 통계분석 했다. 모두 2,328편의 자료를 참고했는데, 이 중에서 17세기 자료는 총 342편이고, 18세기 자료는 1,055편, 19세기~20세기 초 자료는 931편이다. 이 중에서 열녀 담론은 279편으로, 검토한 전체 자료의 12%다. [표 1]은 전체 자료를 시기별, 사안별로 통계 낸 것으로, 모두 22개의 통계표를 일목요연하게 정리한 총론에 해당한다. [표 2] [표 3] [표 4](이상은 자결·사망·피살 열녀), [표 5] [표 6] [표 8](이상은 미망인 열녀) [표 10] [표 12] [표 13](이상은 미망인)를 통해 4장에서 다룬 전체 자료의 총목록과 서지사항을 모두 알 수 있다.[1] 이 통계는 조선시대 남성 작가의 문집에 포함된 전장류, 비지류, 애제문을 중심으로 한 것이며, 『조선왕조실록』 등에 실린 사건 기사는 포함하지 않았다. 문자로 기록된 이면의 의미를 해석학적으로 복원해 상상적으로 재구성하기 위해 문학 텍스트로 한정했다.

통계표의 순서는 5장의 1~4절에서 다룬 내용의 순서에 따라 정했다. 1~4절을 별도로 읽지 않고 부록의 표와 이에 대한 설명만으로도 부록 전체의 내용을 알 수 있게 했다. 반대로 부록의 표를 읽지 않고 1~4절만 읽어도 내용 파악에는 문제가 없다. 각 표에는 번호와 제목을 달고 표가 담고 있는 핵심 내용을 정리해서 정보성을 확보했다. 표에 제시한 자료는 원제를 달고 필자가 번역한 제목을 병치했다. 1~4절을 읽으면서 부록의 통계표와 해설을 참고하면 상세한 파악에 도움이 된다. 구체적인 자료 정보의 실상을 공개해 독자가 필요에 따라 1차 자료를 참고할 수 있게 했다. 자료는 17세기~20세기 초의 자료를 모은 『여성 생활사 자료집』(총 21권)에 수록되어 있으며, 한국고전종합DB 사이트에서 원문을 확인할 수 있다.

17~20세기 초 열녀 담론 자료 통계							
번호	분류		17세기	18세기	문집	총 편수	퍼센트	
①	자결 열녀		3	67	56	126	45%	
②	비-논평 열녀		-	5	3	8	3%	
③	사망 열녀		-	6	2	8	3%	52%
④	피살 열녀		1	3	-	4	1%	
⑤	미망인	열녀	4	5	33	42	15%	
		비-열녀	5	66	20	91	33%	48%
총 편수			13편	152편	114편	279편	100%	100%
퍼센트			4%	55%	41%	100%		

[표 1] 17~20세기 초 열녀 담론 통계

열의 이념으로 자결하거나 사망한 경우는 자료의 52%다. 남편이 죽은 뒤에 자결하지 않고 미망인으로 산 경우는 48%다. 17세기부터 20세기 초에 이르는 동안 자결 열녀와 미망인의 비율은 대동소이하다.[2] 미망인의 존엄성도 인정받았다.

*표에서 음영 친 칸은 여성이 남편이 사망한 뒤에 시간을 두고 자결한 경우다(이후의 표들도 마찬가지다).

17세기 자결·피살 열녀 담론 자료 목록				
번호	작가	제목	문집	비고
17세기: 자결 열녀				
1	송시열 (宋時烈)	열녀 연옥 정려비 (烈女鍊玉旌閭碑)	송자대전 (宋子大全)	정려·여종
2	송시열	박승구 부인 임씨 묘표 (朴承榘夫人任氏墓表)	송자대전	정려
3	송준길 (宋浚吉)	과부인 딸 나씨의 아내 제문 (祭孀女羅氏婦文)	동춘당집(同春堂集)	
17세기: 피살 열녀				
4	정양 (鄭瀁)	절부 김천명의 아내 전 (節婦金天命妻傳)	포옹집(抱翁集)	사회적 평가·평민

[표 2] 17세기 자결·피살 열녀 담론 자료 목록 17세기 자료 342편 중에서 자결 열녀 담론은 3편이다. 2인은 양반이고(1, 3번), 1인은 종인데(2번), 남편이 죽고 자결했다. 국가 정려를 받은 것은 2건(1, 2번)이다.[3] 피살 열녀는 병자호란에게 적에게 살해된 1건의 자료가 있다.

번호	작가	제목	문집	비고
18세기 자결·사망·피살 열녀 담론 자료 목록				
		18세기: 자결 열녀		
5	권두경 (權斗經)	이열부 김씨 정문명 병서(서문과 함께) (李烈婦金氏旌門銘 幷序)	창설재집 (蒼雪齋集)	정표
6	이희조 (李喜朝)	영인 박씨 정려비 (令人朴氏旌閭碑)	지촌집 (芝村集)	정려
7	조관빈 (趙觀彬)	열녀 정부인 전주 이씨, 효자 부사 유선기, 열녀 숙인 경주 이씨 정문의 찬 병서 (烈女貞夫人全州李氏, 孝子府使柳君善基, 烈女淑人慶州李氏旌門贊 幷序)	회헌집 (悔軒集)	정려
8	황윤석 (黃胤錫)	학생 유경복의 아내 열부 울산 김씨 정문 판기 (烈婦故學生柳慶復妻蔚山金氏旌門板記)	이재유고 (頤齋遺藁)	정표
9	유한준 (兪漢雋)	효자 김군, 열녀 신씨의 정려 서문 병오 (孝子金君烈女申氏旌閭序 丙午)	자저(自著)	정려
10	안정복 (安鼎福)	열녀 숙인 조씨 정문 기묘·대신 씀 (烈女淑人趙氏呈文 己卯 代人作)	순암집 (順菴集)	정문
11	신경준 (申景濬)	열녀 최씨 정려비명 (烈女崔氏 旌閭碑銘)	여암유고 (旅菴遺稿)	정려 (1737)
12	이광정 (李光庭)	남씨의 아내 열부 신씨 정려비 음기 (南烈婦申氏旌閭碑陰記)	눌은집 (訥隱集)	정려
13	이광사 (李匡師)	최열부찬(崔烈婦贊)	원교집(圓嶠集)	정려
14	신익황 (申益愰)	절부 정씨 정려기(節婦鄭氏旌閭記)	극재집(克齋集)	
15	이광정	김씨의 아내 열부 박씨 정려명 병서 (金烈婦朴氏旌閭銘 幷序)	눌은집	
16	이광정	임씨의 아내 열부 향랑전(林烈婦鄕娘傳)	눌은집	정려(1704)
17	이하곤 (李夏坤)	정녀 상랑에 대한 기록 (書貞女尙娘事)	두타초 (頭陀草)	정려
18	채제공 (蔡濟恭)	열부 유인 강씨 묘지명 (烈婦姜孺人墓誌銘)	번암집 (樊巖集)	
19	채제공	열녀 숙인 조씨 묘지명 (烈女淑人趙氏墓誌銘)	번암집	정려 (1771)
20	유도원 (柳道源)	열부 최씨 정려기(烈婦崔氏旌閭記)	노애집 (蘆厓集)	정려 (1753)
21	홍양호 (洪良浩)	의사 권복흥, 열부 서산 유씨 정려명 (義士權公復興,烈婦瑞山柳氏 旌閭銘)	이계집 (耳溪集)	정려
22	위백규 (魏伯珪)	열녀 임씨 정려기 (烈女任氏旌閭記)	존재집 (存齋集)	정려
23	위백규	열녀 이씨 정려비명 병서 (烈女李氏旌閭碑銘 幷序)	존재집	정려

24	위백규	열녀 박씨 행장(烈女朴氏行狀)	존재집	정표
25	송환기 (宋煥箕)	성씨·장씨, 두 열부의 정려기 (成張二烈婦旌閭記)	성담집 (性潭集)	정려 (1772)
26	송환기	곡산 연씨 효열 정려기 (谷山延氏孝烈旌閭記)	성담집	정려 (5년후)
27	이익 (李瀷)	우씨 쌍절 정려기 (禹氏雙節旌閭記)	성호전집 (星湖全集)	부부 정려
28	박윤원 (朴胤源)	염절부전(廉節婦傳)	근재집 (近齋集)	정려
29	이덕무 (李德懋)	두 열녀의 전(兩烈女傳)	청장관전서 (青莊館全書)	정문
30	박윤원	유열부전(劉烈婦傳)	근재집	정려
31	조덕린 (趙德鄰)	홍열부 정문 후서 (洪烈婦旌門後叙)	옥천집 (玉川集)	정려(1729) 사후 45년
32	이만부 (李萬敷)	송암 처사 정공과 유인 윤씨 정문 음기 (松巖處士鄭公孺人尹氏旌門陰記)	식산집 (息山集)	정려
33	신경준 (申景濬)	열녀 최씨 정려비명 (烈女崔氏 旌閭碑銘)	여암유고 (旅菴遺稿)	정려
34	이광정 (李光靖)	남씨의 아내 열부 신씨 정려비 음기 (南烈婦申氏旌閭碑陰記)	소산집 (小山集)	정려
35	박지원 (朴趾源)	열부 이씨 정려 음기 (烈婦李氏旌閭陰記)	연암집 (燕巖集)	정려
36	박지원	이열부 사장(李烈婦事狀)	연암집	정려 요청 (위와 동일인)
37	김진규 (金鎭圭)	김운빙의 아내 열부 노분양 묘표 (烈婦金雲聘妻盧分陽墓表)	죽천집 (竹泉集)	사회
38	김진규	유관의 아내 열부 지완례 묘표 (烈婦柳寬妻池完禮墓表)	죽천집	사회
39	이재 (李栽)	홍열부전(洪烈婦傳)	밀암집 (密菴集)	사회
40	이종휘 (李種徽)	서씨의 아내 열부 유인 이씨에 대한 기록 (徐烈婦李孺人狀)	수산집 (修山集)	사회
41	신광수 (申光洙)	정열부전(鄭烈娘傳)	석북집 (石北集)	사회
42	박지원	김유인 사장(金孺人事狀)	연암집	사회
43	위백규 (魏伯珪)	열부 오씨의 포상을 청하는 글-대신 씀 (請褒烈婦吳氏狀 代)	존재집 (存齋集)	사회 (정려 요청 글)
44	위백규	열녀 최씨의 포상을 청하는 글-대신 씀 (請褒烈女崔氏狀 代)	존재집	사회 (정려 요청 글)
45	송환기 (宋煥箕)	유인 채씨 묘지명 병서 (孺人蔡氏墓誌銘 并序)	성담집 (性潭集)	사회
46	송환기	열부 윤씨전(烈婦尹氏傳)	성담집	사회

47	이익	열부 권씨에 대한 정문(烈婦權氏旌文)	성호전집	사회
48	안정복 (安鼎福)	열녀 숙인 조씨에 대한 정문 기묘○대신 씀 (烈女淑人趙氏旌文 己卯○代人作)	순암집 (順菴集)	사회
49	안정복	열녀 여흥 이씨 행록 뒤에 씀 신축 (題烈女驪興李氏行錄後 辛丑)	순암집	사회 (포상 요청 글)
50	안정복	숙인 조씨 행장(淑人趙氏行狀)	순암집	사회
51	박지원	박열부 사장(朴烈婦事狀)	연암집	사회 (정려 요청 글)
52	윤봉구 (尹鳳九)	유인 채씨의 표석 음기 (孺人蔡氏表石陰記)	병계집 (屛溪集)	가족
53	황윤석	효자 배공과 열부 조씨의 가장 뒤에 씀 (題孝子裵公烈婦曹氏家狀後)	이재유고	가족
54	권두경 (權斗經)	열부 지녀 정려명(烈婦至女旌閭銘)	창설재집 (蒼雪齋集)	작가
55	윤봉구	유인 박씨 행장 (孺人朴氏行狀)	병계집	작가
56	윤봉구	유인 박씨 행록 기유 (孺人朴氏行錄 己酉)	병계집	작가
57	윤봉구	열부 윤씨 행록의 발문(跋烈婦尹氏行錄)	병계집	작가
58	황윤석	열부 이씨전(烈婦李氏傳)	이재유고	작가
59	유언호 (俞彦鎬)	제주 다섯 절녀의 전 경술 (濟州五節女傳 庚戌)	연석 (燕石)	작가 (5인의 전)
60	이종휘	이씨의 아내 절부 김씨전 (李節婦金氏傳)	수산집	작가
61	유한준 (俞漢雋)	선산의 두 열녀·당재잡저○기유 (善山二烈女 當在雜著○己卯)	자저 (自著)	작가
62	안정복	열녀 여흥 이씨 행록 뒤에 씀 신축 (題烈女驪興李氏行錄後 辛丑)	순암집	작가
63	안정복	숙인 조씨 행장(淑人趙氏行狀)	순암집	작가
64	이광정	조씨의 아내 열부 이씨 묘갈명 병서 (趙烈婦李氏墓碣銘 幷序)	눌은집	작가
65	김종후 (金鍾厚)	조카며느리 홍씨 제문 (祭從子婦洪氏文)	본암집 (本庵集)	작가
66	정범조 (丁範祖)	정씨전(鄭氏傳)	해좌집 (海左集)	작가
67	위백규	열녀 김씨 정문 옥과(지명[地名]) 기 (烈女金氏旌門 玉果 記)	존재집	작가
68	송환기	유인 이씨 묘지명 병서 (孺人李氏墓誌銘 幷序)	성담집	작가 정려 없음
69	송환기	유인 유씨 행장 (孺人柳氏行狀)	성담집	작가. 정표 없음을 개탄
70	송환기	열부 공인 윤씨전(烈婦恭人尹氏傳)	성담집	작가. 정려 없음

71	이만부	효자 열부 충노 열전 (孝子烈婦忠奴列傳)	식산집	작가
		18세기: '비·논평' 열녀		
72	신대우 (申大羽)	이씨의 아내인 다섯째 고모에 대해 씀 (李五姑述)	완구유집 (宛丘遺集)	
73	이익	전주 이씨 부인 행록(全州李氏夫人行錄)	성호전집	
74	박윤원 (朴胤源)	둘째 고모의 제문(祭仲姑文)	근재집 (近齋集)	
75	이만부	서고모 홍씨의 부인 광기(庶姑洪婦壙記)	식산집	
76	황경원 (黃景源)	정경부인 송씨 묘지명 병서 (貞敬夫人宋氏墓誌銘 幷序)	강한집 (江漢集)	
		18세기: 사망 열녀(남편의 사망이 원인이 되어 사망)		
77	이이명 (李頤命)	유인 유씨 묘표(孺人柳氏墓表)	소재집 (疎齋集)	정려
78	김진규	유열부의 정려를 청하기 위해 임금께 아뢰는 글 (請柳烈婦旌襃面奏)	죽천집	정려 위와 동일인 여종 자녀-포상
79	유한준	영인 우봉 이씨 묘표 기미 (令人牛峯李氏墓表 己未)	자저	사회
80	황경원	정경부인 송씨 묘지명 병서 (貞敬夫人宋氏墓誌銘 幷序)	강한집	작가
81	박윤원	둘째 고모 숙인 행장(仲姑淑人行狀)	근재집	작가
82	윤광소 (尹光紹)	정경부인 조씨 행장 신축 (貞敬夫人趙氏行狀 辛丑)	소곡유고 (素谷遺稿)	작가
		18세기: 피살 열녀		
83	황윤석	열부 유씨의 정문 중수 판기 (烈婦柳氏旌門重修板記)	이재유고	정려
84	유한준	열부 심부인전(烈婦沈夫人傳)	자저	정려
85	김진규	오양 열부의 애사 병인 (哀烏壤烈婦辭幷引)	죽천집	작가

[표 3] 18세기 자결·사망·피살 열녀 담론 자료 목록 18세기의 해당 자료는 81편 (일련번호 5~85번)이다. 남편이 죽은 뒤에 자결한 사례가 72편(5~76번), 남편의 사망이 원인이 되어 사망한 사례가 6편, 피살 사례는 3편이다.

19~20세기 초 자결·사망 열녀 담론 자료 목록				
번호	작가	제목	문집	인정 방식
		자결 열녀		
86	서유구 (徐有榘)	김 씨의 아내, 박 씨의 아내, 두 열부의 전 (金朴二烈婦傳)	풍석전집 (楓石全集)	정려
87	서유구	열부 유씨 묘지명(烈婦劉氏墓誌銘)	풍석전집	정려

88	이항로 (李恒老)	효열부 문씨전(孝烈婦文氏傳)	화서집 (華西集)	정려
89	최익현 (崔益鉉)	열부 하씨 정려기(烈婦河氏旌閭記)	면암집 (勉菴集)	정려
90	**최익현**	**열부 이씨 정려기(烈婦李氏旌閭記)**	면암집	정려
91	최익현	류씨의 두 딸 정려기(柳氏二女旌閭記)	면암집	정려
92	최익현	효열부 전씨 정려기(孝烈婦田氏旌閭記)	면암집	정려
93	곽종석 (郭鍾錫)	열부 김씨 정려기 을사 (烈婦金氏旌閭記 乙巳)	면우집 (俛宇集)	정려
94	곽종석	열부 정씨 정려기 을사 (烈婦鄭氏旌閭記 乙巳)	면우집	정려
95	곽종석	이씨 삼세 효열 정려기 을사 (李氏三世孝烈旌閭記 乙巳)	면우집	정표
96	**곽종석**	**열부 함안 조씨 정려명 병인○갑진** (烈婦咸安趙氏旌閭銘 並引○甲辰)	면우집	정려
97	곽종석	열부 광주 이씨 찬(烈婦廣州李氏贊)	면우집	정려
98	곽종석	열부 안동 권씨 찬(烈婦安東權氏贊)	면우집	정려
99	곽종석	열부 전의 이씨 찬(烈婦全義李氏贊)	면우집	정려
100	곽종석	열부 이씨 정려명 병서 (烈婦李氏旌閭銘 並序)	면우집	정려
101	기우만 (奇宇萬)	열부 송씨 정려 추기 (烈婦宋氏旌閭追記)	송사집 (松沙集)	정려
102	기우만	열부 윤씨 정려기(烈婦尹氏旌閭記)	송사집	정려
103	기우만	배씨 두 세대 효열 정려기 (裵氏兩世孝烈旌閭記)	송사집	정려
104	기우만	박씨 효열 정려기(朴氏孝烈旌閭記)	송사집	정려
105	기우만	송씨 집안의 다섯 효자와 한 명의 열부 정려기 (宋氏五孝一烈旌閭記)	송사집	정려
106	기우만	열부 이씨 묘표(烈婦李氏墓表)	송사집	정려
107	기우만	열부이씨전(烈婦李氏傳)	송사집	정려
108	기우만	**최씨 열효 정려기(崔氏烈孝旌閭記)**	송사집	정려
109	조긍섭 (曺兢燮)	열부 공인 박씨 정려비 기유 (烈婦恭人朴氏旌閭碑 己酉)	암서집 (巖棲集)	정려
110	조긍섭	열부 이씨 묘갈명 경술 (烈婦李氏墓碣銘 庚戌)	암서집	정려
111	조긍섭	조씨의 아내 열부 염씨전 경술 (曺烈婦廉氏傳庚戌)	암서집	정려

112	정약용 (丁若鏞)	절부 최씨 묘지명(節婦崔氏墓誌銘)	여유당전서 (與猶堂全書)	사회
113	전우(田愚)	이열녀전 병오(李烈女傳 丙午)	간재집(艮齋集)	사회
114	유인석 (柳麟錫)	최열부 표적비(崔烈婦表蹟碑)	의암집 (毅菴集)	사회
115	곽종석	열부 거창 신씨 찬(烈婦居昌愼氏贊)	면우집	사회
116	기우만	열부 김씨 유적비(烈婦金氏遺蹟碑)	송사집	사회
117	기우만	열부 최씨 묘갈명 병서 (烈婦崔氏墓碣銘 幷序)	송사집	사회
118	기우만	열부 이씨전(烈婦李氏傳)	송사집	사회
119	기우만	열부 최씨전(烈婦崔氏傳)	송사집	사회
120	기우만	열부 김유인전(烈婦金孺人傳)	송사집	사회
121	유인석	열녀 유인 이씨 묘지명 병서 (烈女孺人李氏墓誌銘 幷序)	의암집	가족
122	최익현	열부 유인 제주 양씨 묘표 (烈婦孺人濟州梁氏墓表)	면암집	친족
123	유인석	열부 유인 이씨전(烈婦孺人李氏傳)	의암집	친족
124	조긍섭	조씨의 아내 열부 정씨 비(曺烈婦鄭氏碑)	암서집	친족
125	허훈 (許薰)	절부 배씨전 부록 장낭자 (節婦裵氏傳 附張娘子)	방산집 (舫山集)	작가
126	최익현	열부 파산 이씨전(烈婦巴山李氏傳)	면암집	작가
127	최익현	열부 유인 풍양 조씨 묘표 (烈婦孺人豊壤趙氏墓表)	면암집	작가
128	최익현	열부 청주 한씨 묘표(烈婦淸州韓氏墓表)	면암집	작가
129	허유 (許愈)	최씨 열행에 대한 짧은 기록(崔氏烈行小識)	후산집 (后山集)	작가
130	허유	열부 박씨 사실(烈婦朴氏事實)	후산집	작가
131	전우	김열부전(金烈婦傳)	간재집	작가
132	전우	열부 조씨의 행장에 쓰다: 전정수의 아내이자 함안 조어계의 후손으로 남편이 죽고 따라 죽었을 때가 24세였다(題烈婦趙氏狀田井秀妻, 咸安趙氏漁溪後孫, 夫死自裁,年二十四)	간재집	작가
133	전우	정정부(鄭貞婦)	간재집	작가
134	곽종석	열부 곽씨찬(烈婦郭氏贊)	면우집	작가
135	곽종석	홍열부전 갑인(洪烈婦傳 甲寅)	면우집	작가
136	곽종석	송열부전 을사(宋烈婦傳 乙巳)	면우집	작가
137	기우만	열부 정씨전(烈婦鄭氏傳)	송사집	작가
138	기우만	효열부 김씨전(孝烈婦金氏傳)	송사집	작가

139	심노숭 (沈魯崇)	열녀 하동 정씨 정려 통문 (烈女河東鄭氏旌閭通文)	효전산고 (孝田散稿)	작가
140	조긍섭	이씨의 아내 열부 성씨전 기미 (李烈婦成氏傳己未)	암서집	작가
141	조긍섭	손씨 집안의 절부 안씨와 열부 이씨의 합전 정유(孫節婦安氏烈婦李氏合傳 丁卯)	암서집	작가
'비-논평' 열녀				
142	최익현	유인 경주 김씨 묘표(孺人慶州金氏墓表)	면암집	
143	전우	최유인 행록에 씀(題崔孺人行錄)	간재집	
144	기우만	유인 심씨 묘갈명 병서 (孺人沈氏墓碣銘 幷序)	송사집	
사망 열녀				
145	유인석	열부 양씨전(烈婦楊氏傳)	의암집	사회
146	최익현	이씨 삼대 효부전(李氏三世孝婦傳) ②/3	면암집	사회

[표 4] 19~20세기 초 자결·사망 열녀 담론 자료 목록 19~20세기 초의 자료 중에서 59편(86~144번)이 자결 열녀, 2편(145~146번)이 사망 열녀에 관한 것이다. 피살된 사례는 없다.

번호	**17세기: 미망인 열녀 자료 목록**			
147	송시열	숙인 윤씨 정려비(淑人尹氏旌閭碑)	송자대전	정려
148	송준길	할머니 유씨의 정문비기 (先祖妣柳氏旌門碑記)	동춘당집	정려
149	송준길	팔대조 할머니 열부 안인 유씨 행장 (八代祖妣烈婦安人柳氏行狀)	동춘당집	위와 동일인
150	서종태 (徐宗泰)	최씨와 홍씨 두 여자의 복수에 대한 논의(洪兩女復讎議)	만정당집 (晚靜堂集)	급복

[표 5] 17세기 미망인 열녀 자료 목록 남편을 따라 죽지는 않았지만, 억울하게 살해된 남편을 위해 복수하거나, 남편이 병이 나면 단지하면서 간호하고, 삼년상을 치르면서 금욕적으로 살았다. 개가를 거부하고 시댁에서 아이와 함께 살아갔다. 이렇게 산 미망인이 정려를 받았다.

		18세기: 미망인 열녀 자료 목록		
번호	작가	제목	문집 (번역본 서지)	비고
151	이광정	효열부 이공인 묘지명 병서 (孝烈婦李恭人墓誌銘 幷序)	눌은집	정려
152	이재 (李縡)	열부 이씨전(烈婦李氏傳)	도암집 (陶菴集)	정려 (고려시대)
153	홍양호	열부 이씨 정려기(烈婦李氏旌閭記)	이계집	정려(19년 후, 1788)
154	황경원	열부 정씨 여묘기(烈婦鄭氏廬墓記)	강한집	정려(1749)

| 155 | 이민보
(李敏輔) | 숙인 이씨 행장
(淑人李氏行狀) | 풍서집
(豐墅集) | 사회, 당사자가
정려 만류 |

[표 6] 18세기 미망인 열녀 자료 목록 5건 중에서 4인이 정려되었다. 남편의 간병, 상례의 주관, 자결 시도 등을 해야 열녀로 정려될 수 있었다.

번호	작가	제목	자결 시도	남편 간호		남편 상례	후손		시 부모 봉양	봉제사	금욕	개가 거부
				기도	할고		양육	후사				
151	이광정	孝烈婦李恭人墓誌銘 幷序	○	○		○			○	○	○	
152	이재	烈婦李氏傳					○					○
153	홍양호	烈婦二氏旌閭記	○		○							
154	황경원	烈婦鄭氏廬墓記			○							
155	이민보	淑人李氏行狀					○		○		○	

18세기: 미망인 열녀 담론의 강조점 (표 상단 제목)

[표 7] 18세기 미망인 열녀 담론의 강조점 남편의 병간호, 상례 주관, 자결 시도, 자기 돌봄의 소홀, 금욕적 생활, 개가 거부 등을 해서 정려받았다. 17세기는 미망인은 자녀 교육이 부각되었다면, 18세기에는 후사를 세워 대를 이은 점이 추가된다. 18세기에 오면 정려 기준이 자결로 확정되는 추세이기에 미망인을 열녀로 명명한 경우가 많지 않다.

19~20세기 초: 미망인 열녀 자료 목록

번호	작가	제목	문집 (번역본 서지)	비고
156	윤행임 (尹行恁)	남원평이 정 씨의 아내인 열녀를 위해 쓴 시 뒤에 씀(題南元平鄭烈女歌後)	석재고 (碩齋稿)	19년 후 정려(1788)
157	곽종석	효열부 이씨 정려기 을사 (孝烈婦李氏旌閭記 乙巳)	면우집	정려(82세) 사후
158	기우만	열부 소씨 정려기(烈婦蘇氏旌閭記)	송사집	정려(1899)
159	기우만	효열부 김씨 정려기(孝烈婦金氏旌閭記)	송사집	정려(1905)
160	기우만	조씨 효열 정려 중수기 (趙氏孝烈旌閭重修記)	송사집	정려
161	신기선 (申箕善)	열부 장씨 정려기 계사 (烈婦張氏旌閭記癸巳)	양원유집 (陽園遺集)	정려 (49세 즈음)
162	신기선	열부 최씨 정려기(烈婦崔氏旌閭記)	양원유집	생전 정려(1906)
163	이건창 (李建昌)	돌아가신 충정공이 쓰신 '김정녀에 대한 기록'의 뒤에 삼가 씀 (謹書先忠貞公記金貞女事後)	명미당집 (明美堂集)	정려
164	유중교 (柳重教)	효열부 최씨의 행록 뒤에 씀 (題孝烈婦崔氏行錄後)	성재집 (省齋集)	유생
165	유인석	열부 유씨전(烈婦兪氏傳)	의암집	마을

166	유인석	효열부 양씨전(孝烈婦梁氏傳)	의암집	유생. 정려 논의
167	기우만	효열부 이씨 사적비 (孝烈婦李氏事蹟碑)	송사집	마을. 정려 없음
168	기우만	열부 양씨 묘갈명 병서 (烈婦梁氏墓碣銘 幷序)	송사집	유생
169	기우만	효열부 문씨전(孝烈婦文氏傳)	송사집	유생
170	기우만	유인 장씨전(孺人張氏傳)	송사집	마을
171	기우만	고씨의 효열에 대한 천장 뒤에 씀 (書高氏孝烈鷹狀後)	송사집	유생 추천 정표 없음
172	유중교	송효부 행록 뒤에 씀 (題宋孝婦行錄後)	성재집	작가
173	최익현	절부 유인 삭녕 최씨 사장 (節婦孺人朔寧崔氏事狀)	면암집	작가
174	전우	절부 김씨전(節婦金氏傳)	간재집	작가
175	전우	오씨 집안의 두 절부 전 병오 (吳門二節婦傳 丙午)	간재집	작가
177	전우	윤정부 기사(尹貞婦 己巳)	간재집	작가
177	기우만	효열부 장유인의 행적 뒤에 씀 (書孝婦張孺人行蹟後)	송사집	작가
178	기우만	효열부 전씨의 사적 뒤에 씀 (書孝烈婦全氏實蹟後)	송사집	작가 純烈
179	기우만	유인 문씨 묘갈명 병서 (孺人文氏墓碣銘 幷序)	송사집	작가 純烈. 죽은 남편의 마음
180	기우만	유인 송씨 묘표(孺人宋氏墓表)	송사집	작가 純烈
181	기우만	유인 차씨 묘표(孺人車氏墓表)	송사집	작가
182	기우만	정부인 서씨 묘표(貞夫人徐氏墓表)	송사집	작가
183	기우만	유인 최씨 묘표(孺人崔氏墓表)	송사집	작가 純烈. 죽은 남편의 마음
184	기우만	효열부 박씨전(孝烈婦朴氏傳)	송사집	작가 죽은 남편의 마음
185	기우만	유인 이씨전(孺人李氏傳)	송사집	작가 眞烈 '남편 마음으로 살기'
186	기우만	유인 정씨전(孺人鄭氏傳)	송사집	작가 죽은 남편의 마음
187	기우만	열부 김씨의 천장 뒤에 씀 (書烈婦金氏鷹狀後)	송사집	작가 죽은 남편의 마음
188	조긍섭	손씨 집안의 절부 안씨와 열부 이씨의 합전 정유 (孫節婦安氏烈婦李氏合傳 丁酉)	암서집	작가(자결-열부, 비자결-절부)

[표 8] 19~20세기 초 미망인 열녀 자료 목록 모두 33편으로 18세기보다 많다. 국가 정려가 아니더라도 사회적 인정이 강화되었으며 필자 개인이 글을 써서 열녀를 기념하는 사례가 늘었다. 남편을 따라 죽지 않은 순열의 개념, 남편의 마음을 내 마음으로 삼아 죽지 않는다는 새로운 개념이 등장했다. 근대의 유학자인 유중교, 최익현, 전우, 기우만, 조긍섭 등이 글을 썼다.

번호	작가	제목	자결시도	남편 간호			남편상례	후손		시부모봉양	봉제사
				기도	단지	할고		양육	후사		
156	윤행임	題南元平鄭烈女歌後				○					
157	곽종석	孝烈婦李氏旌閭記 乙巳						○		○	○
158	기우만	烈婦蘇氏旌閭記			○		○	○		○	○
159	기우만	孝烈婦金氏旌閭記		○	○		○	○			
160	기우만	趙氏孝烈旌閭重修記	○							○	
161	신기선	烈婦張氏旌閭記癸巳	○			○		○			
162	신기선	烈婦崔氏旌閭記		○	○						○
163	이건창	謹書先忠貞公記金貞女事後						○		○	

[표 9] 19~20세기 초 미망인 열녀의 정려 근거 남편에 대한 열행, 아들 양육, 조상 제례, 시부모 봉양 등으로 18세기 사유와 같다. 남편에 대한 열행의 증거는 대신 아프게 해달라고 하는 기도, 단지와 할고 등의 신체 훼손, 헌신적 간호, 자결 시도, 삼년상, 시부모 봉양, 쾌락 통제 등이다.

번호	17세기: 미망인 담론 자료 목록			
189	송시열	유인 청풍 김씨 묘갈명 병서 (孺人淸風金氏墓碣銘 幷序)	송자대전	향년 88세
190	김만중 (金萬重)	어머니 정경부인 행장 (先妣貞敬夫人行狀)	서포집 (西浦集)	향년 73세
191	오달제 (吳達濟)	정부인 남씨 행록 (貞夫人南氏行錄)	충열공유고 (忠烈公遺稿)	향년 56세
192	김만기 (金萬基)	군부인 여산 송씨 묘지명 병서 (礪山郡夫人宋氏墓誌銘 幷序)	서석집 (瑞石集)	향년 74세
193	이여 (李畲)	백모 숙인 정씨 묘지 (伯母淑人鄭氏墓誌)	수곡집 (睡谷集)	향년 72세

[표 10] 17세기 미망인 담론 자료 목록 모두 5편이다. 자결하지 않은 미망인 열녀[표 5]을 합하면 17세기 미망인 자료는 총 9건이다. 이들은 웃음, 쾌락, 행복을 통제했다고 기록된다.

번호	작가	제목	자결시도	삼년상 (돌봄 소홀)	살림주관	자녀교육	봉제사	검소
189	송시열	孺人淸風金氏墓碣銘 幷序			○	○		○
190	김만중	先妣貞敬夫人行狀			○	○		○
191	오달제	貞夫人南氏行錄	○					○
192	김만기	礪山郡夫人宋氏墓誌銘 幷序					○	○

| 193 | 이여 | 伯母淑人鄭氏墓誌 | | ○ | | ○ | ○ | |

[표 11] 17세기 미망인 담론의 강조점 자결 시도, 삼년상, 살림 주관, 봉제사, 자녀 교육 이외에 검소를 지키고 쾌락을 통제하며 살았다고 서술된다. 영화를 꺼리고, 의복, 음식, 외출, 음악 등을 삼갔다. 세간의 편견에 저항하기보다 이에 적응하려고 노력했다.

		18세기: 미망인 담론 자료 목록		
번호	작가	제목	문집 (번역본 서지)	비고
194	김창흡 (金昌翕)	숙부인 청송 심씨 묘지명 병서 (淑夫人靑松沈氏墓誌銘 幷序)	삼연집 (三淵集)	향년 50세
195	김창흡	숙부인 노씨 묘지명 병서 (淑夫人盧氏墓誌銘 幷序)	삼연집	향년 67세
196	김창흡	어머니 행장(先妣行狀)	삼연집	모친
197	김창흡	둘째 형수의 제문(祭仲嫂文)	삼연집	1710 사망 (남편 사후 2년)
198	권두경	할머니 풍산 김씨 묘지 (祖妣豐山金氏墓誌)	창설재집	조모 향년 51세
199	이희조	효자 김상사 아내의 애사 (孝子金上舍室內哀辭)	지촌집	사촌누이
200	이희조	정경부인 윤씨 행장(貞敬夫人尹氏行狀)	지촌집	향년 81세
201	이이명 (李頤命)	외할머니 정경부인 이씨 묘지 (外王母貞敬夫人李氏墓誌)	소재집 (疎齋集)	향년 86세
202	이재 (李縡)	둘째 형수 광산 김씨 부인 광지 (仲嫂光山金氏夫人壙誌)	밀암집 (密菴集)	향년 73세
203	이재	장모 함양 박씨 제문(祭外姑咸陽朴氏文)	밀암집	장모
204	이재	요의 아내 풍산 유씨 제문 임진 시월 (祭枲婦豐山柳氏文 壬辰十月)	밀암집	
205	조귀명 (趙龜命)	정경부인에 추증된 외할머니 이씨전 갑인 (外祖母 贈貞敬夫人李氏傳 甲寅)	동계집 (東谿集)	외조모, 향년 76세(1718)
206	민우수 (閔遇洙)	고모 유인 민씨 묘지 (姑母孺人閔氏墓誌)	정암집 (貞菴集)	고모 향년 64세
207	유한준	누님의 제문 정축(祭亡姊文 丁丑)	자저	누님 향년 40세
208	유한준	어머니 행장 무인(先妣行狀 戊寅)	자저	모친 향년 62세

209	유한준	큰어머니 정부인 조씨 행장 경자 (伯母貞夫人趙氏行狀 庚子)	자저	백모(1693~ 1778) 향년 86세
210	윤광소 (尹光紹)	정경부인 조씨 행장 신축 (貞敬夫人趙氏行狀 辛丑)	소곡유고 (素谷遺稿)	향년 65세
211	황경원	유인 박씨 묘지명(孺人朴氏墓誌銘)	강한집(江漢集)	
212	황경원	공인 송씨 묘지명(恭人宋氏墓誌銘)	강한집	향년 69세 (1768)
213	이상정 (李象靖)	할머니 공인 아주 신씨 광기 (祖妣恭人鵝洲申氏壙記)	대산집 (大山集)	향년 88세 (1797)
214	임성주 (任聖周)	할머니 유인 전주 이씨 제문 기유 십일월 (祭祖妣孺人全州李氏文 己酉十一月)	녹문집 (鹿門集)	조모 향년 65세
215	임성주	할머니 유인 전주 이씨 묘지 (祖妣孺人全州李氏墓誌)	녹문집	위와 동일 인물
216	송덕상 (宋德相)	장모 숙인 박씨 제문(祭外姑淑人朴氏文)	과암집 (果菴集)	장모
217	송덕상	큰형수 영인 민씨 제문 정해 (祭伯嫂令人閔氏文 丁亥)	과암집	형수
218	송덕상	유인 임씨 묘갈명 병서 (孺人任氏墓碣銘 幷序)	과암집	향년 81세
219	송덕상	어머니 묘지(先妣墓誌)	과암집	모친 향년 74세
220	송덕상	할머니 행장(祖妣行狀)	과암집	조모 향년 65세
221	안정복	유인 죽산 안씨 묘지명 임진 (孺人竹山安氏墓誌銘 壬辰)	순암집	향년 68세
222	안정복	공인 기계 유씨 묘지 을사 (恭人杞溪兪氏墓誌 乙巳)	순암집	향년 68세
223	안정복	공인 하동 정씨 묘지명 병서 병오 (恭人河東鄭氏墓誌銘 並序丙午)	순암집	향년 87세
224	임희성 (任希聖)	어머니 묘지(先妣墓誌)	재간집 (在澗集)	모친 향년 88세
225	이덕수 (李德壽)	권숙인 묘지명(權淑人墓誌銘)	서당사재 (西堂私載)	향년 77세
226	이덕수	숙부인에 추증된 전주 이씨 묘지명 (贈淑夫人全州李氏墓誌銘)	서당사재	향년 72세
227	이덕수	정경부인에 추증된 홍씨 묘지명 (贈貞敬夫人洪氏墓誌銘)	서당사재	향년 58세
228	이덕수	공인 한씨 묘지명(恭人韓氏墓誌銘)	서당사재	향년 89세
229	이덕수	어머니 행록(先妣行錄)	서당사재	향년 79세

230	이광정	숙인 박씨 유사(淑人朴氏遺事)	눌은집	
231	이광정	오촌 숙모 권씨 유사 (中表從叔母權氏遺事)	눌은집	향년 67세
232	조태억 (趙泰億)	숙인 남원 윤씨 묘지명 (淑人南原尹氏墓誌銘)	겸재집 (謙齋集)	향년 73세
233	조태억	숙인 광주 김씨 묘지명 (淑人光州金氏墓誌銘)	겸재집	향년 74세
234	조태억	정경부인에 추증된 어머니 남원 윤씨 묘지 (先妣贈貞敬夫人南原尹氏墓誌)	겸재집	향년 52세
235	이재(李縡)	유인 여흥 민씨 묘지(孺人驪興閔氏墓誌)	도암집(陶菴集)	향년 92세
236	채제공	오씨의 아내인 사촌 누님 애사 병서 (從姊吳氏婦哀辭 幷序)	번암집	사촌누이
237	송환기	숙인 이씨 묘지명 병서 (淑人李氏墓誌銘 幷序)	성담집	향년 74세
238	이재(李縡)	유인 완산 이씨 묘지(孺人完山李氏墓誌)	도암집	향년 92세
239	박필주 (朴弼周)	여섯째 숙모 공인 윤씨 제문 (祭六叔母恭人尹氏文)	여호집 (黎湖集)	숙모
240	박필주 (朴弼周)	공인 구씨 묘지명 (恭人具氏墓誌銘)	여호집	향년 71세
241	신정하 (申靖夏)	어머니 공인 전주 이씨 행장 (先妣恭人全州李氏行狀)	서암집 (恕菴集)	향년 59세
242	박윤원	외할머니 정부인 안동 김씨 행장 (外祖母貞夫人安東金氏行狀)	근재집	
243	조덕린 (趙德鄰)	공인 홍씨 묘갈명 병서 (恭人洪氏墓碣銘 幷序)	옥천집 (玉川集)	향년 61세
244	김주신 (金柱臣)	큰어머니 숙인 한산 이씨 묘지 (伯母淑人韓山李氏墓誌)	수곡집 (壽谷集)	향년 75세
245	이재형 (李載亨)	조카 차씨의 아내 제문(祭姪女車氏婦文)	송암집 (松巖集)	조카 향년 59세
246	이의현 (李宜顯)	둘째 누님 유인 묘지(仲姊孺人墓誌)	도곡집 (陶谷集)	누나 향년 85세
247	이의현	둘째 딸 김씨의 아내 묘지 (第二女金氏婦墓誌)	도곡집	2녀 향년 31세
248	이의현	숙인 창녕 성씨 행장 (淑人昌寧成氏行狀)	도곡집	향년 53세
249	박윤원	할머니 공인 전의 이씨 묘지 (祖妣恭人全義李氏墓誌)	근재집	조모 향년 73세
250	김춘택 (金春澤)	윤유인 애사(尹孺人哀辭)	북헌집 (北軒集)	

251	황경원	유인 박씨 묘지명 병서 (孺人朴氏墓誌銘 幷序)	강한집 (江漢集)	
252	송문흠 (宋文欽)	작은할머니 숙인 나씨 행장 (仲祖母淑人羅氏行狀)	한정당집 (閑靜堂集)	중조모 향년 91세
253	임성주	할머니 유인 전주 이씨 제문 을유 십일월 (祭祖妣孺人全州李氏文 己酉十一月)	녹문집	향년 65세
254	송덕상	큰형수 영인 민씨 제문 정해 (祭伯嫂令人閔氏文 丁亥)	과암집	향년 67세(추정)
255	송덕상	유인 임씨 묘갈명 병서(孺人任氏墓碣銘 幷序)	과암집	향년 81세
256	안정복	유인 죽산 안씨 묘지명 임진 (孺人竹山安氏墓誌銘 壬辰)	순암집	향년 70세
257	안정복	공인 하동 정씨 묘지명 병서○병오 (恭人河東鄭氏墓誌銘 並序○丙午)	순암집	향년 87세
258	이민보	정경부인 이씨 묘지명 (貞敬夫人李氏墓誌銘)	풍서집	향년 74세
259	이민보	숙인 이씨 행장(淑人李氏行狀)	풍서집	향년 74세

[표 12] 18세기 미망인 담론 자료 목록 모두 66건으로 17세기 사례의 13배다. 미망인으로서 열녀로 평가된 5건의 사례([표 6])를 포함하면 모두 71건이다. 주체적으로 미망인이 되거나 가족의 만류로 미망인이 되었지만, 사유는 이전 시기와 같다(상례, 자녀 양육, 후사, 제사, 시부모 봉양 등). 미망인의 생애사에서 행복, 쾌락, 기쁨, 즐거움, 만족감의 수사는 발견되지 않는다. 과부의 고초와 피폐함, 쾌락 통제, 가족에 대한 헌신 등이 강조된다.

19~20세기 초: 미망인 담론 자료 목록				
번호	작가	제목	문집 (번역본 서지)	비고
260	조병덕 (趙秉悳)	유인 영월 엄씨 묘지명 병서 (孺人寧越嚴氏墓誌銘 並序)	숙재집 (肅齋集)	향년 71세 여사
261	최익현	유인 이천 서씨 묘표(孺人利川徐氏墓表)	면암집	향년 70세
262	전우	유인 문씨의 행록 뒤에 씀 병오 (題孺人文氏行錄 丙午)	간재집	
263	전우	김씨 모자 행록(金氏母子行錄)	간재집	
264	전우	어진 여인 황씨전(賢媛黃氏傳)	간재집	
265	전우	김유인 행록에 씀 정사(金孺人行錄跋 丁巳)	간재집	1917년 작성
266	유인석	김부인전(金婦人傳)	의암집	18세 혼인
267	곽종석	성유인 묘지 병서○경술 (成孺人墓誌 幷序○庚戌)	면우집	향년 61세
268	곽종석	이유인 묘표 기유 (李孺人墓表 己酉)	면우집	향년 74세 (1895)
269	곽종석	숙인 곽씨 묘표 임자 (淑人郭氏墓表 壬子)	면우집	향년 73세 (1798~1870)

270	기우만	강유인 천장 뒤에 씀 (書姜孺人遷葬後)	송사집	유생 추천 정표 없음
271	기우만	김효부 실행 뒤에 씀(書金孝婦實行後)	송사집	
272	기우만	숙인 임씨 묘갈명 병서 (淑人林氏墓碣銘 幷序)	송사집	
273	기우만	유인 이씨 묘지명 병서 (孺人李氏墓誌銘 幷序)	송사집	
274	기우만	유인 서씨 묘표(孺人徐氏墓表)	송사집	향년 60세
275	기우만	유인 이씨 묘표(孺人李氏墓表)	송사집	향년 92세 (1885) 죽은 남편의 마음
276	기우만	유인 송씨 묘표(孺人宋氏墓表)	송사집	향년 55세 (1902)
277	기우만	효부 김씨전(孝婦金氏傳)	송사집	
278	이남규 (李南珪)	숙부인 연일 정씨 묘지명 (淑夫人延日鄭氏墓誌銘)	수당유고 (修堂遺集)	향년 74세
279	이남규	종조 숙모 숙인 한씨 행장 (從祖叔母淑人韓氏行狀)	수당유고	

[표 13] 19~20세기 초 미망인 담론 자료 목록 이 시기에 미망인 열녀 자료([표 8])를 포함하면, 미망인 자료는 모두 53편이다. 이 중에서 열녀라는 호칭 없이 서술된 미망인 자료는 20편으로 18세기 (66편)의 1/3 정도다. 미망인의 생애사를 서술할 때 자손 교육(261, 263, 266, 268, 271, 272, 273, 274, 275번), 남편 사후에 건강이 악화될 정도로 슬퍼함(264, 267, 274번), 정성껏 상례를 치름(260, 264, 275번), 시부모를 잘 봉양함(262, 263, 266, 269번), 제사를 잘 받듦(260, 262, 263, 268, 269, 270, 274, 275, 276번), 후사를 둠(264, 270, 276번), 자기 돌봄을 소홀히 함(265, 267, 268, 270번) 등이 강조된다. 자신이 과부(261번)이고 미망인(271, 275, 279번) 임을 철저히 의식했다고 서술되기도 했다. 과부 자식이라는 말을 듣지 않도록 엄하게 교육했고(261번), 자식 때문에 살았다(271번).

18세기 열녀 담론: 자결 방식 통계			
자결 방식	해당 번호	총편수	퍼센트
음독	10, 14, 19, 22, 25, 26, 29, 40, 41, 48, 49, 50, 62, 63, 66, 67, 70 (간수: 30, 35, 36, 51, 75)	22	30%
미상	5, 9, 18, 20, 23, 31, 38, 44, 52, 53, 58, 64, 65, 69, 72, 73	16	22%
단식	7, 8, 11, 21, 33, 42, 43, 45, 46, 47, 55, 60, 68, 71, 74, 76	16	22%
목 맴	6, 13, 15, 24, 37, 54, 56, 57, 59	9	13%
투신	12, 16, 17, 27, 32, 34, 61	7	10%
칼	28, 39	2	3%
총 편수		72편	100%

[표 14] 18세기 열녀 담론의 자결 방식별 분류 및 통계【음독 30%(22편) → 미상 22%(16편) → 단식 22%(16편) → 교사(絞死. 목을 맴) 13%(9편) → 투신 10%(7편) → 칼로 찌름 3%(2편)】의 순이다.

19~20세기 초 열녀 담론: 자결 방식 통계			
자결 방식	해당 번호	총편수	퍼센트
미상	92, 93, 95, 96, 102, 103, 104, 105, 108, 109, 111, 115, 116, 120, 126, 128, 130, 132, 133, 138, 144	21	36%
음독	89, 90, 94, 107, 113, 114, 117, 121, 123, 124, 127, 132, 135, 142 (간수: 86, 87, 146)	17	29%
목 맴	91, 98, 100, 110, 112, 119, 134, 137	8	14%
단식	88, 99, 106, 122, 131, 140	6	10%
투신	97, 118, 125, 143	4	7%
칼	101, 139	2	3%
숨 참기	141	1	1%
총 편수		59편	100%

[표 15] 19~20세기 초 열녀 담론의 자결 방식별 분류 및 통계【음독(29%; 17편) → 목을 맴(14%; 8편) → 단식(10%; 6편) → 투신(7%; 4편) → 칼(3%; 2편), 숨 참기(1%; 1편)】의 순이다.

18세기 열녀의 자결 연령 통계			
	번호	편수	퍼센트
10대	66	1	1%
20대	8, 9, 12, 14, 15, 34, 37, 38, 41, 44, 45, 46, 54, 57, 60, 64, 69, 72	18	25%
30대	18, 33, 35, 36, 56, 58, 68, 70, 76	9	13%
50대	10, 19, 48, 50, 63	5	7%
60대	6, 55	2	3%
70대	29	1	1%
미상	이상을 제외한 37편	37	50%
총 편수		73편	100%

[표 16] 18세기 열녀의 자결 연령별 통계 자결 당시 여성의 연령은 20대가 25%(18명), 30대가 13%(9명), 50대가 7%(5명), 60대가 3%(2명), 10대와 70대가 각각 1%(각 1명)다. 10~30대의 자결이 39%다.

19~20세기 초, 열녀의 자결 연령 통계			
자결 방식	번호	편수	퍼센트
10대	89, 99, 110, 114, 118, 125, 131	7	11%
20대	87, 96, 103, 106, 108, 110, 113, 119, 124, 126, 132, 133, 135, 138, 146	16	27%
30대	94, 109, 127, 130, 136	5	9%
50대	142	1	2%
60대	138	1	2%
미상	141	29	49%
총 편수		59편	100%

[표 17] 19~20세기 초 열녀의 자결 연령 통계 연령이 밝혀진 경우, 20대 자결이 가장 많은데(53%,

16편), 대개 20대 초반이다. 다음으로 10대가 24%(7편), 30대가 17%(5편)이다. 10대~30대까지가 전체의 91%다.

18세기 열녀에 대한 인정			
번호	분류	편수	퍼센트
①③④	국가 정려	35	43%
	사회적 인정	19	23%
	작가(개인)	19	23%
①②	미상/논평 없음	8	11%
	총계	81편	100%

[표 18] 18세기 열녀에 대한 인정 18세기에 열녀로 인정된 경위는【국가(43%) ≫ 사회(+가족: 23%) ≫ 개인(필자: 23%) ≫ 미상/논평 없음(11%)】의 순이다. 열행의 인정은 국가 정려가 최고인데, 성사되려면 가족, 마을, 유림의 인정이 있어야 했다. 정려 받지 못해도 글을 써서 열행을 칭송하면 역사적으로 인정받았다. 열녀 가족이 문인에게 글을 청탁한 이유다.

19~20세기 초, 열녀에 대한 인정			
번호	분류	편수	퍼센트
①	국가 정려	26	43%
	사회적 인정	15	25%
③	작가(개인)	17	28%
②	미상/논평 없음	3	4%
	총계	61편	100%

[표 19] 19~20세기 초 열녀에 대한 인정 19세기~20세기 초에 열녀로 인정된 경위는【국가(43%) >사회(+가족: 24%)>작가(개인: 23%)】의 순으로, 18세기와 거의 유사하다.

18세기: 미망인 수명 통계			
연령	번호	편수	퍼센트
30대	247	1	1%
40대	207	1	1%
50대	194, 195, 198, 227, 234, 241, 245, 248	8	12%
60대	206, 208, 210, 212, 214, 215, 220, 221, 222, 231, 243, 253, 254	13	20%
70대	202, 205, 219, 225, 226, 229, 232, 233, 237, 240, 244, 249, 256, 258, 259	15	23%
80대	200, 201, 209, 213, 218, 223, 224, 228, 246, 255, 257	11	17%
90대	235, 252	2	3%
미상	196, 197, 199, 203, 204, 211, 216, 217, 230, 236, 238, 239, 242, 250, 251	15	23%
총계		66편	100%

[표 20] 18세기 미망인의 수명([표 12]를 대상으로 함) 향년은【70대(23%; 15편)>60대(20%;

13편)〉80대(17%; 11편)〉50대(12%; 8편)〉90대(3%; 2편)〉30대·40대(1%; 각 1편)】의 순이다. 98%가 50세 이상을 살았다. 60~90세 이상의 수명을 누린 여성은 전체의 86%다. 3·40대에 사망한 경우는 2%에 불과하다. 미망인의 수명이 기록되지 않은 경우는 23%(15편)다.

18세기: 미망인의 생존 햇수			
햇수	번호	편수	퍼센트
10년 미만	197, 210, 249	3	11%
10~20년	195, 200, 208, 209, 214, 217, 234, 245, 247	9	31%
20~30년	212, 215, 221, 222, 229, 248, 253, 254	8	28%
30~40년	202, 205, 206, 218, 224, 242, 258	7	24%
40~50년	252	1	3%
50~60년	223	1	3%
총계		29편	100%

[표 21] 18세기 미망인의 생존 햇수 남편이 죽은 뒤에 미망인으로서 살아간 햇수는 10~20년이 31%, 20~30년이 28%, 30~40년이 24%다. 전체의 89%가 10년 이상을 미망인으로 살았다. 20년 이상이 58%이고, 30년 이상이 30%다. 남편의 사후, 미망인의 생존 연수가 10년 미만인 경우는 단 3인(11%)이다.

19~20세기 초: 미망인 수명 통계			
	번호	편수	퍼센트
50대	276	1	5%
60대	267, 274	2	10%
70대	260, 261, 268, 269, 278	5	25%
90대	275	1	5%
미상	262, 263, 264, 265, 266, 270, 271, 272, 273, 277, 279	11	55%
총계		20편	100%

[표 22] 19~20세기 초의 미망인 수명 통계 20편 중에서 향년이 알려진 것을 조사해 보니 모두 8편이다. 향년은 21세~70세까지 다양하다. 【70대(25%, 5편)〉60대(10%, 2편)〉90대와 50대(각 5%, 각 1편)】의 순이다. 50대 이상이 45%(9편)이며, 55%(11편)는 향년에 대한 정보가 없다. 연로해서 병이 들면 연명 치료를 거부하기도 했다(279번). 17·18세기와 마찬가지로 19~20세기 초의 미망인은 대체로 장수했다. 미망인이 된 연령은 21세(263, 266번), 37세(260번), 44세(268번), 60세(261번), 70세(272번) 등이다. 이 중에서 3편(260번-35년, 267번-34년, 268번-31년)인데, 모두 남편의 사망 후, 30년 이상 생존했다.

역사 속 여성은 투명 인간이 아니다

1 『주역』의 혁괘에 대한 해석은 김용옥, 『도올 주역 강해』, 통나무, 2022, 607~611쪽을 참조.

1장

1 이어지는 여성 품계와 작호는 포털사이트 DAUM 사전 및 민족문화대백과 사전을 참조.

2 '여사(女士)'를 사용한 사례는 다음과 같다. 宋徵殷, 「祭伯姊文」, 『約軒集』; 李頤命, 「恭人 靑松沈氏墓誌銘」, 『疎齋集』; 金鎭圭, 「祭祖母文」, 『竹泉集』; 閔遇洙, 「季母贈人韓山李氏行狀」, 『貞菴集』; 金載瓚, 「姊氏墓誌銘 並序」, 『海石遺稿』; 李縡, 「孺人驪興閔氏墓誌」, 『陶菴集』; 金載 瓚, 「恭人尹氏壙記」, 『海石遺稿』; 朴胤源, 「祖妣恭人全義李氏墓誌」, 『近齋集』; 金昌緝, 「祭叔嫂 李氏文」, 『圃陰集』; 李宜顯, 「淑人潘南朴氏墓誌銘 并序」, 『陶谷集』; 金春澤, 「母夫人行錄」, 『北 軒集』 등. '女中士', '女士風', 또는 '여자이지만 선비의 행실(士行)이 있었다'라고 표현하기도 했 다. '어머니 윤부인은 여자 중의 선비로 부인이 어려서 영향을 받아 대략 서책과 역사를 알았 다(妣尹夫人女中士, 夫人幼而濡染, 略通書史).'(李縡, 「仲母贈貞敬夫人安東金氏墓誌」, 『陶菴集 』); '영인은 총명하고 아는 것이 많아서 옛 여사의 풍모가 있었다(令人聰明識達, 有古女士風).' (林象德, 「令人坡平尹氏墓誌銘」, 『老村集』); '그 어진 아내 공인 구씨는 여자이면서 선비의 행실 이 있었다(其賢配具恭人, 女而有士行).'(朴弼周, 「恭人具氏墓誌銘」, 『黎湖集』) 등.

3 '竊嘗聞女子有士君子之行, 謂之女士, 今夫人有忠孝焉, 有節烈焉, 有高見遠識焉, 有令德淑儀焉, 若是而稱之曰女士, 可以無愧矣.'(尹光紹, 「貞敬夫人趙氏行狀」, 『素谷遺稿』)

4 이렇게 볼 수 있는 이유는 '남자 같은 외모, 성품'을 지시할 때는 구체적인 용모와 성품이 별 도로 서술되었기 때문이다.

5 '嗚呼! 先妣儀容端莊, 性度慈良, 動合女則, 平居淨掃房闥, 衣裳器什, 井井有恒處, 手執女紅, 未 嘗暇豫, 言辭不及於鄙俚, 巫卜不近於門庭, 親黨咸稱以女中君子.'(休良浩, 「孺人靑松沈氏墓誌 銘 并序」, 『耳溪集』) 이 외에도 李裁, 「洪氏姊墓誌」, 『密菴集』; 任聖周, 「祖妣孺人全州李氏墓誌

」, 『鹿門集』에서도 女中君子라는 표현을 썼다.

6 '여사풍'과 같이 '군자풍'으로 표현한 경우가 있다. '부인은 호쾌하고 시원시원하며 지조가 있
었다. 책으로 배운 적은 없지만 말과 행동에 군자의 분위기가 있었다(夫人英爽有志操, 未嘗
投習書傳, 而發言制行, 綽有君子風焉)' (南有容, 「贈貞夫人豐山洪氏墓誌銘 幷序」, 『䨓淵集』)

7 물론 엄밀한 통계 수치를 제시할 정도는 아니지만, 정황 판단은 가능하다.

8 이하 인물의 생몰연과 간단한 약력은 포털사이트 DAUM과 NAVER 사전 및 민족문화대백
과 사전을 참조했으며, 텍스트에 제시된 생애 정보를 통해 추산했다.

9 '惟恭人處之若性, 視彼不義浮榮, 不啻蕕臭, 是雖日閨中知己, 不泰也.' (李萬敷, 「亡室恭人豐山
柳氏墓誌」, 『息山集』); '청풍공을 내조한 것이 매우 많았다. 청풍공은 부부 사이에 지기가 되
는 것을 허락했다(爲內助於淸風公者甚多. 淸風公每許爲夫婦間知己)' (朴弼周, 「叔妣淑人墓誌」,
『黎湖集』) 등.

10 '숙부인은 유인의 동기 중에서 지기였다(淑夫人卽孺人同氣中知己).' (柳道源, 「孺人義城金氏墓
誌」, 『蘆厓集』)

11 '일이 얽히고 막혀서 지체된 일들이 모이면 빠르게 지휘해서 마치 대나무가 갈라지고 강물이
쏟아지듯이 해결했다. 시어른이 하고자 하는 바를 말하면 즉시 행동했고 일이 끝나지 않으면
결과 보고를 하지 않았다. 어머니께서 매우 흡족해하시면서 백 사람의 몫을 해내니 여걸이라
고 했다(至於事在糾室, 衆所遲回者, 造次揮霍, 如竹破河決, 而尊章所欲爲, 言出卽行, 不終時而
告功. 先妣賓以爲大快若然者, 百人分之, 足爲簪珥之傑).' (金昌翕, 「伯嫂貞敬夫人朴氏墓誌銘 幷
序」, 『三淵集』)

12 "우리 큰고모님은 좌우가 법도에 맞고 중용에 부합해서 아버지께서 성녀라고 칭찬하셨다. 부
인이 고을을 다스리셨다라면 천하의 장부를 복종시키는 기운이 있었을 것이다(吾伯姑恭人,
左規右矩. 合乎中庸, 先君子稱之爲聖女. 若夫人博大揮霍, 有誠天下丈夫之氣)." (趙龜命, 「外祖
母贈貞敬夫人李氏傳甲寅」, 『東谿集』) 조귀명은 외할머니 정경부인 이씨의 전을 쓰면서 외할머
니와 더불어 형수의 어머니인 숙인 나씨, 큰고모 공인 이씨가 당세에 여사(女士)로 인정받았
다고 적었다. 모두 가족이어서 가문 내부의 담론으로 보인다.

13 예문에서는 사위가 장모에게, 아들이 어머니께 사용했다. 여성에 대한 존칭에 가족 관계상
위계, 나이 서열이 작용한 점은 이 글의 뒤에서 다시 논한다.

14 '嗚呼! 婦人之道, 以順爲美, 世降俗衰, 鮮克履此. 婉娩聽從, 不煩姆指, 我儀圖之, 曰惟嫂氏, 東
西南北, 一視君子.' (金昌緝, 「祭叔嫂李氏文」, 『圃陰集』)

15 '蓋安樂而不以爲泰, 窮窘而不以爲苦, 其安貧守道, 實有古賢人君子之風焉. (…) 人皆敬服, 以女
士稱之.' (宋相琦, 「先妣行狀」, 『玉吾齋集』)

16 한국고전종합DB의 주석을 참고했다.

17 '故夫人性淸高貞介, 無鄙俗之態, 蕭然有林下風氣, 信乎典刑之猶可見也!' (李宜顯, 「亡室贈貞敬
夫人宋氏行狀」, 『陶谷集』)

18 '嗚呼! 婦有四德, 統于一順. 其順如何? 柔嘉婉娩, 口絶誼言, 色不示慢, 閨事之理, 奚待轉運, 嗚

呼我婦, 庶於是近.' (金昌翕, 「祭仲婦朴氏文」, 『三淵集』)

19 '婦人之行, 莫如柔順. 盖必由是爲然後爲合於地之道坤之體而不失其常. 不爾則雖號爲才智有識,
亦非婦德之懿也.' (朴弼周, 「贈貞夫人柳氏墓誌銘」, 『黎湖集』)

20 '부인은 아름다운 자질을 타고나 단정하고 순수하고 자애롭고 은혜로웠으며 어려서부터 부
모님에게 효성을 칭찬받았다. 시집 오자 부인의 행실을 아름답게 여겼다. 나의 외할머니 이
부인은 사람을 감식하는 안목이 밝아서 허락하는 바가 적었는데, 항상 "이 며느리는 여사다"
라고 하셨다(生稟美質, 端粹慈惠, 幼而父母稱其孝, 歸而夫薰嘉其行, 余外王母李夫人, 鑑識明
而少許可, 每曰此婦女士也).' (李頤命, 「恭人靑松沈氏墓誌銘」, 『疎齋集』)

21 '出而爲文義縣令, 爲政以慈惠名. (丁若鏞, 「茯菴李墓誌銘」, 『茶山詩文集』)

22 '간취'라고 표현한 이유는 현전하는 모든 자료를 대상으로 통계 분석한 것이 아니기 때문이
다. 그러나 3천여 편 이상의 자료를 분석해 판단한 것이기에, 일정 정도는 타당성을 지닌다고
판단했다. 국어학에서의 말뭉치 분석처럼, 고전 한문 자료에 대해서도 방대한 자료가 웹상에
서 수집된다면, 이를 대상으로 한 통계 분석 연구를 해서 유의미한 결과를 이끌어낼 수 있을
것이다.

23 '記性絶人, 凡史牒所載歷代古今之變, 賢人君子出處之迹, 皆一經耳目, 終身不忘, 於人家世系族
派子孫遠近, 尤瞭然如指諸掌.' (李喜朝, 「貞敬夫人尹氏行狀」, 『芝村集』)

24 '難好看書, 而亦不肯作一句詩半行文, 盖其心有所不屑也.' (李喜朝, 「貞敬夫人尹氏行狀」, 『芝村
集』)

25 '不喜紛華, 靖恭鮮言, 無非無儀, 行止閨門.' (宋徵殷, 「祭伯姊文」, 『約軒集』)

26 이씨의 가계 정보는 『18세기 여성생활사 자료집』 5권, 41쪽의 해제를 참조.

27 '妹自幼性度和而靜, 言若不能出.' (蔡濟恭, 「祭外從妹尹氏婦文」, 『樊巖集』)

28 '辯舌如長河, 遇有所合, 揚扢古今, 辨析毫釐, 如郢·匠斲木.' (丁若鏞, 「茯菴李墓誌銘」, 『與猶堂全
書』)

29 '夫人自幼端莊貞淑, 立心制行, 一出於正, 聰明敏達, 有過人者' (趙泰采, 「亡室贈貞敬夫人靑松沈
氏墓表」, 『二憂堂集』)

30 '少斥弛不覊.' (丁若鏞, 「茯菴李墓誌銘」, 『與猶堂全書』)

31 '少斥弛不覊, 變而之道醇如也.' (李德懋, 「灆溪廟庭碑」, 『靑莊館全書』); '介菴先生少斥弛不覊, 變
而之道醇如也.' (金鍾厚, 「灆溪書院廟庭碑」, 『本庵集』)

32 '七七性亢傲, 不循人.' (南公轍, 「崔七傳」, 『金陵集』)

33 '然性跅放, 善諧笑.' (南有容, 「金鳴國傳」, 『雷淵集』)

34 물론 필자의 자료 섭렵의 한계 때문일 수도 있으나, 새로운 자료가 발견된다고 해서 당대의
대체적인 문화적 판단 자체가 전복되지는 않을 것이다.

35 이어지는 내용에 남성의 사례만 제시한 이유는 이에 해당하는 여성 관련 수사가 너무 많고
당연시되어 따로 논증할 필요가 없다고 판단해서다.

36 '公少髭髯, 顔貌端莊, 而恬靜慈良之色, 藹然外著.' (丁若鏞, 「季父稼翁墓誌銘」, 『與猶堂全書』)

37 '山璹生而端粹.'(金祖淳,「梁山璹傳」,『楓皐集』)

38 여성의 베풀기 및 빈객 접대에 대한 사례는 최기숙,「18세기 여성의 생애사 기록을 통해 본 빈곤의 감성 통제와 여성의 삶」,『여성문학연구』32집, 한국여성문학학회, 2014, 3.3절을 참조.

39 '사람됨이 침착하고 굳세고 호매(豪邁)하여 자산을 천만금이나 모았는데, 베풀기를 좋아하고 남의 급함을 구제하였으며 빈객을 좋아하고 의기를 숭상하였다(然爲人沈鷙豪邁, 積貲至千萬, 樂施而急人, 好賓客, 尙意氣).'(丁若鏞,「司諫院正言翁山尹公墓誌銘」,『與猶堂全書』) 등.

40 '孺人素廉潔, 於財眇然無所希. 常曰: "利慾之心, 一萌于中, 卽形於外, 而面目俱變. 雖欲猒然掩之而其可得耶"'(李載亨,「生親孺人許氏家狀」,『松巖集』)

41 '性寬仁而莊肅, 耻世俗苟且之行夸毗之習, 若浼焉.'(金鍾厚,「淑人李氏墓誌銘 幷序○丁酉」,『本庵集』)

42 '絅采大人語範祖曰: "吾子婦儀態仙人也. 所以爲婦道者, 非勉而能也. 吾暮歸, 未嘗不吾子婦之下堂迓也. 吾病未嘗不吾子婦之候于戶外也. 女事靡不精而敏, 又旁及喪祭之禮, 稼圃工商氏族官爵之大客, 吾子婦非賢而藝者歟." 夫賣氏果賢矣. 微婦德, 莫信於其舅姑及夫, 而其言如此, 曹氏果賢矣.'(丁範祖,「孺人曹氏墓誌銘」,『海左集』)

43 '吾見世俗婦人, 每於家事屑屑, 喜說貧, 凡士之卑賤近利, 慊慊然心不廣者, 皆爲婦言所中故也. 昔汝先人, 嘗公退歸家歎曰: '今日士大夫多庸鄙, 唯規規焉家私是營, 世其衰也. 某也良士猶然, 盖困於貧, 失其操者也.' 汝其服念於玆, 毋忽."'(李宜顯,「淑人昌寧成氏行狀」,『陶谷集』)

44 '恭人生而姿容端麗, 稍長, 喜觀小學三綱行實, 手書而口誦, 如傳奇諸書, 世俗婦女所深喜, 而恭人獨不肯寓目.'(李德壽,「恭人金氏墓誌銘」,『西堂私載』)

45 '尹君之言曰: "挾貴, 人情所易, 善處舅家, 婦人所難, 吾妻生於大家, 內聯長秋, 而持身愈益謙愼, 父母旣曰, '是善事我', 而吾兄弟姊妹, 亦無不一辭洽然. 其天賦之美, 多於勉强之脩, 入門之行, 本於在家之素, 是豈世俗婦人所能乎?"'(李德壽,「恭人金氏墓誌銘」,『西堂私載』)

46 '竊觀世俗婦女百病, 皆由於歆羨富貴, 務尙華侈, 不量力不循分, 意無盡而財有限, 則或取非義之物, 或擧信息之債, 以至蕩家産而壞身名者滔滔相望, 夫人爲是之懼, 雖窮窒之甚, 而力所當致者, 不憚躬勞, 未嘗要藉於人, 縫造務其精完, 而不尙其製揲, 烹和適其食性, 而不求其滋味, 日用百度, 皆以從儉稱分爲例, 人或訾毁而亦不顧, 常擧尹夫人平日訓飭之辭, 以戒子女.'(兪彦鎬,「夫人遺事」,『燕石』)

47 '世俗婦女子들의 투기하는 습속 같은 것은 매우 부끄러운 일로 여겼다(俗妬忌之習, 深以爲羞事焉).'(黃胤錫,「祖妣孺人康津金氏行狀」,『頤齋遺藁』)

48 '일찍이 여자의 천한 행실 중에 질투보다 심한 것은 없다고 하시며 매번 세속 여자들이 투기하고 사나운 마음을 내는 것을 들으시면 부끄럽게 여기셨다. 사람의 선행을 보면 칭찬하시고 스스로 미치지 못할까 눈과 눈썹을 환하게 뜨셨다(嘗謂女子賤行, 無過於妬, 每聞俗婦妬悍心恥之, 見人之善, 亹亹稱歎, 自以爲不及, 眉眼朗然).'(權斗經,「先妣孺人金氏言行記」,『蒼雪齋集』)

49 '내가 세속 부녀자들이 가난에 대처하는 것을 보면 몸소 부지런히 하면서 집에서 검소하게 지내는 이가 드물었다. 이에 집은 더욱 가난해지고 몸이 더욱 궁해지니, 스스로 반성해야 한다는 것을 알지 못하고 하늘을 원망하고 남에게 원한을 품으니, 이 또한 무슨 보탬이 되겠는가!(余觀世俗婦女之處窮貧者, 鮮能勤於身儉於家, 及其家愈貧其身愈窮, 則又不知自反, 怨天而懟人, 亦何益哉!)' (南有容, 「貞夫人定山李氏行狀」, 『雷淵集』)

50 '또 세속의 사치한 풍습을 제일 싫어하셨다. 이미 귀한데도 오히려 화려한 것을 쓰지 않고 딸들에게 일렀다(又甚惡世俗奢侈之習, 旣貴猶不御華靡, 謂諸女曰).' (南有容, 「貞夫人定山李氏行狀」, 『雷淵集』)

51 '명에 이른다. 내가 본 세속 여자 중에서 부귀한 집에서 자라난 사람 중에 눈치 빠르고 거만하고 사치하지 않는 사람은 드물었다. 오직 숙인만이 순하고 화려하지 않았으며, 삼가는 태도를 갖추었고 조화로웠다(銘曰: 余觀世俗簪珈, 生長豪貴家, 鮮有不慣皎傲婷, 維淑人□□□□ □□□有順無華, 履懷蹈和).' ('□'는 원문에 적힌 그대로이다. 글자가 보이지 않거나 지워지고 알 수 없어서 □로 표시했다.) (兪漢雋, 「淑人仁同張氏墓誌銘」, 『自著蓍草』)

52 '평소 절대 속어를 쓰지 않았고 나태한 기색이 없었으며, 마음을 너그럽고 바르게 해서 안팎이 한결같았다. 세속 여자들이 구차하게 치장하는 태도가 전혀 없었다(平居口絶俚言, 色無惰容, 持心坦直, 表裏如一. 凡世俗婦女, 修飾苟且之態, 一切無有也).' (朴胤源, 「淑人陰城朴氏墓誌銘」, 『近齋集』)

53 '세속의 여자들이 화려하게 치장하는 것을 본 적이 없는 것 같았다(於世俗婦女紛華, 若無睹也).' (李畬, 「先妣墓誌戊子」, 『睡谷集』)

54 '대개 밖으로는 부드럽고 온화함을 간직했고 안으로는 바르고 굳음을 쌓았으니 일에 대한 판단은 도리에 합당했고, 베푸는 데는 정연하게 조리가 있어서 세속의 규방에서 구속되고 연연해하는 풍모가 전혀 없었다(蓋外持柔婉, 內蘊貞固, 裁斷事務, 懸合道理, 弛張闊狹, 井然有條, 絶無世俗閨梱拘攣之習).' (宋德相, 「孺人玄氏墓誌銘 幷序」, 『果菴集』)

55 '어릴 때부터 천성이 뛰어나서 세속 여자의 자잘하고 좁고 누추한 성향이 없었고, 식견이 높고 뜻과 행실이 올바랐다. 진실로 옛날 여사의 풍모가 있었다(蓋其自幼天性超邁, 無世俗婦女瑣細隘陋之習, 而見識之高, 志行之正, 實有古女士之風).' (安鼎福, 「先妣恭人李氏行狀 庚寅」, 『順菴集』)

56 '어머니께서는 성품과 도량이 크고 바르시며 식견과 사려가 통달하여, 어렸을 때부터 이미 세속 여자들의 어리석고 미련하고 외람되고 자질구레한 행실을 좋아하지 않아, 기상과 배포가 사나이 장부 같았다(先妣性度弘正, 識慮通達, 從幼少時, 已不喜世俗婦女庸碌猥瑣之行, 氣象範圍, 若丈夫男子).' (任希聖, 「先妣墓誌」, 『在澗集』)

57 '대개 어려서부터 천성이 초탈해서 세속 여자들의 용렬하고 자잘하고 속 좁고 비루한 성향이 자연히 마음에 싹트지 않았고, 식견의 높고 밝음, 뜻과 행실의 탁월함은 비록 옛날의 여자 선비라 하던 이들도 이보다 나을 수 없었을 것이다(蓋自幼天性脫酒, 世俗婦女庸瑣隘陋之習, 自然不萌于心, 而見識之高明, 志行之卓越, 雖古稱女士, 無以過也).' (吳道一, 「先妣行狀」,

『西坡集』)

58 '고금에 통하는 지식을 갖추어 말할 때마다 의리에 맞았는데, 쓰이지 못하고 마침내 곤궁하게 명을 마쳤으니, 어찌 저 세속의 훌륭한 여자들이 악착같고 무지하고 탐욕스럽고 인색하고 경직되어서 부귀하고 자식이 많은 오복을 온전히 갖춘 것만 못하신 겁니까?(古今達識, 義理名言, 無所用之, 畢命艱難, 胡不若彼世俗閨賢, 齷齪無知, 貪吝拘攣, 富貴多子, 五福能全).'(申光洙,「祭姑母文」,『石北集』)

59 '말이 청아하고 뜻이 깊고 원대해서 세속 여자들의 말투가 아니었다(詞致淸雅, 意寄深遠, 有非俗下婦人口氣也).'(李光靖,「亡妹十二娘行狀」,『小山集』)

60 '세속 여자들이 약삭바르고 교묘하게 속삭이는 태도를 보면 마치 더러워질 것처럼 여겼다(俗婦女儇巧呫囁之態, 則若將浼焉).'(吳道一,「祭亡室趙氏文 壬子」,『西坡集』)

61 '정직하고 통달해서 세속 여자들의 편협하고 사사롭고 부드럽고 고운 태도는 전혀 없었다. 이렇게 하기는 어려운 것이다(其正直通達, 則凡世俗婦女一切偏私暖姝之態, 絶無有焉. 若是者, 可謂難矣).'(金昌協,「祭亡女李氏婦文」,『農巖集』)

62 '세속 여자들이 화려하게 치장하는 것을 숭상하고 재산 관리에 능하다는 말을 들어도 마치 안 들은 것처럼 하셨다(聞世俗婦人之尙芬華治財産以爲能, 如無聞也).'(趙持謙,「先妣行狀」,『迂齋集』)

63 조경은 막내 여동생(?~1767. 이서영의 아내)에 대해 이렇게 썼다: '심성이 정직하고 순수하고 밝고, 뜻과 기운이 빼어나고 깨끗하고 상쾌하고 활달하며, 통이 크고 식견과 사려가 통달해서 세속 여자의 부드럽고 고운 자태와는 닮은 점이 없었다. 비록 독서하는 장부라도 미치지 못할 정도였다(而其心性之正直粹明, 志氣之峻潔爽豁, 器量之恢弘, 識慮之通達, 無有近似於世俗婦女暖姝之態, 雖讀書丈夫, 亦有不可及者).'(趙璥,「祭亡妹李氏婦文」,『荷棲集』)

64 '(내 여동생[파평 윤씨. 권재형의 아내, 윤동수의 여동생]은) 말 한마디, 일 하나라도 차질이 있으면 조용히 인도했는데 말은 부드러워지만 뜻이 바르고 식견과 일에 대해서는 세속 여자와 다른 점이 많았다(或有一言一事之差, 未嘗不從容開導, 言巽而義正, 其見識行事, 與世俗女子異者多類此).'(尹東洙,「舍妹孺人坡平尹氏墓誌」,『敬庵遺稿』)

65 '그때 겨우 열세 살인데 여성의 도리를 갖추었으니 세속 여자들이 미칠 수 없었다(則其年纔十三耳, 得婦道, 非世俗籍珥所可及).'(兪漢雋,「烈婦沈夫人傳」,『自著續集』); '아! 이 어찌 구구한 세속 여자들이 미칠 수 있겠는가?(嗟乎! 是豈區區世俗婦女所能及者哉)'(金鍾厚,「仲祖母貞敬夫人沈氏行狀」,『本庵集』); "우리 어머니께서 간직하고 기르신 바는 진실로 세속 여자들이 미칠 수 있는바가 아니었으니, 우리 집안의 분위기를 알 수 있다(吾母氏所存所養, 固非世俗婦女所可及, 而吾家遺風亦有可見者)."(任聖周,「先妣遺事」,『鹿門集』); '공인의 덕행과 국량은 진실로 세속 여자들이 미칠 수 있는 바가 아니었다(恭人德行幹局, 實非世俗婦人所及也).'(安鼎福,「恭人杞溪兪氏墓誌 乙巳」,『順菴集』)

66 '내가 본래 보잘것없어서 잘못이 있으면 유인이 반드시 조용히 깨우쳐 주었다. 내가 하고자 하는 바가 의를 해치지 않으면 반드시 노력해 이루도록 했다. 마음을 잡고 실천하는 것이 세

속 여자들과 달랐다(余本無似, 凡有過失, 孺人必從容箴警. 苟余所欲, 不害於義, 則必力成
之. 凡立心制行, 與流俗婦女).'(宋明欽, 「從姑母令人宋氏行狀 辛未」, 『櫟泉集』) 글에 서술된 은
진 송씨(1702~1723, 송병익의 딸, 이사욱 처)는 필자인 송명흠의 종고모(아버지의 사촌누이)
다.; '정암공의 딸이 우리 집안 지헌 상공에게 시집왔는데, 그 훌륭함은 세속 여자들이 미칠
수 있는 바가 아니어서 공의 배필로서 어긋남이 없이 빛나는 영예를 마칠 수 있었다. 어찌 이
른바 사라지지 않는다는 것이 아니겠는가?(貞菴公有女歸于余族父止軒相公, 又其賢非世俗簪
珥所能及, 用能配公無違, 以終令譽. 豈非所謂未艾者耶?)'(兪漢雋, 「貞敬夫人閔氏遺事跋 辛亥」,
『自著準草』)

67 '어려서부터 행실이 남달라 놀 때의 말과 행동이 세속의 여자아이들 같지 않았다. (아버지인)
시직군은 평소에 지인지감이 있다고 알려졌는데, 탄식하며 말했다. "딸이 아들로 태어났어야
했는데, 우리 조씨 집안이 떨쳐 일어나지 못하겠다는 걸 알겠다(幼有異行, 嬉戲言動, 類非世
俗兒婦女. 侍直君素稱藻鑑, 歎曰: "宜男而女, 已知趙宗之弗振也").'(申大羽, 「貞敬夫人楊州趙氏
行狀」, 『宛丘遺集』)

68 '先妣性度弘正, 識慮通達, 從幼少時, 已不喜世俗婦女庸碌猥瑣之行, 氣象範圍, 若丈夫男子.'(任
希聖, 「先妣墓誌」, 『在澗集』)

69 '幼頗踈俊, 有男子氣, 然慈仁甚, 見聞人厄困失所, 輒爲之下淚.'(金樂行, 「孺人金氏行錄」, 『九思
堂集』). 그 밖에 金昌翕, 「姪女趙氏婦墓誌銘 幷序」, 『三淵集』을 참조.

70 '簪珥易身, 傑然男子.'(金昌翕, 「祭姪女趙氏婦文」, 『三淵集』)

71 '恭人雖養德閨門, 毅然有男子之志, 每讀劉‧項, 魏‧蜀等誌, 輒慷慨太息, 喜誦陶淵明「歸去來
辭」. 每有愛君戀國之心, 遇一飮食之佳者, 輒曰: "欲獻之吾君." 其孫象靖獲以先蔭, 立名于 朝, 恭
人亟問 玉體安否以及聲音顏色.'(李象靖, 「祖妣恭人鵝洲申氏壙記」, 『大山集』)

72 '祖妣備嘗窮窶, 而於財産泊然無累, 未嘗有婦女吝嗇之氣. 雖得而非義則却之, 雖有而欲施則散
之, 不爲藏貯居賣而作業計. (…) 又笑曰吾性迂闊, 爲婦女而不喜生産, 唯貴文學, 前身應是男子
也.'(金鑢圭, 「祖妣行狀拾遺錄」, 『竹泉集』)

73 '公嘗欲具石於先塋, 未果而歿, 孺人歎曰: "吾所以營財, 徒以公在, 今公已歿, 吾安用此爲? 追成
其志, 是在我也."'(…) '況立石先塋, 丈夫子之所難能, 而孺人以一釐婦能之, 不賢而豈若是乎?'
(黃景源, 「孺人朴氏墓誌銘」, 『江漢集』)

74 '孺人智識英睿, 意慮超遠, 聽悟强記, 一聞語, 終身不忘, 論人物臧否事得失成敗, 未嘗不懸中, 雖
男子未易及也.'(黃景源, 「孺人朴氏墓誌銘」, 『江漢集』)

75 '金夫人曰: "孫雍體小度大, 能識丈夫之所不能識也." 觀察公曰: "古所謂女中之英, 孫雍是也."'
(黃景源, 「恭人宋氏墓誌銘 幷序」, 『江漢集』)

76 '生五歲而孤疾, 長于外氏, 止菴公常置膝語人曰: "此兒有異相, 使其男也, 豈不爲上相元帥哉!"'(金
昌翕, 「伯嫂貞敬夫人朴氏墓誌銘 幷序」, 『三淵集』)

77 '公性簡嚴, 子弟鮮當意而深愛, 夫人嘗曰: "是兒也, 性潔氣淸, 使之爲男子, 從事於文學, 則可繼我
家聲."'(李天輔, 「貞夫人李氏墓誌銘」, 『晉菴集』)

78 '沉厚其質, 通明其識, 纖紝之暇, 早習經籍, 人物賢邪, 國家治亂, 上下古今. 靡不穿貫, 若爲丈夫,
  需于王國.' (李天輔,「祭伯母文」,『晉菴集』)

79 '先妣生而穎脫聰明. 六歲能通諺書, 因請學文字. 至八九歲間, 始傳誦慕從兄弟所讀書, 甚詳無遺
  語. 曾王父母莫不歡賞, 而忠翼公奇愛之尤重. 常育于膝下曰: "此兒恨不爲男子, 男子必昌其家."
  (金柱臣,「先妣行狀」,『壽谷集』); '幼端慧靜淑, 四五歲, 能識文字細書, 從叔公撫之曰: "使爾而男
  子也, 必能大吾門也."' (李象靖,「崔孺人韓山李氏墓誌」,『大山集』) 등.

80 정경부인 윤씨(김수흥[金壽興]의 아내)의 아버지인 목사공(윤형각)은 딸이 기왓조각을 가지
  고 놀 때부터 다른 아이보다 뛰어난 면을 보여 남자가 아니라 한스럽다고 자주 말했다. '盖自
  弄磚, 絶異凡兒. 牧使公每恨其不爲男子' (李喜朝,「貞敬夫人尹氏行狀」,『芝村集』)

81 丁範祖,「淑夫人淸州韓氏墓碣銘」,『海左集』에 수록된 품성 서술을 요약했음.

82 물론 이들 요소가 중첩되어 서술된 경우도 있다. 예컨대 성품과 총기를 언급한 경우: 林象德,
  「令人坡平尹氏墓誌銘」,『老村集』 등. 성품과 지력, 문식력을 모두 언급한 경우: 申暻,「先妣遺事」,
  『直菴集』; 洪良浩,「哭亡女李氏婦文」,『耳溪集』; 李縡,「贈貞夫人靑松沈氏墓誌」,『陶菴集』 등.

83 李天輔,「貞夫人李氏墓誌銘」,『晉菴集』; 李縡,「淑人安東金氏墓誌」,『陶菴集』; 李縡,「從妹孺人
  李氏墓誌」,『陶菴集』; 胤源,「亡室行狀」,『近齋集』; 金載瓚,「淑夫人金氏墓誌銘 並序」,『海石遺
  稿』 등.

84 '부인은 총명이 뛰어나 어릴 때 의정부군에게『내훈』과『소학』에 대해 배웠는데, 한 번 입에
  올리면 잊지 않았다. 자라서는 경전과 역사를 좋아해서 고금의 일에 대략 통했다. 일찍이 말
  씀하시길, '내가 남자였다면, 어찌 만 권의 책을 독파하지 않았겠는가?'라고 했다(夫人聰穎絶
  人, 幼受內訓小學書于議政府君, 一口輒不忘. 長好書史, 略通古今. 嘗曰, '使我爲男子, 豈不能
  讀破萬卷書耶?').' (李縡,「伯姑貞敬夫人李氏行狀」,『陶菴集』)

2장

1 '而其孝事賢助之口行' (兪漢雋,「烈婦沈夫人傳」,『自著續集』)

2 '輔佐君子' (趙顯命,「列女屛序」,『歸鹿集』)

3 '六載之間, 一心是戒, 豈但鷄鳴?' (趙持謙,「仁敬王后國恤時敎寧府進香祭文」,『迂齋集』); '齊宮
  雞鳴, 功著承乾' (莊憲世子,「貞聖王后進香祭文 丁丑」,『凌虛關漫稿』) 등.

4 아내(기계 유씨. 남유용의 아내)는 남편이 실수하면 자기 탓을 했다. 유씨는 "옛사람이 아내
  를 내조라고 칭하기도 했다"고 말했다. 남편이 실수하면 자기가 도움이 되지 못해서라고 했
  다(君必自咎曰: "古人謂妻爲內助, 子之有過, 繇我之不能爲助也."). (南有容,「亡室恭人杞溪兪氏
  行狀」,『雷淵集』)

5 '然先妣內助者如此.' (李瀷,「先妣贈貞敬夫人金氏行狀乙未」,『芝湖集』)

6 崔昌大,「贈貞敬夫人全州李氏墓誌銘 癸巳」,『崑崙集』

7 '而淑人內助之美又如此' (李德壽,「權淑人墓誌銘」,『西堂私載』)

8 '吾居官無忝, 夫人之廉以助之也.'(尹鳳九,「貞夫人李氏墓誌」,『屏溪集』) 남성 관리가 청렴을 지
켰을 때 아내의 공을 인정한 사례는 이 밖에도 많다: 정옥(鄭玉, 1694~1760. 좌승지, 황해도
관찰사 등을 역임)의 아내 숙인 성씨(權萬,「鄭子成內子成淑人哀辭」,『江左集』) 등.

9 崔昌大,「贈貞敬夫人全州李氏墓誌銘 癸巳」,『崑崙集』

10 '竊觀於夫人, 敏而有恒, 惠而能正, 固爲良婦賢母.'(崔昌大,「貞敬夫人尙州黃氏墓碣銘 甲申」,『崑
崙集』)

11 '當己巳忠貞之抗疏也, 子弟咸懍懍, 夫人毅然曰:"丈夫旣委身事主, 當國家有變, 盡死職耳, 危禍
寧足恤耶!"及大故, 痛欲無生, 絶不飮水漿, 已而歎曰:"吾死易耳, 誰當護諸孤者?"乃强進糜粥,
然衰麻不去體, 與人言, 不啓齒, 服旣除, 而衣布素食, 草具終身. 忠貞葬陽城而與元配異兆. 夫人
嘗語海昌曰:"我卽死, 其別葬我, 毋合葬以違禮."'(崔昌大,「貞敬夫人尙州黃氏墓碣銘 甲申」,『崑
崙集』)

12 이상의 내용은『18세기 여성생활사 자료집』7권의 551~553쪽의 내용 및 번역문의 각주를
참조.

13 尹鳳九,「大司諫孟公萬澤妻貞夫人李氏墓誌」,『屏溪集』(『18세기 여성생활사 자료집』2권,
106~111쪽)을 참고.

14 李縡,「淑人昌寧成氏墓誌」,『陶菴集』

15 柳麟錫,「金婦人傳」,『毅菴集』(『19세기·20세기 초 여성생활사 자료집』7권, 244~247쪽)을
참고.

16 '天倫失知已矣門戶.'(魚有鳳,「祭姊氏文 代家親作」,『杞園集』)

17 趙觀彬,「祭子婦慶州李氏文」,『悔軒集』

18 '以其名則姑甥, 而以其義則儀狀有古師友知己之契.'(黃胤錫,「祭外姑文」,『頤齋遺藁』)

19 '而貞庵母李大人, 爲世闈刑, 尹夫人克嗣徽音, 貞庵伯姑, 卽陶庵李文正母也, 與李夫人相爲弟兄
間知己.'(兪彥鎬,「夫人遺事」,『燕石』)

20 李宜顯,「淑人南陽洪氏墓誌銘 幷序」,『陶谷集』

21 李宜顯,「淑人潘南朴氏墓誌銘 幷序」,『陶谷集』(『18세기 여성생활사 자료집』7권, 281~285쪽)
의 내용을 참조.

22 魚有鳳,「孺人金氏哀辭並序」,『杞園集』

23 '吾誠歡而敬之.'(李觀命,「祭亡室德水張氏文」,『屏山集』)

24 구체적인 연도와 나이는『18세기 여성생활사 자료집』7권, 179~185쪽의 내용 및 각주를 참조.

25 蔡彭胤,「宜人韓氏墓誌銘」,『希菴集』

26 '夫子不朽, 我與不朽'(蔡彭胤,「宜人韓氏墓誌銘」,『希菴集』)

27 '아내는 나의 잘못을 충고해 준 벗이었는데, 지금 어찌 다시 얻을 수 있겠는가?(孺人於我, 有
爭友之益矣, 今安可復得?)'(李縡,「孺人恩津宋氏墓誌」,『陶菴集』)

28 '其事先生也, 常如執玉奉盈, 而儆戒相成之義, 亦行乎其中, 先生每許以闈門畏友.'(兪彥鎬,「貞
夫人漆原尹氏墓誌銘 丙午」,『燕石』)

29 李海朝,「祭亡室小祥文」,『鳴巖集』

30 朴胤源,「贈內三章」,『近齋集』

31 閨壼之行, 宜靜而莊, 柔而直, 言動儀度, 一以守律. 勿爲怠慢之容, 不謀紛華之事, 織絍成務, 蘋藻致恪, 而其本必以敬孝和爲主, 故書三章, 寓此箴規. 君之藝巾于我家五歲矣, 其勉闡政之當先, 我亦十數年讀書之士, 勿以我言而忽之, 銘佩于心, 則吾之所以期待夫大內治者, 庶乎不失其望矣. 欽哉 欽哉.' (朴胤源,「家訓」 중 "贈內三章",『近齋集』)

32 "夫學者須要靜, 靜而後心潛, 心潛而後工專. 故鄉塾村壠, 非潛心之地也, 野外城南, 非專工地處也. 是以古人有擇所以讀書者, 白傳之於香杜, 靑蓮之於匡廬, 是也. (…) 伏願君子負笈而往, 效白傳靑蓮之志, 則以君子之才, 不多年期, 必大成. 惟君子勉之哉" (金三宜堂,「送夫子讀書山堂序」; 이혜순·정하영 역편,『한국고전여성문학의 세계: 산문편』, 이화여자대학교출판부, 2003, 257쪽)

33 "君子年今二十, 體段强盛, 正發憤勵志之秋也. 何必溫飽逸居, 若是少丈夫然哉?" (金三宜堂,「送夫子入京序」, 이혜순·정하영 역편[2003], 260쪽을 참조해 필자가 번역함. 이하도 마찬가지다.)

34 강정일당의 가계와 생애에 대한 정리는 이영춘,「강정일당의 생애와 학문」,『조선시대사학보』 13집, 조선시대사학회, 2000, II장을 참조.

35 "我聞夫子責人, 聲氣過厲, 此非中道也. 如是而說或正其人, 己先不正, 其可乎. 願如審思";'원컨대 당신께서는 더욱 스스로 힘써 경계하십시오(願夫子益自勉戒.)." (姜靜一堂, 이혜순·정하영 역편[2003], 299쪽)

36 "易曰, 節飮食, 酒是飮食中一大端, 願夫子節飮而愼德." (姜靜一堂, 이혜순·정하영 역편[2003], 300쪽)

37 "俄以何事切責某人 (…) 詩云, '溫溫恭人, 惟德之基.' 夫子責人時, 頗少溫和之氣, 敢以仰告." (姜靜一堂, 이혜순·정하영 역편, 301쪽)

38 "願夫子務實德, 上不愧于天, 下不怍于地.. 無恤乎人之知不知也." (姜靜一堂, 이혜순·정하영 역편[2003], 304쪽)

39 "戒懼是未發時工夫, 而愼之於已發. 而人不知己獨知之際, 最爲緊要處." (姜靜一堂, 이혜순·정하영 역편[2003], 311쪽)

40 16세기의 사례로는 송덕봉을 들 수 있다. 송덕봉은 남편이 몇 달 동안 여색을 멀리했다고 생색을 내자, 시부모를 잘 모시고 삼년상을 치른 자신의 삶, 함경도 종성의 남편을 찾아가느라 찬바람을 맞아 병이 생겨 10여 년을 고생한 일을 상기시키며, 누구의 공이 더 큰가를 묻는 편지를 남편에게 썼다. 이에 대해서는 송덕봉,『국역 덕봉집』, 심미안, 2012, 79~80쪽, 二十三~二十四面; 임유경,『조선에서 여성으로 산다는 것』, 역사의아침, 2014, 23~27쪽을 참조.

41 '汝姊則吾師也, 非吾匹也.' (李端夏,「伯姊淑人墓誌」,『畏齋集』)

42 '鄭公少, 性賦不羈, 淑人每規諫之, 卒成令器. 及爲長城文化二邑, 皆以治最聞, 其內助居多.' (李端夏,「伯姊淑人墓誌」,『畏齋集』)

43 '每謂吾曰: "不學如鏡不磨, 材性雖美, 惡能發耶?" 見吾讀書則喜, 諧謔雜戲則歎曰: "望君爲修飭

士, 乃爾耶?"(丁範祖,「孺人曹氏墓誌銘」,『海左集』)

44 '彭胤耆閑居與人書, 宜人切誡之曰: "夫子之於文章, 未之究也. 蓋以其費之於博奕者移之? (중략)"(蔡彭胤,「宜人韓氏墓誌銘」,『希菴集』)

45 申益愰,「亡室恭人順天朴氏行實記」,『克齋集』(『18세기 여성생활사 자료집』 4권, 81~86쪽)을 참고.

46 趙泰采,「亡室贈貞敬夫人靑松沈氏墓表」,『二憂堂集』(『18세기 여성생활사 자료집』 7권, 56~60쪽)을 참고.

47 '淑人有知鑑善料事, 吾先人判官公, 每遇事之難決, 必就而議焉, 淑人輒造大揮霍, 如竹剖而河決, 先人曰: "使吾仲姊爲男也, 則必有以大至家矣."'(朴胤源,「仲姑淑人行狀」,『近齋集』)

48 '及笄歸于我先君. 凡事夫子, 順以巽, 時又規警閨遺.'(金柱臣,「先妣行狀」,『壽谷集』)

49 '夫人姿性純粹, 志操峻潔, 見人不是, 若將浼焉, 人不敢以非禮之容見於前. 生長法家, 多識古賢人言行, 擧以訓子孫. 親戚敬憚如嚴師, 家有大事, 輒就質焉.'(洪良浩,「弟嫂恭人全州李氏墓誌」,『耳溪集』)

50 徐宗泰,「貞敬夫人慶州李氏墓誌銘」,『晩靜堂集』

51 "내당 서가에 쓰지 않은 공책 두 권이 있습니다. 경주 오라버니(김채운)가 전국책을 베껴 쓰고자 한 것입니다. 사월공이 손수 종류별로 초록해 쓰신 책 한 권도 빌려보고 싶었으나 감히 청을 드리지 못했다 합니다. 엎드려 바라옵건대 함께 허락해 주시는 것이 어떠실지요. 아버님께서는 이 오라버니를 마음으로 기특히 여기고 사랑하시면서 밖으로는 위엄을 보이시니 아래 사람 도리로 어찌 감히 정을 다할 수 있겠습니까(內堂架上空冊二卷, 慶州兄金采運欲寫戰國策. 沙月公手筆類抄一冊, 又欲借覽而不敢請云. 伏望並許之如何. 父主於此兄, 內奇愛而外示嚴威, 在下道理何敢盡情耶)."(金子念,「上家君書 甲午」, 이혜순・정하영 역편[2003], 40; 41쪽)

52 '古人相資之義, 另施他人而獨靳於今日, 恐非仁人君子之事也. 於彼急迫之際, 豈可計馬之病耶. 已以借意復其書, 父子不可異意也.'(金子念,「上家君書 甲午」, 이혜순・정하영 역편[2003], 41쪽)

53 任允摯堂,「宋氏能相婦傳」(이혜순・정하영 역편, 2003, 46~48쪽).

54 '夫於是服其識, 遂興起而修學, 以成儒也.'(任允摯堂,「宋氏能相婦傳」, 이혜순・정하영 역편[2003], 48쪽).

55 '小妹蓉堂感跪誡曰: 自以今日棄覥幼志, 順爾成德, 努力就學, 立身揚名, 以顯父母, 其可也. 又再拜曰: 小妹略聞人人生, 善養父母, 事君以忠, 入孝出恭, 朋友有信, 行有餘力, 夙夜誦詩讀書, 此古者敎人之道也. 兄其勉哉'(申芙蓉,「誡言」, 이혜순・정하영 역편[2003], 227쪽)

56 李匡師,「亡室孺人文化柳氏墓誌銘」,『圓嶠集』(『18세기 여성생활사 자료집』 3권, 470~472쪽)을 참고.

57 金載瓚,「淑夫人金氏墓誌銘 幷序」,『海石遺稿』(『18세기 여성생활사 자료집』 3권, 627~634쪽)을 참고.

58 바로 이런 측면이 젠더 연구의 확장 가능성을 시사한다. 즉 같은 행동을 하더라도 행위자의 사회적 위상에 따라 가치평가와 사회적 인정구조가 달라지는 사례가 비단 '젠더'에 한정되지 않기 때문이다.

59 李萬敷,「祭亡室柳氏文」,『息山集』

60 "吾之依此緯, 嬰兒之賴慈母也."(韓元震,「淑人黃氏墓誌銘」,『南塘集』)

61 趙德鄰,「祭亡室恭人權氏文」,『玉川集』

62 '事大婉而有儀, 其夫粗知爲學, 患氣質浮淺, 往往得修於令人之節度, 以自檢其言動, 而有化焉者居多. 凡夫所好尙合理, 必極意承順, 有過, 亦微辭善規, 夫敬重之, 以爲莊友. 夫性好山水, 自通名朝籍. 見世道難進, 益有遠志, 令人輒勸買山, 至斥其粧奩, 謀爲山費, 此又庶幾有德耀之風耶.'(林象德,「令人豊壤趙氏墓誌」,『老村集』)

63 '하지만 만약 어떤 집안에 무슨 사정이 있거나 하여 과거를 보아 벼슬을 하는 한 줄기 길을 포기하게 되면 부녀들은 그 남편이 비록 현명하고 올바르고 마음이 툭 트이고 고상한 선비라 할지라도 하찮게 여기고 아무렇게나 대하고 꾸짖기까지 하며 거의 빈민 구제소에 수용된 거지아이와 다를 바 없이 취급하는 것이다(說若有故之家, 謝却科宦一條路, 則從他賢正曠雅之士, 其賤而忽之, 而望而訕之也, 幾無異於卑田之兒矣.).'(1784년 12월 25일)(유만주,『읽기를 쓰다: 흠영 선집』2, 김하라 편역, 돌베개, 2015, 40쪽; 유만주,『(原文 校勘標點) 흠영』3, 정환국 외 교감·표점, 2022, 631쪽)

64 제수, 누이, 모친, 장모, 숙모, 고모 등 필자가 존경하는 여성의 지위는 다양하다.

65 金柱臣,「亡妹墓誌」,『壽谷集』)(『18세기 여성생활사 자료집』7권, 68~76쪽)을 참고.

66 '薄榮貴重名節, 多有激厲丈夫語.'(李縡,「從弟婦孺人安東金氏墓誌」,『陶菴集』)

67 '余性躁暴多忿懥, 見家衆有錯誤, 恚責不置, 孺人曰: "已誤何及, 如旣覆之水, 不可復收也." 嘗勸余爲學曰: "人有美質而不學, 如玉之不琢." 見世路艱險, 不欲余應擧曰: "使我爲丈夫, 當不赴擧."' 及余晚, 始向學, 斷功令, 喜曰: "吾願夫子之有令名, 不願有利祿也."'(朴胤源,「亡室行狀」,『近齋集』)

68 이와 유사한 사례를 김진규가 제수에 대해 쓴 묘지명에서도 찾아볼 수 있다. 여기서는 감정의 '發'과 '暴'이라는 정확한 표현을 사용했다: '저는 자주 화를 내는 실수를 많이 해서 매우 난폭해지고는 했는데, 제 아내가 서서히 기운이 가라앉고 낯빛이 진정되기를 기다렸다가 매우 온화하고 부드럽게 경계해 주었고, 저는 부끄러워져서 사과하면서 그 말을 받아들였습니다. 이런 것은 더욱이 남들이 하기 어려운 일입니다(吾多忿懥之失其發甚暴, 吾妻徐待氣下色霽, 規誡甚和婉, 能使吾愧謝而納其言. 是尤人所難也).'(金鎭圭,「弟婦令人張氏墓誌銘」,『竹泉集』)

69 林象德,「令人坡平尹氏墓誌銘」,『老村集』

70 韓元震,「事家長章第三」,「韓氏婦訓 幷序」,『南塘集』

71 '先公常存退休志, 語夫人, "吾無榮進意, 夫人能以貧窮不易心." 夫人悅曰: "晚途仕宦, 不榮而懼, 子能有志, 丘壑偕隱願也." 後先公屛居高陽三休里, 夫人不憂乏, 疏糲而大安之.'(李匡師,「先

妣貞夫人坡平尹氏墓誌」,『圓嶠集』)

72 '亦惟我伯母內助之功多焉.' (金昌協, 「祭伯母文」, 『農巖集』) 창녕 조씨의 가게 정보는 『17세기 여성생활사 자료집』 3권, 347쪽의 해제를 참조.

73 李玄逸, 「先妣贈貞夫人張氏行實記」, 『葛庵集』

74 金鎭圭, 「亡室祥祭文」, 『竹泉集』

3장

1 이에 관해서는 캐슬린 린치 외, 『정동적 평등: 누가 돌봄을 수행하는가』, 강순원 옮김, 한울, 2016, 41쪽을 참조.

2 안미선, 『당신의 말을 내가 들었다』, 낮은산, 2020, 29쪽.

3 이에 대해서는 홍양희, 「日帝時期 朝鮮의 '賢母良妻 女性觀의 硏究」, 한양대학교 석사논문, 1997 등 선행 연구가 있다. 이 논문의 2쪽에 조선시대에는 현모양처라는 용어를 쓰지 않았고, 양처나 영처라는 표현을 썼으며, 양처란 좋은 아내라는 의미가 아니라, 양인의 처라는 뜻이라는 언급이 있다. 자료를 분석해 필자가 내린 결론과 정확히 같다. 논자는 현모양처란 일제가 여성교육정책을 통해 현모양처 여성관을 조선에 이식시키려 했음을 논증했다. 이성례에 따르면 '현모양처' 또는 '양처현모'라는 용어는 일본 메이지유신 이후에 만들어진 근대어로, 정치적·제도적·법률적 개혁과 내셔널 아이덴티티 구축이 가속화된 상황에서 근대 내셔널리즘에 적합한 여성상을 지칭하는 용어로 탄생했다. 논자는 '양모현처'라는 용어가 일본에서 1891년에 발간된 잡지 『女鑑』에서 의식적으로 사용되었다는 후카야 마사시(深谷昌志)의 견해를 참조했다(이성례, 「한국 근대 시각문화의 '현모양처(賢母良妻)' 이미지」, 이화여자대학교 박사학위논문, 2016, 21쪽). 그밖에 한국과 동아시아에서 근대적 개념의 현모양처에 대한 논의는 이성례의 박사논문에 상세하다. 이 책에서는 해당 논쟁에 다시 개입하기보다는, 실제의 문헌 자료에 서술된 조선시대 양반 여성의 역할과 실천을 해명하는데 집중한다.

4 '參判公家業淸貧, 夫人手執女功, 孳孳不輟, 供給衣食, 不侈不儉, (중략) 洎歸退處西湖, 夫人鬻簪珥, 經紀田廬, 以爲終身偃息之所.' (李頣命, 「外王母貞敬夫人李氏墓誌」, 『疎齋集』)

5 '大禍之後, 寄寓窮鄕, 家業益旁落. 夫人手執蠃槖, 身服勤勞'. (李頣命, 「外王母貞敬夫人李氏墓誌」, 『疎齋集』)

6 俞漢雋, 「淑人坡平尹氏墓誌銘 幷序 辛酉」(『18세기 여성생활사 자료집』 2권, 596~598쪽)을 참조.

7 한나 아렌트, 『인간의 조건』, 이진우 옮김, 한길사, 2019; 서원주, 「노동 개념의 무세계성에 대하여: 아렌트의 맑스 비판에 대한 고찰」, 『시대와철학』 31-2, 한국철학사상연구회, 2020을 참조.

8 '장치(apparatus)'란 사회적 실체 안에서 권력의 행사를 증진시키거나 유지하는 다양한 제도적, 육체적, 행정적 조치와 지식 구조를 의미한다(Foucault, Michel, 『지식의 고고학』, 이

정우 옮김, 민음사, 1992, 235~236쪽). 아감벤에 따르면 장치 자체는 권력관계와 지식관계의 교차로부터 생겨난다. 장치는 생명체들의 몸짓, 행동, 의견, 담론을 포획, 지도, 규정, 차단, 주조, 제어, 보장하는 능력을 지닌 모든 것이다(Agamben, Giorgio, *What is an Aparatus? And Other Essays*, California: Stanford University Press, 2009, p.3; p.14).

9   예컨대 인권활동가 류은숙은 『여자들은 다른 장소를 살아간다』(낮은산, 2019, 10쪽)에서 부엌과 관련된 것을 '수발 노동'으로 명명한 바 있다.

10   니콜라 예이츠는 돌봄 노동이 인간의 생명을 창조하고 유지하는 노동으로서 사물에 대한 상품이나 생산과 구분된다고 보고 이와 같이 명명했다(Nicola Yeats, *Globalizing Care Economics and Migrant Workers: Explorations in Global Care Chains*, Palgrave Macmillan, 2009, p.5) 이에 대해서는 문현아, 「글로벌 사회변화 속 젠더화된 돌봄 노동의 이해」, 정진주 외, 『돌봄 노동자는 누가 돌봐주나?』, 한울, 2012, 20쪽을 참조.

11   문현아, 「글로벌 사회변화 속 젠더화된 돌봄 노동의 이해」, 정진주 외(2012), 19~21쪽.

12   캐슬린 린치 외(2016), 91쪽.

13   이상은 캐슬린 린치 외(2016), 93, 141쪽을 요약했으며, 조안 C. 트론토, 『돌봄 민주주의: 시장, 평등, 정의』, 김희강·나상원 옮김, 아포리아, 2014, 40쪽을 참조함.

14   조안 트론토(2014). 돌봄의 4단계는 이 책의 72~73쪽을 참조.

15   오늘날 마트 노동자로 일하면서 집안일도 하는 여성들이 집에서 '그냥 놀았다'고 말했을 때도 가족과 자신을 위해 식사 준비를 한 것이 포함되어 있었다. 상대를 위해 자발적으로 하는 행위가 일로 인식되지 않은 것이다(이소진, 『시간을 빼앗긴 여자들』, 갈라파고스, 2021, 152~154쪽).

16   구체적인 사례에 대해서는 정창권, 『조선의 살림하는 남자들』, 돌베개, 2021을 참조. 유만주도 '율곡(栗谷) 이이(李珥)는 석담(石潭: 경기도 파주)에 거처하며 대장장이 일을 생계 밑천으로 삼았고, 모재(慕齋) 김안국(金安國)은 향촌에 거처할 적에 벼를 수확하는 일을 살피며 이삭 하나도 빠뜨리지 않았다. 옛날 현인들은 이런 일을 당연시 여기면서, 그런 일을 해도 아무 상관이 없다고 여겼음에 틀림없다. 그런 일을 하찮고 비루한 것이라 여기며 부끄럽고 천박한 것으로 받아들여 못하겠다고 하지 않은 것이다(栗翁居石潭, 鍛鐵以資生, 慕齋晉鄕居, 監稻而不遺. 古之賢人, 意必以事所當爲, 不害爲之, 不以其作用之賤擧措之鄙, 而恥而薄之而不爲也.)'(유만주, 2015, 45쪽; 유만주, 『(原文 校勘標點) 흠영』 3, 2022, 327쪽)라고 적어, 양반 남성이 생업에 종사한 사례에 대해 언급한 바 있다.

17   정창권(2021), 57쪽, 80~86쪽을 참조.

18   '紡絲彈綿, 熨衣搗帛, 雖有婢侍, 手自習之.' (李德懋. '服飾', 「婦儀」, 〈士小節〉, 『靑莊館全書』)

19   Delphy, Christine and Diana Leonard, *Familiar Exploitation: A New Analysis of Marriage and Family Life*, Cambridge, MA: Polity Press, 1992(캐슬린 린치 외(2016), 239쪽에서 재인용).

20   문현아, 「글로벌 사회변화 속 젠더화된 돌봄 노동의 이해」, 정진주 외(2012), 18쪽 각주 1번을

참조.

21 문현아(2012), 19~20쪽을 참조.

22 문현아(2012), 47쪽.

23 이소진, 『시간을 빼앗긴 여자들』, 갈라파고스, 2021, 142쪽.

24 이슬아, 『새마음으로』, 헤엄출판사, 2021, 254쪽.

25 '유인은 친정에 있을 때부터 공경하게 여공을 익혔다(孺人自在其家, 恭爲女職).' (金昌翕, 「姪婦高靈申氏墓誌銘」, 『三淵集』)

26 『예기』, 제12 「내칙(內則)」(『新完譯 禮記』 中, 이상옥 역, 명문당, 2003, 803쪽).

27 『예기』(2003), 801쪽. 괄호 안의 단어 설명은 한국고전종합DB 사이트의 각주를 참고함.

28 '女子則教以婉娩[柔順貌], 聽從及女工之大者[女工. 謂蠶桑織績裁縫及爲飮膳, 不惟正是婦人之職, 兼欲使之知衣食所來之艱難, 不敢恣爲奢麗. 至於纂組華巧之物, 亦不必習也].' (柳長源, 「居家雜儀 上」, 『常變通攷』)

29 이효재, 「한국 여성 노동사 연구 서설」, 『여성학논집』 2, 이화여대 한국여성연구소, 1985, 150~151쪽을 참조.

30 李宜顯, 「季妹貞夫人墓誌」, 『陶谷集』

31 '婦有四德, 統于一順. 其順如何, 柔嘉婉娩, 口絶誼言, 色不示慢, 閨事之理, 奕待轉運.' (金昌翕, 「祭仲婦朴氏文」, 『三淵集』)

32 李頤命, 「外王母貞敬夫人李氏墓誌」, 『疎齋集』

33 南有容, 「恭人順興安氏墓誌銘」, 『雷淵集』.

34 '세상 여자들은 가지런히 이를 따르기만 하는데, 부인은 홀로 마음 넓게 여겨 마치 아무 일도 아닌 듯 여겼으니 어찌 어려운 게 아니겠는가!(俗婦剪剪, 大抵遑遑乎此, 而夫人獨能恢然, 若無事, 豈不難哉).' (李宜顯, 「季妹貞夫人墓誌」, 『陶谷集』)

35 오늘날 많은 심인성 질환이 의식과 달리 육체의 이상 징후로 표현되는 경우가 많다는 것을 고려하면, 이에 대한 이해가 수월해진다. 괜찮다고 하지만 몸이 아픈 것이다.

36 이소진(2021), 32쪽.

37 여성의 결혼 생활은 사실상의 태도 노동이자, 진정성을 검증받는 영혼 노동이었다는 것에 대한 상세한 논의는 이 장의 9절에서 논한다.

38 尹鳳九, 「貞夫人李氏墓誌」, 『屛溪集』

39 '佐我王母, 以承皇考, 代斡刀尺, 替執灑漑, 昕夕周旋, 以及灑掃. 退而省私, 理我衣帨, 一婢爲伴, 對燈達曙.' (金載瓚, 「祭亡室遷葬文」, 『海石遺稿』)

40 여종과 유모에 대한 조선시대 문헌 사례와 분석은 최기숙, 「여종과 유모: 17~19세기 사대부의 기록으로부터」(『국어국문학』 181, 국어국문학회, 2017)를 참조.

41 李瀷, 「祭乳母文」, 『星湖全集』. 이에 대해서는 최기숙(2017)의 위의 논문, 3장을 참조.

42 '而爲人愿謹, 事主家以誠.' (金柱臣, 「姜召史壙記」, 『壽谷集』)

43 '夫人日晨興掃除, 各授諸婢職事, 時飢飽節逸勤, 躬以先之, 人樂以勸, 擧無乏事, 不以有無關君

子.'(崔昌大,「貞敬夫人尙州黃氏墓碣銘 甲申」,『昆崙集』)

44 '旣竊約甚, 亦鮮婢指, 乃操井臼躬烹飪, 不知勞也.'(尹光紹,「生妣貞夫人李氏墓誌」,『素谷遺稿』)

45 '每時節開燕, 瑞石先生過焉, 夫人洗手具饌以奉之. 先生歸, 則輒讓廚婢曰: "何以不如吾婦之饌
之佳也."'(金春澤,「母夫人行錄」,『北軒集』)

46 김명자,『曆中日記』를 통해 본 18세기 양반가 남성의 가사 활동과 그 의미」,『조선시대사학
보』, 95, 2020, 173쪽.

47 '至三月一日曉, 余與弘仲及二三女奴, 環坐屬纊, 日出, 始告親戚.'(金柱臣,「亡妹墓誌」,『壽谷集』)

48 '時無長子婦治凶事者, 凡附於身衣衾以上, 先妣必躬自整理, 不委婢妾.'(金柱臣,「先妣行狀」,
『壽谷集』)

49 '手執女功, 日夜矻矻, 以率家衆, 故上下大小, 莫敢惰焉. 又教導有方, 故婢僕雖無才者, 皆精於
藝. 預治送終衣服, 而皆自家中織帛爲之曰: "家貧無以市. (생략)"'(金昌緝,「淑人豐壤趙氏行狀
代作」,『圃陰集』)

50 朴胤源,「外姑孺人南陽洪氏行狀」,『近齋集』

51 黃胤錫,「祖妣孺人康津金氏行狀」,『頤齋遺藁』

52 尹鳳九,「孺人朴氏行狀」,『屛溪集』

53 몇 년 지나 신군(종)의 처가 죽자 그의 후처가 봉양에 정성을 다하기를 전처처럼 했다(數歲而
信君妻死, 其後妻奉養之誠又一如其前妻). (權斗經,「先妣孺人金氏言行記」,『蒼雪齋集』)

54 정진주 외,『돌봄노동자는 누가 돌봐주나』, 한울, 2012, 8·10쪽.

55 '先君有疾, 則粥椀藥鐺, 躬親炊火. 不使子女婢僕替行.'(李宜顯,「先妣貞敬夫人迎日鄭氏行狀」,
『陶谷集』)

56 '躬率女僕, 無閒坐遊手時, 子女嫁娶之具, 夫子百歲之需, 皆自家績中出.'(尹鳳九,「亡妹淑夫人尹
氏墓誌」,『屛溪集』)

57 '手執女功, 日夜矻矻, 以率家衆, 故上下大小, 莫敢惰焉. 又教導有方, 故婢僕雖無才者, 皆精於
藝. 預治送終衣服, 而皆自家中織帛爲之曰: "家貧無以市. (생략)"'(金昌緝,「淑人豐壤趙氏行狀
代作」,『圃陰集』)

58 李忠翊,「外祖母柳夫人墓誌銘」,『椒園遺藁』

59 6세(權萬,「先令人豐壤趙氏行錄」,『江左集』), 7세(宋徵殷,「叔母貞夫人全州李氏行狀」,『約軒集』),
7~8세(金柱臣,「亡妹墓誌」,『壽谷集』), 8세(趙觀彬,「亡室貞夫人慶州李氏行狀」,『悔軒集』), 10
세(金昌翕,「先妣行狀」,『三淵集』) 등으로 8~10세가 가장 많고, 늦은 경우 16세다(李德壽,「先
妣行錄」,『西堂私載』). '밀양 박씨(?~1736. 박성석의 딸. 윤봉구의 첫 번째 아내)는 며느리가
들어오자 하인 관리, 바느질, 술 빚기, 장 담그기 등을 가르쳤다(自得緯婦, 謂其質美可教, 如
事尊章御婢僕之道, 至針線酒醬之細, 教之靡不有方).'(尹鳳九,「祭亡室令人朴氏文」,『屛溪集』).

60 '8·9세에 부도를 이미 갖추었고 행동거지가 단정하고 민첩했다. 말은 얌전하고 진실되었으며
여공과 음식을 장만하는 일에 정통하지 않은 것이 없었다(八九歲, 婦道已成, 擧止端敏, 言語
靜愼, 女紅中饋之事, 靡不精通.)'(李喜朝,「孺人宋氏墓誌銘 幷序」,『芝村集』)

61 김씨의 가계 정보는 『18세기 여성생활사 자료집』 2권, 72~76쪽의 각주를 참고.

62 尹鳳九, 「祭亡室令人朴氏文」, 『屛溪集』

63 필자가 검토한 총 1,070편의 자료 중에 여공을 언급한 것은 거의 대부분이지만, 이를 '배움'의 대상으로 서술한 것은 10편 미만이다

64 '淑人端重聰敏, 婦德女紅, 不煩姆敎.' (宋煥箕, 「淑人李氏墓誌銘 幷序」, 『性潭集』)

65 '凡於女工治鍼縷納酒漿, 皆不習而利.' (金昌翕, 「姪女李氏婦墓誌銘」, 『三淵集』)

66 '納簋豆備粢盛, 齋潔無虧, 親黨來見, 皆嘖嘖曰: "十四歲女兒, 何其夙成也?" 餘事針刺, 亦敏妙精細, 閨閒傳稱其才品甚高, 出於手分者, 皆諭於心, 不勞而自能也.' (尹鳳九, 「從孫婦孺人吳氏墓誌」, 『屛溪集』)

67 '손수 여공을 하고 밤낮으로 부지런히 일하며 가족들을 이끌었기에, 위아래, 어른이나 아이도 감히 게으르게 하지 않았다. 가르침에는 방도가 있어서 비록 노비 중에서 재주가 없는 이들이 있어도 모두 기예가 정밀해졌다(手執女功, 日夜吃吃, 以率家衆, 故上下大小, 莫敢惰焉. 又敎導有方, 故婢僕雖無才者, 皆精於藝).' (金昌緝, 「淑人豐壤趙氏行狀 代作」, 『圃陰集』)

68 이효재, 「한국 여성 노동사 연구 서설」, 『여성학논집』 2, 1985, 159~160쪽.

69 예컨대, '또 여공을 익혀 무릇 베 짜고 음식 하는 일에 대해 못하는 게 하나도 없었으며, 다른 사람에게 시킨 적도 없었다(且習女工, 凡於紡紝饋殖, 無一不能, 而亦未嘗以此加於人).' (李健命, 「亡室 贈貞夫人光州金氏墓誌銘 幷序」, 『寒圃齋集』) 등.

70 물론 조선시대 조리서 등이 전하고(예컨대, 17세기에 장계향[張桂香]이 한글로 편찬한 『음식디미방(飮食至味方)』 등), 여성이 쓴 박물학적 저서(예컨대, 이빙허각[李憑虛閣]이 한글로 쓴 『규합총서[閨閣叢書]』, 『청규박물지[淸閨博物誌]』 등)도 있다. 조리서의 경우, 단순히 식재료나 조리법을 소개하는 것이 아니라, 여성이 경험으로 축적한 다양한 인문·과학·천문 지식이 융합되어 있다.

71 김춘택은 바느질과 요리를 '나머지 일(餘事)'라고 표현해, 여성 노동과 연마, 능력을 불충분하게 서술했다. '침선과 술 빚기, 음식 만들기에 능했던 것은 그 나머지 일일 뿐이다(若夫針線酒食之能, 又其餘事耳!)' (金春澤, 「母夫人行錄」, 『北軒集』)

72 '여공이 민첩하고 묘해서 남보다 뛰어났으며, 곤정을 치밀하게 했다(女紅敏妙絶人, 梱政緻密).' (李宜顯, 「寧嬪安東金氏墓表」, 『陶谷集』)

73 '여공에도 부지런해서 집안의 다스림이 바르게 질서를 갖추었다(勤於女工, 閫內之政, 井然有序).' (李德壽, 「恭人韓氏墓誌銘」, 『西堂私載』)

74 '문호를 지키고 가정을 다스리는 일은 하나같이 부인에게 달려있었습니다(持門戶莅家政, 一惟夫人之爲).' (李栽, 「祭外姑咸陽朴氏文」, 『密菴集』)

75 관련 사례 및 분석은 최기숙, 「여성성의 재발견: 이성, 지혜, 성공의 탈영토화-18·19세기 야담집 소재 '여성 일화'를 중심으로」, 『한국고전여성문학연구』 6, 한국고전여성문학회, 2003을 참조.

76 '其治家, 敏而勤惠而威, 明而不察, 庭闈靜若無人, 密若無事, 但聞刀尺鏘然, 機杼札札而已. 親

　　黨慕用者, 爭來取法, 得其法者, 能立其家.' (吳光運, 「先妣淑夫人安氏墓誌」, 『藥山漫稿』)

77　韓元震, 「幹家務章第八」, 『南塘集』에 언급된 여성의 가내 업무 중에도 '노복 다스리기'가 한 항
　　목으로 서술된다. 자세한 내용은 『18세기 여성생활사 자료집』 2권, 21~48쪽을 참고.

78　朴胤源, 「亡室行狀」, 『近齋集』

79　金載瓚, 「先妣貞敬夫人尹氏墓誌」, 『海石遺稿』

80　金載瓚, 「姊氏墓誌銘」, 『海石遺稿』,

81　'先妣奄當內政, 婢僕素悍不率, 而不動聲氣, 鑱拊得宜, 莅之以嚴重, 行之以公正, 不期歲, 家衆
　　信服, 無一逃畔者.'(崔昌大, 「先妣貞敬夫人慶州李氏行狀 丙申」, 『昆崙集』)

82　朴胤源, 「先妣淑人杞溪兪氏行狀」, 『近齋集』

83　예컨대, 李世白, 「先妣安東金氏行狀」, 『雩沙集』 등.

84　오희문의 일기 『쇄미록』을 보면 양반 남성인 오희문이 전란으로 형편이 어려운 중에도 이웃
　　과 노복과 음식을 나눈 사례가 종종 있다. 이 글에서는 여성의 돌봄 행위를 파악하는 데 집
　　중한다.

85　돌봄을 뜻하는 영어의 care는 보살핌, 관심, 걱정, 슬픔, 애통, 곤경을 의미하는 고대 영어
　　caru에서 나왔다. 이는 단어의 이중적 의미를 시사한다. 이는 살아 있는 생명체의 요구와 취
　　약함을 전적으로 돌본다는 것, 그래서 생명의 연약함과 직면하는 것이 어렵고 지치는 일이
　　될 수 있다는 현실을 반영한다(더 케어 컬렉티브, 『돌봄선언』, 정소영 옮김, 니케북스, 2021,
　　57쪽).

86　金昌協, 「吳忠貞公元配閔夫人墓碣銘幷序」, 『農巖集』

87　洪良浩, 「內子貞敬夫人東萊鄭氏墓誌銘 幷序」, 『耳溪集』

88　黃胤錫, 「祖妣孺人康津金氏行狀」, 『頤齋遺藁』

89　제사 음식을 이웃에 나누어준 사례는 많다. 예를 들면 李忠翊, 「外祖母柳夫人墓誌銘」, 『椒園
　　遺藁』 등.

90　黃胤錫, 「孺人延安金氏行狀」, 『頤齋遺藁』(『18세기 여성생활사 자료집』 2권, 368~379쪽)을
　　참고.

91　예컨대, 金壽恒, 「貞敬夫人鄭氏行狀」, 『文谷集』; 尹鳳九, 「大司諫孟公萬澤妻貞夫人李氏墓誌」,
　　『屛溪集』 등.

92　이웃에 급한 일이 생기면 서로 도왔던 사례는 17세기 자료에도 많다. 예컨대 金壽恒, 「伯姊墓
　　誌」, 『文谷集』 등.

93　李載亨, 「生親孺人許氏家狀」, 『松巖集』

94　더 케어 컬렉티브(2021), 76쪽.

95　'돌봄'을 사회적 역량이자, 복지와 번영하는 삶에 필요한 모든 것을 살피는 사회적 활동으로
　　정의하는 관점에서는, '무엇보다도 돌봄을 중심에 놓는다는 것은 우리의 상호의존성을 인지
　　하고 포용하는 것을 의미한다'고 보고 있다. 이에 따르면 돌봄 역량이란 상호의존적이라는
　　것과 무관심한 세상에서는 발휘될 수 없다(더 케어 컬렉티브[2021], 17·19쪽). 조안 C 트론

토 역시 상호의존성을 강조했다(2014, 17쪽).

96 조기현, 「효자 아닌 시민」, 은유, 『크게 그린 사람』, 한겨레출판, 2022, 37쪽을 참고.

97 더 케어 컬렉티브(2021), 19쪽을 인용.

98 '奉舅姑孝敬, 待夫子齊莊, 未嘗戲言苟笑. 執豆邊, 羃酒醯, 鷹蘋蘩, 克勤克敬.'(趙德鄰, 「曾祖妣宜人崔氏墓表」, 『玉川集』)

99 '그림자 노동'은 Ivan Illich의 개념을 차용함(『그림자 노동』, 노승영 옮김, 사월의 책, 2015).

100 任堕, 「先妣貞夫人商山金氏行狀」, 『水村集』

101 '常恨未逮事先姑, 語及嗚咽, 終身如是也.'(金昌翕, 「先妣行狀」, 『三淵集』)

102 宋時烈, 「宜人沈氏墓誌」, 『宋子大全』

103 宋明欽, 「從姑母令人宋氏行狀 辛未」, 『櫟泉集』(『18세기 여성생활사 자료집』 3권, 444~450쪽)을 참고.

104 丁時翰, 「亡室柳氏行錄」, 『愚潭集』

105 宋煥箕, 「淑人李氏墓誌銘」, 『性潭集』(『18세기 여성생활사 자료집』 5권, 385~391쪽)을 참고.

106 吳瑗, 「恭人楊州趙氏行狀 壬子」, 『月谷集』(『18세기 여성생활사 자료집』 3권, 332~339쪽)을 참고.

107 朴趾源, 「朴烈婦事狀」, 『燕巖集』

108 '乙巳歲, 祖妣疾大危, 醫人皆却走, 擧家遑遑不知所爲. 先妣乃潛斷手指, 取血和藥以進, 疾得瘳, 而家人匆知者, 惟伯姑見之, 嗟歎不已.'(金昌緝, 「淑人豐壤趙氏行狀 代作」, 『圃陰集』)

109 金壽恒, 「貞敬夫人鄭氏行狀」, 『文谷集』(『17세기 여성생활사 자료집』 1권, 299~306쪽)을 참고.

110 金壽恒, 「伯姊墓誌」, 『文谷集』(『17세기 여성생활사 자료집』 1권, 285~290쪽)을 참고.

111 宋時烈, 「明聖王后誌文」, 『宋子大全』(『17세기 여성생활사 자료집』 1권, 386~390쪽)을 참고.

112 '湯餌罔功, 寸心如灼, 以身而代, 流涕以請.'(洪良浩, 「仁元大妃大漸時, 宗廟社稷祈禱祭文」, 『耳溪集』)

113 '精誠必通, 主璧肅將, 冀垂冥祐, 式遄回陽.'(洪良浩, 「仁元大妃大漸時, 宗廟社稷祈禱祭文」, 『耳溪集』) 전체 내용은 『18세기 여성생활사 자료집』 5권, 276~277쪽)을 참고.

114 병든 남편을 위한 단지와 할고의 사례 및 효과에 대해서는 5장을 참고.

115 Alfred P. Fengler and Nancy Goodrich, 「Wives of Elderly Disabled Men: The Hidden Patients」, *The Gerontologist* 19(2), 1979(전희경, 「보호자'라는 자리」, 메이 엮음, 『새벽 세 시의 몸들에게: 질병, 돌봄, 노년에 대한 다른 이야기』, 봄날의책, 2020, 99쪽을 참조).

116 전희경, 「보호자'라는 자리」, 메이 엮음, 2020, 99쪽 각주 15번을 참조. 이는 2011년 한국 국립암센터가 실행한 암 환자 보호자 990쌍을 조사한 결과로, 「"숨겨진 환자" 가족 간병인」, KBS 뉴스, "고령화의 그림자 간병"(2017년 3월 26일)을 참조한 것이다.

117 '司議公素患淸羸多疾, 又以文史自娛, 家素淸貧而不以爲意, 淑人隨事經理, 使不知其窘匱, 時或迎賓擧觴, 必有異味, 親友皆曰: "某之貧而有是, 是必有賢內助也."'(韓元震, 「淑人黃氏墓誌銘」,

『南塘集』)

118 '直齋公辛, 季通欲決意廢擧, 從事學問, 孺人喜曰: "謝絶科臼, 專意讀書, 豈非丈夫美事乎?" 季通性好淡泊, 未嘗以產業經心, 孺人獨斤斤自竭, 故家雖甚空, 季通實不知也.'(李喜朝, 「孺人宋氏墓誌銘 幷序」, 『芝村集』)

119 '兪夫人之喪, 淑人病在危域, 而猶日夜號泣. 舅憂其難支, 欲移置他所, 淑人曰: "雖死忍離殯側." 大慟, 不得已仍留之.'(趙觀彬, 「子婦慶州李氏行狀」, 『悔軒集』)

120 '常曰: "祭而不敬, 神不顧歆, 而福不降, 其可忽乎?"'(李德壽, 「贈貞敬夫人洪氏墓誌銘」, 『西堂私載』)

121 물론 상례와 제사에 요구되는 정성, 공경 등의 진정성이 여성에게만 요청되던 사항은 아니었다. 남편도 상장례와 제사에 정성과 공경이 요청되었기 때문이다: '병환이 들어서 초상을 치를 때까지, 초상을 치르고 묻을 때까지, 섬기며 모시는 정성이나, 제사를 받드는 절차까지 분주하기만 했지 예의에 어긋나고 정성이 부족하기만 했습니다(自病至殯, 自殯至空, 擧扶之誠, 侍奠之節, 奔走斗斛, 禮廢情缺).'(金柱臣, 「祭伯母文」, 『壽谷集』)와 같은 사례는 상장례의 정성과 예의가 남녀를 막론하고 효를 기반으로 한 자손의 보편적 태도로 강조되었음을 시사한다. 그러나 남성의 경우는 대상이 친부모, 친동생 등 절대다수가 혈육이다.

122 '尤洞洞奉先祀, 先期戒家人, 洗臼碓, 滌樽俎, 毋得以褻服治羞事. 年至八臺寢疾, 不任與祭, 而猶扶坐達曙以待撤. 嘗曰: "祭之夜, 主婦抱幼子卧, 則其家斁不亡. 不祭祖先, 則無主祭子孫."'(丁範祖, 「先妣貞夫人行狀」, 『海左集』)

123 '敦於睦姻, 必存䘏厚式好之戒, 雖有不相能, 不屑與較, 族黨之來, 靡有踈近, 歡然迎晤, 輒飮以和, 彼亦披情盡款, 莫不歸向我矣.'(尹鳳九, 「亡妹淑夫人尹氏墓誌」, 『屛溪集』)

124 金載瓚, 「淑夫人金氏墓誌銘 幷序」, 『海石遺稿』(『18세기 여성생활사 자료집』 3권, 624~626쪽)을 참고.

125 吳瑗, 「四姑淑人墓誌銘」, 『月谷集』(『18세기 여성생활사 자료집』 3권, 326~331쪽)을 참고.

126 李忠翊, 「姊氏墓誌銘」, 『椒園遺藁』(『18세기 여성생활사 자료집』 3권, 551~554쪽)을 참고.

127 최효찬, 『장 보드리야르』, 커뮤니케이션북스, 2016, 12~14쪽을 참조.

128 丁範祖, 「孺人曹氏墓誌銘」, 『海左集』(『18세기 여성생활사 자료집』 5권, 209~211쪽)을 참고해 필자가 재번역하고 문장 순서를 바꾸어 재구성했다.

129 李宜顯, 「淑人南陽洪氏墓誌銘 幷序」, 『陶谷集』

130 姜再恒, 「皇考處士府君·皇妣眞城李氏合葬誌」, 『立齋遺稿』

131 단어의 출처를 일일이 밝히지 않는다. 원문에서 직접 찾은 것이다.

132 여성노동자글쓰기모임, 『기록되지 않은 노동』, 삶창, 2016, 54쪽.

133 여성노동자글쓰기모임(2016), 138쪽.

134 더 케어 컬렉티브(2021), 52쪽.

1 '미생'에 대한 분석은 최기숙, 「일상·노동·생애와 '성찰'의 힘, 대화의 공감 동력: '미생'이 던진 질문과 희망」, 『대중서사연구』 22-4, 대중서사학회, 2016을 참고.

2 농인 미술작가 크리스틴 선 킴(Christine Sun Kim, 1980~)이 청각장애자 퍼포머들과 얼굴 표정과 몸의 움직임만으로 만들어내는 합창 퍼포먼스 〈페이스 오페라 II Face Opera II〉(2013)에 대한 비평을 참조했다(박보나, 『이름 없는 것도 부른다면』, 한겨레출판, 2021, 107쪽).

3 兪漢雋,「允摯堂遺稿序」,『自著著草』

4 '自幼聰穎, 不待敎誨, 頗解文字, 吾知其有異才, 常憂之曰: "自古女子之工文詞者, 鮮不薄命." 遂不授之以書.'(李獻慶,「祭亡女李室文」,『艮翁集』)

5 '汝生質甚美, 五歲知讀書, 把筆作字, 能寫春帖, 余甚奇之. 而念自古婦人之能文章者, 類多薄命, 以此止之. 不究學焉.'(洪世泰,「祭亡女李氏婦人文」,『柳下集』)

6 이에 관해서는 최기숙, 『조선시대 어린이 인문학』, 열린어린이, 2013, 118~149쪽을 참조.

7 '내가 가만히 생각해 보면, 아주 옛날 사람은 애초에 남녀의 차별이 없었다. 그래서 남자는 유의(幼儀)를 익히고 여자는 내훈(內訓)을 암송하는 것으로부터 모두 다 문자를 배우게 되었다. 그리하여 부인으로서 경사(經史)를 다 익힌 사람이 세상에 정말 많이 있었다. 우리나라는 풍속이 일천해 고인의 가르침이 또 세상에 행해지지 않고 규방의 도는 더욱 어렴풋해졌다. 총명하고 재치 있고 걸출해 배우지 않고도 잘 할 수 있는 사람이 아니라면 어떻게 일을 헤아려 도리를 밝힐 수 있겠는가?(余竊惟古之古人也, 初無男女之異. 故自男習幼儀, 女誦內訓, 而率皆學於文字, 則婦人之通習經史者, 世固多有之矣. 我國俗陋, 古人之敎, 又不行於世也, 閨門之道, 益覺貿焉, 苟非聰明辨慧絶出等夷而不習而能者, 烏能稽古而明於道理哉?)'(魚有鳳,「孺人金氏哀辭並序」,『杞園集』)

8 金昌翕,「外孫女李氏壙誌」,『三淵集』

9 이상은 金昌翕,「外孫女李氏壙誌」,『三淵集』(『18세기 여성생활사 자료집』 1권, 86~87쪽)을 참고.

10 金昌翕,「淑人淸風金氏墓誌銘」,『三淵集』

11 오희문,『쇄미록』 3권, 국립진주박물관 엮음, 전주대학교 한국고전학연구소 옮김, 사회평론아카데미, 2018, 198쪽;『쇄미록』 7권, 444쪽.

12 오희문,『쇄미록』 4권, 2018, 17쪽;『쇄미록』 7권, 528쪽.

13 오희문,『쇄미록』 5권, 2018, 170쪽;『쇄미록』 8권, 260쪽.

14 李光靖,「亡妹十二娘行狀」,『小山集』, 8:350; 洪世泰,「祭亡女李氏婦人文」,『柳下集』; 李象靖,「崔孺人韓山李氏墓誌」,『大山集』; 宋能相,「孺人宋氏墓甄記」,『雲坪集』 등. 문헌상으로 가장 빠른 것은 3세에 문자를 익힌 유인 연안 김씨(김익의 둘째 딸, 김재찬의 여동생, 심존지의 아내)다. 첫돌도 되지 않아 총명했고 배우지 않고도 이치에 잘 통했는데, 3세에 글자를 알았고,

5세에 바느질을 도왔다(金載璐,「祭仲妹遷葬文」,『海石遺稿』).

15　魚有鳳,「孺人金氏哀辭並序」,『杞園集』등.

16　南有容,「子婦恭人竹山安氏墓誌銘」,『雷淵集』

17　李敏輔,「貞敬夫人李氏墓誌銘」,『豐墅集』

18　申暻,「淑人朴氏墓誌」,『直菴集』.

19　尹鳳九,「亡妹淑夫人尹氏墓誌」,『屛溪集』

20　李德壽,「先妣行錄」,『西堂私載』

21　金鎭圭,「祖妣行狀拾遺錄」,『竹泉集』

22　李縡,「伯姑貞敬夫人李氏行狀」,『陶菴集』; 南有容,「祭亡子婦恭人安氏文」,『雷淵集』등. 그 외
　　『소학』을 공부의 입문서나 평소의 탐독물로 소개한 경우는 너무 많아서, 일일이 예로 들지 않
　　는다.

23　尹鳳九,「孺人朴氏墓誌」,『屛溪集』.

24　洪泰猷,「祖妣淑安公主家狀」,『耐齋集』등.

25　尹鳳九,「亡妹淑夫人尹氏墓誌」,『屛溪集』등.

26　李縡,「孺人潘南朴氏墓碣」,『陶菴集』등.

27　尹鳳九,「大司諫孟公萬澤妻貞夫人李氏墓誌」,『屛溪集』; 李縡,「淑人恩津宋氏墓誌」,『陶菴集』
　　등.

28　金鎭圭,「祖妣行狀拾遺錄」,『竹泉集』; 金昌翕,「孺人咸平李氏墓誌銘」,『三淵集』등.

29　洪泰猷,「祖妣淑安公主家狀」,『耐齋集』; 朴胤源,「祭庶妹文」,『近齋集』등.

30　趙泰億,「淑人光州金氏墓誌銘」,『謙齋集』

31　李縡,「淑人恩津宋氏墓誌」,『陶菴集』등.

32　李德壽,「恭人金氏墓誌銘」,『西堂私載』

33　韓元震,「韓氏婦訓 幷序」,『南塘集』

34　규훈서 제목은 특정 책 제목이 아니라 규훈서 일반을 지시하는 보통명사일 수도 있다.

35　魚有鳳,「孺人金氏哀辭並序」,『杞園集』등.

36　李栽,「洪氏姊墓誌」,『密菴集』

37　李匡師,「先妣貞夫人坡平尹氏墓誌」,『圓嶠集』,

38　강흔이 번역한 언해본『신부보』의 텍스트는 찾지 못했는데, 청대의 원문은 번역되어 있어
　　참고할 수 있다(宋景愛,「陸圻『新婦譜』譯註」,『중국어문논역총간』 32, 중국어문논역학회,
　　2013).

39　姜俒,「新婦譜序」,『三當齋稿』

40　李德懋,「妹訓」,『靑莊館全書』

41　韓元震,「韓氏婦訓 幷序」,『南塘集』

42　尹鳳九,「亡妹淑夫人尹氏墓誌」,『屛溪集』

43　權榘,「先妣遺事」,『屛谷集』

44 金鑣圭,「祖妣行狀拾遺錄」,『竹泉集』

45 兪拓基,「祭外王姑全義李氏文」,『知守齋集』

46 金昌緝,「淑人豐壤趙氏行狀 代作」,『圃陰集』

47 조선시대의 문자는 언문과 한문의 이중 문자 체계였기 때문에, 문헌에서 여성이 익혔다고 한 문자가 언문인지 한문인지도 파악하기 쉽지 않다. 편지나 소장의 경우, 언문일 가능성이 높은데, 모두 그렇다고 단언하기는 어렵다. 이 점을 고려해, 의문의 여지가 있는 부분은 각주에 명시했다.

48 權萬,「先令人豐壤趙氏行錄」,『江左集』

49 安鼎福,「先妣恭人李氏行狀 庚寅」,『順菴集』,

50 兪彦鎬,「濟州五節女傳 庚戌」,『燕石』

51 여기서 다룬 편지의 문자가 '언문'이라고 적시된 것도 있지만, '편지'라고만 적힌 사례도 있다. 여성의 언문 편지가 한문 편지보다 일반적이었기에, 이 항목에서 다루기로 한다.

52 金昌翕,「姪女李氏婦墓誌銘」,『三淵集』. 필자인 김창흡은 이씨의 삼촌이다.

53 宋徵殷,「祭亡女文」,『約軒集』

54 李縡,「孺人驪興閔氏墓誌」,『陶菴集』. 이재가 쓴 같은 제목의 글이 두 편인데, 이 글은『한국문집총간』195권 438쪽 a면에 실려 있다.

55 李宜顯,「亡室贈貞敬夫人魚氏行狀」,『陶谷集』

56 金昌緝,「淑人豐壤趙氏行狀 代作」,『圃陰集』

57 金柱臣,「先妣行狀」,『壽谷集』

58 金昌緝,「淑人豐壤趙氏行狀 代作」,『圃陰集』

59 德壽,「淑人林氏墓誌銘」,『西堂私載』. 숙인 이씨에 대한 정보는『18세기 여성생활사 자료집』4권, 155~158쪽의 번역자 각주를 참조.

60 李德壽,「先妣行錄」,『西堂私載』

61 魚有鳳,「祭姨母孺人柳氏文」,『杞園集』

62 任聖周,「孺人申氏行狀」,『鹿門集』

63 李栽,「祭金氏妹文 庚午八月」,『密菴集』(『18세기 여성생활사 자료집』1권, 359~360쪽)을 참고.

64 李衡祥,「祭長姉文」,『甁窩集』

65 李縡,「淑人驪興閔氏墓誌」,『陶菴集』(『18세기 여성생활사 자료집』4권, 454~458쪽)을 참고.

66 金昌翕,「先妣行狀」,『三淵集』

67 李頤命,「外王母貞敬夫人李氏墓誌」,『疎齋集』(『18세기 여성생활사 자료집』1권, 285~295쪽)을 참고.

68 兪拓基,「孺人洪氏墓誌」,『知守齋集』

69 黃胤錫,「祭大媳文」,『頤齋遺藁』(『18세기 여성생활사 자료집』2권, 345~351쪽)을 참고.

70 申大羽,「祭柳夫人文」,『宛丘遺集』등.

71 金柱臣,「伯母淑人韓山李氏墓誌」,『壽谷集』

72 李德壽,「先妣行錄」,『西堂私載』

73 李光庭,「中表從叔母權氏遺事」,『訥隱集』(『18세기 여성생활사 자료집』4권, 226~231쪽)을 참고.

74 여기서 다룬 사례에서 유언장이 언문으로 쓰였다고 명시되지는 않았다. 그러나 유언장의 형식이 편지이고, 수신자가 친정 부모와 어린 자녀인 것으로 보아, 언문일 가능성이 높다.

75 黃胤錫,「烈婦李氏傳」,『頤齋遺藁』(『18세기 여성생활사 자료집』2권, 378~392쪽)을 참고.

76 尹鳳九,「孺人蔡氏表石陰記」,『屛溪集』

77 "여자가 부모 형제를 멀리 떠나, 시부모를 봉양하지 못하고 남편과 아들을 잃어 몸은 의지할 곳이 없습니다. 한 번 죽는다 한들 무엇이 아깝겠어요? 구차히 살아서 오늘에 이른 것은 남편의 후사를 세우기 위함이었습니다. 이제 후사가 결정되었으니, 죽어도 여한이 없습니다. 아버지, 어머니! 부디 안녕히 계세요(女子遠父母兄弟, 而又不得奉恃舅姑, 畢竟喪夫哭子, 此身靡依, 一死何惜? 苟延至此者, 只爲立夫之後耳. 今夫嗣已定, 死亦無恨. 父母好在好在)." (尹鳳九,「孺人朴氏行錄 乙酉」,『屛溪集』).

78 "너희는 아무쪼록 아프지 말고, 여자의 행실을 닦아라. 집에서는 입후한 오빠와 돈독하게 지내고, 시집가면 반드시 공경하고 경계해서 집안이 화목하게 힘써라(汝須愼疾病飭女行. 在家, 與所後姻, 情意篤至, 適人, 必敬必戒, 克宜家室)"; "너희와 이별하여 멀리 보내는 걸 내 어찌 차마 하겠느냐만, 너희들이 내 곁에 없을 때 편히 자결하려고 한다. 너희를 얼굴을 다시 볼 수 없으니, 마음이 참담하고 쓰리구나(離汝送於遠者, 豈吾所可忍者, 欲使汝不在吾傍, 以便自決也. 然不復見汝輩顔貌, 我心慘毒)." (尹鳳九,「孺人朴氏行錄 乙酉」,『屛溪集』)

79 李匡師,「崔烈婦贊」,『圓嶠集』

80 李德壽,「淑人林氏墓誌銘」,『西堂私載』

81 李德壽,「先妣行錄」,『西堂私載』

82 李德壽,「恭人金氏墓誌銘」,『西堂私載』

83 상세한 내용은 백두현,『한글문헌학』, 태학사, 2015, 161~170, 182~184쪽, 211~224을 참고. 한글 음식 조리서와 여성 교육서에 대해서는 백두현,『한글생활사 연구』, 역락, 2021, 3장을 참고.

84 南有容,「贈貞夫人豐山洪氏墓誌銘」,『雷淵集』

85 任聖周,「祥前又祭亡室新昌孟氏文」,『鹿門集』

86 安鼎福,「題烈女驪興李氏行錄後 辛丑」,『順菴集』

87 趙觀彬,「子婦慶州李氏行狀」,『悔軒集』

88 黃胤錫,「烈婦李氏傳」,『頤齋遺藁』

89 權萬,「先令人豐壤趙氏行錄」,『江左集』

90 이 항목에서 다룬 여성의 편지나 소장이 언문으로 쓰였다고 명시되지는 않았지만, 한문을 공부해서 글을 쓸 정도의 문해력에 대한 언급이 없고, 정황상 표기 문자가 언문으로 이해되기에 여기서 다룬다.

91　李縡,「從弟婦孺人安東金氏墓誌」,『陶菴集』

92　李縡,「淑人恩津宋氏墓誌」,『陶菴集』

93　李宜顯,「恭人星州李氏墓誌銘 幷序」,『陶谷集』

94　趙顯命,「恭人趙氏墓誌銘」,『歸鹿集』

95　趙顯命,「貞夫人李氏誌銘」,『歸鹿集』

96　李顯命,「孺人柳氏墓表」,『疎齋集』(『18세기 여성생활사 자료집』 1권, 305~309쪽)을 참고.

97　유씨의 사적은 金鎭圭,「請柳烈婦旌褒面奏」,『竹泉集』에도 수록된다.

98　金樂行,「孺人金氏行錄」,『九思堂集』

99　兪漢雋,「先妣行狀 戊寅」,『自著』

100　李縡,「孺人潘南朴氏墓碣」,『陶菴集』

101　金柱臣,「先妣行狀」,『壽谷集』

102　尹鳳九,「從孫婦孺人吳氏墓誌」,『屛溪集』

103　宋文欽,「仲祖母淑人羅氏行狀」,『閒靜堂集』, 8:122

104　尹鳳九,「亡妹淑夫人尹氏墓誌」,『屛溪集』

105　'妹嘗言小學女子不百里奔喪, 古者諸侯之地, 大國不過百里. 蓋以女子之不可越國而行也. 不然,
　　雖女子, 豈不許奔親喪耶!' (尹鳳九,「亡妹淑夫人尹氏墓誌」,『屛溪集』)

106　李德壽,「亡妻海州崔氏墓誌銘」,『西堂私載』

107　『18세기 여성생활사 자료집』 4권, 107~108쪽에 소개된 각주 10)번의 내용을 요약하면 다음
　　과 같다: 옹희(雍姬)는 옹규(雍糾)의 아내다. 옹희의 아버지 제중(祭仲)이 국사를 함부로 하자
　　정나라 군주가 옹규에게 그를 죽이라고 명했다. 옹희가 이 사실을 알고 어머니에게 아버지와
　　남편 중에 누가 더 친한 사람인지 물었다. 어머니는 아버지는 하나뿐이니 비교 대상이 없다
　　고 했다. 그러자 옹희는 아버지(제중)에게 남편의 모해를 알렸고, 제중이 사위를 죽였다. (『춘
　　추좌씨전』「환공(桓公) 15년」)

108　옹희의 처신을 둘러싼 논의에는 옹희 자신의 인권이 고려되어 있지는 않다는 점에서 젠더 차
　　원의 문제가 있다. 여성 스스로 자기 희생을 정당화했기 때문이다.

109　權萬,「先令人豊壤趙氏行錄」,『江左集』

110　宋相琦,「先妣行狀」,『玉吾齋集』

111　李縡,「伯舅母貞敬夫人延安李氏行狀」,『陶菴集』

112　吳光運,「先妣淑夫人安氏墓誌」,『藥山漫稿』

113　李德壽,「先妣行錄」,『西堂私載』

114　金載瓚,「恭人尹氏壙記」,『海石遺稿』(『18세기 여성생활사 자료집』 3권, 610~611쪽)을 참고.

115　黃景源,「贈淑人李氏墓誌銘」,『江漢集』(『18세기 여성생활사 자료집』 8권, 68쪽)을 참고.

116　李德壽,「先妣行錄」,『西堂私載』

117　朴胤源,「祭外姊沈氏婦文」,『近齋集』

118　李夏坤,「孺人金氏哀辭」,『頭陀草』

119 尹鳳九, 「貞夫人李氏墓誌」, 『屛溪集』(『18세기 여성생활사 자료집』 2권, 95~101쪽)을 요약했다.

120 黃胤錫, 「跋淸窓郭夫人藁略」, 『頤齋遺藁』(『18세기 여성생활사 자료집』 2권, 333~335쪽)을 요약했다.

121 兪漢雋, 「從九世祖處士公夫人金氏枕角繡詩帖跋 庚申」, 『自著準本』(『18세기 여성생활사 자료집』 2권, 587~588쪽)을 참고.

122 이상, 안동 장씨의 사례에 대해서는 임유경(2014), 188~190쪽을 참고.

123 申大羽, 「李五姑述」, 『宛丘遺集』(『18세기 여성생활사 자료집』 2권, 629~631쪽)을 참고.

124 金鎭圭, 「祖妣行狀拾遺錄」, 『竹泉集』

125 李德壽, 「先妣行錄」, 『西堂私載』(『18세기 여성생활사 자료집』 4권, 173~192쪽)을 참고.

126 '先祖妣取安字, 笑曰: "我則不賢不明, 只欲爲安逸無憂人而已."'(李德壽, 「先妣行錄」, 『西堂私載』)

127 李縡, 「仲舅母貞敬夫人坡平尹氏墓誌」, 『陶菴集』(『18세기 여성생활사 자료집』 4권, 462~465쪽)을 참고.

128 李天輔, 「先妣墓誌」, 『晉菴集』(『18세기 여성생활사 자료집』 1권, 552~556쪽)을 참고.

129 南有容, 「祭一妹李氏婦文」, 『雷淵集』(『18세기 여성생활사 자료집』 3권, 254~258쪽)을 참고.

130 李德壽, 「先妣行錄」, 『西堂私載』

131 兪彦鎬, 「大人遺事」, 『燕石』(『18세기 여성생활사 자료집』 2권, 426~439쪽)을 참고.

132 申靖夏, 「先妣恭人全州李氏行狀」, 『恕菴集』

133 李德壽, 「淑人林氏墓誌銘」, 『西堂私載』

134 李用休, 「敬題申夫人所書列女傳跋」, 『㷠㷠集』(『18세기 여성생활사 자료집』 3권, 34쪽). 이 글을 번역하고 해제를 쓴 김남이 교수는 신 씨가 죽당 신유(申濡)의 여동생일 거라고 추정했다.

135 李用休, 「敬題申夫人所書列女傳跋」, 『㷠㷠集』

136 金鎭圭, 「祖妣行狀拾遺錄」, 『竹泉集』

137 李縡, 「伯舅母貞敬夫人延安李氏行狀」, 『陶菴集』

138 李德懋, 「東國婦人能書」, 『靑莊館全書』

139 '이광사의 서녀가 쓴 전서와 예서는 당대에 으뜸으로 꼽힌다. 그 여자가 지금 이문내에 살며 부친상을 치르는 중인데, 나이는 바야흐로 열여덟이라 한다(李匡師有庶女, 工篆隸, 冠絶當世. 家今在里門內, 方持孝, 年方十八云).'(1779년 12월 14일) (유만주, 2015, 74쪽; 유만주, 『(原文 校勘標點) 흠영』 2, 2022, 190쪽).; '전하는 말에 따르면 이광사의 딸은 글씨를 잘 쓰고 글도 잘 짓는데, 그 작품은 비록 무성한 소문만큼은 아니라도 대체로 아름다워 좋아할 만하다고 한다(傳匡師女子善筆札, 又能屬文, 雖不知傳言之盛, 而大要楚楚可喜).'(1786년 1월 16일(유만주, 2015, 74쪽; 유만주, 『(原文 校勘標點) 흠영』 4, 2022, 213쪽).; '나는 성균관에서 구슬이(璧)라는 여자 아이를 본 적이 있다. 그 애는 고작 다섯 살에 큰 글씨를 잘 썼는데 그 필획은 철근과 같았다(我曾見泮中女兒, 五歲能書大字, 畫如鐵筋).'(1775년 12월 26일) (유만주,

2015, 79쪽; 유만주, 『(原文 校勘標點) 흠영』 1, 2022, 115쪽).

140 李德壽, 「御贊貞明公主墨跡跋」, 『西堂私載』

141 李緈, 「貞明公主手筆類合跋」, 『陶菴集』

142 李象靖, 「祖妣恭人鵝洲申氏壙記」, 『大山集』(『18세기 여성생활사 자료집』 8권, 143~145쪽)을 참고.

143 宋文欽, 「仲祖母淑人羅氏行狀」, 『閒靜堂集』(『18세기 여성생활사 자료집』 8권, 121~126쪽)을 참고.

144 金鑛圭, 「祖妣行狀拾遺錄」, 『竹泉集』

145 李緈, 「曾祖考小室昌原黃氏墓誌」, 『陶菴集』

146 黃胤錫, 「祖妣孺人康津金氏行狀」, 『頤齋遺藁』(『18세기 여성생활사 자료집』 2권, 354~367쪽)을 참고.

147 李天輔, 「祭伯母文」, 『晉菴集』(『18세기 여성생활사 자료집』 1권, 550~551쪽)을 참고.

148 金昌緝, 「淑人豐壤趙氏行狀 代作」, 『圃陰集』

149 權萬, 「先令人豐壤趙氏行錄」, 『江左集』

150 李緈, 「從妹孺人李氏墓誌」, 『陶菴集』

151 申曔, 「先妣遺事」, 『直菴集』(『18세기 여성생활사 자료집』 3권, 216~222쪽)을 참고.

152 魚有鳳, 「孺人金氏哀辭並序」, 『杞園集』

153 李栽, 「仲嫂光山金氏夫人壙誌」, 『密菴集』

154 尹鳳九, 「甥女淑夫人申氏墓誌」, 『屛溪集』

155 魚有鳳, 「孺人金氏哀辭並序」, 『杞園集』(『18세기 여성생활사 자료집』 4권, 60~66쪽)의 내용 및 각주를 참고.

156 申曔, 「贈貞夫人李氏行狀」, 『直菴集』(『18세기 여성생활사 자료집』 3권, 205~212쪽)을 참고.

157 尹鳳九, 「甥女淑夫人申氏墓誌」, 『屛溪集』

158 李喜朝, 「貞敬夫人蔡氏行狀」, 『芝村集』

159 최기숙, 「조선시대(17세기-20세기 초) 壽序의 문예적 전통과 壽宴 문화」, 『열상고전연구』 36, 열상고전연구회, 2012에서 해당 시기의 문집에 수록된 수서 목록이 최초로 정리·공개되었다.

160 趙觀彬, 「貞夫人南陽洪氏九十三歲壽序」, 『梅軒集』

161 조관빈은 여성이 독서하지 않았지만 식견이 있었다는 표현을 종종 적었다: '우리 누님께서는 타고난 품성이 아름답고 식견과 도량이 넓으며 덕행이 있으십니다. 어찌 독서를 하셨겠습니까만 진실로 군자이십니다(維我姊氏, 天賦懿質, 識量之恢, 德行之實, 何嘗讀書, 眞簡君子).' (趙觀彬, 「祭伯姊李氏婦文」, 『梅軒集』); '유인과 나는 사촌지간으로 한마을에 살았으니, 유인의 모범적인 행실을 나보다 자세히 아는 이는 없다. 유인은 여자이니 어찌 책을 읽은 적이 있었겠는가만 타고난 견식이 지극한 행실로 드러나 당나라 부인·진나라 효부의 아름다움에 필적할 만하다(孺人與余, 爲內外從, 家同閈, 知孺人之哲範, 莫如余詳. 孺人, 婦女也, 何嘗讀書, 而

天生見識, 發爲至行, 可與唐夫人·陳孝婦, 匹其美矣).' (趙觀彬,「孺人靑松沈氏墓誌銘 幷序」,『悔軒集』)

162 兪拓基,「先姑貞敬夫人李氏墓誌」,『知守齋集』

163 金昌翕,「祭仲嫂文」,『三淵集』

164 南有容,「祭姪女李氏婦文」,『雷淵集』(『18세기 여성생활사 자료집』 3권, 236~238쪽)을 참고.

165 朴胤源,「亡室行狀」,『近齋集』(『18세기 여성생활사 자료집』 6권, 322~333쪽)을 참고.

166 申靖夏,「先妣恭人全州李氏行狀」,『恕菴集』

167 李縡,「孺人宜寧南氏墓誌」,『陶菴集』

168 黃景源,「祭亡室貞敬夫人沈氏文」,『江漢集』(『18세기 여성생활사 자료집』 8권, 101~103쪽)을 참고.

169 李栽,「殤童女四娘五娘小祥祭文」,『密菴集』

170 유인 연안 이 씨는 유치용의 아내로 39세에 사망했다. 이민보는 이 씨의 딸이 외삼촌 이병원에게 부탁한 일을 계기로 묘지명을 썼다. 이 씨의 아버지 이상보는 이민보의 집안 형님이다.

171 李敏輔,「孺人延安李氏墓誌銘」,『豐墅集』(『18세기 여성생활사 자료집』 8권, 375~378쪽)을 참고.

172 朴弼周,「恭人具氏墓誌銘」,『黎湖集』

173 李天輔,「祭季母文」,『晉菴集』(『18세기 여성생활사 자료집』 1권, 548~549쪽)을 참고.

174 金柱臣,「先妣行狀」,『壽谷集』

175 金昌翕,「祭仲嫂文」,『三淵集』

176 魚有鳳,「祖妣 贈貞敬夫人元氏行狀」,『杞園集』

177 金柱臣,「亡嫂孺人羅州林氏墓誌」,『壽谷集』

178 金柱臣,「伯母淑人韓山李氏墓誌」,『壽谷集』

179 '부인은 여공을 하는 여가에 매일 종형제를 따라 강론을 들어 경사자집을 익혀 통달하지 않은 것이 없었다. 사람들이 '여자 중의 대유학자'라고 불렀다(夫人於女工之餘, 日隨諸從兄弟後, 聽其講論, 經史子集, 靡不淹貫通曉, 人以女中大儒稱之).' (李喜朝,「貞敬夫人尹氏行狀」,『芝村集』)

180 李光庭,「趙烈婦李氏墓碣銘」,『訥隱集』

181 金柱臣,「先考妣言行記聞錄」,『壽谷集』

182 李縡,「皇考妣圹表」,『陶菴集』

183 南有容,「貞夫人完山李氏行狀」,『雷淵集』(『18세기 여성생활사 자료집』 3권, 313~318쪽)을 참고.

184 '以權術接人, 人亦以權術接我'; '婦人喜巫覡, 其家可知也.' (兪漢雋,「淑人仁同張氏墓誌銘」,『自著著草』)

185 '眞俗所謂水亦欲洗飮者.' (兪彦鎬,「夫人遺事」,『燕石』)

186 李栽,「祭亡室恭人金氏文 乙酉」,『密菴集』

187 최승자, 『어떤 나무들은』, 난다, 2021, 394~395쪽.

188 Instagram의 배수아 작가 계정(baesuah)을 참조.

189 G. W. 제발트, 『전원에 머문 날들』, 이경진 옮김, 문학동네, 2021, 77~78쪽.

190 정희진(2022), 49쪽.

5장

1 생명 정치는 생명을 다루는 정치인 동시에 생물학적 생명을 넘어선 정치라는 의미로, 정치적, 철학적 맥락을 통해 생명과 그 부속 현상을 설명하려는 다양한 시도와 이에 의해 정의된 일련의 개념들을 의미한다. 생명 정치는 겉으로 안정적으로 보이는 자연적인 것과 정치적인 것의 경계가 정치적 행동의 원인이 아니라 결과임을 강조한다. 이상은 미셸 푸코, 『생명관리 정치의 탄생』, 오르트망·심세광·전혜리·조성은 옮김, 난장, 2012.; 토마스 렘케, 『생명정치란 무엇인가』, 심성보 옮김, 그린비, 2015 등을 참조.

2 '夫死守節爲節嫌, 夫死從死, 或遭難不屈而死, 爲烈嫌, 幣夫死而守節, 爲貞嫌.'(李德懋, 「筆談」〈天涯知己書〉 『靑莊館全書』)

3 박선희, 「조선 후기 '열녀담론' 연구: 〈열녀전〉을 중심으로」, 강원대 석사 논문, 2012, 12쪽.; 이숙인, 『정절의 역사』, 푸른역사, 2014, 97쪽. 『조선왕조실록』에 수록된 절부, 열부, 열녀의 용례 통계는 박선희(2012), 11쪽을 참조.

4 롤랑 바르트, 『신화론』, 정현 옮김, 현대미학사, 1995를 참조.

5 강영숙은 조선 후기 열녀전을 수절형, 절사형, 순절형, 모해형, 복수형, 헌신형 등으로 분류한 바 있는데(「조선 후기 열녀전의 유형과 의미」, 경북대 석사 논문, 2006, 15~45쪽), 여기에는 열행의 동기에 대한 주체의 해석과 사회적·역사적 해석이 결합되어 있다.

6 이에 대해서는 CHOE, Keysook, "A Weeping Man and Mourning Ritual: Literati Writing and the Rhetoric of Funeral Oration in Eighteenth-Century Joseon", *Korea Journal* Vol.53. No.1, UNESCO, 2013, p.159를 참조.

7 '미망인'이라는 단어는 '아직 죽지 않은 사람'이라는 부정적 의미가 있고, 남편을 따라 죽는 것이 당연하다는 전제를 담고 있어 지금은 사용하지 않는다. 여성에게만 사용되었기에, 현대에는 차별어 또는 여성 혐오적 단어로 인지된다. 이 글에서는 이 단어가 조선시대에 널리 쓰인 점을 수용해, 역사적 의미를 함축한 단어로 사용한다. 남편이 죽은 뒤에 계속 삶을 살아간 여성을 뜻한다. 문헌 기록을 존중해, 과부라는 단어도 같이 썼다. 두 단어(미망인, 과부)를 사용할 때 이에 대한 폄하나 비하 의도가 전혀 없음을 밝힌다.

8 이 책에서 검토한 여성 생애사 자료가 총 2,328편인데, 이 중에서 17세기 자료는 총 342편이고, 18세기 자료는 1,055편, 19세기~20세기 초 자료는 931편이다. 2,328편 중에서 열녀 담론은 279편으로, 검토한 전체 자료의 12%다.

9 17, 18, 19세기~20세기 초 자료집에서 시기별 배치가 반드시 배타적으로 구분된 것은 아

니다. 예컨대, 열부 유 씨는 『18세기 여성 생활사 자료집』에 수록된 朴胤源의 「劉烈婦傳」([표3]의 30번)과 『19세기~20세기 초 여성 생활사 자료집』에 수록된 徐有榘의 「烈婦劉氏墓誌銘」([표4]의 87번)과 동일인인데 시기별 배치는 각각 18, 19~20세기 초로 되어 있다. 유사한 사례가 적고, 전체적 이해에 결정적 착오를 수반하지 않는다고 판단했기에, 혼란을 피하고자 시기에 대한 판단은 『여성생활사 자료집』(17세기~20세기 초에 이르는 총 21권)의 분류를 따랐다. 본 논문의 모든 통계 분석은 통계 프로그램이나 엑셀을 활용하지 않았으며, 번역본을 바탕으로 '한국고전번역DB' 사이트를 참조해서 필자가 직접 수작업으로 했다. 15회 이상 검토했으나 오류가 있을 수 있다. 퍼센트는 오차 범주가 허용하는 한에서 올림, 또는 내림을 임의적으로 활용해 100%에 맞추었다.

10　열녀 담론이 형성되는 맥락에 가문의 지위 상승이라는 사회적 욕구가 매개되었다고 판단할 수도 있다. 정려 받은 가문은 명예롭게 인정되었기 때문이다. 역설적으로 가문의 지위가 높은 집안의 여성이 자결하지 않고 미망인으로 살아남았을 가능성도 있다. 이는 필자의 추정인데, 이 책에서는 열녀의 가문 및 번성 정도에 대한 질적인 탐구는 따로 하지 않았기에, 이에 관한 판단은 유보한다.

11　'하나이지 않은 조선'이라는 개념은 Ruce Irigaray의 '하나이지 않은 성'(이은민 옮김, 동문선, 2000)의 개념을 응용했다. 이 글에서는 특정한 역사적 시기에 대한 사회적, 역사적 상상력이 하나로 고착되는 것을 경계하여, 마이너리티 문화, 문자로 기록되지 않은 역사·문화·주체에 대한 인식과 상상을 복원하고 재구성하는 연구 방법과 시각에 대한 실천적 개념으로 썼다.

12　분석 방법론으로 양적 통계 분석과 질적 해석을 결합하는 통계 해석학적 방법론을 택한다. 통계 해석적 방법론이란 연구 대상 자료에 대한 통계 분석을 통해, 분석 요소의 양적 추이를 밝히는 데서 나아가, 해당 요소에 대한 역사적, 문화(사)적 해석을 수행하는 것으로 정의한다.

13　宋時烈, 「朴承樞夫人任氏墓表」, 『宋子大全』. 이는 17세기 기록인데 자결한 시점은 태조 때인 15세기다.

14　다음은 尹鳳九, 「孺人朴氏行狀」, 『屛溪集』(『18세기 여성 생활사 자료집』 2권, 140~146쪽)을 참고.

15　18세기 기록으로는 趙德鄰, 「洪烈婦旌門後叙」, 『玉川集』; 李栽, 「洪烈婦傳」, 『密菴集』 등이 있고, 19세기 기록으로는 崔益鉉, 「柳氏二女旌閭記」, 『勉菴集』; 郭鍾錫, 「烈婦廣州李氏贊」, 『俛宇集』; 奇宇萬, 「烈婦宋氏旌閭追記」, 『松沙集』; 許薰, 「節婦裵氏傳 附張娘子」, 『舫山集』 등이 있다.

16　다음은 許薰, 「節婦裵氏傳 附張娘子」, 『舫山集』(『19세기·20세기 초 여성 생활사 자료집』 5권, 413~416쪽)을 참고.

17　다음은 李栽, 「洪烈婦傳」, 『密菴集』(『18세기 여성 생활사 자료집』 1권, 331~342쪽); 趙德鄰, 「洪烈婦旌門後叙」, 『玉川集』(『18세기 여성 생활사 자료집』 7권, 17쪽)을 참고.

18　다음은 朴胤源, 「廉節婦傳」, 『近齋集』(『18세기 여성 생활사 자료집』 6권, 237~240쪽)을 참고.

19 다음은 崔益鉉, 「柳氏二女旌閭記」, 『勉菴集』(『19세기·20세기 초 여성 생활사 자료집』 6권, 462~463쪽)을 참고.

20 오희문, 『쇄미록』 1, 국립진주박물관 엮음, 전주대학교 한국고전학연구소 옮김, 사회평론아카데미, 2019, 83; 245쪽(원문은 『쇄미록』 7, 19쪽; 102쪽). 그 밖에도 왜적에게 포위된 별좌 류영근의 형수가 스스로 목을 찔렀고, 제수는 물에 빠져 죽은 일, 그의 형이 살해된 일도 기록된다(같은 책, 315쪽; 원문은 『쇄미록』 7, 145쪽).

21 다음은 李光庭, 「林烈婦薛娘傳」, 『訥隱集』(『18세기 여성 생활사 자료집』 4권, 232~238쪽); 李夏坤, 「書貞女尙娘事頭」, 『頭陀草』(『18세기 여성 생활사 자료집』 4권, 381쪽)을 참고.

22 이에 대한 상세한 논의는 정출헌, 「〈향랑전〉을 통해 본 열녀 탄생의 메커니즘」, 『한국고전여성문학연구』 3, 한국고전여성문학회, 2001 및 강명관, 『열녀의 탄생: 가부장제와 조선 여성의 잔혹한 역사』, 돌베개, 2009, 481쪽을 참조.

23 다음은 田愚, 「李烈女傳 丙午」, 『艮齋集』(『19세기·20세기 초 여성 생활사 자료집』 7권, 141~142쪽)을 참고.

24 다음은 俞漢雋, 「善山二烈女 當在雜著○己卯」, 『自著』(『18세기 여성 생활사 자료집』 2권, 527쪽)에 실린 애월의 이야기를 필자가 재구성한 것이다.

25 다음은 申大羽, 「李五姑述」, 『宛丘遺集』(『18세기 여성 생활사 자료집』 2권, 629~631쪽)을 참고.

26 다음은 崔益鉉, 「孝烈婦田氏旌閭記」, 『勉菴集』(『19세기·20세기 초 여성 생활사 자료집』 6권, 464~466쪽)을 참고.

27 다음은 郭鍾錫, 「烈婦鄭氏旌閭記 乙巳」, 『毅菴集』(『19세기·20세기 초 여성 생활사 자료집』 7권, 255~257쪽)의 내용을 필자가 재구성한 것이다.

28 18세기 자료로는 黃胤錫, 「烈婦故學生柳慶復妻慕山金氏旌門板記」 「烈婦李氏傳」, 『頤齋遺稿』; 朴胤源, 「劉烈婦傳」, 『近齋集』; 安鼎福, 「題烈女驪興李氏行錄後 辛丑」 「淑人趙氏行狀」, 『順菴集』; 俞彦鎬, 「濟州五節女傳 庚戌」, 『燕石』; 金鑪圭, 「請柳烈婦旌褒面奏」 「竹泉集」; 權斗經, 「祖妣豐山金氏墓誌」 『蒼雪齋集』 등이([표 3] [표 12]를 참조), 19세기 자료로는 徐有榘, 「金朴二烈婦傳」, 『楓石全集』; 郭鍾錫, 「烈婦安東權氏贊」 「烈婦李氏旌閭銘 並序」 「李孺人墓表 己酉」, 『俛宇集』; 奇宇萬, 「烈婦李氏傳」 「烈婦金孺人傳」 「烈婦李氏傳」 「孝烈婦李氏事蹟碑」 「書金孝婦實行後」 「淑人林氏墓碣銘 幷序」, 『松沙集』 등이([표 5] [표 8] [표 13]을 참조) 이에 해당한다.

29 奇宇萬의 「孺人金氏墓表」(『松沙集』)에서 유인 김 씨는 남편이 병에 걸려 거의 죽게 되자, 대신 아프게 해달라고 기도했고, 7일 만에 남편이 회생했다. 남편이 회복되어 자결하지 않았고, 미망인도 되지 않았으므로, 여기서 다루지 않는다.

30 '於是乎知天神之亦無奈於至誠, 而不能不屈其化權以俯就之也. 於是乎知死生之可以相代, 而壽夭之可以人定而勝也.'(郭鍾錫, 「烈婦鄭氏 旌閭記 乙巳」, 『俛宇集』)

31 다음은 郭鍾錫, 「洪烈婦傳 甲寅」, 『俛宇集』(『19세기·20세기 초 여성 생활사 자료집』 7권, 378~381쪽)에 수록된 내용을 필자가 재구성했다.

32 崔益鉉, 「烈婦孺人豐壤趙氏墓表」, 『勉菴集』

33 '烈婦自古有之, 中國亦未聞有從夫死者. 我國從夫死者千百, 又有李氏焉. 余嘗欲作東國風化錄, 著道學事業節義忠孝烈, 以示天下後世, 并及萬國之夷, 使敬服我國. 若李氏之烈行, 以外夷獸行之俗視之, 豈不愕然吐舌乎! 其於有千百也, 將驚動之無已. 嗟哉! 有人, 爲國之光.'(柳麟錫, 「烈婦孺人李氏傳」, 『毅菴集』)

34 郭鍾錫, 「宋烈婦傳」, 『俛宇集』

35 奇宇萬, 「孝烈婦金氏傳」, 『松沙集』

36 徐宗泰, 「親喪不勝喪, 婦女喪夫從死者, 旌閭當否議」, 『晩靜堂集』

37 '우리나라의 사대부가에서는 개가하는 사례가 없어서 남편의 상중에 죽은 사람만 정려를 허락한다. 죽는 것은 진실로 열이다. 그러나 올바른 유교의 도리는 아니다. 마치 효자가 상중에 너무 슬퍼서 죽는 것 같은 부류다(我國士大家則無改嫁, 故只許死夫喪中者旌. 死固烈矣. 亦非正經道理, 猶滅性之孝子也).'(李德懋, 「天涯知己書」, 『靑莊館全書』)

38 자결 방식은 음독과 목맴, 단식과 목맴 등 중복된 방식을 택한 경우도 있으나, 이 글에서는 사망에 결정적인 영향을 미친 요인, 또는 최후 수단을 선별해 배타적 분류 방식으로 통계했다.

39 '모두 그 집에 모여 무슨 약을 마셨는지 물었더니 소금물이라고 했다(卑職等齊會其家, 問其所飮之藥, 則乃鹽液也).'(朴趾源, 「朴烈婦事狀 爲呈春官來謁, 故代構」, 『燕巖集』)

40 자결하지 않았지만, 남편이 사망한 후 탈진해서 사망하거나 남편을 위해 대신 죽으려고 기도하다가 병이 옮아 사망한 경우가 각 1편이 있다.

41 郭鍾錫의 「烈婦全義李氏贊」(『俛宇集』)은 여성이 '결혼하자마자(纔成昏)'라고 서술되었기에, 당시 여성의 결혼 적령기였던 10대로 분류했다.

42 다음은 宋浚吉, 「祭嬌女羅氏婦文」, 『同春堂集』(『17세기 여성 생활사 자료집』 2권, 210~213쪽)을 참고.

43 원문에서는 나씨의 부인이라는 뜻에서 '나 씨'로 기록되지만, 이 글에서는 본래 성인 송 씨로 적는다.

44 자결 여성은 가족이나 사회로부터 직접 자결을 강요받은 바 없다. 그러나 자결 여성을 '열녀'로 치하하는 사회적 인정 구조 속에서 미망인이 이로부터 온전히 자유롭지 못했을 정황에 주목할 필요가 있다.

45 宋時烈, 「烈女鍊玉旌閭碑」, 『宋子大全』(『17세기 여성 생활사 자료집』 1권, 85~86쪽)을 참고.

46 宋時烈의 「烈女鍊玉旌閭碑」(『宋子大全』)에 따르면 조수항(趙壽恒)이 연옥에 대해 전(傳)을 썼다고 했는데, '한국고전종합DB' 사이트 검색으로는 찾지 못했다.

47 李德懋, 「兩烈女傳」, 『靑莊館全書』

48 李萬敷, 「孝烈婦忠奴列傳」, 『息山集』

49 '군자가 탄식하여 말했다. "사람의 아름다운 행실은 한마을이라도 보기가 쉽지 않은데 하물며 한고을인 데다가 같은 가문임에랴! 아! 열녀가 열녀에게서 배워서 마침내 열녀라는 이름

을 이루었으니, 이 또한 특별한 일이다!"(君子歎曰: "人之有懿行, 一鄕不易, 況一鄕, 又一門也哉. 嗚呼! 烈女學於烈女, 終成烈女之名, 其亦異哉!)' (李德懋, 「兩烈女傳」『靑莊館全書』)

50 '대개 남편을 잃은 여인이 누가 따라 죽으려 하지 않겠는가. 그런데 바로 죽었으니, 하늘이 무너지는 통절한 심정으로 순식간에 죽음을 결행했던 것이다. 시간이 지나고 세월이 가면 사람의 감정은 조금 느슨해지기 마련이다. 그런데 기한이 되자 곡기를 끊고 평소에 한 말을 저버리지 않았으니, 그 의리가 매우 지극하다. 그 일은 더욱 하기 어려운 것이었다. 아! 자식을 기르는 7년 사이에 단 하루라도 어찌 죽음을 잊었겠는가!(凡女子喪夫者, 孰不欲死從. 然其始死也, 崩隕慟絶, 決死於須臾者有之. 若時移歲去, 人情亦幾少弛矣. 猶至期不復枉, 以不負平生之言, 其義尤至, 其事尤難. 噫! 養子七年之間, 何嘗一日忘死哉!)' (李萬敷, 「孝子烈婦忠奴列傳」『息山集』)

51 내용을 간추리면 다음과 같다. 박 씨는 스무 살에 성대윤과 혼인해서 15년간 살림을 잘하고 살았다. 아이는 없었다. 어느 날 남편이 병으로 죽었다. 박 씨는 장례를 치르고 자결하려 했는데, 시부모가 살아계시기에 결심하지 못했다. 죽만 먹으며 애통한 심정으로 연상(練祥. 1주기 상)을 치렀다. 이날 상복을 벗고 혼례 때 입은 옷을 입고 남편의 죽은 시에 맞추어 숨을 거두었다. 유언을 듣지 못했는데, 염할 때 옷 속에서 언문 편지가 나왔다. 남편 따라 죽는 건 기꺼이 하지만, 시부모 봉양을 마치지 못해 죄스럽다고 했다. 마을에서 애도하고 의롭게 여겼다. 그해 마을에 정려문이 세워졌다(曺兢燮, 「烈婦恭人朴氏旌閭碑 己酉」『巖棲集』:『19세기·20세기 초 여성 생활사 자료집』 9권, 310~313쪽).

52 田愚, 「鄭貞婦」『簡齋集』(『19세기·20세기 초 여성 생활사 자료집』 7권, 168쪽)을 참고.

53 奇宇萬, 「孺人崔氏墓表」『松沙集』.

54 奇宇萬, 「書烈婦金氏鷹狀後」『松沙集』.

55 郭鍾錫, 「洪烈婦傳 甲寅 仮字」『俛宇集』; 柳麟錫, 「孝烈婦梁氏傳」『毅菴集』; 奇宇萬, 「書姜孺人鷹狀後」『松沙集』 등.

56 奇宇萬, 「孝烈婦金氏旌閭記」『松沙集』.

57 奇宇萬, 「烈婦蘇氏旌閭記」『松沙集』.

58 奇宇萬, 「烈婦尹氏旌閭記」『松沙集』; 柳麟錫, 「烈婦楊氏傳」『毅菴集』 등.

59 崔益鉉, 「烈婦孺人濟州梁氏墓」『勉菴集』; 柳重教, 「題孝烈婦崔氏行錄後」『省齋集』; 奇宇萬, 「孺人文氏墓碣銘 并序」「書金孝婦實行後」『松沙集』 등.

60 奇宇萬, 「宋氏五孝一烈旌閭記」『松沙集』.

61 奇宇萬, 「書孝烈婦全氏實蹟後」『松沙集』(『19세기·20세기 초 여성 생활사 자료집』 8권, 62~63쪽)을 참고.

62 奇宇萬, 「孝烈婦朴氏傳」『松沙集』(『19세기·20세기 초 여성 생활사 자료집』 8권, 162~163쪽)을 참고.

63 奇宇萬, 「書高氏孝烈鷹狀後」『松沙集』(『19세기·20세기 초 여성 생활사 자료집』 8권, 67~68쪽)을 참고.

64 奇宇萬,「烈婦鄭氏傳」,『松沙集』(『19세기·20세기 초 여성 생활사 자료집』 8권, 169~171쪽)을 참고.

65 奇宇萬,「孺人金氏遺事」,『松沙集』(『19세기·20세기 초 여성 생활사 자료집』 8권, 155~157쪽). 김 씨의 남편은 아내의 단지와 할고 덕분에 몸을 회복하여 소생했다. 남편이 죽지 않았기에 김 씨도 자결할 필요가 없었고, 미망인이 되지도 않았기에 이 글의 분석 대상은 아니지만, 할고와 단지의 효과를 살피는 데는 유용하다.

66 尹鳳九,「孺人朴氏行狀」,『屛溪集』

67 鄭瀁,「節婦金天命妻傳」,『抱翁集』(『17세기 여성 생활사 자료집』 2권, 169~170쪽)을 참조.

68 黃胤錫,「烈婦柳氏旌門重修板記」,『頤齋遺稿』; 俞漢雋,「烈婦沈夫人傳」,『自著』

69 다음은 金鎭圭,「哀烏壤烈婦辭幷引」,『竹泉集』(『18세기 여성 생활사 자료집』 1권, 389~391쪽)을 참고.

70 다음은 李頤命,「孺人柳氏墓表」,『疎齋集』(『18세기 여성 생활사 자료집』 1권, 305~309쪽); 金鎭圭,「請柳烈婦旌褒面奏」,『竹泉集』(『18세기 여성 생활사 자료집』 1권, 392~397쪽)을 참고.

71 朴胤源,「仲姑淑人行狀」,『近齋集』

72 俞漢雋,「令人牛峯李氏墓表 己未」,『自著』

73 黃景源,「貞敬夫人宋氏墓誌銘 幷序」,『江漢集』

74 尹光紹,「貞敬夫人趙氏行狀 辛丑」,『素谷遺稿』

75 李頤命의 「孺人柳氏墓表」(『疎齋集』), 金鎭圭의 「請柳烈婦旌褒面奏」(『竹泉集』)의 주인공인 류 씨다. 이이명은 정려를 천거한 글에서 유 씨의 곧은 절개를 송나라 충신 문천상에 비유하며 '무너져가는 세속을 바로잡는' 기틀로 삼아야 한다는 논리를 펼쳤다: '유 씨의 바르고 곧은 절개를 옛날 충신에 비교하자면 마치 문천상이 감옥에서 죽은 것과 같습니다. 이에 마땅히 별도로 칭찬하고 장려하시어 풍속이 쇠퇴하는 것을 막아야 할 것입니다. (생략) (柳氏貞固之節, 比古忠臣則如文天祥之死燕獄. 今宜別加褒獎, 以激頹俗.)'(李頤命,「孺人柳氏墓表」,『疎齋集』)

76 柳麟錫,「烈婦楊氏傳」,『毅菴集』; 崔益鉉의「李氏三世孝婦傳」(『勉菴集』)에 실린 세 일화 중 두 번째 일화.

77 다음은 柳麟錫,「烈婦楊氏傳」,『毅菴集』(『19세기·20세기 초 여성 생활사 자료집』 7권, 231~232쪽)을 참고.

78 '稱未亡傳家事, 而獨於祀事必躬親. 晨起眂滌漑烹飪, 篤老不廢.'(金萬基,「礪山郡大人宋氏墓誌銘 幷序」,『瑞石集』)

79 宋時烈,「孺人淸風金氏墓碣銘 幷序」,『宋子大全』(『17세기 여성 생활사 자료집』 1권, 87~90쪽)을 참고.

80 '人之詬無行者, 必曰寡婦之子, 言汝宜刻骨.'(金萬重,「先妣貞敬夫人行狀」,『西浦集』)(『17세기 여성 생활사 자료집』 1권, 353~366쪽)을 참고.

81 金萬重,「先妣貞敬夫人行狀」,『西浦集』

82 '其處未亡, 則終三年, 自閉一室. 一日或不進一溢米, 非朝夕饋奠, 不出戶闥.' (李畬, 「伯母淑人鄭氏墓誌」, 『睡谷集』) 원문의 '일일미(一溢米)'에서 '일(溢)'은 용량의 단위로 한 되의 24분의 1이다. 죽지 않을 정도만 먹었다는 뜻이다.

83 '㿨嫩女士' (金萬基, 「礪山郡夫人宋氏墓誌銘 幷序」, 『瑞石集』)

84 '而古所稱女子而士行者, 我夫人實無愧焉' (金萬重, 「先妣貞敬夫人行狀」, 『西浦集』)

85 '蓋孺人盛年苦節' (宋時烈, 「孺人淸風金氏墓碣銘 幷序」, 『宋子大全』)

86 '見志節超倫' (李畬, 「伯母淑人鄭氏墓誌」, 『睡谷集』)

87 '婦人之行, 雖有至美者如此' (吳達濟, 「貞夫人南氏行錄」, 『忠烈公遺稿』)

88 宋時烈, 「孺人淸風金氏墓碣銘 幷序」, 『宋子大全』

89 安鼎福, 「恭人河東鄭氏墓誌銘 並序 丙午」, 『順菴集』; 朴胤源, 「祖妣恭人全義李氏墓誌」, 『近齋集』 등.

90 黃景源, 「孺人朴氏墓誌銘」, 『江漢集』; 黃景源, 「孺人朴氏墓誌銘 幷序」, 『江漢集』 등.

91 安鼎福, 「恭人河東鄭氏墓誌銘 並序丙午」, 『順菴集』 등.

92 '새 며느리 때문에 살아간다(嘗曰: "未亡人至今不死, 以新婦故也.")'라고 서술한 경우(李栽, 「仲嫂光山金氏夫人壙誌」, 『密菴集』)는 며느리의 봉양으로 향년을 누릴 수 있었다는 뜻으로 해석했다.

93 李德壽, 「恭人韓氏墓誌銘」, 『西堂私載』 등.

94 金昌翕, 「淑夫人靑松沈氏墓誌銘 幷序」, 『三淵集』; 尹光紹, 「貞敬夫人趙氏行狀 辛丑」, 『素谷遺稿』; 黃景源, 「孺人朴氏墓誌銘」, 『江漢集』; 黃景源, 「孺人朴氏墓誌銘 幷序」, 『江漢集』 등.

95 趙德鄰, 「恭人洪氏墓碣銘 幷序」, 『玉川集』

96 奇宇萬, 「淑人林氏墓碣銘 幷序」, 『松沙集』

97 田愚, 「賢媛黃氏傳」, 『簡齋集』

98 田愚, 「題孺人文氏行錄 丙午」, 『簡齋集』; 田愚, 「賢媛黃氏傳」, 『簡齋集』; 李南珪, 「淑夫人延日鄭氏墓誌銘」, 『修堂遺集』 등.

99 田愚, 「題孺人文氏行錄 丙午」, 『簡齋集』; 田愚, 「金孺人行錄跋 丁巳」, 『簡齋集』; 奇宇萬, 「孺人李氏墓表」, 『松沙集』; 奇宇萬, 「孝婦金氏傳」, 『松沙集』 등.

100 田愚, 「金氏母子行錄」, 『簡齋集』; 郭鍾錫, 「成孺人墓誌 幷序○庚戌」, 『俛宇集』; 奇宇萬, 「書金孝婦實行後」, 『淑人林氏墓碣銘 幷序」, 「孺人李氏墓表」, 『松沙集』 등.

101 奇宇萬, 「書姜孺人鷹狀後」, 『松沙集』

102 奇宇萬, 「書姜孺人鷹狀後」, 「孺人李氏墓表」, 「孺人宋氏墓表」, 「孝婦金氏傳」, 『松沙集』 등.

103 李南珪, 「從祖叔母淑人韓氏行狀」, 『修堂遺集』

104 柳麟錫, 「金婦人傳」, 『毅菴集』

105 田愚, 「賢媛黃氏傳」, 『簡齋集』; 郭鍾錫, 「成孺人墓誌 幷序○庚戌」, 『俛宇集』; 奇宇萬, 「孺人徐氏墓表」, 『松沙集』 등.

106 趙秉惠, 「孺人寧越嚴氏墓誌銘 並序」, 『肅齋集』; 田愚, 「賢媛黃氏傳」, 『簡齋集』; 奇宇萬, 「孺人李

氏墓表」,『松沙集』등.

107　田愚,「題孺人文氏行錄 丙午」「金氏母子行錄」,『簡齋集』; 柳麟錫,「金婦人傳」,『毅菴集』; 郭鍾錫,
　　「淑人郭氏墓表 壬子」,『俛宇集』등.

108　趙秉惠,「孺人寧越嚴氏墓誌銘 並序」,『肅齋集』; 田愚,「題孺人文氏行錄 丙午」「金氏母子行錄」,
　　『簡齋集』; 郭鍾錫,「李孺人墓表 己酉」「淑人郭氏墓表 壬子」,『俛宇集』; 奇宇萬,「書姜孺人薦狀後」
　　「孺人徐氏墓表」,「孺人李氏墓表」「孺人宋氏墓表」,『松沙集』등.

109　田愚,「賢媛黃氏傳」,『簡齋集』; 奇宇萬,「書姜孺人薦狀後」,「書姜孺人薦狀後」,『松沙集』등.

110　田愚,「金孺人行錄跋 丁巳」,『簡齋集』; 郭鍾錫,「成孺人墓誌 幷序○庚戌」「李孺人墓表 己酉)」,
　　『俛宇集』; 奇宇萬,「書姜孺人薦狀後」,『松沙集』등.

111　崔益鉉,「孺人利川徐氏墓表」,『勉菴集』

112　奇宇萬,「書金孝婦實行後」,『松沙集』; 奇宇萬,「孺人李氏墓表」,『松沙集』; 李南珪,「從祖叔母淑
　　人韓氏行狀」,『修堂遺集』등.

113　"삼가 조심해서 배움이 없는 과부 자식이라는 소리를 듣지 말거라(而曰愼不作無教之寡
　　婦子)"(崔益鉉,「孺人利川徐氏墓表」,『勉菴集』); '남편이 죽으면 아내가 따라 죽는 것이 당
　　연하다는 것을 모르는 게 아니다. 그러나 지금 도리어 미망인으로 사는 것은 너희들이 있
　　기 때문이다(夫死婦從, 非不知當行, 而尙今爲未亡人, 祇緣汝曹在也).'(奇宇萬,「書金孝婦實
　　行後」,『松沙集』; '자신이 미망인임을 분명히 했다(自分爲未亡人).'(奇宇萬,「孺人李氏墓表」,
　　『松沙集』); '미망인으로 구차하게 지금까지 명을 이어왔다(未亡人, 苟延至今).'(李南珪,「從祖
　　叔母淑人韓氏行狀」,『修堂遺集』) 등.

114　'삼가고 조심해서 못 배운 과부 자식이라는 소리를 듣지 말아라(而曰愼不作無教之寡婦子).'
　　(崔益鉉,「孺人利川徐氏墓表」,『勉菴集』)

115　'남편이 죽으면 아내가 따라 죽는 것을 몰라서 행하지 않은 게 아니다. 그런데 이렇게 미망인
　　이 된 것은 너희들 때문이다(夫死婦從, 非不知當行, 而尙今爲未亡人, 祇緣汝曹在也).' (奇宇萬,
　　「書金孝婦實行後」,『松沙集』)

116　俞漢雋,「祭亡姊文 丁丑」,『自著』등.

117　金昌翕,「先妣行狀」,『三淵集』; 李縡,「孺人驪興閔氏墓誌」,『陶菴集』; 宋煥箕,「淑人李氏墓誌銘
　　幷序」,『性潭集』등.

118　李敏輔,「淑人李氏行狀」,『豊墅集』

119　宋煥箕,「淑人李氏墓誌銘 幷序」,『性潭集』

120　宋煥箕,「淑人李氏墓誌銘 幷序」,『性潭集』; 李敏輔,「貞敬夫人李氏墓誌銘」,『豊墅集』

121　李敏輔,「貞敬夫人李氏墓誌銘」,『豊墅集』

122　을사년에 일본의 침략을 염려하여 가족이 러시아로 이주하는 내용이 서술되었다(柳麟錫,
　　「金婦人傳」,『毅菴集』;『19세기·20세기 초 여성생활사 자료집』7권, 244~247쪽).

123　李南珪,「從祖叔母淑人韓氏行狀」,『修堂遺集』

124　徐宗泰,「崔洪兩女復讐議」,『晩靜堂集』

125 『숙종실록』과 임윤지당의 「崔洪二女傳」에 대한 정보는 『17세기 여성생활사 자료집』 2권, 70쪽의 해제를 참조했고, 『숙종실록』의 원문은 한국고전번역원DB사이트를, 임윤지당의 글은 이혜순·정하영 역편, 『한국고전여성문학의 세계: 산문편』, 이화여대출판부, 2002, 48~49쪽을 참조했다.

126 18세기에 정절 훼손으로 무고한 소문을 퍼뜨린 안 노파를 살해한 김은애는 살인죄를 적용받지 않고 용서받았는데, 17세기 사례처럼 별도의 보상까지 받지는 않았다. 김은애에 대한 기록은 이덕무, 「銀愛傳」(『靑莊館全書』)를 참조. 이에 대한 해석은 최기숙, 「살인자인가, 열녀인가: 이덕무의 은애전」(『문밖을 나서니 갈 곳이 없구나』, 서해문집, 2007)을 참조.

127 宋時烈, 「淑人尹氏旌閭碑」, 『宋子大全』

128 宋浚吉, 「先祖妣柳氏旌門碑記」, 『同春堂集』

129 李敏輔, 「淑人李氏行狀」, 『豐墅集』

130 이는 『영조실록』과 『정조실록』을 대상으로 삼아, 자살의 대량 증가가 다른 유형의 열녀의 수를 줄였다는 강명관 교수의 분석 결과와 일치한다(강명관, 2009, 484쪽).

131 '棹楔之褒, 非自裁其身者, 則鮮有及焉, 良亦堪爲世道惜也. 雖然以淑人性分所自盡者, 而布列於上下, 顯曜於耳目, 冀幸褒旌之 寵者, 卽平日靈不自安者. 貞一之操, 明達之識, 何足以外至者爲淑人之榮哉?庸告執刑管者, 採取徽烈, 播之一世, 使孔簪珥之流, 聳勵儀式, 其庶矣夫.' (李敏輔, 「淑人李氏行狀」, 『豐墅集』) 조선시대 열녀 논쟁은 이숙인(2014), 325~350쪽을 참조. 이민보의 글을 포함해서 이 책에서 다룬 서종태의 글 2편(「親喪不勝喪, 婦女喪夫從死者, 旌閭當否議」 「洪兩女復讎議」, 『晩靜堂集』)은 이숙인의 책에서는 다뤄지지 않아 보충이 될 만하다.

132 柳重教, 「題宋孝婦行錄後」, 『省齋集』

133 崔益鉉, 「節婦孺人朔寧崔氏事狀」, 『勉菴集』

134 田愚, 「節婦金氏傳」「吳門二節婦傳 丙午」「尹貞婦 己巳」, 『簡齋集』 등.

135 奇宇萬, 「書孝烈婦張孺人行蹟後」「書孝烈婦全氏實蹟後」「孺人文氏墓碣銘 幷序」「孺人宋氏墓表」「孺人車氏墓表」「貞夫人徐氏墓表」「孺人崔氏墓表」「孝烈婦朴氏傳」「孺人李氏傳」「孺人鄭氏傳」「書烈婦金氏旌狀後」, 『松沙集』 등.

136 曺兢燮, 「孫節婦安氏烈婦李氏合傳 丁卯」, 『巖棲集』

137 '아직도 맛있는 음식과 가볍고 따스한 옷을 몸에 가까이하지 않았다. 늙은 시어머니가 가끔 육포를 먹으라고 억지로 권하면 씹는 척해서 뜻을 따르는 것처럼 하다가 바로 뱉어서 마음을 편안히 했다(而猶不以滋味輕煖近身焉. 老姑或以乾肉強之, 姑嚼之以順其志, 出而哇之, 以安自心).' (奇宇萬, 「趙氏孝烈旌閭重修記」 『松沙集』) 이는 자기 돌봄을 포기하는 정도는 아니고 호의호식을 단속한 것에 해당한다.

138 奇宇萬, 「孺人宋氏墓表」 『松沙集』(『19세기·20세기 초 여성생활사 자료집』 8권, 124~126쪽)을 참고.

139 '不心己心, 心亡夫心, 始可謂烈矣. 蓋養喪子之舅姑, 使終天年, 亡夫心也. 立嗣子以奉宗祀, 亡夫心也. 不此爲心, 而自心己心, 使舅姑無所依, 而宗祀無所託, 崩迫致命, 則亡夫有知, 其可曰: "余

有婦乎?' 吾於是知孺人宋氏之爲純烈也.' (奇宇萬, 「孺人宋氏墓表」『松沙集』)

140 '위에는 늙은 시어머니가 계시고 아래로는 어린아이가 있으니 내 마음을 마음으로 삼아서, 죽은 남편의 마음을 마음으로 삼지 않는다면 이는 안 되는 일이다(上有老姑, 下有幼孤, 不可心己心而不心亡夫心).'(이하 생략) (奇宇萬, 「孺人李氏墓表」『松沙集』)

141 [표 8]의 178~180, 183~187번의 자료에서 기우만은 '순열론', 또는 '남편의 마음으로 산 여성' 의 열을 논했으며, 185번에서는 '眞烈'이라고 표현했다. 상세한 논의는 열녀 담론사를 다루는 본고의 취지를 선회하므로 다루지 않는다.

142 근대 문화의 착종에 대해서는 필자가 수행한 일련의 연구가 있다. 최기숙, 「전통과 근대의 '부정교합', 표류하는, 서사의 근대성: 『제국신문』(1898.8.-1907.10) 소재 서사와 담론의 근대성 재성찰」, 『고소설연구』 37, 한국고소설학회, 2014.; 「이념의 근대와 분열/착종되는 근대 여성의 정체성과 담론: 『제국신문』 논설·기서(별보)·서사의 여성 담론과 재현」, 『여성문학연구』 31, 한국여성문학학회, 2014.; 「'계몽의 역설'과 '서사적 근대'의 다층성: 『제국신문』 (1898.8.10.~1909.2.28) '논설·소설·잡보·광고' 란과 '(고)소설'을 경유하여」, 『고소설연구』 42, 한국고소설학회, 2016 등.

143 吳達濟, 貞夫人南氏行錄」, 『忠烈公遺稿』

144 宋時烈, 孺人淸風金氏墓碣銘 幷序」, 『宋子大全』

145 吳達濟, 「貞夫人南氏行錄」, 『忠烈公遺稿』

146 李南珪, 「從祖叔母淑人韓氏行狀」, 『修堂遺集』

6장

1 조선 후기 사대부의 초상화에 대한 이성훈의 박사 논문에 실린 490개의 도판 중에서 여성 초상은 경신 공주와 성주 이씨가 부부 초상화로 그려진 것이 전부다(이성훈, 「조선 후기 사대부의 초상화의 제작 및 봉안 연구」, 서울대학교 박사학위논문, 2019).

2 사가기록화의 개념은 박정혜, 『조선시대 사가기록화, 옛 그림에 담긴 조선 양반가의 특별한 순간들』, 혜화1117, 2022, 14쪽을 참조.

3 『경국대전』에는 여성의 산천 유람을 규제하는 조항이 있었으나, 의유당 남 씨와 같이 산수유람을 실천하고 이를 기록으로 남긴 여성 또한 존재하였다(이숙인, 「의유당 남씨: 여행의 참맛을 구현하다」, 『내일을 여는 역사』 60, 내일을 여는 역사, 2015, 283쪽).

4 '通德之兄扶餘, 臨陂二公, 謂其諸女曰: "女子跡不越閨閣, 得賢師難, 今汝輩得師矣." 使之往侍姊氏, 敬受指導.' (李宜顯, 「仲姊孺人墓誌」, 『陶谷集』)

5 '敎令不出於閨門, 德澤遍及於宗黨.' (李縡, 「伯姑貞敬夫人李氏行狀」, 『陶菴集』)

6 '而今於夫人之喪, 思焉若路人, 其何以慰亡友於冥冥之中也? 惟以不腆之辭, 略逑夫人懿美, 乃吾責耳, 而閨閫之德隱矣, 吾無得以稱焉. 則亦觀乎仲謙之賢, 而知夫人之德音明誨, 果不愧於古之哲母也. 古人有言, '非此母, 不生此子, 嗚呼! 豈不信然? 遂爲詞曰.' (魚有鳳, 「恭人朴氏哀辭並序」,

『杞園集』)

7 '而今於夫人之喪, 怳焉若路人, 其何以慰亡友於冥冥之中也? 惟以不腆之辭, 略述夫人懿美, 乃吾
責耳, 而閨闈之德隱矣, 吾無得以稱焉. 則亦觀乎仲謙之賢, 而知夫人之德音明誨, 果不愧於古之
哲母也. 古人有言, '非此母, 不生此子', 嗚呼! 豈不信然? 遂爲詞曰.' (魚有鳳, 「恭人朴氏哀辭並序」,
『杞園集』)

8 '禮云, "婦人之行, 不出於梱." 且近世形管之記久廢, 中壼之傳不作, 然則閨門之德, 非其子孫之所
睹記者, 孰肯而傳之?' (李顯命, 「外王母貞敬夫人李氏墓誌」, 『疎齋集』)

9 '蓋編戶位卑也, 一女子身微也, 事又不越於主饋之外, 則人或易而忽之.' (李瀷, 「烈婦權氏呈文」,
『星湖全集』)

10 '婦人之行, 不越乎閨閣, 固鮮可紀. 至若處冠披深邃, 亡事事, 尤亡表表可紀矣, 然孃則異於是.'
(李宜顯, 「寧孃安東金氏墓表」, 『陶谷集』)

11 '而接人一以誠慤, 惠問旁流, 椒風淸穆, 上久益敬重.' (李宜顯, 「寧孃安東金氏墓誌」, 『陶谷集』)

12 '遠近聞者, 莫不聚慰而咨嗟焉. 士大夫將刑其行, 達于朝. 李聞而恥之, 告其舅曰: (…) 聞者益義
之. 寢其議焉.' (洪良浩, 「烈婦李氏旌閭記」, 『耳溪集』) 열녀가 사망한 후에 유생과 관리에게 알
려져 정려된 경우는 사례가 많다. 魏伯珪, 「烈女李氏旌閭碑銘」, 『存齋集』; 「烈女朴氏行狀」, 『存
齋集』 등.

13 예컨대, 17세기의 기록으로 '군자에게 시집가서서 아름다운 평판이 자자하고 영화가 비로소
성해졌다(克配君子, 令聞孔穆, 榮華始茂).' (金益熙, 「祭外祖母李夫人文」, 『滄洲遺稿』); '큰 가문
에 시집가서 위로 시부모를 섬기고 아래로 자식을 길러서 아름다운 소문을 이루었다(奉笄于
大家, 上事下育, 克有令聞).' (朴世采, 「全義郡夫人李氏墓誌銘癸亥五月」, 『南溪集』); '부인께서는
천부적으로 맑고 밝은 성품을 타고나서 끝까지 한결같았기에 아름다운 소문이 퍼졌다(恭惟
夫人, 天賦淑明, 有齊其季, 令聞孔彰).' (朴世采, 「祭沈全州楗夫人文」, 『南溪集』); '온화한 부군께
서 아침저녁으로 부모님을 봉양하고, 부인도 서로 같이 하니, 화목하다는 아름다운 소문이
퍼졌다(溫溫府君, 奉侍晨昏, 夫人相之, 載穆令聞).' (金萬基, 「祭外姑淑夫人李氏文」, 『瑞石集』);
'처음부터 끝까지 아름다운 소문이 났다(自始迄終, 克部令聞).' (李玄逸, 「禦侮將軍都摠府經歷
朴府君夫人李氏墓誌銘」, 『葛庵集』) 등을 들 수 있다. 18세기에도 '아름다운 소문이 온 나라에
퍼졌다(令聞流于邦家)' (蔡濟恭, 「明淑公主墓表石隆記」, 『樊巖集』); '정신이 옥처럼 순수해서
아름다운 소문이 난초 향처럼 퍼졌다(神襟玉粹, 令聞蘭馨).' (洪良浩, 「大行王妃殯殿江華府進
香文 丁丑」, 『耳溪集』) 등 사례가 많다.

14 '旣奉君子, 尤聞敬德.' (尹文擧, 「祭季妹文辛亥」, 『石湖遺稿』)

15 '身聯宮掖而無一毫干求. 仁顯王后嘗曰: "吾兄高士也." 中年患風疾, 后遣女醫診視, 遺防風通聖
散數十貼曰: "於兄心, 猶有所不安耶?" 有賜衣一襲, 夫人遺命附棺曰: "此亦於分過矣."' (李縡,
「先妣墓誌」, 『陶菴集』)

16 '通達事理, 明晰是非, 一家子女有過, 必至誠開曉, 聞者莫不感動. 雖於歸寧之日亦然, 諸婦女聞
夫人來, 輒相戒不敢放心. 喜與親黨相會, 每會情意藹然, 下至疎遠, 咸盡其愛. 惟見其不是者,

382

雖有饋亦不受. 且有鑑識, 其言善惡脩短, 往往有中. 以是親黨生子, 皆願一經夫人品題焉. 見人窮急, 周恤如渴, 隣居多貧族, 常若食不下咽. 至於賓客饋食之節, 罔不盡心, 而猶曰: "得無不足否?" (李縡, 「先妣墓誌」, 『陶菴集』)

17　'公主下嫁華門, 執婦道而彌勤. 上奉諸殿, 極孝誠而靡斁, 懿範表諸戚里, 令聞流于邦家. 此可驗聖朝家邦之化, 致王姬鼎雝之美也歟?' (蔡濟恭, 「明淑公主墓表石陰記」, 『樊巖集』)

18　'時行 東宮嘉禮, 私家以 元妃之戚, 得被 召赴 闕. 闕中故例, 於禮成之夕, 必擇有福德夫人, 奉設東宮與嬪之衾枕. 諸女官議可者, 仁顯王后若曰: "非金判書夫人, 不可." 夫人逢感悸承命. 聞者尤艶羨之.' (金春澤, 「母夫人行錄」, 『北軒集』)

19　이 글은 홍처우(洪處宇, 1648~1693)의 아내 풍양 조 씨의 행장을 차남 홍구채를 대신해 사위인 김창집이 쓴 것이다. 대작(代作)의 형식이기에, 글에서 '아버지'로 언급된 사람은 홍구채의 부친인 홍처우다.

20　'從先君莅歙谷縣, 邑小賦重, 民物凋弊. 先君務行如傷之政, 而先妣又左右之, 雖官物之經入者, 猶一切不受曰: "當此凶歲, 民不聊生, 而家屬坐食官廩, 不知飢寒, 豈不畏哉!" 或聞邑中有老人之無告者, 必贍救之. 撫官婢如家人, 視其能否以授任, 不强其所不堪. 故邑人莫不頌先妣之仁.' (金昌緝, 「淑人豊壤趙氏行狀 代作」, 『圃陰集』)

21　'濟活貧乏, 鄕隣歡服, 宗黨感悅.' (兪拓基, 「祭外王姑全義李氏文」, 『知守齋集』) 여성이 빈자를 도운 기록은 黃景源, 「贈貞敬夫人南氏墓誌銘」, 『江漢集』에도 전한다.

22　가난 구제 및 돌봄을 통해 공생을 지향하는 사대부가 여성의 문화에 대해서는 최기숙, 「18세기 여성의 생애사 기록을 통해 본 빈곤의 감성 통제와 여성의 삶」(『여성문학연구』 32, 여성문학회, 2014), 3.3절을 참조.

23　'以丁酉三月十七日, 偶感疾卒, 得年五十二. (중략) 隣里之婦女, 咨嗟於家, 僕婢涕泣於路.' (李象靖, 「崔孺人韓山李氏墓誌」, 『大山集』)

24　金壽恒, 「貞敬夫人鄭氏行狀」, 『文谷集』

25　'司議公素患淸羸多疾, 又以文史自娛, 家素淸貧而不以爲意, 淑人隨事經理, 使不知其窘匱, 時或迎賓擧觴, 必有異味, 親友皆曰: "某之貧而有是, 是必有賢內助也."' (韓元震, 「淑人黃氏墓誌銘」, 『南塘集』)

26　'先祖妣巨細言行, 可耳目而詳也. 祖妣天性至仁厚, 言又寡, 不喜處人是非, 故出入禁闥五十年, 宮中上下毋慮千百數, 無不稱其厚德, 如出一人之口, 至於娣姒之間, 人家鮮雍睦, 而祖妣處之裕如, 情禮兩至.' (洪泰猷, 「祖妣淑安公主家狀」, 『耐齋集』)

27　'逮往女使輩出入兩家間, 言說嚻然, 或或達於祖妣之耳, 而祖妣輒加訶斥, 不一掛諸懷, 由是兩家終不生釁隙焉. 此豈尋常婦人懵於道理者所可僞哉?' (洪泰猷, 「祖妣淑安公主家狀」, 『耐齋集』)

28　'又曰: "人家骨肉睽乖, 多由婢僕往來饒舌, 所當深戒."' (趙泰億, 「淑人光州金氏墓誌銘」, 『謙齋集』)

29　'閨壼懿美, 外人有未詳. 當其未字, 非夫家之覲記, 及適人則又遠父母兄弟, 雖親屬無以該其本末, 惟參夫二氏之論其人, 於是可知也. 李生齊笐爲余道其柳氏姊貞行曰' (李瀷, 「全州李氏夫人行錄」, 『星湖全集』)

30 '전에 숙인이 나의 젊은 시절의 일과 조정에서 한 일에 대해 듣고 언문으로 적어둔 게 있었는데, 자못 자세했다. 오래된 상자에 보관했었는데, 딸들이 그 노고와 정성을 본받아 이를 이어서 책으로 만들었다(淑人嘗聞舅少時事及立朝大關, 以諺字記置, 頗纖悉. 尙留舊箱, 女兒輩體其苦誠, 續而成卷).' (趙觀彬, 「子婦慶州李氏行狀」, 『悔軒集』) 드물게 전하기는 하지만, 여성이 언문으로 집안일을 기록하여 전하는 풍속이 있었다.

31 '큰어머니 김 부인께서는 항상 "네 어머니는 훌륭한 분이셨다."라고 말씀하셨다. 하당의 성씨 숙모님께서도 "네 어머니는 규합의 모범이셨다."라고 하셨다. 집안의 늙은 여종들과 마을의 할머니들도 돌아가신 어머니의 덕에 대해 많이 말씀하셨다. 나는 전에 돌아가신 우리 아버님께 "어머니를 칭송하는 분들이 많은데 저는 그 행실과 의에 대해 잘 알지 못해서 듣고 싶습니다."라고 여쭈어본 적이 있다. 아버지께서는 한숨을 크게 쉬고 말씀하셨다(伯母金夫人每語萬曰: "若母賢婦女也." 荷塘成叔母亦曰: "若母閨閫之模範也." 家門老婢子, 里中諸老物嫗, 亦多言先妣之德不衰. 萬嘗問於先君大夫曰: "人之稱頌先母者多也, 未得(其口)行義之詳, 願聞之." 先君太息曰.) (權萬, 「先令人豊壤趙氏行錄」, 『江左集』)

32 '旣乃抵(諸口)舅, 請藤示丁卯以前事, 外伯母金夫人聞之曰: "嗟乎! 詳吾小姑事, 莫老物若也." 遂以諺字連牘細書, 以寄不肖曰.' (權萬, 「先令人豊壤趙氏行錄」, 『江左集』)

33 '아! 내가 늙어서 기억이 어두워져서 네 어머니의 일을 자세히 기억하지는 못하지만, 지금 이 작은 기록에는 단 한 마디라도 사실과 다른 게 없다. 너희들이 한번 이 기록을 가지고 어머니 영전에 가서 여쭈어보아라. 혼령이 알 수 있다면, 내가 무고했다고 하지는 않을 것이다(嗟乎! 吾老惽, 不能詳記若母事, 而今此小錄, 無一辭過實. 若輩試以是錄, 告質于若母氏靈, 靈如有知, 不以我爲誣).' (權萬, 「先令人豊壤趙氏行錄」, 『江左集』)

34 '二南之詩, 多出於婦人, 而詠歌反復之間, 其情性之正, 可見也, 詩固然矣, 而惟筆亦然, 故曰心正則筆正, 故貞明公主貞靜和敬之德, 余於其墨蹟見之矣, 蓋其字畫敦厚齊整, 不類閨閤氣味, 往往有穆陵遺法, 吁其可敬也已, 況聞是書之作, 在於恃西宮時, 年方藐弱而得天成之妙, 時當危厄而有和平之象, 其極壽富尊榮而子孫千億, 以垂美於無窮也宜哉.' (李縡, 「貞明公主手筆類合跋」, 『陶菴集』)

35 宋相琦, 「思任堂畵帖跋」, 『玉吾齋集』; 金鑛圭, 「題思任堂草虫圖後」, 『竹川集』. 16세기를 살았던 신사임당과 비평을 남긴 작가의 생몰년에는 1~2세기 남짓한 시차가 있지만, 예술작품을 남긴 여성이 역사적으로 기억되고 기려지는 과정을 보여준다.

36 대표적 사례는 〈홍열부전〉에 나온다. 이는 이 절의 여섯 번째 사례에서 상세히 논한다.

37 이숙인은 병자호란 직후 충절과 정절 이념이 젠더에 따라 정치적 이중 잣대에 의해 비대칭적으로 작용되고 담론화되는 양상을 분석하고, 이 자체를 정절의 정치성으로 해석한 바 있다(이숙인, 「충절과 정절의 정치학: 조선 후기 절(節) 담론의 전개 양상」, 『민족문화』 86, 고려대학교 민족문화연구원, 2020).

38 趙觀彬, 「烈女貞夫人全州李氏・孝子府使柳君善基・烈女淑人慶州李氏旌門贊 幷序」, 『悔軒集』.

39 '아! 자식으로서 효를 위해 죽고 아내로서 열을 위해 죽었으니, 삼강이 백 년의 모범이 되기에

합당하다(嗚呼! 爲子而殉於孝, 爲妻而死於烈, 三綱該百世矣).'(趙觀彬,「烈女貞夫人全州李氏・孝子府使柳君善基・烈女淑人慶州李氏旌門贊 幷序」,『悔軒集』)

40 鄭來僑,「翠梅傳」,『浣巖集』

41 鄭來僑,「吳孝婦傳」,『浣巖集』

42 '비록 옛날의 백희, 조아일지라도 어찌 이보다 더할 수 있을까?(雖古之伯姬・曹娥者, 何以過哉?)'(鄭來僑,「吳孝婦傳」,『浣巖集』)

43 李健命,「婦人年九十封爵議」,『寒圃齋集』

44 '乙巳, 拓基蒙恩還朝, 丙午, 忝嶺藩, 始贈先君吏曹參判, 夫人從貞夫人. 戊申, 拓基錄奮武從勳, 加贈先君吏曹判書, 夫人仍以正二品行. 庚戌, 拓基陞江華留守, 丁巳, 陞漢城判尹, 而先君曁夫人贈封則無所增焉, 明年, 拓基陞判義禁府事, 加贈先君左贊成, 夫人亦進貞敬. 又明年, 拓基撰玷台司, 又贈先君至領議政, 而夫人仍以正一品行焉.'(兪拓基,「先妣貞敬夫人李氏墓誌」,『知守齋集』). 유척기는 유사한 내용을 어머니의 묘표에도 적었다. '내가 점차 관직이 올라 재상이 되자, 여러 번 추증받게 되어 아버지는 영의정이 되셨고 어머니는 정경부인이라고 임명받게 되셨다(拓基冥升至相職, 屢贈先君至領議政, 夫人受貞敬諡)'.(兪拓基,「先妣墓表」,『知守齋集』)

45 兪拓基,「先妣墓表」,『知守齋集』

46 趙泰采,「亡室贈貞敬夫人靑松沈氏墓表」,『二憂堂集』

47 李健命,「亡室 贈貞夫人光州金氏墓誌銘 幷序」,『寒圃齋集』

48 金柱臣,「五世祖妣 贈貞敬夫人驪興閔氏墓誌」,『壽谷集』

49 '婦人顯融, 莫尙於嬪得名賢'(趙泰采,「亡室贈貞敬夫人靑松沈氏墓表」,『二憂堂集』)

50 李萬敷,「松巖處士鄭公孺人尹氏旌門陰記」,『息山集』

51 유인 윤씨가 자결할 때 여종도 같은 행동을 결정한다. 이에 대해 이만부는 두 여성 모두를 의인으로 평가하면서, 남편이었던 송암 정일의 평소 행동에 감화된 처신이라고 해석했다: "훌륭하다, 정공이여! 열녀로다, 윤씨여! 종과 여종까지 의인이 아닌 사람이 없구나. 비록 그렇지만 만약 공이 평소에 점차로 감동받게 해서 교화한 것이 아니었다면 어떻게 갑자기 이렇게 하였겠는가!(論者曰: "賢哉公! 烈哉尹氏!. 其奴與婢, 無非義人哉! 雖然, 若非公所以感而化者有素以漸焉, 何能遽致此乎!")(李萬敷,「松巖處士鄭公孺人尹氏旌門陰記」,『息山集』)

52 權斗經,「烈婦女旌閭銘」,『蒼雪齋集』

53 다음은 李鈺,「守則傳」(『역주 이옥 전집』 3권, 실시학사 고전문학연구회 역주, 소명출판, 2009, 198~200쪽;『역주 이옥전집』 2권, 실시학사 고전문학연구회 역주, 소명출판, 2001, 212~216쪽)을 필자가 요약했다.

54 수칙(守則): 수칙은 동궁(東宮) 소속의 여관(女官)으로 6품직이다.

55 金鎭圭,「請柳烈婦旌褒面奏」,『竹泉集』(『18세기 여성생활사 자료집』 1권, 392~397쪽)을 참고.

56 李栽,「洪烈婦傳」,『密菴集』; 趙德鄰,「洪烈婦旌門後叙」,『玉川集』

57 '夫人族大以顯, 世有名德, 而副學公配申夫人, 參判鑑之女, 閨範整飭, 懿聞外彰'(尹鳳九,「貞夫人李氏墓誌」,『屏溪集』)

58 다음은 金昌翕, 「淑夫人靑松沈氏墓誌銘」, 『三淵集』(『18세기 여성생활사 자료집』 1권, 61~63쪽)을 참고

59 李瀷, 「烈婦權氏旌文」, 『星湖全集』(『18세기 여성생활사 자료집』 6권, 199~202쪽)을 참조.

60 '아뢰옵니다. 이는 우리 밝으신 태수님께 달려 있으니 백성들이 구구하게 모여 축원하는 데 이르도록 두지는 않으실 겁니다(轉奏表揚, 亶在我明府, 民等不任區區讚祀之至).'(李瀷, 「烈婦權氏旌文」, 『星湖全集』)

61 金鑢主, 「哀烏壤烈婦辭」, 『竹泉集』.

62 '噫! 海島遐遠, 俗類蠻蜑, 而婦匹庶賤陋, 生長田畝之間, 非有傅姆之訓. 而乃能不敗於强暴, 舍命靡他, 此豈非烈性貞質, 稟乎天者耶? 然而吏憂地僻, 未蒙奬褒, 可勝歎哉? 余僑人, 力不能顯之世, 而惜其久將湮沒無傳, 姑記得於士人者, 爲辭以哀之, 仍欲以風屬甿俗.'(金鑢主, 「哀烏壤烈婦辭」, 『竹泉集』)

63 다음은 李縡, 「孺人完山李氏墓誌」, 『陶菴集』(『18세기 여성생활사 자료집』 6권, 31~40쪽)을 참고.

64 이 여성의 행동 선택을 통한 정치적 실천은 Judith Butler가 『젠더 트러블』(조현준 옮김, 문학동네, 2008)에서 언급한 여성 주체의 수행성의 의미 맥락에서 해석할 여지가 충분하다.

65 金萬重, 「先妣貞敬夫人行狀」, 『西浦集』.

66 '叔父嘗除兵曹判書, 辭之固. 祖妣不以柄用爲喜, 深以不卽解爲憂. 及蒙恩被сі欣然謂小子曰: "見汝叔之連章撕捱, 吾心悶矢, 今得請, 心甚快." 伯氏嘗按湖南拜辭, 祖妣誡之曰: "汝須居官律己, 如水之淸, 無忝汝家世."'(金鑢主, 「祖妣行狀拾遺錄」, 『竹泉集』)

문서 기록의 행간과 이면의 그림자 '들'

1 가야트리 차크라보르티 스피박, 「서발턴은 말할 수 있는가」, 로절린드 C. 모리스 엮음, 『서발턴은 말할 수 있는가? - 서발턴 개념의 역사에 관한 성찰들』, 태혜숙 옮김, 그린비, 2013.

2 특정 젠더 외에 '존재'라는 표현을 쓴 것은 세상의 주체가 인간만이 아니라, 사이보그와 같은 기계공학적 존재, 동물실험에 동원된 실험용 쥐인 앙코마우스와 같은 동물도 포함된다고 보기 때문이다. 이에 대해서는 도나 해러웨이, 『겸손한_목격자@제2의_천년. 여성인간ⓒ_앙코마우스™를 만나다』, 민경숙 옮김, 갈무리, 2006를 참조.

3 도나 해러웨이(2006)의 옮긴이 머리말 17쪽을 참조.

4 도나 해러웨이, 『유인원, 사이보그, 그리고 여자』, 민경숙 옮김, 동문선, 2002.; 이지언, 『도나 해러웨이』, 커뮤니케이션북스, 2017

5 이상의 스토리는 존 말루프·찰리 시스켈 감독의 다큐멘터리 영화 〈비비안 마이어를 찾아서(Finding Vivian Maier)〉(2015)를 참조.

6 '분더카머'의 개념은 윤경희, 『분더카머』, 문학과지성사, 2021, 12쪽을 참조.

7 안토니오 타부키, 『인도 야상곡』, 박상진 옮김, 문학동네, 2015, 105~106쪽.

부록

1 이 표의 번호는 참고문헌에 소개한 최기숙, 「조선후기 열녀 담론(사)와 미망인 담론(사)의 통계해석적 연구: 17~20세기 초 '여성 생활사 자료집'을 통해 본 현황과 추이」(『한국고전여성문학연구』 35, 한국고전여성문학회, 2017)에 실린 표에 매겨진 자료의 번호와 다르다. 책의 내용에 맞게 전체 표를 재구성하고 자료의 일련번호도 바꾸었다.

2 『조선왕조실록』을 바탕으로 조선 후기(선조~순종)에 절부로 인정받아 국가의 혜택을 받은 사례는 총 850여 명에 이른다고 한다(이숙인, 2014, 116쪽). 왕조별 정려 통계는 박선희(2012), 13~14쪽의 표를 참조. 실록 자료와 문집에 기록된 열녀 담론의 대비적 고찰에 대해서는 후속 연구가 필요하다. 실록에서 확인되는 미망인 통계는 아직 없다.

3 정려 여부에 대한 판단은 일차적으로는 기록된 자료를 참조했고, 부분적으로 번역본과 한국고전종합DB사이트에 소개된 해제와 각주를 참조했다.

에피그라프

* 마거릿 애트우드, 『나는 왜 SF를 쓰는가』, 양미래 옮김, 민음사, 2021, 72쪽.

† (1장) Dickinson, Emily, *The Complete Poems*, London: Flamingo, 1955, p.405(제프 다이어, 『인간과 사진』, 김유진 옮김, 을유문화사, 2022, 54쪽에서 재인용).

‡ (2장) 샌드라 길버트·수전 구바, 『다락방의 미친 여자』, 박오복 옮김, 북하우스, 2022, 105쪽. 세라 앨리스 부인은 빅토리아 시대 영국 최고의 교사다. 에피그라프(epigraph: 책의 각 장 서두에 붙이는 제사)로 인용한 이유는 빅토리아 시대 여성의 지위와 조선시대 여성의 모순을 함께 사유하기 위해서다.

§ (3장) 엘리너 와크텔, 『인터뷰, 당신과 나의 희곡』, 허진 옮김, xbooks, 2019, 162쪽.

¶ (4장) 정희진, 『영화가 내 몸을 지나간 후』, 교양인, 2022, 48쪽.

** (5장) 마거릿 애트우드, 『타오르는 질문들』, 이재경 옮김, 위즈덤하우스, 2022, 54쪽

†† C.G 융, 『상징과 리비도』, 한국융연구원 C.G 융 저작 번역위원회 옮김, 솔, 2005, 10쪽.

정말이지, 과거와도 관계 맺지 못하고
(항상 자신의 내부에 살아 있는)
선조들의 삶과도 관계를 맺지 못하며
또한 현재의 인간 사회와도 진정한 관계를
맺지 못하는 자는
그야말로 뿌리를 잃은 사람이다.

- C.G. 융[††]